Ann Patchett

Die Taufe

PIPER

W0400174

Zu diesem Buch

Wäre Bert Cousins nicht uneingeladen auf der Taufe von Franny Keating erschienen, wäre all das nicht passiert. Aber noch bevor der Abend hereinbricht, haben er und Frannys Mutter sich geküsst und damit das Ende ihrer jeweiligen Ehe eingeläutet – und die beiden Familien für immer miteinander verbunden. Die Keating- und Cousins-Kinder werden zukünftig die Sommer gemeinsam in Virginia verbringen. Sie schmieden über die Jahre ein dauerhaftes Bündnis, sowohl aus Enttäuschung über die eigenen Eltern als auch aus echter, stetig wachsender Zuneigung. Bis es zwanzig Jahre danach ein neues Familiendrama gibt: »Täufling« Franny hat eine Affäre mit einem berühmten Schriftsteller. Sie erzählt ihm die Keating-Cousins-Story, und plötzlich wird ihrer aller Kindheit die Grundlage für einen unglaublich erfolgreichen Roman. Die unerwünschte Öffentlichkeit zwingt die Geschwister, sich ganz neu mit ihren Verlusten, ihren Schuldgefühlen und ihrer Loyalität auseinanderzusetzen.

Ann Patchett, 1963 in Los Angeles geboren, lebt als Schriftstellerin und Kritikerin in Nashville, Tennessee. Ihr Roman »Bel Canto«, übersetzt in dreißig Sprachen, wurde mit dem PEN/Faulkner Award und dem Orange Prize ausgezeichnet und war auch in Deutschland ein großer Erfolg. Zuletzt erschien von ihr der Roman »Fluss der Wunder«.

Ann Patchett

Die Taufe

Roman

Aus dem Amerikanischen
von Ulrike Thiesmeyer

PIPER

Mehr über unsere Autoren und Bücher:
www.piper.de

Von Ann Patchett liegen im Piper Verlag vor:
Familienangelegenheiten
Bel Canto
Fluss der Wunder
Die Taufe

FSC
www.fsc.org
MIX
Papier aus verantwortungsvollen Quellen
FSC® C083411

Ungekürzte Taschenbuchausgabe
ISBN 978-3-492-31288-2
September 2018

Die Originalausgabe erschien 2016 unter dem Titel »Commonwealth« bei Bloomsbury Publishing Plc, London

Umschlaggestaltung: zero-media.net, München
Umschlagabbildung: plainpicture/Cultura/Daniel Allan
Satz: Kösel Media GmbH, Krugzell
Gesetzt aus der Sabon
Druck und Bindung: CPI books GmbH, Leck
Printed in the EU

Mike Glasscock

1

Die Taufe nahm eine unvermutete Wendung, als Albert Cousins mit einer Flasche Gin auftauchte. Fix öffnete lächelnd die Tür und lächelte weiter, während er ein wenig verdutzt den Neuankömmling musterte: Es war Albert Cousins von der Bezirksstaatsanwaltschaft, der da vor ihm auf der Betonveranda stand. In der letzten halben Stunde hatte er zwanzigmal die Tür geöffnet – Nachbarn und Freunden und Leuten aus der Kirchengemeinde und Beverleys Schwester und all seinen Brüdern und ihren Eltern und praktisch sämtlichen Kollegen aus der Polizeiwache –, doch Cousins war der erste Überraschungsgast. Zwei Wochen zuvor hatte Fix seiner Frau die Frage gestellt, wieso sie jeden einzelnen Menschen, den sie auf der Welt kannten, zu einer Tauffeier einladen müssten, worauf sie zurückgefragt hatte, ob er einen Blick auf die Gästeliste werfen und ihr sagen wolle, wen sie streichen sollte. Er war nicht auf ihr Angebot eingegangen, aber wäre sie jetzt hier gewesen, hätte er auf Cousins gedeutet und gesagt: ihn. Nicht, weil er Albert Cousins nicht gemocht hätte, er kannte ihn nicht weiter, bloß vom Namen her, mit dem er ein Gesicht verbinden konnte. Aber eben weil er ihn nicht kannte, hätte er ihn nicht eingeladen. Fix kam der Gedanke, dass Cousins vielleicht vorbeigekommen war, um mit ihm über einen Fall zu reden; so etwas war zwar noch nie vorgekommen, aber was gab es sonst für eine Erklärung? Der Vorgarten war voller Leute, wobei Fix keine Ahnung hatte, ob diese Gäste eben erst mit Verspätung eingetroffen waren, schon wieder gehen wollten oder sich einfach nur im Freien aufhielten, weil das Haus so gerammelt voll war, dass ein Brandschutzinspektor ernsthafte Bedenken angemeldet hätte. Cousins allerdings, da war er sich sicher, war ungeladen erschienen, ganz allein, mit einer Flasche in einer Tüte.

»Fix«, sagte Albert Cousins. Der großgewachsene stellvertretende Bezirksstaatsanwalt in Schlips und Kragen streckte ihm die Hand entgegen.

»Al«, erwiderte Fix. (Wurde er Al genannt?) »Freut mich, dass Sie es einrichten konnten.« Er schüttelte ihm zweimal kräftig die Hand, ehe er sie wieder losließ.

»Gerade noch geschafft.« Cousins blickte auf die Gästeschar im Haus, etwas zweifelnd, als wäre für ihn womöglich kein Platz mehr. Die Feier, das war nicht zu übersehen, hatte ihren Höhepunkt bereits überschritten – die kleinen, dreieckigen Sandwiches waren größtenteils schon verzehrt, ebenso die Hälfte der Kekse. Die Tischdecke unter der Schüssel mit Bowle war feucht und rosarot verfärbt.

Fix trat beiseite, um ihn einzulassen. »Aber nun sind Sie ja da.«

»Das wollte ich doch nicht verpassen.« Dabei hatte er es verpasst: Bei der eigentlichen Taufe war er schließlich nicht gewesen.

Dick Spencer war der einzige Bezirksstaatsanwalt, den Fix eingeladen hatte. Dick war früher selbst Polizist gewesen, er hatte sich per Abendstudium fortgebildet und war zum Juristen aufgestiegen, ohne den alten Kollegen gegenüber je hochnäsig aufzutreten. Ob Dick nun Streife fuhr oder vor einem Richter stand, er blieb immer der Alte. Cousins dagegen war ein Jurist wie all die anderen – die Bezirksstaatsanwälte, die Pflichtverteidiger, die mandatierten Anwälte; sie alle waren recht freundlich, wenn sie etwas von einem wollten, kamen aber eher selten auf die Idee, einen auf einen Drink einzuladen. Und wenn, dann machten sie das nur, um den betreffenden Cop auszuhorchen, weil sie den Verdacht hatten, er verschweige ihnen irgendetwas. Staatsanwälte, das waren die Typen, die einem die Zigaretten wegqualmten, weil sie eigentlich mit Rauchen aufhören wollten. Die Polizisten, die sich im Wohn- und Esszimmer drängten und bis in den Garten hinter dem Haus standen, unter der Wäscheleine und den beiden Orangenbäumen, hatten nicht die Absicht, mit Rauchen aufzuhören. Sie tranken mit Limonade vermischten Eistee und qualmten wie die Schlote.

Albert Cousins händigte seine Tüte aus, die, wie Fix mit einem kurzen Blick feststellte, eine Flasche Gin enthielt, und zwar eine große. Andere Leute hatten Gebetskarten mitgebracht, Rosenkranzperlen aus schimmerndem Perlmutt oder eine kleine, in weißes Ziegenleder gebundene Taschenbibel mit Goldschnitt. Fünf der Jungs, oder ihre Frauen, hatten zusammengelegt und eine Halskette mit einem Kreuzanhänger besorgt, blau emailliert und mit einer winzigen Perle in der Mitte, sehr hübsch, etwas für später.

»Haben Sie dann jetzt einen Jungen und ein Mädchen?«

»Zwei Mädchen.«

Cousins zuckte mit den Schultern. »Was soll man machen?«

»Da kann man nix machen«, erwiderte Fix und schloss die Haustür. Beverley hatte ihm gesagt, er solle sie offen lassen, damit frische Luft hereinkam, was nur bewies, dass sie keine Ahnung hatte, was die Menschen einander antaten. Egal wie viele Gäste da waren – man ließ die gottverdammte Haustür nicht offen stehen, Punkt.

Beverley lehnte sich aus der Küchentür. Es standen locker dreißig Leute zwischen ihnen – der vollzählige Meloy-Clan, alle DeMatteos, eine Handvoll Messdiener, die sich gerade durch den Rest der Kekse futterten –, doch Beverley war nicht zu übersehen. Dieses gelbe Kleid.

»Fix?«, sagte sie mit etwas erhobener Stimme, um gegen den Lärm anzukommen.

Es war Cousins, der sich als Erster umsah. Cousins, der ihr zunickte.

Fix straffte sich unwillkürlich, ließ die Sache dann aber unkommentiert. »Fühlen Sie sich ganz wie zu Hause«, sagte er zu dem stellvertretenden Bezirksstaatsanwalt und deutete auf ein Grüppchen Detectives an der Terrassentür, alle noch korrekt im Sakko. »Sie kennen hier jede Menge Leute.« Was zutreffen mochte oder auch nicht. Den Gastgeber jedenfalls kannte Cousins nicht, das stand mal fest. Fix machte sich auf den Weg in die Küche, und die dicht gedrängte Menge teilte sich für ihn, man berührte ihn an der Schulter, schüttelte ihm die Hand und beglückwünschte ihn. Er gab acht, dass er auf keins der Kinder trat, darunter seine vierjährige Tochter Caroline, die auf dem Boden des Esszimmers spielten, wie kleine Tiger auf allen vieren zwischen den Beinen der Erwachsenen herumkrochen.

Die Küche war voller Ehefrauen, die alle lachten und zu laut durcheinanderredeten; Lois von nebenan war die Einzige, die sich nützlich machte, sie holte gerade Schüsseln aus dem Kühlschrank. Wallis, Beverleys beste Freundin, nutzte eine Seite des chromblinkenden Toasters dazu, sich die Lippen rot nachzuziehen. Wallis war zu mager und zu braungebrannt, und als sie sich wieder aufrichtete, trug sie zu viel Lippenstift. Beverleys Mutter saß mit dem Baby auf dem Schoß am Frühstückstisch. Sie hatten die Kleine umgezogen, statt des Taufkleidchens aus Spitze trug sie nun ein weißes Kleid aus gestärkter Baumwolle, rings um den Ausschnitt mit gelben Blümchen bestickt, als wäre sie eine frischvermählte Braut, die am Ende der Hochzeitsfeier in das Kleid geschlüpft war, in dem sie nun in ihr neues Leben aufbrechen würde. Die Frauen in der Küche machten viel Aufhebens um sie, bemühten sich abwechselnd, sie zum Lächeln zu bringen, als wäre es ihre Aufgabe, sie bis zur Ankunft der drei Weisen aus dem Morgenland bei Laune zu halten. Ohne viel Erfolg allerdings, die Kleine blickte mit ihren blauen Augen, die wie glasig überzogen wirkten, vor sich ins Leere, als hätte sie das alles herzlich satt. Der ganze Trubel, um Sandwiches zu machen und Geschenke für ein Mädchen in Empfang zu nehmen, das noch kein Jahr alt war.

»Seht doch nur, wie hübsch sie ist«, sagte seine Schwiegermutter zu niemand Bestimmtem, während sie mit dem Finger sanft über die runde Babywange strich.

»Eis«, sagte Beverley zu ihrem Mann. »Wir haben kein Eis mehr.«

»Darum sollte sich doch deine Schwester kümmern«, sagte Fix.

»Dann hat sie's vermasselt. Kannst du einen der Jungs losschicken, um welches zu besorgen? Es ist zu warm, wir brauchen Eis für die Getränke.« Sie hatte eine Schürze umgehängt, sie aber nicht um die Taille gebunden, wohl um ihr Kleid nicht zu zerknittern. Aus der Bananenfrisur, zu der sie ihr blondes Haar hochgesteckt hatte, hatten sich einige Strähnen gelöst, die ihr in die Augen hingen.

»Wenn sie schon kein Eis mitgebracht hat, könnte sie euch wenigstens hier helfen, Sandwiches zu machen.« Bei diesen Worten blickte Fix Wallis direkt an, die diesen Wink jedoch ungerührt an sich abprallen ließ, während sie ihren Lippenstift verschloss. Er hatte Beverley nur unterstützen wollen, weil sie eindeutig alle Hände voll zu tun hatte. Dabei wirkte sie eher wie die Sorte Frau, die für so eine Feier einen Partyservice beauftragte. Die auf der Couch saß, während andere Leute mit Speisen- und Getränketabletts herumgingen.

»Bonnie ist doch selig, dass hier heute so viele Cops sind«, gab Beverley zurück, während sie Brotscheiben mit Käse und Gurken belegte. »Da kann man nicht von ihr erwarten, sich mit Sandwiches abzugeben.« Dann hielt sie kurz inne und blickte auf die Tüte in seiner Hand. »Was ist da drin?«

Fix hielt den Gin in die Höhe, und seine sichtlich überraschte Frau schenkte ihm das erste Lächeln an diesem Tag. Vielleicht sogar das erste Lächeln der Woche.

»Wenn du jemanden zum Laden schickst«, schaltete sich Wallis ein, deren Interesse mit einem Mal erwacht schien, »sag ihm doch, er soll gleich auch Tonic mitbringen.«

Fix sagte, er würde das Eis selbst besorgen. Ein Stück die Straße hoch gab es einen Supermarkt, und er hatte nichts dagegen, kurz aus dem Haus zu kommen. Die relative Stille in der Siedlung, die ordentlichen Bungalows mit den üppigen Rasenflächen davor, die schlanken Schatten der Palmen und der Duft der Orangenblüten, all das hatte, im Zusammenspiel mit der Zigarette, die er unterwegs rauchte, eine beruhigende Wirkung auf ihn. Sein Bruder Tom begleitete ihn, und sie schwiegen einträchtig, während sie zusammen die Straße entlanggingen. Tom und Betty hatten inzwischen drei Kinder, lauter Mädchen, und wohnten in Escondido, wo er bei der Feuerwehr arbeitete. Fix wurde allmählich klar, dass es im Leben nun einmal so lief, wenn man älter wurde und die Kinder kamen, hatte man weniger Zeit für die Angehörigen als gedacht. Das letzte Mal hatten er und sein Bruder sich an Heiligabend bei ihren Eltern gesehen, als sie alle gemeinsam zur Messe gegangen waren, und davor vermutlich bei Erins Taufe in Escondido. Ein rotes Cabriolet fuhr vorbei, ein Sunbeam Alpine, und Tom sagte: »So einen.« Fix nickte und bedauerte im Stillen, den Wagen nicht als Erster gesehen zu haben. Nun musste er warten, bis etwas vorbeikam, das er sich wünschen konnte. Im Supermarkt kauften sie vier Beutel Eis und vier Flaschen Tonicwater. Der Junge an der Kasse erkundigte sich, ob sie auch Limetten benötigten, und Fix schüttelte den Kopf. Es war Juni in Los Angeles. Da wollte man Limetten nicht einmal geschenkt haben.

Fix hatte nicht auf die Uhr gesehen, als Tom und er sich auf den Weg gemacht hatten, aber wie die meisten Polizisten hatte er ein gutes Zeitgefühl. Sie waren zwanzig Minuten fort gewesen, fünfundzwanzig Minuten, wenn's hochkam. Jedenfalls nicht lange genug, dass sich alles hätte verändern können. Doch bei ihrer Rückkehr stand die Haustür offen, und es war niemand mehr im Vorgarten. Tom fiel der Unterschied gar nicht auf, aber er war ja auch Feuerwehrmann – solange er keinen Rauch roch, war für ihn die Welt in Ordnung. Es waren noch immer viele Leute im Haus, aber es war nun merklich ruhiger. Vor Beginn der Feier hatte Fix das Radio angeschaltet, und zum ersten Mal konnte er nun auch ein paar Takte Musik hören. Die Kinder krabbelten nicht mehr im Esszimmer umher, sie waren spurlos verschwunden, wovon aber niemand Notiz zu nehmen schien. Aller Aufmerksamkeit war auf die offene Küchentür gerichtet, die auch das Ziel der beiden Gebrüder Keating mit dem Eis war. Lomer, Fix' Partner bei der Arbeit, erwartete sie schon, er deutete mit dem Kopf auf die versammelte Menge und begrüßte sie mit den Worten: »Ihr kommt genau rechtzeitig.«

In der Küche, die schon bei ihrem Aufbruch voll gewesen war, drängten sich mittlerweile dreimal mehr Leute, mehrheitlich Männer. Beverleys Mutter und das Baby waren verschwunden. Beverley stand an der Spüle und halbierte mit dem Fleischermesser Orangen wie am Fließband, die sie von einem großen Haufen auf dem Tresen nahm, während die beiden Staatsanwälte von der Bezirksstaatsanwaltschaft L. A. County, Dick Spencer und Albert Cousins, beide inzwischen in Hemdsärmeln, die Orangenhälften auf Zitruspressen aus Metall auspressten. Sie waren hochrot, der Schweiß stand ihnen auf der Stirn, auf ihren geöffneten Hemdkragen waren erste feuchte, dunkle Flecken zu erkennen, während sie schufteten, als hinge die Sicherheit der Stadt davon ab, dass sie ausreichend Orangensaft auspressten.

Beverleys Schwester Bonnie, die sich nun offenbar gern nützlich machte, pflückte Dick Spencer die beschlagene Brille von der Nase und wischte sie mit einem Geschirrtuch trocken, obwohl Dick irgendwo im Gewühl der Gäste eine tüchtige Gattin dabeihatte. Mit seiner frisch gewonnenen Klarsicht entdeckte er Fix und Tom und rief: »Her mit dem Eis!«

»Eis!«, schrie Bonnie begeistert, denn es stimmte schon, es war brütend heiß, und Eis klang besser als alles andere. Sie ließ das Geschirrtuch aus der Hand fallen, um Tom seine beiden Beutel abzunehmen und in die Spüle zu stellen, mitten auf die säuberlich ausgepressten Orangenschalen. Dann nahm sie auch Fix die Beutel ab. Für das Eis war sie zuständig.

Beverley legte das Messer weg. »Perfektes Timing.« Mit diesen Worten steckte sie einen Pappbecher in den offenen Beutel und schöpfte drei bescheidene Würfel heraus, als wolle sie das Eis lieber gut einteilen. Sie goss einen kleinen Drink ein – halb Gin, halb Orangensaft aus der vollen Kanne. Dann noch einen und noch einen und immer so weiter, während die Becher durch die Küche und zur Tür hinaus durchgereicht wurden, an die Gäste, die draußen im Esszimmer warteten.

»Ich habe auch Tonicwater besorgt«, sagte Fix und blickte auf die Tüte hinab, die er noch in der Hand hielt. Womit er vor allem gegen den Eindruck protestierte, dass man ihn und seinen Bruder in ihrer Abwesenheit, während sie beim Supermarkt waren, irgendwie ausgebootet hatte.

»Orangensaft ist besser«, erklärte Albert Cousins und legte kurz eine Pause ein, um den Drink hinunterzustürzen, den Bonnie ihm gemixt hatte. Bonnie, die gerade noch für Polizisten geschwärmt hatte, hatte ihre Gunst anscheinend auf die beiden Staatsanwälte verlagert.

»Ja, für Wodka«, entgegnete Fix. Screwdriver. Wodka-Orange. Das wusste jeder.

Doch Cousins deutete nur wortlos mit dem Kopf auf ihn, den Ungläubigen, und da reichte Beverley ihrem Mann auch schon einen Drink. Fast so, als hätten sie und Cousins sich auf einen geheimen Code verständigt. Fix hielt den Becher umfasst, ohne zu trinken, und starrte den ungeladenen Gast an. Er hatte seine drei Brüder im Haus, zahlreiche kräftige Kollegen vom Los Angeles Police Department sowie einen Priester, der immer samstags ein Boxtraining für Jungen abhielt, die auf die schiefe Bahn zu geraten drohten; sie alle, da war er sich sicher, würden ihm beim Rauswurf eines einzelnen stellvertretenden Bezirksstaatsanwalts helfen.

»Prost«, sagte Beverley mit leiser Stimme, weniger ein Trinkspruch als eine Aufforderung, und Fix, der noch immer das Gefühl hatte, gegen etwas protestieren zu müssen, hob den Becher an die Lippen und trank.

Pater Joe Mike saß in dem schmalen Schattenstreifen an der Rückseite des Hauses, bequem an die Mauer gelehnt und mit angewinkelten Beinen. Den Becher mit Gin-Orangensaft ließ er vor sich auf dem Knie ruhen, das in eine schwarze Hose gehüllt war. Seine Priesterhose. Der Drink war sein vierter oder dritter, so genau wusste er das nicht mehr, und es bekümmerte ihn auch nicht übermäßig, da die Drinks nur sehr klein waren. Im Geist formulierte er eine Predigt für den kommenden Sonntag. Eine Predigt, in der er seiner Gemeinde, den wenigen Mitgliedern, die sich gerade nicht mit ihm im Garten der Keatings aufhielten, davon künden wollte, wie sich hier heute die wundersame Brotvermehrung gewissermaßen wiederholt hatte. Aber wie konnte er dabei den Alkohol aus der Geschichte wringen? Dass er Zeuge eines Wunders geworden war, glaubte er natürlich ebenso wenig wie die anderen Anwesenden, aber ihm war eine perfekte Erklärung dafür geliefert worden, wie jenes Wunder zu Christi Zeiten womöglich zustande gekommen war. Es war eine große Flasche Gin gewesen, die Albert Cousins zu der Feier mitgebracht hatte, gewiss, aber auf keinen Fall groß genug, um die über einhundert Gäste mit Drinks zu versorgen, fallweise sogar mehrfach, von denen nun einige ausgelassen tanzten, kaum einen Meter von ihm entfernt. Und auch wenn die Äste der beiden, nunmehr kahl gepflückten, Orangenbäume hier im Garten sich schwer unter der Last der Früchte gebogen hatten, sie hätten nie und nimmer genügend Saft ergeben, um den Durst der gesamten Festgesellschaft zu stillen. Orangensaft passte nach landläufiger Meinung nicht zu Gin, und außerdem, wer rechnete denn bei einer Taufe schon mit einer hochprozentigen Erfrischung? Niemand hätte es den Keatings verübelt, wenn sie den Gin einfach in ihre Hausbar gestellt hätten. Aber Fix Keating hatte die Flasche seiner Frau gegeben, und seine Frau, die ausgelaugt war von dem Stress, eine gelungene Feier auszurichten, brauchte einen Drink. Und wenn sie sich einen Drink genehmigte, dann waren bei Gott alle Gäste herzlich eingeladen, sich ebenfalls einen hinter die Binde zu kippen. In mancher Hinsicht handelte es sich hier um Beverley Keatings ureigenes Wunder. Albert Cousins, der Mann, dem der Gin zu verdanken war, hatte auch die Mischung mit Orangensaft angeregt. Jener Albert Cousins hatte bis vor etwa zwei Minuten neben Pater Joe Mike gesessen und ihm erzählt, dass er aus Virginia stamme und auch nach drei Jahren in Los Angeles noch immer ganz erschlagen von der Fülle von Zitrusfrüchten sei, die hier in den Bäumen hingen. Bert – er forderte den Priester auf, ihn Bert zu nennen – war mit tiefgefrorenem Konzentrat aufgewachsen, das in Kannen mit Wasser zu einem Getränk vermischt wurde, welches, aber das konnte er damals noch nicht ahnen, nicht das Geringste mit richtigem Orangensaft zu tun hatte. Heute tranken seine Kinder mit derselben Selbstverständlichkeit frischgepressten Orangensaft, mit der er einst als Junge Milch getrunken hatte. Sie pressten ihn aus den Früchten, die sie von den Bäumen in ihrem eigenen Garten pflückten. Im Unterarm seiner Frau, Teresa, waren schon ganz neue Muskeln zu erkennen, weil sie so oft von Hand Orangen auspresste, während die Kinder ihre Becher in die Höhe hielten und auf Nachschub warteten. Sie waren ganz versessen auf Orangensaft, erzählte Bert ihm. Sie tranken ihn morgens zu ihren Cornflakes, außerdem fror Teresa ihn in Tupperware-

Formen zu Eis am Stiel ein, das sie den Kindern nachmittags als kleine Erfrischung für zwischendurch reichte, und abends tranken er und Teresa den Saft auf Eis, mit Wodka oder Bourbon oder Gin. Genau das schien kein Mensch zu begreifen – es kam nicht darauf an, womit man ihn mischte, worauf es ankam, war einzig der Saft selbst. »Das vergessen die Leute hier in Kalifornien gern«, sagte Albert. »Weil sie in der Hinsicht verwöhnt sind.«

»Stimmt«, räumte Pater Joe Mike ein, der selbst in Oceanside aufgewachsen war und im Stillen darüber staunte, mit welcher Begeisterung sich dieser Typ über Orangensaft ausließ.

Der Priester merkte, dass sich seine Gedanken auf Abwege verirrten, nicht unähnlich den Juden bei ihrer Wanderschaft durch die Wüste, und versuchte sich wieder auf seine Predigt zu konzentrieren: Beverley Keating warf also einen Blick in ihre nur spärlich bestückte Hausbar und nahm alles heraus, was sie dort vorfand – eine zu zwei Dritteln geleerte Flasche Gin, eine noch fast volle Flasche Wodka und eine Flasche Tequila, die Fix' Bruder John ihnen vergangenen September aus Mexiko mitgebracht hatte und die noch verschlossen war, weil sie beide nicht recht wussten, was man mit Tequila machte. Sie kehrte mit den Flaschen in die Küche zurück, woraufhin beide Nachbarn von nebenan, die Nachbarn von gegenüber und drei der Leute, die unweit der Kirche wohnten, spontan angeboten hatten, bei sich zu Hause nachzusehen, was sie dort auf Lager hatten; und als diese Nachbarn zurückkehrten, brachten sie nicht bloß Flaschen mit, sondern auch Orangen. Bill und Susie kehrten mit einem Kopfkissenbezug voller Früchte zurück, die sie eilig bei sich im Garten gepflückt hatten. Da diese erste Fuhre, die sie der Feier spendeten, kaum ein Tropfen auf den heißen Stein war, erklärten sie sich umgehend bereit, noch drei weitere Kissenbezüge voll zu holen. Andere Gäste folgten ihrem Beispiel und liefen nach Hause, um beizusteuern, was die Orangenbäume in ihrem Garten und das Spirituosenregal in ihrer Speisekammer hergaben. Ihre Ausbeute brachten sie zu den Keatings, bis deren Küchentisch an eine gut sortierte Bar erinnerte und die Arbeitsfläche an einen Obstlieferwagen.

Bestand möglicherweise darin das wahre Wunder? Dass Jesus nicht etwa ein reich bestücktes Büfett aus Seinem heiligen Ärmel geschüttelt und alle eingeladen hatte, sich mit Ihm an Fisch und Broten gütlich zu tun, sondern dass die Menschen, die ihr Mittagsmahl in Ziegenlederbeuteln mitgebracht hatten, vielleicht ein wenig mehr, als sie für sich und ihre Familien benötigten, aber gewiss zu wenig, um damit die Massen zu sättigen, sich vom Beispiel ihres Lehrers und Seiner Jünger zu unerschrockener Freigiebigkeit hatten anregen lassen? Ähnlich, wie sich die Menschen bei dieser Tauffeier von der Freigiebigkeit Beverley Keatings hatten anregen lassen, oder vielleicht auch von ihrem Anblick in jenem gelben Kleid, mit ihrer hellblonden Hochsteckfrisur, die den Blick auf ihren glatten Nacken freigab, diesen Nacken, der so anmutig im hinteren Ausschnitt des gelben Kleides verschwand. Pater Joe Mike trank einen Schluck. Und hinterher sammelten die Jünger nicht weniger als zwölf Körbe voller Reste ein. Er sah sich um, musterte all die Becher, die auf den Tischen und Stühlen standen, teils auch auf der Erde, meist noch mit einem kleinen Getränkerest darin. Wie viel mochten sie wohl noch übrig haben, wenn sie alle Reste zusammenkippen würden? Pater Joe Mike schämte sich ein wenig dafür, nicht seinerseits ins Pfarrhaus geeilt zu sein, um ebenfalls etwas beizusteuern. Davon abgehalten hatte ihn der Gedanke, wie es auf seine Schäfchen wirken mochte, dass er als Priester bei sich daheim Gin hortete; darüber hatte er die Gelegenheit verpasst, sich ebenso selbstlos wie die anderen an dieser Gemeinschaftsanstrengung zu beteiligen.

Jemand tippte sacht von vorn an einen seiner Schuhe. Pater

Joe Mike, der bisher versonnen in den Becher auf seinem Knie gestarrt hatte, blickte auf und sah Bonnie Keating vor sich stehen. Nein, das war nicht richtig. Es war ja ihre Schwester, die mit Fix Keating verheiratet war, sie hieß also anders, Bonnie Soundso. Bonnie Beverleys-Mädchenname.

»Hey, Pater.« Auch sie hielt so einen Becher in der Hand wie er, ganz lässig zwischen Daumen und Zeigefinger.

»Bonnie«, sagte er, um einen Tonfall bemüht, der davon ablenkte, dass er gerade auf der Erde hockte und Gin trank. Wobei er nicht ganz sicher war, ob es sich noch um Gin handelte; es konnte ebenso gut Tequila sein.

»Ich wollte fragen, ob Sie vielleicht mit mir tanzen würden.«

Bonnie X trug ein Kleid mit blauem Blümchenmuster, das so kurz war, dass ein Priester ins Grübeln geraten konnte, wo er genau hinschauen sollte; wobei er ihr fairerweise zugutehalten musste, dass sie am Morgen beim Ankleiden wahrscheinlich nicht damit gerechnet hatte, später ins Blickfeld von Männern zu geraten, die vor ihr am Boden saßen. Er wollte etwas Onkelhaftes erwidern, dass er nicht tanze, weil er aus der Übung sei, aber dann wurde ihm klar, dass er nicht alt genug war, um ihr Onkel zu sein; oder ihr Vater, wie sie ihn auf Lateinisch genannt hatte. Also erwiderte er schlicht: »Nein. Das ist keine gute Idee.«

Bonnie X ließ sich nicht entmutigen. Sie ging vor ihm in die Hocke, fraglos in der Absicht, sich mit ihm auf eine Augenhöhe zu begeben, damit sie sich etwas vertraulicher unterhalten konnten, und ohne daran zu denken, dass dabei der ohnehin kurze Kleidersaum noch weiter hochrutschte. Ihre Unterhose war ebenfalls blau, passend zu den Blümchen.

»Das Problem ist, hier sind alle verheiratet, verstehen Sie«, sagte sie, ohne ihre Stimme nennenswert zu dämpfen. »Und ich hab zwar nichts dagegen, mit einem Typen zu tanzen, der schon verheiratet ist, weil Tanzen meiner Meinung nach weiter nichts zu bedeuten hat. Aber die sind alle mit ihren Frauen da.«

»Und die Frauen finden schon, dass Tanzen nicht ganz so harmlos ist.« Er achtete jetzt bewusst darauf, ihr direkt ins Gesicht zu sehen.

»Genau«, sagte sie bekümmert und strich sich das glatte, mahagonibraune Haar hinters Ohr.

In diesem Augenblick hatte Pater Joe Mike eine Art Offenbarung: dass Bonnie X Los Angeles verlassen oder zumindest ins Valley umziehen sollte, irgendwohin, wo niemand ihre ältere Schwester kannte. Denn unabhängig von ihrer Schwester betrachtet war Bonnie ein sehr hübsches Mädchen. Verglich man die beiden jedoch, ähnelte Bonnie eher einem Shetlandpony, das neben einem Rennpferd stand; aber ihm war blitzartig klar, dass ihm ohne Beverley das Wort »Pony« nie eingefallen wäre. Über Bonnies Schulter hinweg konnte er sehen, dass Beverley Keating gerade in der Auffahrt mit einem Polizisten tanzte, der nicht ihr Mann war, und dass der Polizist einen sehr glücklichen Eindruck machte.

»Ach, bitte.« Bonnies Tonfall schwankte zwischen Flehen und Quengeln. »Wir sind, glaube ich, die beiden Einzigen hier, die nicht verheiratet sind.«

»Falls es dir um Verfügbarkeit geht, bin ich wohl nicht der Richtige.«

»Ich möchte doch bloß tanzen.« Dabei legte sie ihm die Hand aufs Knie, das Knie, auf dem kein Becher stand.

Pater Joe Mike war hin- und hergerissen, zumal er sich eben erst gescholten hatte, weil ihm der Anschein von Wohlanständigkeit wichtiger gewesen war als wahre mitmenschliche Güte. Hätte er sich auch nur zwei Sekunden um den äußeren Anschein gesorgt, wenn ihn seine Gastgeberin um einen Tanz gebeten hätte? Wenn nun statt ihrer Schwester Beverley Keating vor ihm gehockt hätte, mit ihren weit auseinanderstehenden blauen Augen ebenso dicht vor ihm und mit hochgerutschtem Kleid, das ihm einen Blick auf die Farbe ihrer Unterwäsche gewährte – hier gebot er sich Einhalt, mit einem fast unmerklichen Kopfschütteln. Kein guter Gedanke. Er versuchte kurz, sein Denken wieder auf die Fische und Brotlaibe zu richten, und als er dabei scheiterte, hielt er den Zeigefinger in die Höhe. »Aber nur einen Tanz«, betonte er.

Bonnie X strahlte ihn an, so dankbar und voller Seligkeit, dass Pater Joe Mike sich fragte, ob er je zuvor einer lebenden Seele eine solche Freude bereitet hatte. Sie stellten ihre Becher am Boden ab und versuchten, sich gegenseitig auf die Beine zu helfen, was nicht ganz einfach war. Ehe sie beide aufrecht dastanden, taumelten sie sich auch schon in die Arme. Von dort war es für Bonnie nur mehr ein kleiner Schritt, die Hände in Joe Mikes Nacken zu verschränken und an ihm zu hängen wie die Stola, die er umzulegen pflegte, wenn er die Beichte abnahm. Er legte ihr unbeholfen die Hände links und rechts an die Taille, an genau jene schmale Stelle, wo er die Wölbung ihres Brustkorbs an den Daumen spüren konnte. Falls andere Gäste sie beim Tanzen beobachteten, bemerkte er davon jedenfalls nichts. Tatsächlich überkam ihn ein Gefühl, als wäre er unsichtbar, sicher verborgen vor den Augen der Welt von der geheimnisvollen Wolke von Lavendelduft, die vom Haar der Schwester Beverley Keatings aufstieg.

Tatsächlich hatte Bonnie, ehe sie Pater Joe Mike in die Pflicht nahm, bereits einen Tanz ergattert, der nur leider schon nach knapp der Hälfte vorbei war. Sie hatte den unermüdlichen Dick Spencer kurz von den Orangen losgeeist, mit dem Argument, dass er mal Pause machen sollte, weil gewerkschaftlich garantierte Rechte auch für Männer galten, die Orangen auspressten. Dick Spencer trug eine Hornbrille mit dicken Gläsern, mit der er sehr intelligent aussah, viel intelligenter als Fix' Partner Lomer, der ihr stur die kalte Schulter zeigte, obwohl sie sich bereits zweimal lachend an ihn gelehnt hatte.

(Dick Spencer sah nicht nur intelligent aus, er war es auch. Und außerdem so kurzsichtig, dass er bei den wenigen Gelegenheiten, als ihm bei Rangeleien mit Verdächtigen die Brille vom Gesicht flog, so blind gewesen war wie ein Maulwurf. Die unbehagliche Vorstellung, einmal an jemanden zu geraten, der beim Zweikampf womöglich ein Messer oder eine Pistole zückte, die er mangels Brille nicht sehen konnte, gab für ihn den Ausschlag, sich zunächst an der Abendschule einzuschreiben und danach Jura zu studieren, bis hin zum erfolgreichen Examen und der Zulassung als Rechtsanwalt.) Bonnie nahm Spencers saftklebrige Hand und zog ihn hinaus auf die hintere Terrasse, wo sie sogleich zu tanzen begannen, in einem weiten Kreis, bei dem sie immer wieder mit anderen zusammenstießen. Sie hatte ihm die Arme um den Rücken gelegt und konnte spüren, wie dünn er unter seinem Hemd war. Aber nicht unangenehm dünn, sondern eher schmal auf die Art, die sich zweimal um ein Mädchen herumwickeln konnte. Cousins, der andere stellvertretende Bezirksstaatsanwalt, sah besser aus, richtig umwerfend eigentlich, aber er war auch selbstverliebt, dafür hatte sie ein Gespür. Dick Spencer dagegen war ein richtiger Schatz, auch das konnte sie spüren.

Diese Gedanken waren ihr gerade durch den Kopf gegangen, als sie auf einmal spürte, wie sie von einer Hand unsanft am Oberarm gepackt wurde. Sie hatte sich größte Mühe gegeben, beim Tanzen unentwegt in Dick Spencers Augen hinter den dicken Brillengläsern zu schauen, und dabei war ihr vor Anstrengung schwindlig geworden, oder vielleicht von etwas anderem. Sie klammerte sich an ihn und hatte die Frau nicht bemerkt, die auf sie zusteuerte. Hätte sie sie eher gesehen, hätte Bonnie sich rechtzeitig von ihm losmachen oder sich zumindest eine schlagfertige Bemerkung einfallen lassen können. Die Frau redete auf sie ein, sehr laut und sehr schnell, und Bonnie war bemüht, rein vorsichtshalber, von ihr so weit wie möglich Abstand zu halten. Als die Tirade endlich vorbei war, verließen Dick Spencer und seine Frau die Feier. Ganz abrupt, Knall auf Fall.

»Geht ihr schon?«, fragte Fix, als die beiden im Wohnzimmer an ihm vorbeirauschten.

»Hab ein Auge auf deine Familie«, sagte Mary Spencer.

Da Fix gerade auf der Couch saß, mit seiner älteren Tochter Caroline, die selig schlummernd auf seinem Schoß lag, nahm er irrtümlich an, dass Mary ihm ein Kompliment gemacht hatte, weil er gerade über den Schlaf seiner Tochter wachte. Vielleicht war er auch selbst halb eingeschlafen. Er klopfte Caroline leicht mit der Hand aufs Kreuz, und sie rührte sich nicht.

»Geh mal Cousins helfen«, sagte Dick noch über die Schulter, und dann waren sie auch schon zur Tür hinaus. Ohne sein Sakko und seine Krawatte, ohne sich von Beverley zu verabschieden.

Albert Cousins war tatsächlich nicht eingeladen gewesen. Am Freitag war er im Gerichtsflur an Dick Spencer vorbeigekommen, der sich gerade mit einem Cop unterhielt, einem Cop, den Cousins nicht kannte, der ihm aber irgendwie bekannt vorkam, so wie halt viele Cops. »Bis Sonntag«, mit diesen Worten hatte sich der Cop verabschiedet, und als er davonging, fragte Cousins Spencer neugierig: »Was ist am Sonntag?« Worauf Dick Spencer ihm erklärte, dass Fix Keating kürzlich Vater geworden war und am Sonntag bei ihm eine Feier anlässlich der Taufe des Neugeborenen stattfand.

»Das erste Kind?«, hatte Cousins gefragt, während er Keating nachblickte, wie er in seiner blauen Uniform den Flur entlangging.

»Nein. Das zweite.«

»So einen Aufwand treiben die für ein zweites Kind?«

»Sie sind katholisch«, sagte Spencer mit einem Achselzucken. »Die können ja nie genug bekommen.«

Cousins hatte zwar nicht direkt nach einer Feier gesucht, zu der er sich kurzerhand selbst einladen konnte, ganz unschuldig aber war seine Frage auch nicht gewesen. Sonntage waren ihm verhasst, und da der Sonntag nun mal als Familientag galt, gab es da kaum Einladungen. An Wochentagen verließ er morgens das Haus, wenn seine Kinder gerade aufwachten. Er wuschelte ihnen in der Regel kurz übers Haar, und nachdem er seiner Frau noch ein paar Anweisungen hinterlassen hatte, brach er auch schon zur Arbeit auf. Wenn er abends nach Hause kam, lagen sie schon im Bett und schliefen. Oder schliefen gerade ein. Er fand seine Kinder ganz reizend, wenn sie so an ihre Kissen geschmiegt dalagen, notwendig, und das war das Bild, das er von Montagmorgen bis Samstag früh von ihnen hatte. Denn samstagmorgens waren sie immer schon in aller Frühe putzmunter. Dann warfen sich Cal und Holly an seine Brust, noch ehe das erste Tageslicht durch die Plastikjalousien gedrungen war, und zankten sich bereits wegen irgendetwas, das in den drei Minuten vorgefallen war, seit sie beide wach waren. Sobald die Kleinste ihre Geschwister hörte, fing sie an, sich am Gitter ihres Bettchens hochzuziehen – ihre neueste Spezialität –, und was ihr an Schnelligkeit fehlte, machte sie durch zähe Beharrlichkeit wett. Sofern Teresa nicht schnell genug zur Stelle war, um sie aufzufangen, ließ sie sich zum Schluss von oben auf den Boden plumpsen, aber Teresa war schon auf, weil sie sich übergeben musste. Sie klinkte zwar die Tür des Badezimmers draußen im Flur hinter sich zu und ließ das Wasser laufen, um die Sache so diskret wie möglich über die Bühne zu bringen, aber ihr Würgen und Keuchen drang trotzdem bis ins Schlafzimmer herüber. Cousins warf seine älteren Kinder von sich, sodass die beiden, die federleicht waren, in einem Knäuel auf der zusammengelegten Tagesdecke am Fußende des Ehebetts landeten. Unter kreischendem Gelächter stürzten sie sich erneut auf ihn, aber er konnte jetzt nicht mit ihnen spielen und wollte nicht mit ihnen spielen, ebenso wenig, wie er aufstehen und sich um das Baby kümmern wollte, aber genau das musste er tun.

Und so nahm der Tag seinen Lauf. Teresa lag ihm damit in den Ohren, dass es für sie möglich sein müsste, allein zum Einkaufen zu fahren, oder dass die Leute, die unten an der Ecke wohnten, eine Grillparty veranstalteten und sie schon an der letzten Grillparty nicht teilgenommen hatten. Immerzu heulte ein Kind; eines machte den Anfang, dann schloss sich ein zweites an, bis mit kurzer Verzögerung auch das dritte mit einstimmte, dann beruhigten sich zwei wieder, und der Kreislauf konnte von vorn beginnen. Schon vor dem Frühstück knallte das Baby gegen die Glastür im Arbeitszimmer und zog sich eine Platzwunde an der Stirn zu. Teresa kauerte vor der Kleinen am Boden und fragte Bert, ob die Wunde seiner Ansicht nach genäht werden musste, während sie hektisch mit kleinen Pflastern hantierte. Da Bert kein Blut sehen konnte, wandte er den Blick ab und erklärte, nein, das sei nicht nötig. Holly weinte, weil auch das Baby weinte, und sagte, ihr tue der Kopf weh. Cal war nirgends zu sehen – obwohl er sonst immer herbeiflitzte, wenn er Geschrei hörte, sei es von seinen Schwestern oder seinen Eltern. Cal fand es gut, wenn es Zoff gab. Teresa blickte mit von der Wunde des Babys blutigen Fingern auf und fragte ihren Mann, wo Cal steckte.

Die ganze Woche watete Cousins durch den Morast der Zuhälter und prügelnden Ehemänner, der kleinen Diebe. Er gab sein Bestes im Angesicht von voreingenommenen Richtern und dösenden Geschworenen. Er redete sich ein, dass er all die Kriminalität in Los Angeles am Wochenende hinter sich lassen und sich ganz seiner Familie widmen würde, den Kindern in ihren Schlafanzügen und seiner wieder schwangeren Frau, doch meist hielt er nur bis Samstagmittag durch, ehe er sich von Teresa mit der Erklärung verabschiedete, er müsse vor der ersten Anhörung am Montag noch mal ins Büro. Und er fuhr tatsächlich zur Arbeit, das war das Lustige. Anfangs war er ein paar Mal nach Manhattan Beach gefahren, um an der Strandpromenade einen Hot Dog zu essen und mit den hübschen Mädchen in Bikinioberteil und heißen Höschen zu flirten, hatte sich dabei aber einen Sonnenbrand geholt, den Teresa sofort kommentierte. Also fuhr er ins Büro und saß dort unter all den Männern, die er schon die ganze Woche über um sich hatte. Sie nickten einander ernsthaft zu und erledigten in diesen drei, vier Stunden am Samstagnachmittag in der Regel mehr Arbeit als an jedem anderen Tag der Woche.

Am Sonntag aber konnte er sich das nicht noch einmal antun, weder die Kinder noch die Frau noch den Job, und entsann sich einer Tauffeier, zu der er nicht eingeladen war. Teresa sah ihn an, und ihr Gesicht strahlte kurz vor Hoffnung. Ihre Nase und ein Teil der Wangen waren noch immer mit Sommersprossen gesprenkelt, und das mit einunddreißig. Sie äußerte oft den Wunsch, dass sie sonntags mit den Kindern in die Kirche gingen, auch wenn er nicht an die Kirche glaubte oder an Gott und so weiter, weil sie der Ansicht war, dass ihnen als Familie dieser allwöchentliche Brauch guttun würde. Nun dachte sie, dass diese Feier dafür ein guter Anfang wäre. Sie könnten alle zusammen hingehen.

»Nein«, sagte er. »Es ist was Berufliches.«

Sie blinzelte verdattert. »Eine Tauffeier?«

»Der Typ ist Polizist.« Im Stillen betete er, dass sie nicht fragen würde, wie dieser Polizist hieß; das war ihm nämlich gerade komplett entfallen. »Nicht ganz unwichtig, so ein Machertyp, verstehst du? Das ganze Büro geht hin. Ich muss bloß meine Aufwartung machen.«

Sie hatte gefragt, ob das Baby ein Junge oder ein Mädchen war und ob er ein Geschenk hatte. Gleich darauf war aus der Küche ein Krachen zu hören, gefolgt von anhaltendem Scheppern und Klirren, wie von Rührschüsseln aus Metall. An ein Geschenk hatte er gar nicht gedacht. Kurzentschlossen ging er zur Hausbar und nahm eine Flasche Gin heraus. Es war eine große Flasche, mehr, als er eigentlich zu verschenken bereit war, aber nach einem Blick auf das noch intakte Verschlusssiegel zauderte er nicht länger.

So kam es, dass er nun in Fix Keatings Küche stand und Orangen auspresste, allein, da Dick Spencer soeben seinen Posten verlassen hatte, mit der unscheinbaren Schwester der Blondine als Trostpreis. Er würde weitermachen, weiter den zuverlässigen Helfer spielen, in der Hoffnung, selbst bei der Blondine landen zu können. Für dieses Ziel würde er notfalls jede einzelne Orange in Los Angeles County auspressen. In dieser Stadt, die die Schönheit sozusagen erfunden hatte, war sie die möglicherweise schönste Frau, mit der er je geredet hatte, auf jeden Fall die schönste Frau, neben der er je in einer Küche gestanden hatte. Gewiss, es war vor allem ihre Schönheit, die er reizvoll fand, aber da war noch mehr: immer wenn sie ihm die nächste Orange anreichte, hatte es leise zwischen ihren Fingern geknistert. Ein elektrisches Knistern, so greifbar wie die Frucht, er spürte es jedes Mal. Sich an eine verheiratete Frau heranzumachen, dessen war er sich bewusst, war keine gute Idee. Zumal, wenn man sich im Haus der Frau aufhielt, ihr Mann ebenfalls zugegen und zufällig auch noch Polizist war, und dann noch bei einer Tauffeier für ihr zweites gemeinsames Kind. Aber obschon ihm das alles klar war, gelangte Cousins mit jedem Drink mehr zu der Überzeugung, dass hier höhere Kräfte am Werk waren. Der Priester, mit dem er sich vor einer Weile auf der Terrasse unterhalten hatte, war nicht so betrunken wie er, und dieser Priester hatte eindeutig gesagt, dass hier heute etwas Außerordentliches vor sich ging. Das konnte man auch so auslegen, dass heute alles möglich war. Cousins griff mit der Linken nach seinem Becher und pausierte kurz, weil sich bei ihm langsam ein Krampf anbahnte. Zur Lockerung ließ er seine Hand im Gelenk kreisen, wie er es schon mal bei Teresa gesehen hatte.

Fix Keating stand in der offenen Tür und beobachtete ihn,

als wüsste er genau, was ihm durch den Kopf ging. »Dick hat gemeint, jetzt wäre ich an der Reihe.« Der Cop war von der Statur her nicht sonderlich imposant, doch er wirkte prinzipiell angespannt und reizbar, als würde er permanent auf eine Gelegenheit lauern, sich in eine Schlägerei zu stürzen. So waren alle irischen Cops, es war ihr Naturell.

»Sie sind der Gastgeber«, wehrte Cousins ab. »Da sollten sie nicht hier in der Küche stehen und Saft machen.«

»Sie sind der Gast«, erwiderte Fix und nahm ein Messer zur Hand. »Sie sollten zu den anderen gehen und sich amüsieren.«

Aber Cousins war kein übermäßig geselliger Mensch. Wäre er von Teresa mit hergeschleppt worden, hätte er es bei dieser Feier keine zwanzig Minuten ausgehalten. »Nein, nein«, sagte er. »Ich kenne meine Stärken.« Er nahm den Aufsatz von der Zitruspresse, in dessen Rillen eine Menge Fruchtfleisch haftete, und spülte ihn kurz unter Wasser ab, ehe er den ausgepressten Saft in eine grüne Plastikkanne goss. Eine Zeit lang arbeiteten sie Seite an Seite, ohne zu reden. Cousins gab sich einem kleinen Tagtraum über die Frau des anderen hin. Als sie sich in seiner Phantasie gerade über ihn neigte, mit der Hand an seiner Wange, während er ihr mit der Hand den Oberschenkel hinauffuhr, meldete sich Fix zu Wort. »Ich glaube, jetzt habe ich es.«

Cousins hielt inne und sah ihn an. »Was?«

Fix schnitt Orangen entzwei. Dabei schob er das Messer nicht von sich fort, wie Cousins auffiel, sondern zog es auf sich zu. »Es war ein Autodiebstahl.«

»Was war ein Autodiebstahl?«

»Daher kenne ich Sie. Darüber habe ich mir den Kopf zerbrochen, seit Sie vorhin vor der Tür standen. Ist zwei Jahre her, würde ich sagen. Wie der Typ hieß, weiß ich nicht mehr, aber er hat ausschließlich rote El Caminos geklaut.«

Solche Einzelheiten blieben Albert Cousins, wenn's hochkam, einen Monat lang im Gedächtnis, nachdem ihn der betreffende Fall beschäftigt hatte; mitunter auch nur eine Woche, wenn er viel zu tun hatte. Autodiebstahl war sozusagen ihr täglich Brot. Wenn in Los Angeles keine Autos gestohlen würden, könnten die Cops und Staatsanwälte an ihren Schreibtischen den ganzen Tag Karten spielen und darauf warten, dass es mal einen Mord gab. Die Autodiebstähle verschwammen alle miteinander – manche Autos wurden weiterverscherbelt, wie sie waren, andere wurden in irgendwelchen dubiosen Werkstätten ausgeschlachtet –, weil ein Diebstahl letzten Endes so banal war wie der andere. Bis auf diesen einen Fall, bei dem der Täter ausschließlich rote El Caminos gestohlen hatte.

»D'Agostino«, sagte Cousins wie aus der Pistole geschossen und wiederholte den Namen dann noch einmal, weil ihm ein Rätsel war, wie sein Gedächtnis ihm dieses Geschenk hatte machen können. Es war wohl wirklich ein ganz besonderer Tag, das war die einzige Erklärung.

Fix schüttelte anerkennend den Kopf. »Der Name wäre mir nicht mehr eingefallen, da hätte ich lange grübeln können. Aber ich erinnere mich an ihn. Er hielt es für einen Beweis von Niveau, sich auf diesen einen Autotyp zu konzentrieren.«

Cousins fühlte sich kurz wie ein Hellseher, als hätte er die Verfahrensakte aufgeschlagen vor sich liegen. »Der Pflichtverteidiger führte ins Feld, dass die Durchsuchung rechtswidrig gewesen sei. Die Autos standen alle in einer Art Lagerhalle.« Er hielt beim Hin-und-her-Drehen der Orange kurz inne und schloss die Augen, um sich zu konzentrieren. Vergeblich. »Ich weiß nicht mehr, wo.«

»In Anaheim.«

»Donnerwetter. Das wäre mir nicht mehr eingefallen.«

»Tja, so kann's gehen«, sagte Fix. »Das war Ihre Gedächtnislücke.«

Aber jetzt war plötzlich alles weg. Cousins konnte sich nicht mal mehr erinnern, wie der Fall ausgegangen war. Ein Unding; Strafverteidiger, Delikte, die beteiligten Cops, all das mochte im Nu vergessen sein, aber wenn er eins nicht vergaß, dann Urteile – so wenig wie ein Boxer vergaß, welcher Gegner ihn k. o. geschlagen und wen umgekehrt er auf die Matte geschickt hatte. »Er ist eingefahren«, sagte Cousins, obwohl er sich nicht hundert Prozent sicher war. Aber er ging davon aus, dass ein Gauner, der so dumm war, nichts als rote El Caminos zu stehlen, auf jeden Fall eine Haftstrafe erhalten hatte.

Fix nickte und konnte sich ein Grinsen nicht verkneifen. Natürlich war der Typ eingebuchtet worden. Ein Verdienst, das sie sich in gewisser Weise gemeinsam zuschreiben konnten.

»Dann waren Sie also der Detective in dem Fall.« Jetzt meinte Cousins ihn sogar vor sich zu sehen, im braunen Anzug. Detectives erschienen immer im braunen Anzug vor Gericht. Als würden sie sich alle ein und denselben Anzug teilen.

»Nein. Ich hab ihn bloß verhaftet«, sagte er. »Aber ich stehe vor der Beförderung zum Detective.«

»Haben Sie auch eine Todeskarte?« Den Ausdruck benutzte Cousins, um bei seinem Gegenüber Eindruck zu schinden, warum, war ihm nicht ganz klar. Vielleicht, um zu zeigen, dass er auch als stellvertretender Bezirksstaatsanwalt der noch untersten Besoldungsstufe über die spezielle Art von Buchführung der Cops Bescheid wusste. Fix allerdings nahm die Frage ganz wörtlich; er trocknete sich rasch die Hände ab und zog seine Geldbörse aus der Gesäßtasche. Nach kurzem Blättern wurde er fündig.

»Noch vierzehn.« Er reichte Cousins einen zusammengefalteten Zettel. Dieser wischte sich erst die Hände ab, ehe er ihn im Empfang nahm.

Auf dem Zettel standen weit mehr als vierzehn Namen, eher an die dreißig, wobei »Francis Xavier Keating« ganz unten stand. Die Hälfte der Namen aber war säuberlich durchgestrichen, was bedeutete, dass Fix Keating näher an eine Beförderung heranrückte. »Mein Gott«, sagte Cousins. »So viele von denen sind gestorben?«

»Nicht gestorben.« Fix ließ sich die Liste zurückgeben, um die durchgestrichenen Namen durchzugehen. Er hielt den Zettel etwas höher ins Licht der Küchenlampe. »Na ja, ein paar schon. Die anderen sind entweder schon befördert worden oder aus dem Polizeidienst ausgeschieden, weggezogen, egal – sie sind gestrichen.«

In der offenen Tür tauchten zwei ältere Frauen auf, im feinen Sonntagsstaat; es schien, als müssten sie sich gegenseitig stützen. Als Fix hinübersah, winkten sie ihm beide zu.

»Ist die Bar noch offen?«, fragte die kleinere. Sie versuchte, halbwegs nüchtern zu klingen, hickste aber mitten im Satz und sie und ihre Freundin fingen an zu kichern.

»Darf ich vorstellen, meine Mutter.« Fix deutete auf die Frau, die gesprochen hatte. Dann wies er auf die andere, eine verblühte Blondine mit einem offenen, fröhlichen Gesicht. »Meine Schwiegermutter. Das hier ist Al Cousins.«

Cousins trocknete sich abermals die Hand ab, ehe er sie den Frauen reichte. »Bert«, stellte er klar. »Was würden die Damen gern trinken?«

»Egal. Was noch übrig ist«, sagte die Schwiegermutter. Die Ähnlichkeit zu ihrer Tochter war noch zu entdecken, an der kerzengeraden Haltung, auch ihr Hals war ähnlich lang und grazil. Es war grausam, was die Zeit Frauen antat.

Cousins nahm eine Flasche Bourbon, die in Reichweite stand, und bereitete zwei Drinks zu. »Was für eine nette Feier«, sagte er. »Amüsieren sich draußen alle noch?«

»Ich war der Ansicht, dass sie zu lange gewartet haben«, erwiderte Fix' Mutter, als sie ihren Becher entgegennahm.

»Du bist eine Schwarzseherin«, rügte die Schwiegermutter sie liebevoll.

»Nein, bin ich nicht«, widersprach die Mutter. »Ich bin bloß vorsichtig. Man kann nie vorsichtig genug sein.«

»Womit haben sie zu lange gewartet?«, hakte Cousins nach, während er den zweiten Drink hinüberreichte.

»Mit der Taufe«, meldete sich Fix zu Wort. »Sie hatte Angst, dass die Kleine ungetauft sterben könnte.«

»War Ihr Baby krank?«, fragte Cousins. Er war im episkopalischen Glauben erzogen worden, den er jedoch längst abgelegt hatte. Wenn er sich recht entsann, kamen episkopalische Babys auch ohne Taufe in den Himmel.

»Nein«, erwiderte Fix. »Sie war und ist kerngesund.«

»Das kannst du nicht wissen«, widersprach seine Mutter mit einem Achselzucken. »Man weiß nie, was im Inneren eines Babys so vor sich geht. Dich und deine Brüder habe ich alle innerhalb der ersten vier Wochen taufen lassen. Da war ich eisern. Dieses Kind«, sie wandte sich Cousins zu, »ist schon fast ein Jahr alt. Sie passte nicht mal mehr ins Taufkleid der Familie.«

»Darum geht es also«, sagte Fix. Nach einem weiteren Achselzucken leerte seine Mutter mit einem beherzten Schluck ihren Becher und schüttelte ihn dann leicht, als würde etwas fehlen. Es gab kein Eis mehr, und das Eis war das Einzige gewesen, was die Trinker gewissermaßen gebremst hatte. Cousins nahm ihr den Becher ab, um für Nachschub zu sorgen.

»Jemand kümmert sich um das Baby«, sagte Fix zu seiner Mutter, weniger eine Frage als ein Heischen um Bestätigung.

»Das was?«, fragte sie.

»Das Baby.«

Sie dachte eine Weile mit halbgeschlossenen Augen nach, ehe sie bedächtig nickte. »Jemand«, sprang an ihrer Stelle die Schwiegermutter ein, ohne allzu überzeugend zu klingen.

»Wie kommt's«, wechselte Fix' Mutter unvermittelt das Thema, als würde sie das Baby jetzt nicht interessieren, »dass Männer ohne Weiteres den ganzen Tag in der Küche stehen, um Drinks zu mixen und Orangen für diese Drinks auszupressen, aber nie auf die Idee kämen, auch mal was zu essen zu machen?« Sie blickte ihren Sohn eindringlich an.

»Keine Ahnung«, sagte Fix.

Seine Mutter wandte sich wieder Cousins zu, der aber bloß wortlos den Kopf schüttelte. Sichtlich unzufrieden machten die Frauen kehrt, um sich mit ihren Getränken wieder unter die restlichen Gäste zu mischen.

»Ganz unrecht hat sie nicht«, sagte Cousins. Tatsächlich wäre es ihm nie eingefallen, hier nun Sandwiches zu machen. Obwohl ihm bei der Gelegenheit auffiel, dass er eins hätte gebrauchen können, dass er gern eins gehabt hätte. Also goss er sich noch einen Drink ein.

Fix nahm sich die nächste Orange vor und fing an, sie durchzuschneiden. Ganz gemächlich, denn er war ein vorsichtiger Mensch. Auch betrunken hatte er nicht vor, sich einen Finger abzusäbeln. »Haben Sie auch Kinder?«, erkundigte er sich.

Cousins nickte. »Drei ein Drittel.«

Fix stieß einen Pfiff aus. »Sie sind nicht faul.«

Cousins fragte sich kurz, wie das gemeint war. Dass er nicht faul war, weil er hinter seinen Kindern herlaufen musste? Oder weil er ständig seine Frau bestieg? Na, wie dem auch sei. Er warf eine weitere Orangenschale in die schon randvolle Spüle. Wieder ließ er seine Hand kurz kreisen.

»Machen Sie mal Pause«, empfahl Fix.

»Ich hatte schon Pause.«

»Dann machen Sie noch eine. Wir haben noch Saft in Reserve, und wenn die beiden als Gradmesser taugen, wie es um die anderen steht, wird bald kein Mensch mehr den Weg in die Küche finden.«

»Wo ist Dick?«

»Schon fort. Ist mit seiner Frau holterdiepolter aufgebrochen.«

Das kann ich mir vorstellen, überlegte Cousins, während ihm spontan seine eigene Frau vor Augen stand, das Chaos und ständige Geschrei bei ihm zu Hause. »Wie spät haben wir es denn überhaupt?«

Fix sah auf seine Uhr, eine Girard-Perregaux, ein für einen Polizisten verblüffend edles Stück. Es war Viertel vor vier, locker zwei Stunden später, als beide Männer geschätzt hätten.

»Himmel, ich muss mich wohl auf die Socken machen«, meinte Cousins erschrocken. Hatte er nicht zu Teresa gesagt, er würde spätestens mittags zurück sein? Ja, da war er sich ziemlich sicher.

Fix nickte. »Alle in diesem Haus, die nicht meine Frau oder meine Töchter sind, sollten sich jetzt auf die Socken machen. Aber seien Sie so gut – suchen Sie erst die Kleine für mich. Finden Sie heraus, wer sie gerade hat. Wenn ich jetzt da rausgehe, wollen alle mit mir quatschen, und dann wird es Mitternacht, ehe ich sie gefunden habe. Drehen Sie draußen schnell eine Runde, seien Sie so nett! Damit sie nicht etwa von einem Besoffenen auf einem Stuhl vergessen worden ist.«

»Woran erkenne ich die Kleine denn?«, fragte Cousins. Ein Baby, fiel ihm jetzt auf, hatte er bisher nicht gesehen; und bei all den Iren wimmelte es hier sicherlich nur so von Kindern.

»Sie ist die Kleinste«, erwiderte Fix in plötzlich gereiztem Tonfall, als sei Cousins ein Trottel, als sei das der Grund, warum manche eben keine Polizisten, sondern nur Juristen sein konnten. »Die in dem feinen Kleidchen. Es ist schließlich ihre Feier.«

Die Menschenmenge ließ Cousins passieren. Teilte sich vor ihm und schloss sich hinter ihm wieder, schob ihn förmlich weiter. Im Esszimmer waren alle Teller und Servierplatten wie abgegrast, kein einziger Kräcker war mehr übrig, keine gestiftelte Möhre, gar nichts. Die Unterhaltungen, die Musik und das betrunkene Gelächter verschmolzen zu einem einzigen unentwirrbaren Geräuschblock, aus dem sich hin und wieder einzelne Wörter oder Sätze herausschälten – *Und hinterher stellt sich raus, während er redet, war sie die ganze Zeit in seinem Kofferraum.* Irgendwo im Haus, in einem Flur, den er nicht sehen konnte, wurde eine Frau von einem solchen Lachanfall geschüttelt, dass sie offenbar nach Luft rang und immer wieder schrill *Stopp! Stopp!* rief. Er sah Kinder, überall Kinder, von denen manche unbemerkt Becher aus den Fingern abgelenkter Erwachsener stibitzten, um sie gierig auszutrinken. Babys sah er keine. Das Zimmer war die reinste Sauna, und die Detectives hatten nun ihre Sakkos abgelegt, sodass die Dienstrevolver zu sehen waren, die sie am Gürtel oder umgeschnallt im Schulterholster trugen. Cousins fragte sich, wie ihm zuvor hatte entgehen können, dass die Hälfte der Gäste bewaffnet waren. Er trat durch die offenen Glastüren auf die Terrasse und blickte in die Nachmittagssonne, die den Vorort Downey beschien, wo es keine einzige Wolke gab, nie eine gegeben hatte und auch nie eine geben würde. Er sah seinen Freund, den Priester, der mit der jüngeren Schwester in den Armen reglos dastand, als hätten die beiden so lange getanzt, dass sie darüber im Stehen eingeschlafen waren. Männer auf Gartenstühlen unterhielten sich mit anderen Männern, nicht wenige von ihnen mit einer Frau auf dem Schoß. Die Frauen, zumindest alle, die er hier sah, hatten irgendwann ihre Schuhe ausgezogen und sich die Strümpfe ruiniert. Keine von ihnen hielt ein Baby auf dem Arm, und auch in der Auffahrt war kein Baby zu entdecken. Cousins trat in die Garage und schaltete das Licht an. An der Wand war an zwei Haken eine Leiter aufgehängt, und auf einem Lagerregal standen saubere Farbdosen aufgereiht, nach Größe sortiert. Außerdem sah er eine Schaufel, einen Rechen, ein säuberlich aufgerolltes Verlängerungskabel, eine Werkzeugsammlung, alles an seinem Platz, alles wohlgeordnet. In der Mitte der Garage stand auf dem sauberen

Zementboden ein ebenso sauberer dunkelblauer Peugeot. Fix Keating hatte weniger Kinder, eine edlere Armbanduhr und ein französisches Auto, und eine viel attraktivere Frau. Dabei war der Typ noch nicht mal Detective. Hätte ihn jetzt irgendwer gefragt, hätte Cousins gesagt, dass es schon etwas verdächtig wirkte.

Als er eben begonnen hatte, sich den Wagen genauer anzusehen, der irgendwie sexy wirkte, einfach nur, weil er aus Frankreich war, fiel ihm das Baby wieder ein, das er suchen sollte. Er dachte an seine eigene Jüngste, Jeanette, die erst kürzlich Laufen gelernt hatte. Von der gestrigen Kollision mit der Glastür hatte sie eine Prellung an der Stirn, die Wunde war noch immer verpflastert, und ihn befiel Panik bei dem Gedanken, dass er eigentlich hatte auf sie aufpassen sollen. Klein Jeanette, er hatte keinen Schimmer, wo sie abgeblieben war! Teresa hätte wissen müssen, dass er für diese Aufgabe nicht der Richtige war, sie hätte ihm die Kleine nicht anvertrauen dürfen. Als er aber mit heftigem Herzklopfen aus der Garage trat, um sich auf die Suche nach ihr zu machen, sah er all die Leute, die heute hier bei Fix Keating zu Gast waren. Im Nu rückte sich die Ordnung des Tages wieder für ihn zurecht, und er blieb kurz stehen, mit der Hand an der Tür, und kam sich bei aller Erleichterung ein bisschen lächerlich vor. Gottlob, ihm war nichts und niemand abhandengekommen.

Als er noch einmal zum Himmel sah, stellte er fest, dass sich das Licht bereits spürbar veränderte. Er würde Fix sagen, dass er nun nach Hause musste, er hatte schließlich selbst Kinder, die auf ihn warteten. Er kehrte ins Haus zurück, um ein Badezimmer zu suchen, und fand zunächst zwei Wandschränke. Im Bad dann wusch er sich das Gesicht mit kaltem Wasser, ehe er wieder auf den Flur hinausging. In der Wand gegenüber gab es noch eine Tür. Es war kein großes Haus, aber es schien nur aus Türen zu bestehen. Er öffnete die Tür. Der Raum dahinter war in gedämpftes Licht getaucht, das Rollo war heruntergelassen. Es war ein Kleinmädchenzimmer, mit einem rosaroten Teppich und einer rosaroten Tapetenbordüre, auf der fette Karnickel umherhoppelten. Bei ihm zu Hause gab es ein ähnliches Zimmer, das Holly sich mit Jeanette teilte. In der Ecke sah er ein Doppelbett, auf dem drei kleine Mädchen lagen und schliefen, mit ineinander verknäulten Beinen und im Haar der jeweiligen Nachbarin vergrabenen Fingern. Das Einzige, was er irgendwie übersah, war Beverley Keating, die mit dem Baby am Wickeltisch beschäftigt war. Beverley sah ihn an, und gleich darauf lächelte sie.

»Ich kenne Sie«, sagte sie.

Sie hatte ihm einen kleinen Schrecken versetzt. Oder es war ihre Schönheit, über die er von Neuem erschrak. »Entschuldigung.« Er legte die Hand an die Tür.

»Sie werden sie schon nicht aufwecken.« Sie deutete mit dem Kopf auf die Mädchen. »Ich glaube, sie sind betrunken. Ich habe sie hier hereingetragen, eine nach der anderen, und keine ist davon aufgewacht.«

Er trat heran, um die Mädchen näher zu betrachten. Die Größte mochte gerade fünf sein. An schlafenden Kindern konnte er sich kaum sattsehen, er konnte nichts dazu. »Ist eine davon Ihre Tochter?«, fragte er. Alle drei sahen sich entfernt ähnlich. An Beverley Keating erinnerte keine von ihnen.

»Die in dem rosa Kleid«, erwiderte sie, während sie gerade auf die Windel in ihrer Hand konzentriert war. »Die anderen beiden sind ihre Cousinen.« Wieder sah sie ihn lächelnd an. »Sollten Sie sich nicht eigentlich um die Drinks kümmern?«

»Spencer ist schon gegangen«, sagte er, obwohl das ihre Frage nicht beantwortete. Sonst brachte ihn nichts so leicht aus der Ruhe, ob Verbrecher oder Geschworene, und schon gar keine Frauen mit Windeln, aber jetzt war er furchtbar nervös. Er setzte noch einmal neu an. »Ihr Mann hat mich gebeten, die Kleine ausfindig zu machen.«

Beverley, die ihr Werk nun beendet hatte, zupfte der Kleinen wieder das Kleid zurecht und hob sie sich auf den Arm. »Nun, hier ist sie.« Sie berührte die Nase ihres Töchterchens mit der ihren, woraufhin die Kleine erst lächelte und dann herzhaft gähnte. »Jemand ist schon sehr lange wach.« Beverley wandte sich zum Kinderbett um.

»Kann ich sie erst noch kurz zu Fix bringen«, sagte er hastig. »Ehe Sie sie hinlegen.«

Beverley Keating legte den Kopf leicht schräg und sah ihn merkwürdig an. »Wieso? Was hat Fix denn mit ihr vor?«

Es war alles, das zarte Rosa ihrer Lippen in dem schummrigen rosaroten Zimmer, die Tür, die jetzt geschlossen war, obwohl er sich nicht erinnern konnte, sie zugemacht zu haben, der Duft ihres Parfüms, der es irgendwie geschafft hatte, den vertrauten Gestank des Windeleimers zu überlagern. Hatte Fix ihn gebeten, ihm die Kleine zu bringen, oder sollte er sie bloß ausfindig machen? Egal. Er wüsste es nicht, sagte er, und dann ging er auf sie zu, in ihrem gelben Kleid, das im Halbdunkel leuchtete. Sie kam mit dem Kind in seine ausgestreckten Arme.

»Legen Sie ihr die Hand unter den Kopf«, instruierte sie ihn. »Kennen Sie sich aus, haben Sie Kinder?« Inzwischen stand sie ganz nah vor ihm und hob das Gesicht. Er schob einen Arm unter die Kleine, was darauf hinauslief, dass er ihr den Arm unter den Busen schob. Es war noch kein Jahr her, dass sie dieses Kind zur Welt gebracht hatte; er wusste zwar nicht, wie sie vorher ausgesehen hatte, aber es war kaum vorstellbar, dass sie je besser ausgesehen haben könnte als jetzt. Teresa riss sich einfach nicht am Riemen. Das sei nicht drin, sagte sie immer, wenn ein Kind nach dem anderen kam. Er hätte die beiden zu gern miteinander bekanntgemacht, damit seine Frau sehen konnte, was möglich war, wenn man nur wollte. Quatsch. Dass Teresa Beverley Keating kennenlernte, lag nicht in seinem Interesse. Er legte ihr den anderen Arm um den Rücken und drückte seine Finger an den Reißverschluss in ihrem Kleid. Es war der Zauber von Gin mit Orangensaft. Er beugte sich über die Kleine, die nun auf ihrer beider Arme lag, und küsste Beverley. Darauf also war dieser Tag hinausgelaufen. Er schloss die Augen und küsste sie weiter, bis das elektrische Knistern, das er in der Küche bei der Berührung ihrer Hand an den Fingerspitzen gespürt hatte, ihn von oben bis unten, die ganze Wirbelsäule entlang überschauerte. Sie legte ihm ihre andere Hand ans Kreuz, während sich ihre Zungenspitze ein Stückchen zwischen seine Zähne vorwagte. Etwas veränderte sich fast unmerklich zwischen ihnen. Er spürte es, doch da wich sie zurück. Er hielt die Kleine auf dem Arm, die einmal kurz quäkte, mit hochrotem Gesicht, dann aber nur noch einmal kickste und sich an Cousins' Brust schmiegte.

»Wir erdrücken sie ja noch«, sagte Beverley lachend und sah dann auf das hübsche Gesicht der Kleinen hinab. »Tut mir leid, Süße.«

Es fühlte sich vertraut an, die kleine Keating in den Armen zu halten. Beverley nahm ein weiches Tuch vom Wickeltisch und wischte ihm den Mund ab. »Lippenstift«, erklärte sie, beugte sich dann vor und küsste ihn erneut.

»Du bist –«, fing er an, aber weiter kam er nicht, dazu ging ihm zu viel gleichzeitig durch den Kopf.

»Betrunken.« Sie sah ihn lächelnd an. »Ich bin betrunken, mehr nicht. Nun geh und bring die Kleine zu Fix. Und richte ihm bitte aus, dass ich sie in ein paar Minuten holen komme.« Sie drohte ihm scherzhaft mit dem Zeigefinger. »Und verrat ihm ja nichts, Mister.« Sie lachte übermütig.

Da dämmerte ihm eine Erkenntnis. Geahnt hatte er es von Anfang an, seit dem ersten Anblick, wie sie den Kopf zur Küche hinaussteckte und nach ihrem Mann rief. Das war der Beginn seines Lebens.

»Nun geh«, sagte sie.

Damit wandte sie sich ab und ging zum Bett hinüber, um die schlafenden Mädchen bequemer hinzulegen. Er blieb mit der Kleinen im Arm an der Tür stehen, um sie noch kurz zu beobachten.

»Was ist?«, fragte sie. Ohne jede Koketterie.

»Was für eine Feier«, erwiderte er nur.

»Du sagst es.«

Wenigstens in einer Hinsicht hatte Fix recht gehabt, als er ihn losschickte, um das Baby ausfindig zu machen: Er hatte sich mühelos durch die Menge bewegen können, weil ihn hier niemand kannte. Das wurde Cousins jetzt erst so richtig klar, als sich alle Welt neugierig nach ihm umdrehte. Eine auffallend dünne, tiefgebräunte Frau verstellte ihm sogar kurzerhand den Weg.

»Da ist sie ja!« Mit diesem Ausruf beugte sie sich vor, um der Kleinen einen Kuss auf das blondlockige Köpfchen zu geben. Dabei blieb ein roter Lippenstiftfleck zurück. »Oh.« Verlegen versuchte sie, den Fleck mit dem Daumen abzuwischen, wobei die Kleine das Gesicht verzog, als wollte sie gleich losweinen. »Das war dumm von mir.« Sie blickte auf und lächelte Cousins an. »Sie verraten Fix doch nicht, dass ich das war, oder?«

Das konnte er ihr mühelos versprechen, weil ihm diese braungebrannte Frau völlig unbekannt war.

»Da ist ja unser Mädchen«, sagte ein Mann und blickte die Kleine lächelnd an, während er Cousins sacht auf den Rücken klopfte. Für wen mochten ihn diese Leute wohl halten? Niemand stellte ihm irgendwelche Fragen. Dick Spencer hatte ihn als Einziger hier gekannt, und der war längst fort. Auf dem Weg zur Küche wurde er immer wieder angehalten und von Leuten umringt. *Oh, das Baby,* wurde immer wieder mit gedämpfter Stimme gesagt. *Hallo, du hübsche Kleine*. Derlei Komplimente und liebe Worte hörte er immer wieder. Und es war ein sehr gut aussehendes Baby, das konnte er nun sehen, wo sie sich in einem hell beleuchteten Raum befanden. Sie kam eher nach ihrer Mutter, mit der hellen Haut und den weit auseinanderstehenden Augen, darin stimmten alle überein. *Ganz Beverley*. Er schob sie in seiner Armbeuge etwas höher. Zwischendurch gingen immer mal kurz ihre Augen auf und schlossen sich wieder, blaue Leuchtfeuer, die sich vergewisserten, ob sie noch immer in seinen Armen lag. Offenbar fühlte sie sich bei ihm ebenso wohl wie seine eigenen Kinder. Er wusste, wie man ein so kleines Kind halten musste.

»Sie hat Sie gern«, stellte ein Mann fest, der einen Schulterholster umgeschnallt hatte. »Klarer Fall.«

In der Küche saß ein Grüppchen Frauen am Tisch und rauchte. Die Asche schnippten sie in ihre Becher, ein klares Zeichen, dass sie nichts mehr trinken wollten und offenbar nur noch darauf warteten, dass ihre Männer das Signal zum Aufbruch gaben. »Hallo, Baby«, sagte eine von ihnen, worauf alle aufblickten und Cousins ansahen.

»Wo ist denn Fix?«, fragte er.

Eine zuckte die Achseln. »Keine Ahnung«, sagte sie. »Müssen Sie jetzt los? Ich nehme sie schon.« Sie streckte ihm die Hände entgegen.

Doch Cousins war nicht gewillt, sie an Fremde auszuhändigen. »Danke, ich finde ihn schon.« Mit diesen Worten zog er sich zurück.

Cousins hatte das Gefühl, als liefe er nun seit einer Stunde im Kreis in Fix Keatings Haus herum, erst auf der Suche nach der Kleinen, dann auf der Suche nach Fix. Am Ende fand er ihn auf der Terrasse, in ein Gespräch mit dem Priester vertieft. Von dessen Mädchen fehlte jede Spur. Es waren inzwischen weniger Leute hier draußen, genau wie sich auch im Haus die Reihen spürbar gelichtet hatten. Die Sonne, deren Licht durch die Orangenbäume fiel, stand merklich tiefer. Cousins fiel eine Orange ins Auge, hoch über seinem Kopf, die irgendwie übersehen worden war, als hektisch die Bäume leergepflückt wurden, um so viel Saft wie möglich gewinnen zu können. Er reckte sich auf Zehenspitzen in die Höhe und pflückte die Frucht, während er die Kleine mit einem Arm festhielt.

»Meine Güte.« Fix blickte auf und sah ihn an. »Wo sind Sie denn so lange abgeblieben?«

»Ich hab Sie gesucht.«

»Ich war die ganze Zeit hier.«

Cousins wollte schon kontern, dass Fix ihn ja wohl auch hätte suchen können, besann sich aber dann eines Besseren. »Mag sein. Aber Sie sind nicht mehr dort, wo Sie vorhin waren.«

Fix stand auf und nahm ihm die Kleine ab, ohne viel Federlesens und ohne jede Dankbarkeit. Bei dem Wechsel ließ sie einen kleinen Unmutslaut vernehmen, schmiegte sich aber sogleich an ihren Vater und schlief im Nu ein. Cousins' Arm fühlte sich mit einem Mal verwaist an, und das gefiel ihm nicht. Ganz und gar nicht. Fix musterte stirnrunzelnd den roten Fleck an ihrem Kopf. »Hat sie jemand fallen gelassen?«

»Es ist bloß Lippenstift.«

»Nun.« Der Priester erhob sich von seinem Stuhl. »Ich werde mal aufbrechen. Im Gemeindesaal findet in einer halben Stunde das Spaghetti-Essen statt. Alle sind herzlich eingeladen.«

Sie wünschten einander gute Nacht, und als Pater Joe Mike sich auf den Weg machte, schloss sich ihm ein ganzer Rattenschwanz von Gemeindemitgliedern an, die ihm die Auffahrt entlang in Richtung Straße folgten. Sankt Patrick auf seinem Marsch durch Irland. Sie winkten Fix im Gehen noch einmal zu und riefen »Gute Nacht«. Es war noch nicht Nacht, aber Tag war es auch nicht mehr so ganz. Die Feier hatte entschieden zu lange gedauert.

Cousins wartete noch ein Weilchen, in der Hoffnung, dass Beverley auftauchen würde, um die Kleine zu holen, wie von ihr angekündigt. Aber sie kam nicht, und er hätte schon seit

Stunden wieder zu Hause sein sollen. »Ich weiß ihren Namen gar nicht«, sagte er.

»Frances.«

»Tatsächlich?« Er musterte noch einmal das hübsche kleine Mädchen. »Sie haben sie nach sich benannt?«

Fix nickte. »Wegen Francis habe ich mich als Junge oft geprügelt. Weil mir in der Nachbarschaft ständig alle unter die Nase gerieben haben, ich hätte einen Mädchennamen. Also habe ich mir gedacht, warum sie nicht Frances nennen, wenn's ein Mädchen wird?«

»Und wenn's ein Junge gewesen wäre?«, hakte Cousins nach.

»Dann hätte ich ihn Francis genannt«, sagte Fix, wieder in einem Tonfall, als hätte Cousins eine selten dämliche Frage gestellt.

»Unser erstes Mädchen haben wir nach Kennedys Tochter benannt. Ich dachte mir, gut, ist in Ordnung, ich warte, aber inzwischen –« Fix verstummte und blickte auf seine kleine Tochter hinab. Zwischen den beiden Mädchen hatte Beverley eine Fehlgeburt erlitten, ziemlich spät. Der Arzt hatte gesagt, sie könnten sich glücklich schätzen, noch dieses zweite Kind bekommen zu haben. Aber das ging den stellvertretenden Bezirksstaatsanwalt nichts an. »So passt es jetzt.«

»Es ist ein schöner Name«, befand Cousins. Im Stillen aber dachte er: *Sei froh, dass du nicht länger gewartet hast.*

»Wie sieht's bei Ihnen aus?«, fragte Fix. »Haben Sie einen kleinen Albert zu Hause?«

»Nein. Mein Sohn heißt Calvin, Rufname Cal. Und die Mädchen, nein. Keine Albertas.«

»Aber Sie erwarten demnächst wieder Nachwuchs.«

»Im Dezember«, bestätigte Cousins. Er dachte an die Zeit vor Cals Geburt, daran, wie er und Teresa abends im Bett gelegen und einander im Dunkel Namen vorgeschlagen hatten. Ein Name kam für sie nicht in Betracht, weil er sie an einen

Jungen erinnerte, der in der Grundschule immer gehänselt worden war, einen Jungen, der schmutzige Hemden trug und an seinen Daumen herumkaute. Bei ihm wiederum rief ein anderer Name Erinnerungen an einen Jungen wach, den er nie hatte leiden können, einen Rüpel. Aber Cal hatten sie schließlich beide gemocht. Die Namenssuche für Holly war ähnlich verlaufen. Gut, womöglich hatten sie damit nicht ganz so viel Zeit verbracht, darüber nicht abends im Bett beratschlagt, während sie den Kopf an seine Schulter schmiegte und seine Hand an ihrem Bauch ruhte, aber sie hatten den Namen gemeinsam ausgesucht. Sie war nicht nach irgendwem benannt, nur nach sich, weil ihre Eltern den Namen schön gefunden hatten. Und Jeanette? Er konnte sich nicht entsinnen, je über einen Namen für Jeanette beratschlagt zu haben. Er hatte es erst mit Verspätung ins Krankenhaus geschafft, und als er ins Zimmer kam, hatte ihn Teresa, wenn er sich recht erinnerte, mit den Worten begrüßt: *Das ist Jeanette*. Wenn es nach ihm gegangen wäre, hätte sie eher Daphne geheißen. Diesmal sollte er mit Teresa wohl wieder darüber reden, wie das nächste Kind heißen sollte. Dann hätten sie immerhin ein Gesprächsthema.

»Nennen Sie das nächste Kind Albert«, sagte Fix.

»Falls es ein Junge ist.«

»Es wird ein Junge. Sie sind dran.«

Cousins sah Frances an, die friedlich in den Armen ihres Vaters schlummerte. Es wäre kein Weltuntergang, wenn sie wieder ein Mädchen bekamen. Doch falls es ein Junge würde, könnten sie ihn vielleicht wirklich Albert nennen. »Meinen Sie?«

Fix nickte. »Absolut.«

Mit Teresa hatte er es nicht besprochen, aber als er im Warteraum saß, nachdem das Kind geboren wurde, füllte er dort auch den Geburtsschein aus – Albert John Cousins – wie er selbst. Große Begeisterung hatte der Name ihres Mannes nie bei Teresa geweckt, aber wann hätte es je eine Gelegenheit gegeben, das mal zu besprechen? Als sie mit dem Kleinen aus dem Krankenhaus nach Hause kam, fing sie sogleich an, ihn Albie zu nennen. Cousins verbot es ihr, doch er war ja kaum zu Hause. Was sollte er schon tun, um sie davon abzuhalten? Den anderen Kindern gefiel der Name. Auch sie nannten das Baby Albie.

2

Mit anderen Worten, Albie hat seinen Namen dir zu verdanken?«, fragte Franny.

»Das stimmt so nicht«, sagte ihr Vater, während sie zusammen der Krankenschwester durch einen langen, hellen Flur folgten. »Ich hätte Albie nicht so einen dämlichen Namen verpasst. Man kann wohl viele Probleme dieses Jungen direkt auf seinen Namen zurückführen.«

Franny dachte an ihren Stiefbruder. »Na, da wird es wohl noch andere Ursachen geben.«

»Wusstest du, dass ich ihn mal aus dem Jugendgefängnis rausgepaukt habe? Er war gerade vierzehn und hat versucht, seine Schule in Brand zu stecken.«

»Ich erinnere mich«, sagte Franny.

»Deine Mutter rief an und hat mich gebeten, ihn rauszuholen.« Er klopfte sich an die Brust. »Ihr zuliebe, um ihr einen Gefallen zu tun, wie sie es ausdrückte. Wieso sollte ich ihr irgendwelche Gefallen tun wollen? Wenn man bedenkt, wie viele Cops Bert in L.A. kannte, drängt sich schon die Frage auf, warum sie damit gerade zu mir kamen.«

»Du hast Albie geholfen«, sagte sie. »Er war noch ein Kind, und du hast ihm geholfen. Das war bestimmt nicht falsch.«

»Er wusste nicht mal, wie man ein ordentliches Feuer legt. Als ich ihn rausbekommen hatte, bin ich mit ihm direkt zur Feuerwache gefahren, zu deinem Onkel Tom. Tom wohnte damals schon wieder in L.A. ›Wenn du eine Schule voller Kinder niederbrennen willst‹, habe ich zu Berts Jungen gesagt,

›bist du bei den Typen hier an der richtigen Adresse. Die können dir zeigen, wie's geht.‹ Weißt du, was er darauf geantwortet hat?«

»O ja.« Franny nickte. Verkniff sich den Einwand, dass sich kein einziges Kind in der Schule befunden hatte, als Albie dort Feuer legte, und zwar mit ziemlichem Erfolg. Denn Dinge in Brand stecken, damit kannte Albie sich aus.

»Er hätte kein Interesse mehr daran, hat er gesagt.« Fix blieb stehen, woraufhin Franny ebenfalls stehenblieb, und dann machte auch die Schwester halt, um auf sie zu warten. »Die Leute nennen ihn doch wohl nicht immer noch so, oder?«

»Albie? Keine Ahnung. So habe ich ihn jedenfalls immer genannt.«

»Ich gebe mir alle Mühe, nicht zu lauschen«, sagte Jenny. So hieß die Krankenschwester, Jenny. Sie trug ein Namensschild, aber das benötigten sie gar nicht, weil sie sie schon kannten.

»Sie dürfen gern alles mitbekommen«, sagte Fix. »Aber wir sollten wohl bessere Geschichten erzählen.«

»Wie fühlen Sie sich heute, Mr Keating?«, fragte Jenny. Es war mehr als eine Höflichkeitsfloskel, denn Fix war zur Chemotherapie da, im UCLA Medical Center. Wenn es einem nicht gut ging, schickten sie einen wieder nach Hause, und der gesamte Prozess verschob sich noch weiter in die ungewisse Zukunft.

»Danke, prima«, sagte Fix, der sich bei Franny eingehakt hatte. »Ich fühle mich wie Licht auf dem Wasser.«

Jenny lachte. Kurz darauf kamen sie in einem großen, offenen Raum an, der vom Flur abzweigte, in dem zwei Frauen mit Kopftüchern und Fieberthermometer im Mund saßen. Die eine nickte den Neuankömmlingen matt zu, während die andere starr geradeaus blickte, ohne Notiz von ihnen zu nehmen. Ringsumher herrschte ein Kommen und Gehen von Schwestern in ihrer bonbonfarbenen Pflegekluft. Fix setzte sich, und Jenny gab ihm ein Thermometer, ehe sie ihm die Blutdruckmanschette anlegte. Franny setzte sich auf den Platz neben ihrem Vater.

»Um noch einmal aufs eigentliche Thema zurückzukommen, du und Bert, ihr habt also darüber gesprochen, wie er seinen Sohn nennen sollte, ehe Albie zur Welt kam?« Die Geschichte von der Brandstiftung und dem Anruf, der kurz danach erfolgte, kannte Franny schon in- und auswendig. Von der Sache mit Albies Namen aber hörte sie heute zum ersten Mal.

Fix nahm das Thermometer aus dem Mund, um ihr zu antworten. »Es ist ja nicht so, als hätten wir später noch mal darüber gesprochen.«

»Hey!« Jenny bedeutete ihm, sich das Thermometer zurück in den Mund zu stecken, und er gehorchte.

Franny schüttelte den Kopf. »Es ist halt schwer zu glauben.«

Fix blickte zu Jenny hoch, die ihm gerade die Manschette wieder abnahm. »Was ist schwer zu glauben?«, fragte sie an seiner Stelle.

»Na, alles.« Franny breitete die Hände aus. »Dass du mit Bert zusammen Drinks gemacht hast. Dass ihr euch unterhalten habt. Dass du Bert schon vor Mom gekannt hast.«

»Sechsunddreißig sieben«, verkündete Jenny und entsorgte die Hygieneschutzhülle des Fieberthermometers. Dann zog sie einen leuchtend pinken Stauschlauch aus der Tasche, den sie Fix um den Oberarm band.

»Natürlich habe ich Bert schon gekannt.« Er klang fast entrüstet, als bliebe ihm die gebührende Anerkennung versagt. »Wie hätte deine Mutter ihm denn sonst begegnen sollen?«

»Keine Ahnung.« Diese Frage zu stellen war ihr nie in den Sinn gekommen. In ihrer Erinnerung gab es keine Zeit vor Bert. »Ich habe wohl immer vermutet, dass Wallis die beiden miteinander bekanntgemacht hat. So wie du Wallis gehasst hast.«

Jenny knetete jetzt mit den Fingerspitzen an der Innenseite von Fix' Unterarm herum, auf der Suche nach einer Vene, die noch zu gebrauchen war.

»Mir sind seinerzeit Junkies untergekommen, die sich den Stoff zwischen die Zehen gespritzt haben«, sagte Fix wehmütig.

»Ein Grund mehr, warum Junkies im Pflegedienst nichts zu suchen haben.« Sie klopfte weiter an der papierenen Haut herum, lächelte dann und hielt einen Finger auf die gefundene Vene, um sie zu fixieren. »Okay, Mister, los geht's. Nur ein kleines Piksen.«

Fix ertrug es, ohne mit der Wimper zu zucken. Irgendwie war es ihr gelungen, die Nadel gleich beim ersten Anlauf richtig zu setzen. »Oh, Jenny«, seufzte er und blickte in ihr Haar, während sie sich über seinen Arm beugte. »Ich wollte, Sie könnten das immer machen.«

»Haben Sie Wallis wirklich so sehr gehasst?«, erkundigte sich Jenny. Sie stöpselte ein Blutentnahmeröhrchen ein und beobachtete, wie es sich füllte. Danach wiederholte sie den Vorgang, um noch ein zweites Röhrchen Blut abzuzapfen.

»Ja.«

»Die arme Wallis.« Sie zog die Nadel heraus und klebte einen Wattebausch mit Pflaster auf das Einstichloch. »Nun steigen Sie noch rasch auf die Waage, dann bin ich mit Ihnen fertig.«

Fix stieg folgsam auf die Waage und sah dabei zu, wie sie das Metallgewicht mit dem Fingernagel beiseiteschob. Tipp, tipp, ein Pfund weniger, noch ein Pfund weniger, bis sich die Anzeige bei sechzig Kilogramm stabilisierte. »Sie trinken auch fleißig Ihren Nährtrank?«

Nachdem sie diese sogenannten Präliminarien hinter sich hatten, gingen sie den Flur ein Stück weiter hinab, vorbei an der Schwesternstation, wo Ärzte standen und Berichte studierten, auf Computerbildschirmen oder ihren Smartphones, bis sie bei dem großen, sonnigen Raum angelangt waren, in dem Patienten, ausgestreckt auf Liegen, tröpfchenweise per Infusion ihre Chemo verabreicht wurde. Zumindest das Geplärr der Werbung blieb ihnen erspart, da jemand bei allen Fernsehern den Ton abgestellt hatte, das entnervend disharmonische Piepsen von Monitoren aber mussten sie weiter ertragen. Jenny führte Franny und Fix zu zwei Sesseln in der Ecke; ein Glücksfall, in Anbetracht des Hochbetriebs, der hier im Chemo-Raum gerade herrschte. Wer für so etwas noch genug Energie hatte, zog die Sessel in der Ecke vor.

»Haben Sie später noch einen schönen Tag, wenn Sie das hier hinter sich haben«, sagte Jenny. Für die Chemo war eine andere Schwester zuständig. Jenny hatte nur die Aufgabe, die Messwerte aufzulisten, die ihre Kollegin dann benötigte.

Fix bedankte sich bei ihr. Dann machte er es sich auf dem einen der Liegesessel unter Zuhilfenahme beider Hände bequem. Als er dann mit zurückgelehntem Kopf und hochgelagerten Füßen dalag, ließ er das leise, wohlige Seufzen eines Cops vernehmen, der nach einem langen Tag auf Streife in seinem Sessel ausspannt. Er schloss die Augen und lag volle fünf Minuten lang reglos da, sodass Franny schon den Eindruck hatte, er wäre eingedöst, und das vor Beginn der Behandlung. Sie bereute es, sich aus dem Warteraum nichts zu lesen mitgebracht zu haben, und fing eben an, sich im Raum umzusehen, weil hier manchmal Zeitschriften liegenblieben, als ihr Vater unvermutet weitererzählte.

»Wallis war ein schlechter Einfluss«, nahm er den Faden seiner Geschichte wieder auf, ohne die Augen zu öffnen. »Sie hockte ständig in unserer Küche und schwafelte von Emanzipation und freier Liebe. Du darfst eins nicht vergessen: deine Mutter hatte keine eigene Persönlichkeit. Sie war leicht zu beeinflussen und ließ sich bereitwillig die Ansichten anderer aufschwatzen. Wenn sie also neben Miss Freie Liebe saß, fand sie auf einmal freie Liebe toll.«

»Es waren die Sechziger«, warf Franny ein und freute sich, dass er wach war. »Du kannst nicht Wallis die Schuld an allem geben.«

»O doch. Wallis gebe ich zu gern die Schuld an allem.«

Vermutlich keine schlechte Idee. Wallis war vor zehn Jahren an Darmkrebs gestorben, und trotz ihres Geredes von Emanzipation und freier Liebe blieb sie bis an ihr Lebensende mit Larry zusammen, den sie in ihrem dritten Collegejahr geheiratet hatte. Larry wich ihr bis zum Tod nicht von der Seite, übernahm ihre Pflege, als sie am Ende bettlägerig war – wusch sie, gab ihr die Medikamente, wechselte ihren Kolostomiebeutel, begleitete ihr Sterben mit derselben Engelsgeduld, mit der er sie schon durchs Leben begleitet hatte. Nachdem Larry seinen Optiker-Laden verkauft hatte, waren er und Wallis nach Oregon gezogen. Dort züchteten sie Blaubeeren und widmeten sich mit übertriebener Hingabe ihren Hunden, weil ihre Kinder und Enkel so selten Zeit hatten, sie zu besuchen. Wallis und Beverley hatten ihre Freundschaft seit ihrem neunundzwanzigsten Lebensjahr auch über die weite Entfernung zwischen Ost- und Westküste hinweg aufrechterhalten, weil Beverley damals nach Virginia gegangen war, um Bert Cousins zu heiraten; da machte Wallis' Umzug in späteren Jahren nichts weiter aus. Ob Los Angeles oder Oregon, wo war da der Unterschied, wenn man in Virginia lebte? Im Gegenteil, nach dem Umzug festigte sich ihre Freundschaft eher noch, weil Wallis außer Larry und den Hunden in Oregon niemanden hatte, mit dem sie reden konnte. Außerdem hatten beide inzwischen E-Mail, und auch Ferngespräche kosteten inzwischen nichts mehr. Sie telefonierten stundenlang. Schickten sich Geburtstagsgeschenke und alberne Postkarten. Anlässlich Beverleys dritter Eheschließung mit Jack Dine flog Wallis von Oregon nach Arlington, um dabei als Trauzeugin zu fungieren, ganz so wie schon bei Beverleys Hochzeit mit Fix; aber nicht bei ihrer zweiten Hochzeit mit Bert, die sie nur im Kreis der Familie begangen hatten, im Haus seiner Eltern in der Nähe von Charlottesville. Später, als Wallis krank wurde, flog Beverley zu ihr nach Oregon. Sie saßen zusammen im Bett und lasen einander Gedichte von Jane Kenyon vor. Sie unterhielten sich über die Dinge im Leben, die ihnen Rätsel aufgegeben hatten – in erster Linie ihre Kinder und Ehemänner. Fix Keatings Abneigung gegen Wallis beruhte auf Gegenseitigkeit, deshalb konnte sie es auch verschmerzen, dass er ihr die Hauptschuld an etwas gab, woran sie gänzlich unbeteiligt gewesen war. Und wenn es sie schon zu Lebzeiten nicht weiter gestört hatte, dass Fix in ihr die Schuldige sah, dann machte es ihr jetzt wohl erst recht nichts mehr aus.

»Ist dir kalt?«, fragte Franny. »Ich kann dir eine Decke holen.«

Fix schüttelte den Kopf. »Jetzt ist mir noch nicht kalt. Das kommt erst später. Die bringen mir schon eine Decke, wenn ich sie brauche.«

Franny sah sich im Raum nach der Krankenschwester um, möglichst ohne dabei die Patienten anzustarren – die Frau, die mit offenem Mund dalag und schlief, so haarlos wie eine neugeborene Maus; der Teenager, der auf seinem iPad herumtippte; die Frau, deren etwa sechsjährige Tochter auf einem Stuhl neben ihr saß und sich still mit einem Malbuch beschäftigte. Wie war Wallis wohl mit der Chemotherapie klar gekommen? Setzte Larry sie bloß am Krankenhaus ab, oder leistete er ihr dabei Gesellschaft? Kamen ihre Söhne aus L. A. sie besuchen? Sie nahm sich vor, ihre Mutter darauf anzusprechen.

»Die lassen dich heute aber lange warten«, sagte Franny, wobei es im Grunde darauf nicht ankam. Die Suppe und das Brot, die Fix beide nicht anrühren würde, standen bei ihm zu Hause bereit. Marjorie würde auf sie warten. Sie würden zusammen *Jeopardy!* schauen. Später dann würde Franny oben im Gästezimmer übernachten.

»Bloß nicht drängeln, wenn es darum geht, sich vergiften zu lassen. Das ist meine Devise. Ich kann hier auch den ganzen Tag sitzen.«

»Nanu, du warst doch früher immer so ungeduldig?«

»Tja. Der geduldige Patient.« Er lächelte ein wenig. »Und, haltet ihr noch Kontakt? Du und Albie?«

Franny zuckte die Achseln. »Er lässt von sich hören.« Franny hatte in ihrem Leben zu viel über Albie geredet, und wie um das wettzumachen, versuchte sie heute, gar nicht über ihn zu reden.

»Und was ist mit dem alten Bert? Wie geht's dem denn so?«

»Ganz okay anscheinend.«

»Sprichst du oft mit ihm?«, fragte Fix mit Unschuldsmiene.

»Nicht annähernd so oft wie mit dir.«

»Das ist doch kein Wettbewerb.«

»Nein. Das stimmt.«

»Und, ist er wieder verheiratet?«

Franny schüttelte den Kopf. »Nein. Er ist Single.«

»Aber da gab es noch eine dritte Frau.«

»Das ist in die Brüche gegangen.«

»Aber hatte er nicht auch noch eine Verlobte? Nach seiner dritten Frau, meine ich?« Fix wusste nur zu gut, dass Bert eine dritte Scheidung hinter sich hatte. Doch er wurde dieser Geschichte nie überdrüssig.

»Ja, eine Zeit lang.«

»Und das mit der Verlobten hat auch nicht gehalten?«

Franny schüttelte wortlos den Kopf.

»Nun, das ist aber schade.« Fix' Bedauern klang echt, und vielleicht war es ja auch ernst gemeint. Dieselben Fragen aber hatte er ihr schon letzten Monat gestellt, und er würde sie wohl auch nächsten Monat stellen, unter dem Vorwand, dass er alt und krank sei und sich an ihr letztes Gespräch nicht erinnern könne. Und er war zwar alt und krank, aber er vergaß nichts. Befrage die Zeugen immer wieder – das war sein Tipp gewesen, als sie ihn als Kind angerufen hatte, nachdem ihr Namensarmband aus ihrem Schulspind verschwunden war. Sie hatte in Virginia um Punkt fünf Uhr seine Nummer gewählt, weil von da an der günstigere Tarif galt, also um zwei Uhr kalifornischer Ortszeit. Sie hatte ihn auf der Arbeit angerufen. Das war sonst noch nie vorgekommen, aber sie hatte seine Visitenkarte mit der Dienstnummer. Inzwischen war er Detective, und er war ihr Vater, woraus sie den Schluss zog, dass er wüsste, wie sie ihr Armband wiederfinden könnte.

»Hör dich um«, hatte er ihr geraten. »Finde heraus, wer im betreffenden Zeitraum das Klassenzimmer gewechselt hat und wohin sie unterwegs waren. Bleib ganz cool, es darf keiner das Gefühl haben, dass du ihn irgendwie verdächtigst, aber sprich mit allen, die in diesem Flur an deinem Spind vorbeigekommen sind. Und dann knöpfst du sie dir noch mal vor, jeden Einzelnen, denn entweder verheimlichen sie dir was, oder sie haben irgendeine Beobachtung gemacht, die ihnen erst später wieder einfällt. Aber du musst schon bereit sein, dir die Zeit dafür zu nehmen, wenn du es wirklich wiederhaben willst.«

Patsy war heute seine zuständige Krankenschwester, eine Vietnamesin, so klein und zierlich, dass ihr der lila Overall selbst in Größe XXS noch zu groß war. Sie winkte ihm von der anderen Seite des vollbesetzten Raums aus zu, als hätte sie ihn auf einer Party endlich im Gewühl entdeckt. »Sie sind da!«, sagte sie.

»Ich bin da«, bestätigte er.

Sie kam zu ihm herüber. Ihr glänzendes schwarzes Haar war zu einem Zopf geflochten, den sie in einem zweifach geschlungenen Kranz um den Kopf trug. Wie ein Seil für echte Notfälle. »Gut sehen Sie aus, Mr Keating.« Sie strahlte ihn an.

»Die drei Stadien des Lebens: Jugend, mittlere Jahre, und ›Gut sehen Sie aus, Mr Keating‹.«

»Kommt ganz darauf an, wo ich Sie sehe. Wenn ich Sie am Strand liegen sehe, in Badehose auf einem Strandlaken, finde ich Sie nicht so gut aussehend. Aber hier –« Patsy sah sich einmal rasch um, neigte sich zu ihm vor und dämpfte die Stimme. »Hier sehen Sie gut aus.«

Fix knöpfte sein Hemd halb auf und zog es etwas auseinander, damit sie an den Port in seiner Brust kam. »Kennen Sie meine Tochter Franny schon?«

»Ja, Franny kenne ich schon.« Patsy warf Franny einen Blick zu und zog unmerklich die eine Braue in die Höhe, universal verständlicher Code für *Der Alte wird langsam vergesslich*. Sie setzte eine große Spritze an, um den Port zunächst mit Kochsalzlösung zu reinigen. »Sagen Sie mir Ihren vollständigen Namen.«

»Francis Xavier Keating.«

»Geburtsdatum.«

»20. April 1931.«

»Glückwunsch, diese Losnummer hat gewonnen«, sagte sie und holte drei Plastikbeutel mit klarer Flüssigkeit aus den Taschen ihrer Tunika. »Oxaliplatin, 5-FU, und das in dem kleinen hier ist bloß ein Antiemetikum.«

»Gut.« Fix nickte. »Stöpseln Sie sie ein.«

Durch das Fenster hier im siebten Stock schien die helle Morgensonne über Los Angeles herein und malte schimmernde Lichtstreifen auf den Linoleumboden. Patsy eilte davon, um in der Schwesternstation die Behandlungsdaten in den Computer einzugeben, während Fix zum Fernseher hochsah, der von der Decke hing. Gerade lief ein Werbespot, in dem eine Frau bei strömendem Regen klatschnass eine Straße entlanghastete, um sie herum blitzte es. Dann reichte ihr ein gut aussehender Fremder seinen Schirm, und sofort hörte der Regen auf, und die Straße verwandelte sich in die Paradiesvision eines britischen Gärtners, eitel Sonnenschein und Rosenpracht. Die Frau hatte wieder trockenes, bauschiges Haar, und ihr langes Kleid mit der Schleppe erinnerte an Schmetterlingsflügel. Am oberen Bildschirmrand wurden nun die Worte *Fragen Sie Ihren Arzt oder Apotheker* eingeblendet, als hätten die Produzenten des Spots geahnt, dass die Zuschauer den Ton abdrehen würden. Franny fragte sich, was für ein Präparat damit wohl beworben wurde – ein Antidepressivum? Ein Mittel gegen Blasenschwäche? Gegen Haarausfall?

»Weißt du, an wen ich immer denken muss, wenn ich hier bin?«, fragte Fix unvermittelt.

»An Bert.«

Er verzog das Gesicht. »Wenn ich dir Fragen zu Bert oder seinem pyromanischen Sohn stelle, dann nur aus Höflichkeit. Um mit dir zu plaudern. Ansonsten denke ich nie an sie.«

»Dad«, sagte Franny. »An wen denkst du so in letzter Zeit?«

»An Lomer.« Er schwieg kurz. »Du hast Lomer nicht gekannt, oder?«

»Nein.« Aber sie kannte auch diese Geschichte, oder wenigstens eine Version davon. Ihre Mutter hatte sie ihr vor langer Zeit erzählt.

Fix schüttelte den Kopf. »Nein, an Lomer wirst du dich nicht mehr erinnern können. Du hast auf seinem Schoß gesessen, als er das letzte Mal bei uns war. Er hat dich überall mit hingetragen. Hat dich sogar beim Essen auf dem Schoß behalten. Richtig, das war nur wenige Monate nach deiner Tauffeier, jetzt fällt's mir wieder ein. Du warst ein hübsches Baby, Franny, und lieb noch dazu. Alle waren ganz entzückt von dir, das hat deine Schwester zur Weißglut gebracht. Ehe du auf die Welt kamst, hatte Caroline bei Lomer im Mittelpunkt gestanden, und so sollte es ihrer Ansicht nach auch bleiben. Er hat zu ihr gesagt: ›Komm, Caroline, setz dich mit auf meinen Schoß, hier ist Platz genug für zwei‹, aber das wollte sie nicht. Sie konnte es nicht ertragen, euch beide zusammen zu sehen.«

»Tja, da haben wir's«, sagte Franny. Der einzige Mensch, bei dem Caroline ihrer Erinnerung nach je auf dem Schoß sitzen wollte, war ihr Vater. Auch dann noch, als sie ans andere Ende des Landes gezogen waren.

Fix nickte. »Alle Kinder liebten Lomer, alle. Er ließ sie immer in den Streifenwagen einsteigen, die Sirene anschalten, mit den Handschellen spielen. Kannst du dir vorstellen, was es für eine Klagewelle zur Folge hätte, wenn das heute jemand machen würde, ein kleines Kind an den Rückspiegel ketten, nur so zum Spaß? Dazu mussten sie auf den Fahrersitz steigen, sie fanden's toll. Lomer hat was fürs Ansehen der Polizei getan. Ich weiß noch, als er an dem Abend nach dem Essen gegangen war, haben deine Mutter und ich uns darüber unterhalten, wie schade es sei, dass ein Typ wie er selbst keine Kinder hatte. Er kam uns uralt vor, dabei war er damals gerade, tja, achtundzwanzig, neunundzwanzig?«

»War er denn verheiratet?«

Fix schüttelte den Kopf. »Nein, und er hatte auch keine Freundin, zumindest nicht zum Zeitpunkt seines Todes. Er hatte eine ziemlich demolierte Nase, ein Andenken aus seiner Zeit bei der Navy, aber er sah trotzdem gut aus. Alle sagten immer, er sähe aus wie Steve McQueen, was schon zutraf, bis auf die Nase eben. Deine Mutter wollte ihn immer mit Bonnie verkuppeln, aber ich war dagegen, weil ich Bonnie strohdumm fand. Schade, dass ich dabei Erfolg hatte. Sonst wäre der Welt ein Priester mehr erhalten geblieben.«

»Vielleicht war er ja schwul«, sagte Franny.

Fix wandte ihr das Gesicht zu und sah sie zutiefst befremdet an. »Joe Mike? Joe Mike war nicht schwul.«

»Ich meinte Lomer.«

Fix wandte sich wieder ab und schloss die Augen. »Ich verstehe nicht, warum du so was sagen musst.«

»Es wäre doch nicht weiter schlimm gewesen«, schob Franny eilig nach, aber es tat ihr bereits leid. Es war einmal ein smarter Cop aus Los Angeles, der gut mit Kindern konnte, Steve McQueen ähnlich sah und hetero war, obwohl er keine Freundin hatte; ob sie sich das nun vorstellen konnte oder nicht, spielte keine Rolle. Schwul oder nicht, Lomer war nun seit knapp fünfzig Jahren tot. Der Chemo-Beutel war gerade erst angeschlossen worden, und sie hatten noch anderthalb Stunden in diesem Raum vor sich, in denen sie miteinander reden oder sich anschweigen konnten. »Entschuldige, tut mir leid.« Weil er keine Antwort gab, stupste sie ihn leicht an. »Ich hab gesagt, es tut mir leid. Erzähl mir von Lomer.«

Fix reagierte zunächst nicht, während er überlegte, ob er ihr weiter grollen sollte oder nicht. Tatsächlich ging ihm an Franny manches gegen den Strich; zum Beispiel, dass sie äußerlich voll nach ihrer Mutter kam, aber im Gegensatz zu Beverley nichts aus ihrer Schönheit machte – ihr Haar war zu einem achtlosen Pferdeschwanz gebunden, sie trug eine Schlabberhose mit Kordelzug, war völlig ungeschminkt. Er kannte hier Leute, manchmal kam während der Behandlung sein Arzt vorbei; da hätte sie sich mit ihrem Aufzug ruhig etwas Mühe geben können.

Und von Lomer hatte sie nicht die geringste Ahnung. Einem Mann seines Kalibers war sie in ihrem Leben nur einmal nahegekommen, nämlich als sie als Einjährige auf seinem Schoß gesessen hatte. Dieser ältere Typ, der ihr so den Kopf verdreht hatte, als sie jung war, der sie total ausgenutzt hatte, und auch ihr Mann, der zwar ganz nett sein mochte, sie aber, das lag auf der Hand, bloß geheiratet hatte, weil er einen Babysitter für seine Kinder brauchte – nein, was Männer betraf, hatte Franny kein glückliches Händchen. Fix hatte immer gehofft, dass seine Mädchen eines Tages mal einen Mann wie Lomer kennenlernen würden, aber es hatte nicht sollen sein. Er rief sich ein Bild vor Augen – sein Partner mit Franny auf dem Schoß bei ihnen am Esstisch, während Beverley in der Küche war, so nett zurechtgemacht, als wollte sie ausgehen und nicht kochen –, und das gab für ihn den Ausschlag, Franny stur zu ignorieren. Dann aber spürte er einen kurzen, stechenden Schmerz, als würde das Gift, das durch seinen Körper strömte, seitlich an den Tumor in seiner Speiseröhre gespült, und das brachte Fix nachdrücklich zu Bewusstsein, was er sonst gern verdrängte: Diese Erkrankung würde ihn umbringen.

»Dad?«, fragte Franny besorgt und berührte ihn sacht an der Brust, genau da, wo es wehtat.

Fix schüttelte den Kopf. »Hol mir noch ein Kissen.«

Nachdem sie mit dem Kissen zurückgekehrt war und es ihm unter den Rücken geschoben hatte, fing er an. Franny war nur seinetwegen aus Chicago gekommen. Ihm zuliebe hatte sie ihren Mann und die Jungen alleingelassen.

»Lomer war ein Spaßvogel, er war einfach saukomisch«, sagte Fix. »Es gab nichts Besseres, als mit ihm irgendein Objekt zu observieren.« Seine Stimme klang seltsam dünn, er räusperte sich, ehe er weiterredete. »Ich hab mich darauf gefreut, bis vier Uhr früh in irgendeiner Schrottkiste in South Central rumzusitzen, weil Lomer neben mir saß und Witze erzählte. Ich hab Tränen gelacht, gelacht, bis ich nicht mehr konnte, bis ich ihn schließlich auffordern musste, aufzuhören, damit wir nicht die Arbeit einer ganzen Nacht aufs Spiel setzen.«

Frannys Vater wirkte klein und zerbrechlich. Der Krebs hatte inzwischen auf die Leber übergegriffen.

Er hatte Stellen im Becken und eine beim Rückenmark.
Lomer aber blieb neunundzwanzig, gut aussehend
und stark.

So hätte vermutlich Lomers Kommentar dazu gelautet.

»Dann erzähl mir mal einen seiner Witze«, sagte Franny.

Fix sah an die Decke und lächelte bei der Erinnerung an Lomer, der neben ihm im Auto saß. So lag er einige Minuten da, während die Chemo tröpfchenweise silbrig durch den durchsichtigen Plastikschlauch und in das Loch in seiner Brust rann, und schüttelte schließlich den Kopf. »Ich kann mich an keinen mehr erinnern.«

Es war nicht die volle Wahrheit. Einen Witz hatte er nicht vergessen.

»Also, eine Frau ist gerade zu Hause, als bei ihr ein Cop an die Tür klopft«, fing Lomer an, bierernst. Fix ahnte erst gar nicht, dass ein weiterer Witz bevorstand. So war Lomer eben, bei ihm wusste man nie, was Spaß war und was Ernst. »Der Cop hat einen Hund dabei, so eine Art Beagle, vielleicht etwas größer als ein Beagle, und der Hund wirkt unglaublich schuldbewusst. Er schielt verstohlen zu der Frau hoch, aber er bringt es nicht über sich, er kann ihr nicht in die Augen sehen, also hält er stattdessen den Kopf gesenkt und schaut ins Gras, als würde er eine verlorene Münze suchen.«

Ein Witz also. Fix saß am Steuer, sie hatten die Fenster heruntergekurbelt. Aus dem Funkgerät krächzten und knarzten in einem fort Anweisungen in Zahlencode, und Fix drehte die Lautstärke herunter, bis nur noch ein halblautes Knistern zu vernehmen war. Lomer und Fix hatten kein spezielles Ziel. Sie fuhren Streife. Hielten die Augen offen.

»Der Cop«, fuhr Lomer fort, »hat eine schwere Pflicht zu erfüllen. Er tut sich nicht leicht. ›Ma'am‹, sagt er, ›ist das Ihr Hund?‹ Und sie sagt, ja. ›Nun, ich muss Ihnen leider mitteilen, dass Ihr Gatte tödlich verunglückt ist. Bei einem Autounfall.‹ Es folgt das Übliche, sie weint, sie steht unter Schock und so weiter. Der Hund hält weiter den Blick gesenkt. ›Aber, Ma'am‹, sagt der Cop, und es fällt ihm nicht leicht, ›da ist noch etwas, was ich Ihnen sagen muss.‹ Er beschließt, das Pflaster mit einem Ruck abzureißen. ›Ihr Gatte war nackt, als wir ihn tot am Unfallort geborgen haben.‹ Und die Frau hakt verdattert nach: ›*Nackt?*‹ Und der Cop nickt und räuspert sich dann. ›Das ist noch nicht alles, Ma'am. Er war mit einer Frau im Auto unterwegs, die ebenfalls ums Leben gekommen ist.‹ Der Frau verschlägt es kurz den Atem, oder sie sagt *oh*, irgend so was. Und dann bringt der Cop seinen Bericht zu Ende, ihm bleibt nichts anderes übrig. ›Ihr Hund hier war mit den beiden unterwegs. Er hat den Unfall als Einziger überlebt.‹ Und der Hund hält weiter den Blick auf seine Vorderpfoten gesenkt, als wäre er am liebsten ebenfalls ums Leben gekommen.«

Fix bog in die Alvarado Street ein. Es war der zweite August 1964 und noch relativ hell, obwohl es schon fast neun Uhr abends war. Die Abendluft roch nach Zitronen und warmem Asphalt und den Abgasen der zahllosen Autos von Los Angeles. Auf dem Gehweg spielten noch Kinder, sie schubsten sich an und rannten dann lachend weg, aber auch die Gestalten der Nacht kamen langsam aus ihren Löchern: die Perversen, die Prostituierten, die Junkies mit ihrer unstillbaren Gier, und sie alle formten zusammen eine Art Tauschmarkt. Für jeden gab es etwas zu kaufen, zu verkaufen oder zu stehlen. Und die Nacht war noch jung.

»Sag mal, erfindest du das alles immer selbst?«, fragte Fix. »Hast du dir diese Geschichte in den drei Stunden, die wir unterwegs sind, ausgedacht, oder liest du diese Witze irgendwo und sparst sie dir für die passende Gelegenheit auf?«

»Das ist kein Witz.« Lomer nahm seine Sonnenbrille ab, jetzt, wo die Sonne fast untergegangen war. »Ich erzähle dir nur, was passiert ist.«

»Dir?«, fragte Fix.

»Nein. Einem Bekannten von mir. Dem Cousin eines Bekannten.«

»Ja, du mich auch. Ernsthaft.«

»Sei einfach still und hör ausnahmsweise mal zu. Der Cop

spricht der Frau also sein Beileid aus, drückt ihr die Hundeleine in die Hand und macht dann, dass er wegkommt. Der Hund muss mit ins Haus, und dabei sieht er sich die ganze Zeit um, behält den Cop im Auge, der gerade in seinen Wagen einsteigt. Sobald sie die Haustür zugemacht hat, stellt die Frau den Hund zur Rede. ›Er war *nackt?* Er saß im Auto und war *nackt?*‹« Lomer ahmte nicht die Stimme einer trauernden Witwe nach, sondern die einer wütenden Furie. »Und der Hund sieht sich bloß traurig zur Tür um, als wäre er am liebsten ganz woanders, verstehst du?« Lomer blickte kurz aus dem Fenster neben sich, auf einen Jungen, der gerade mit einem Basketball unter dem Arm nach Hause ging, auf einen Typen, der an der Straßenecke stand, volltrunken oder high, mit zurückgelegtem Kopf und offenem Mund, als würde er auf Regen warten. Als er sich Fix wieder zuwandte, war er selbst der Beagle, der traurigste, schuldbewussteste Beagle aller Zeiten, und der von Lomer verkörperte Beagle nickte auf die Frage der Frau hin.

»›Und die Frau?‹«, fuhr Lomer mit der Stimme der Gattin fort. »›Die war auch nackt?‹«

Und im Handumdrehen war er wieder der Beagle, der es kaum wagte, Fix anzusehen. Er nickte.

»›Also, was haben sie denn getrieben?‹«

Diese Frage war fast zu viel für Lomer, den Beagle, so sehr peinigte es ihn, sich an das Geschehen zu erinnern. Aber dann legte er Daumen und Finger einer Hand zu einem Kreis zusammen, und dann stieß er den anderen Zeigefinger hinein. Fix setzte den Blinker und fuhr den Streifenwagen rechts ran. Er konnte sich nicht länger auf den Verkehr konzentrieren.

»›Die beiden hatten *Sex?*‹, fragt die Frau.«

Lomer nickte betrübt.

»›Im Auto?‹«

Der Beagle schloss die Augen und nickte erneut, ganz bedächtig.

»›Wo genau?‹«

Lomer hob sein Kinn ein kleines Stückchen und deutete mit einer raschen Kopfbewegung an: auf dem Rücksitz. Einen so traurigen Beagle hatte die Welt noch nicht gesehen.

»›Und was hast *du* gemacht?‹«

Fix musste bereits lachen, ehe die Pointe kam, als Lomer die Hände an ein imaginäres Lenkrad legte und nervös nach oben in den Rückspiegel schaute, nervös, aber mit echtem Interesse, um den Rücksitz im Auge zu behalten, wo Lomer, der Beagle, sein Herrchen dabei beobachtete, wie er es gerade mit einer anderen Frau trieb.

»Wo hast du denn den schon wieder her?«, fragte Fix und ließ kurz die Stirn aufs Steuer sinken. Lomer verriet es ihm nicht, aber Fix erinnerte sich noch gut daran, dass er gar nicht mehr aufhören konnte zu lachen. Aber dann geschah etwas. Dann drang über sein Gelächter, über den Autolärm draußen auf der Straße, über die jaulige Latinomusik, die von irgendwoher kam, aus der stetigen Abfolge von Zahlen, die das Funkgerät ausspuckte, eine bestimmte Zahlenfolge hervor – ihre Nummer. Lomer und Fix hörten sie beide, trotz der geringen Lautstärke, und waren erleichtert, ohne es eigens aussprechen zu müssen. Der Abend war bisher zu ruhig gewesen, und diese Ruhe machte sie nervös. Weil sie beide nie glaubten, dass in Los Angeles gerade nichts passierte. Sondern eher, dass sie davon noch nichts erfahren hatten. Jetzt schalteten sie Blaulicht und Sirene an, und Lomer sagte, wo sie langmussten, während Fix die auf einmal freie Mittelspur der breiten Straße entlangraste. Fußgänger blieben vorsorglich auf dem Gehweg, alle sahen dem schwarz-weißen Streifenwagen nach. Sie spürten diesen Kick, der sie jedes Mal unter Strom setzte. Es ging um eine häusliche Ruhestörung, was alles Mögliche bedeuten konnte – ein lautstarkes Wortgefecht, das die Nachbarn störte, ein Ehemann, der seine Frau mit einem Gürtel vertrimmte, oder auch Kinder, die auf dem Dach standen und mit einem Luftgewehr auf die Ratten in den Palmen feuerten. Weder ein bewaffneter Raubüberfall noch ein Mord. Meistens waren die Leute nur tiefverlegen, wenn sie vor der Tür standen, und wer auch immer die Polizei gerufen hatte, bekam dann Schuld. Manchmal aber auch nicht.

Von der Alvarado Street bogen sie in den Olympic Boulevard ein und von dort ins Gewirr der Seitenstraßen. Es war inzwischen dunkel, und Fix schaltete die Sirene ab, aber nicht das Blaulicht, sodass sich die Vorhänge in einem Haus nach dem anderen einen Spalt weit teilten und die Bewohner einen Blick hinauswarfen, während sie sich vermutlich fragten, wer nun Schwierigkeiten bekommen würde und wer so gedankenlos gewesen sein mochte, die Cops in ihre stille Nachbarschaft zu rufen, in der so gut wie jeder irgendetwas zu verbergen hatte. Das Haus, zu dem sie unterwegs waren, war dunkel; wenn die Bewohner eines Hauses wissen, dass die Polizei zu ihnen unterwegs ist, dann machen sich diese Bewohner die Mühe, aufzustehen und das gesamte Licht im Haus auszuschalten. Das Übliche.

»Sieht aus, als wären wir zu spät«, sagte Lomer. »Die liegen schon im Bett.«

»Na, dann wollen wir sie mal wecken«, erwiderte Fix.

Hatten sie jemals Angst? Das war die Frage, über die Fix später oft nachgrübelte. In den folgenden Jahren sollte Fix das Gefühl der Angst in allen Facetten kennenlernen, obwohl er irgendwann lernte, sie sich nicht anmerken zu lassen. Doch in den Jahren mit Lomer als Partner schritt er durch jede Tür mit der Gewissheit, den Schauplatz auch wieder lebend zu verlassen.

Es war eine kleine Schachtel von einem Haus mit einem kleinen, quadratischen Vorgarten. Ein Haus wie jedes andere hier in der Straße, wäre da nicht die Hecke aus üppiger Bougainvillea voller Blüten in knalligem Rosarot gewesen. »Wie ist die denn hierhergekommen?«, fragte Lomer, während er sacht über die Blätter strich. Fix klopfte an die Tür, erst mit dem Fingerknöchel, dann mit seiner Taschenlampe. Im Schein des Blaulichts, der vom Streifenwagen herüberflackerte, war zu erkennen, dass dabei kleine Dellen im Holz zurückblieben. »Polizei!«, rief er mit Nachdruck, aber wer auch immer sich im Haus befinden mochte, wusste das längst.

»Ich sehe mal auf der Rückseite nach.« Lomer stapfte pfeifend davon und leuchtete unterwegs durch den schmalen Garten seitlich am Haus mit der Taschenlampe in die Fenster, während Fix wartete. Sterne gab es am Himmel über Los Angeles keine, oder vielleicht waren sie bloß nicht zu sehen, weil von der Stadt zu viel Licht abstrahlte. Fix betrachtete gerade versonnen die Mondsichel – Viertelmond, schätzte er –, als er ein helles Licht sah, das durch das dunkle Haus näher kam. Lomer schaltete von innen die Verandalampe an und öffnete dann die Tür.

»Die hintere Tür war offen«, sagte Fix.

»Wie bitte?« Franny ließ die Zeitschrift sinken, in die sie sich vertieft hatte, und zog ihm die verrutschte Decke bis an die Schultern hoch. Er hatte recht behalten; Patsy hatte ihm eine Decke gebracht.

»Ich bin eingeschlafen.«

»Das kommt vom Benadryl. Es sorgt dafür, dass du später keinen Juckreiz hast.«

Er versuchte, alles zusammenzupuzzeln – diesen Raum, diesen Tag, seine Tochter, Los Angeles, das kleine Haus unweit vom Olympic Boulevard. »Die hintere Tür war offen, und die Haustür war abgeschlossen. Da hätte man schon ins Stutzen geraten müssen, oder?«

»Dad, um was für ein Haus geht es bitte? Dein jetziges Haus? Das Haus in Santa Monica?«

Fix schüttelte den Kopf. »Das Haus, zu dem wir an dem Abend gerufen wurden, als Lomer erschossen wurde.«

»Ich dachte, das wäre an einer Tankstelle passiert«, sagte

sie. Das hatte ihre Mutter ihnen seinerzeit erzählt, daran erinnerte sie sich bis heute, auch wenn es vierzig Jahre her war, oder eher noch länger. Ihre Mutter hatte sich mal wieder mit Caroline in den Haaren gehabt. Jedes Mal, wenn Caroline abends länger wegblieb, als sie eigentlich durfte, oder Bert gegenüber besonders patzig geworden war, oder Franny so heftig ins Gesicht schlug, dass die Nasenbluten bekam, nutzte sie die Gelegenheit dazu, ihrer Mutter unter die Nase zu reiben, dass all das nie passiert wäre, wenn Beverley als anständige Ehefrau bei ihrem Vater geblieben wäre. Wäre Beverley noch immer mit Fix verheiratet, so Carolines Argumentation, wäre sie heute eine wahre Vorzeigetochter; es lag in der Hand ihrer Mutter, aber die hatte alles verdorben, indem sie sich dafür entschied, mit Bert Cousins durchzubrennen. Dementsprechend waren Caroline keine Vorwürfe zu machen, wie sich ihr Leben entwickelt hatte. Die alte Leier. Zum Zeitpunkt dieser speziellen Auseinandersetzung lebten sie bereits länger in Virginia, als die Schwestern in Los Angeles gewohnt hatten, aber die Vorstellung ihrer Alternativexistenz brachte Caroline bei jeder Gelegenheit als Trumpf zum Einsatz. Der Streit hatte im Auto stattgefunden, Franny erinnerte sich genau, auf der Heimfahrt von der Schule, sie und Caroline trugen beide den karierten Rock und die bügelfreie weiße Bluse, die Uniform der Sacred Heart High School, ihrer katholischen Schule. Was Caroline angestellt hatte, das zu dem Streit führte, wusste sie nicht mehr, und auch nicht, warum dieser Streit irgendwie ernster schien als sonst. Irgendeine Äußerung, die dabei fiel, hatte ihre Mutter jedenfalls dazu veranlasst, ihnen von Lomer zu erzählen.

»Ja, so war es auch«, sagte ihr Vater zu ihr. »Er ist an der Gulf-Tankstelle am Olympic Boulevard erschossen worden.«

Franny beugte sich von ihrem Sessel aus hinüber und legte ihrem Vater prüfend die Hand an die Stirn. Sein Haar, das immer grau gewesen war, solange sie denken konnte, wuchs seit der letzten Runde Chemo schlohweiß nach. Alle Welt redete über dieses Phänomen. Jetzt strich sie das Haar mit der Hand zurück. »Ich wüsste wirklich gern, wovon du redest«, sagte sie mit gedämpfter Stimme, obwohl sie von niemandem belauscht wurden. Niemand in diesem Raum verschwendete auch nur einen Gedanken an sie.

Fix, der früher nie der mitteilsame Typ gewesen war, hatte auf einmal das dringende Bedürfnis, es ihr zu erklären. Franny sollte es verstehen können. »Das Haus war so klein, dass wir wussten, es würde nicht lange dauern, bis wir sie gefunden hätten. Vom Flur gingen drei Türen ab – zwei Zimmer, ein Bad. Diese Häuser waren alle nach demselben Schema gebaut. Sie waren im Schlafzimmer. Ein Vater, eine Mutter, vier Kinder. Sie saßen zusammen im Dunkel auf dem Bett. Wir schalteten das Licht an, und da sahen wir sie, sie saßen alle aufrecht da, ans Kopfende gelehnt, sogar das kleinste Kind. Es war der Vater, den man zusammengeschlagen hatte. Das sieht man nicht oft. Sonst ist es in der Regel die Frau, die Prügel bezieht, aber dieser Typ sah aus, als hätte man ihn gerade von der Autobahn gekratzt, er hatte eine aufgeplatzte Oberlippe, das eine Auge war bereits zugeschwollen, seine Nase gab es nicht mehr. Ich sehe ihn so deutlich vor mir, wie ich jetzt dich sehe. Verrückt, dass ich mich bis heute an alles in diesem Haus und an diese Leute erinnere – sie hatten alle die Füße auf dem Bett, und sie waren alle barfuß. Wir fingen an, ihnen Fragen zu stellen, aber darauf kam gar nichts, nicht die geringste Reaktion. Der Vater sah mich mit seinem einen Auge an, und ich habe mich gefragt, wie er überhaupt sitzen konnte. Er hatte Blut am Hals, das aus seinen beiden Ohren kam. Ich hatte die Vermutung, dass ihm durch die Schläge die Trommelfelle geplatzt waren, aber die ganze Familie auf dem Bett machte den Eindruck, als könne sie uns nicht hören. Lomer forderte per Funk einen Krankenwagen und Verstärkung an, während ich weiter auf sie einredete. Schließlich erklärte mir das älteste Mädchen, so ungefähr zehn, dass sie kein Englisch können. Die Mutter und der Vater verstehen und sprechen kein Englisch, aber die Kinder schon. Es waren drei Mädchen und ein Junge. Der Junge war vielleicht sieben oder acht. Ich habe sie gefragt: ›Derjenige, der das getan hat, wo ist der hin?‹ Und daraufhin saßen sie wieder alle da, als wären sie stumm, das Mädchen, das gesprochen hatte, blickte starr geradeaus, ganz wie ihre Eltern, bis die Kleinste, die etwa fünf war, kaum älter als Caroline damals, zum Kleiderschrank rüberschielte. Nur mit den Augen, ohne den Kopf zur Seite zu drehen, aber es war auch so eindeutig. Der Typ war also im Kleiderschrank. Das ältere Mädchen packte die Kleine am Handgelenk und quetschte es zusammen, richtig fest, aber Lomer und ich haben uns umgedreht, und Lomer hat den Schrank aufgemacht, und da stand er, zwischen die Kleidung gezwängt. Es war ein kleiner Schrank, so wie man sie früher hatte, und es befand sich alles darin, was sie auf der Welt besaßen, inklusive dieses Typen. Er hat die Lage sofort erfasst, dass er an uns nicht vorbeikäme. Er hatte Blut am Hemd und hatte sich buchstäblich die Knöchel blutig geschlagen, als er das arme Schwein auf dem Bett so zugerichtet hat. Ich glaube nicht, dass er besser Englisch konnte als sein Opfer. Seine Kanone hatte er in der Tasche eines Kleids verborgen, das da in dem Schrank hing. Vielleicht in der Hoffnung, dass sie dort niemand finden würde und er später wiederkommen könnte, um sie zu holen. Etwa um die Zeit traf die Verstärkung ein, und kurz darauf der Krankenwagen. Wir belehrten ihn über seine Rechte, aber es war damals noch nicht üblich, jemanden herzubestellen, der Spanisch sprach. Die Familie auf dem Bett, die zitterten jetzt alle, und die Kinder haben geheult, als hätten sie sich beherrschen können, solange der Typ in dem Schrank war und sie ihn nicht anzusehen brauchten, aber jetzt, wo er wieder im Schlafzimmer stand, gerieten sie völlig aus der Fassung. Er hieß Mercado. Das haben wir später herausgefunden. Es war sein Job,

Mexikanern einen Denkzettel zu verpassen, die sich Geld geliehen hatten, um sich ins Land schmuggeln zu lassen, und noch nicht genug verdient hatten, um es wieder zurückzuzahlen. Kein Mensch, der das Geld hatte oder eine Möglichkeit, sich welches zu besorgen, würde es sich erlauben, diesen Typen etwas schuldig zu bleiben. Dann wurden Schläger wie dieser Mercado losgeschickt, um die Leute zusammenzuschlagen, vor ihrer Familie, vor ihren Nachbarn. Das war der Weckruf. Und wenn das Geld ein, zwei Wochen später noch immer nicht zurückgezahlt worden war, kamen sie noch mal vorbei und knallten einen per Kopfschuss ab. Das wussten alle.«

»Sie sind ja wach!«, ließ sich auf einmal Patsys Stimme vernehmen, Franny schrak ein wenig zusammen. Patsy nahm den kleinsten, bereits leeren Beutel ab, in dem sich das Antiemetikum befunden hatte; bei den anderen Beuteln würde es noch etwas dauern. »Haben Sie sich etwas ausruhen können?«

»Ja«, bestätigte Fix, dabei wirkte er alles andere als ausgeruht, eher ausgelaugt, ob von der Chemo, von der Geschichte oder von beidem. Franny fragte sich im Stillen, ob Patsy das nicht auffiel. Aber vielleicht sah er nur genauso aus wie die anderen Patienten hier.

Bei der Erwähnung von Schlaf musste Patsy gähnen, sie hielt sich dabei ihre kleine behandschuhte Hand vor den Mund. »Eines Tages werde ich mich einfach auf einem dieser Sessel ausstrecken. Werde mir die Decke bis über den Kopf ziehen und einfach nur schlafen. Das kommt durchaus vor, wissen Sie, weil manche Leute lichtempfindliche Augen haben. Wer sollte ahnen, dass ich da unter der Decke liege?«

»Ich würde dichthalten«, sagte Fix, ehe er wieder die Augen schloss.

»Haben Sie Durst?« Patsy klopfte ihm leicht auf das Knie unter der Decke. »Ich könnte Ihnen Wasser bringen, es gibt aber auch Limonade und Cola, wenn Sie mögen. Hätten Sie gern eine Coke?«

Franny wollte schon dankend ablehnen, aber da nickte Fix. »Wasser. Ich hätte gern etwas Wasser.«

Patsy wandte sich Franny zu. »Sie auch irgendwas?«

Franny verneinte mit einem Kopfschütteln.

Patsy ging das Wasser holen, und Fix schlug die Augen auf, um ihr nachzuschauen.

»Und, wie ging's dann weiter?«, fragte Franny. Das war der unausgesprochene Grund, warum sie ihren Vater zur Chemo begleitete, obwohl keiner der Ärzte ihnen Hoffnung auf Heilung machte: Das war die Zeit mit ihrem Vater, die ihr noch blieb, das waren alle Geschichten, die sie noch von ihm hören würde. Deshalb flogen sie und Caroline abwechselnd nach Los Angeles, denn sie hatten mit ihm nie viel Zeit am Stück verbracht. Es ging auch darum, Marjorie zu entlasten, die sich ansonsten ganz allein um ihn kümmerte, aber vor allem ging es darum, noch jene Geschichten zu hören, die er sonst mit ins Grab nehmen würde. Heute Abend, nachdem ihr Vater zu Bett gegangen war, würde sie Caroline anrufen und ihr von Lomer erzählen.

»Das Haus war bald voller Leute – Cops, die Sanitäter aus dem Krankenwagen. Lomer fand einen Briefumschlag im Abfall und zeichnete auf die Rückseite ein paar Mäuse für die Kleinste, die zum Schrank geschielt hatte. Ihr stand ernsthafter Ärger von ihren Eltern bevor, so viel stand fest, und sie tat Lomer leid. Der Vater wurde per Krankenwagen in die Klinik gebracht, und die Mutter mit den Kindern, mein Gott, die werden wir wohl im Haus zurückgelassen haben, damit ein anderer vorbeikommen und ihnen den Rest geben konnte, keine Ahnung, das weiß ich nicht einmal. Es dürften an die zwei Jahre vergangen sein, ehe ich darüber noch mal nachgedacht habe. Wir sind mit diesem Mercado zur Wache gefahren, haben ihn aufgenommen. Es war schon kurz vor eins, als wir endlich fertig waren, und wir hatten beide nur einen Wunsch: Kaffee. Der Kaffee in der Wache war untauglich. So nannte Lomer es immer – *untauglich*. Ich habe oft gedacht, wenn sie doch bloß für anständigen Kaffee gesorgt hätten, dann hätte Lomer auf der Wache einen trinken können, aber das sind so Gedanken, über die man wahnsinnig werden kann. Wir sind zur Tankstelle am Olympic Boulevard gefahren. Nicht besonders nahe, aber nahe genug. Der Inhaber sparte beim Kaffee nicht am falschen Ende und sorgte dafür, dass die Jungs, die bei ihm arbeiteten, das Zeug wegkippten, wenn es zu lange gestanden hatte, und frischen kochten. Die Leute fuhren gern ein paar Blocks weiter, um bei einem Typen zu tanken, der guten Kaffee hatte. Es war noch nicht wie heute, wo einem an Tankstellen niemand mehr den Wagen betankt und man alles selbst machen muss, aber dafür einen gottverdammten Cappuccino trinken kann. Eine Kanne Kaffee in einer Tankstelle, zumal, wenn es auch noch guter Kaffee war, das war damals wirklich etwas Neues. Der Typ machte den Kaffee, die Cops kamen eigens deswegen und tranken ihren Kaffee draußen auf dem Parkplatz, und das zog wiederum Kunden an, weil ihnen die Präsenz der Polizisten ein Gefühl von Sicherheit vermittelte. Es war ein richtiges kleines Ökosystem, das auf Kaffee beruhte, und wir haben uns also auf den Weg dorthin gemacht. Ich saß wieder am Steuer. Derjenige Partner, der fährt, fährt die ganze Nacht, und der Beifahrer besorgt den Kaffee, also ist Lomer reingegangen. Er hat wohl nicht gesehen, was los war, anders kann ich mir das nicht erklären. Er hatte gerade zwei oder drei Meter im Laden zurückgelegt, als ihn der Schuss traf. Und ich hatte nichts mitbekommen, weil ich gerade mit Protokollschreiben beschäftigt war. Erst als ich den Schuss hörte, habe ich hochgeschaut, und Lomer war nicht mehr zu sehen. Was ich sah, war der Junge an der Kasse, der seine Hände in die Luft hob, und dann hat sich dieser Mercado umgedreht und ebenfalls auf ihn geschossen.«

»Moment«, sagte Franny. »Mercado? Der Typ aus dem Haus?«

Fix nickte. »Das habe ich jedenfalls gesehen. Die Tankstelle sah aus wie alle anderen Tankstellen damals – wie ein Aquarium mit einem hellen Licht obendrauf –, ich konnte ihn also sehr gut sehen: Latino, fünfundzwanzig, einen Meter siebzig, weißes Hemd, blaue Hose, Blutflecken auf dem Hemd. Dieser Typ hatte zwei Stunden lang vor meinem Schreibtisch gesessen. Ich erkannte ihn, er erkannte mich. Als er aus dem Fenster sah, hat er mich sofort entdeckt. Er gab einen weiteren Schuss ab, aber er war zu verstört, jedenfalls traf er nicht mal den Wagen. Bloß die Glasfront der Tankstelle ist zu Bruch gegangen, mehr hat dieser Schuss nicht bewirkt. Mercado rannte raus und verschwand hinter der Tankstelle. Ich hörte ein Auto, aber gesehen habe ich's nicht. Ich bin in die Tankstelle rein, und da lag Lomer auf dem Boden.« Fix verstummte kurz, schien in Gedanken versunken. »Tja«, sagte er schließlich.

»Was?«

Fix schüttelte den Kopf. »Er war tot.«

»Was war mit dem anderen, dem Kassierer der Tankstelle?«

»Er war noch etwa eine Stunde am Leben, lang genug, um für eine Notoperation ins Krankenhaus geschafft zu werden. Er hat die Operation nicht überlebt. Er ging noch zur Highschool, hat bloß in den Ferien in der Tankstelle gejobbt. Er sollte bloß Kaffee kochen und an der Kasse sitzen, damit die Tankstelle auch über Nacht geöffnet bleiben konnte.«

Patsy kehrte mit zwei Styroporbechern voll Wasser zurück, beide mit einem Knickstrohhalm. »Man meint nie, dass man auch gern was zu trinken hätte, bis man es dann sieht. So halten wir es jedenfalls hier.«

Franny nahm dankend die Becher in Empfang. Patsy hatte ganz recht, einen Schluck Wasser konnte sie jetzt gut gebrauchen.

»Aber das ist doch verrückt«, wandte sie sich wieder an ihren Vater, dabei entsann sie sich, dass auch das in der Geschichte vorgekommen war, die ihre Mutter ihnen damals im Auto erzählt hatte: dass ihr Vater nach dem gewaltsamen Tod seines Partners nicht mehr ganz richtig im Kopf gewesen war. Dass er außerstande war, den Mann zu identifizieren, der Lomer erschossen hatte. »Wie kam Mercado dorthin, saß er nicht in der Wache hinter Schloss und Riegel? Woher wusste er, wo ihr wart?«

»Es war eine Fehlleistung des Gehirns, so wurde es mir jedenfalls später erklärt. Zu viel war geschehen, und irgendwie habe ich die Dias verwechselt, habe einen Verdächtigen durch einen anderen ersetzt. Aber bis zum heutigen Tag kann ich dir nur sagen: ich hab gesehen, was ich gesehen habe. Mein Partner war erschossen worden, er war tot. Ich wusste nicht, wie es geschehen war, aber der Typ stand höchstens fünf Meter vor mir, direkt unter einem hellen Licht. Wir haben uns angesehen, ganz direkt, nicht anders, als du mich jetzt ansiehst. Als die Cops vor Ort eintrafen, habe ich ihn bis ins Detail beschrieben. Zum Teufel, ich habe ihnen sogar seinen Namen genannt. Aber Jorge Mercado saß in einer Zelle in Rampart. Die ganze Nacht lang.«

»Und der Typ, der Lomer erschossen hat?«, hakte Franny nach.

»Den habe ich überhaupt nicht gesehen, wie sich hinterher rausstellte.«

»Dann hat man also den wahren Täter nie gefunden?«

Fix knickte den Strohhalm um und trank erst einmal etwas. Was ihm, der Verengungen in seiner Speiseröhre wegen, nicht ganz leichtfiel; er brachte immer nur ganz winzige Schlückchen herunter. »Nein«, sagte er schließlich. »Sie haben ihn gefunden. Haben alles zusammengesetzt.«

»Aber du hast einen anderen Mann identifiziert.«

»Bei der Polizei habe ich einen anderen Mann identifiziert. Aber nicht vor Gericht. Sie haben einen Zeugen gefunden, dem unweit der Tankstelle ein Auto aufgefallen war, das wie verrückt davonraste. Sie setzten alles daran, diesen Fahrer aufzuspüren, und mit ebenso viel Aufwand haben sie die Tatwaffe aufgespürt, die er aus dem fahrenden Auto geworfen hatte. Wenn man in einer Tankstelle einen Jungen erschießt, strengt sich die Polizei auch an, um einen aufzuspüren. Aber wenn man dort einen Cop erschießt – tja, das steht auf einem ganz anderen Blatt.«

»Aber einen Tatzeugen hatte man nicht«, bemerkte Franny.

»Doch. Ich war der Zeuge.«

»Aber du hast doch gerade gesagt, dass du den Typen gar nicht gesehen hast.«

Fix hielt den Zeigefinger in die Höhe. »Und ich habe ihn bis heute nicht gesehen. Nicht mal, als ich ihm im Gericht gegenübersaß. Der Nebel hat sich für mich nie gelichtet. Der Psychiater hat gemeint, wenn ich den Typen sähe, würde ich ihn schon wiedererkennen, und als ich ihn nicht wiedererkannt habe, meinte derselbe Psychiater, dass die Erinnerung an ihn möglicherweise mit der Zeit zurückkäme, dass ich eines Morgens aufwachen könnte, und zack, wäre alles wieder da.« Er zuckte mit den Schultern. »Aber das ist nie geschehen.«

»Wie konntest du dann als Zeuge fungieren?«

»Man hat mir gesagt, wer der Typ war, und ich habe gesagt: Jawohl, der war es.« Fix sah seine Tochter an und lächelte matt. »Mach dir keine Gedanken, er war der Richtige. Vergiss nicht, er hat mich auch gesehen. Er hat aus dem Aquarium nach draußen geschaut, ganz kurz, ehe er auch mir eine Kugel verpassen wollte. Er wusste, wer ich war. Er hat Lomer abgeknallt, er hat den Jungen abgeknallt, und er wusste, dass ich der Typ war, der ihn dabei gesehen hat.« Fix schüttelte den Kopf. »Leider will mir der Name des Jungen nicht mehr einfallen, ein Jammer. Seine Mutter hat mir im Bestattungsinstitut erzählt, dass er passionierter Schwimmer war. ›Sehr vielversprechend‹, das waren ihre Worte. Schon kurios – an die Hälfte der Dinge in diesem Leben würde ich mich zu gern noch erinnern können, und die andere Hälfte würde ich gern vergessen.«

Nach Lomers Tod war Beverley zwei weitere Jahre bei ihm geblieben, obwohl sie Bert bereits versprochen hatte, dass sie Fix verlassen würde. Sie blieb, weil Fix sie brauchte. An jenem Tag in Virginia, als es zu dem hässlichen Streit nach der Schule gekommen war, war sie rechts rangefahren und hatte Caroline und Franny gegenüber klar gestellt, dass sie ihren Vater eben nicht aus einer Laune heraus verlassen hatte. Nein, sie war noch zwei Jahre geblieben.

»Letzten Endes ist es mir gelungen, Lomers Schatten abzuschütteln«, sagte Fix. »Ich habe ihn jahrelang mit mir herumgetragen, aber eines Tages dann, keine Ahnung, war ich ihn los. Ich habe nicht mehr von ihm geträumt. Habe nicht mehr jedes Mal, wenn ich mittags essen ging, überlegt, was Lomer wohl nehmen würde, und habe aufgehört, beim Blick auf den Typen, der im Streifenwagen neben mir saß, vor allem daran zu denken, wer er nicht war. Ich hatte Gewissensbisse deswegen, aber ehrlich gesagt, es war schon auch befreiend.«

»Aber jetzt denkst du wieder an ihn?«

»Na ja, sicher«, sagte Fix, »wegen alldem hier.« Er deutete auf den dünnen Plastikschlauch, der ihn weiter am Leben festband. Er lächelte. »Das wird er sich nie antun müssen. Er wird nie alt und krank werden. Wenn ihn irgendwer gefragt hätte, wäre er bestimmt liebend gern alt und krank geworden. Ich bin mir sicher, dass wir beide gesagt hätten, ja, bitte, gib mir den Krebs, wenn ich achtzig bin. Aber mittlerweile...« Fix zuckte erneut mit den Schultern. »Mittlerweile kann ich die Sache von beiden Seiten sehen.«

Franny schüttelte den Kopf. »Du hattest eindeutig das bessere Los gezogen.«

»Nicht so voreilig, wart's ab«, sagte ihr Vater. »Du bist noch jung.«

3

Einen Tag bevor Bert und seine zweite Ehefrau in spe, Beverley, die Fahrt von Kalifornien nach Virginia antreten sollten, fuhr Bert in Torrance vorbei und unterbreitete Teresa, seiner ersten Frau, den Vorschlag, mit ihnen nach Virginia umzuziehen.

»Natürlich nicht im wörtlichen Sinne *mit uns*«, präzisierte er. »Du müsstest erst packen, das Haus verkaufen. Sicher, das wird etwas dauern, aber was spricht eigentlich dagegen, dass auch du nach Virginia zurückziehst?«

Einst war Bert für Teresa der schönste Mann der Welt gewesen, aber Tatsache war, dass er eher einem jener grotesken Wasserspeier hoch oben an der Kathedrale von Notre Dame glich, die den Teufel vergraulen sollen. Sie sprach es nicht aus, aber der Gedanke stand ihr wohl ins Gesicht geschrieben, denn gleich darauf fuhr er in einem ganz anderen Tonfall fort.

»Hör zu«, sagte Bert, »du warst doch ohnehin gegen den Umzug nach Los Angeles. Hast dich nur mir zuliebe darauf eingelassen, aber nicht ohne viel Gemecker und Genörgel, wie du dich vielleicht zu erinnern geruhst. Verrat mir, aus welchem Grund du jetzt hierbleiben willst? Zieh mit den Kindern wieder bei deinen Eltern ein, warte ab, bis auch die Kleinen aus dem Gröbsten raus und eingeschult worden sind, und dann, wenn die Zeit reif ist, kann ich dir helfen, für euch ein Haus zu finden.«

Teresa stand in der Küche, die sie sich, es war noch gar nicht so lang her, mal geteilt hatten, und zurrte den Gürtel ihres Bademantels fest. Cal war in der zweiten Klasse, und Holly ging seit neuestem in den Kindergarten, Jeanette und Albie aber waren noch zu Hause. Die beiden hingen nun an Berts Beinen und quietschten aufgeregt *Daddyyy! Daddyyy!*, als wäre er ein Karussell in Disneyland. Er tätschelte ihnen die Köpfe, als schlüge er auf Trommeln. Ungelogen im Takt!

»Warum liegt dir so viel daran, dass ich auch wieder nach Virginia ziehe?« Sie kannte die Antwort schon, aber sie wollte es noch mal aus seinem Munde hören.

»Es wäre einfach besser.« Dabei huschte sein Blick nach unten, auf jene lieben, zerzausten Köpfchen unter seinen beiden Händen.

»Besser für die Kinder, wenn ihre Eltern nicht ganz so weit auseinander wohnen? Besser für die Kinder, nicht ganz ohne Vater aufzuwachsen?«

»Herrgott, Teresa, du *bist* doch aus Virginia. Tu doch nicht so, als wollte ich dich zu einem Umzug nach Hawaii bewegen. Deine gesamte Familie lebt in Virginia. Du wärst einfach glücklicher dort.«

»Wie rührend, dass du dir Gedanken über mein Glück machst.«

Bert seufzte. Sie verschwendete seine Zeit. Hatte auf seine zeitlichen Zwänge noch nie Rücksicht genommen. »Alle bewegen sich vorwärts, bis auf dich. Du bist als Einzige entschlossen, dich nicht vom Fleck zu rühren.«

Teresa schenkte sich eine Tasse Kaffee aus dem Perkolator ein. Sie bot Bert ebenfalls eine an, doch er winkte ungeduldig ab. »Willst du Beverleys Mann nicht auch fragen, ob er mit nach Virginia zieht? Damit er seine Mädchen öfter sehen könnte? Für die wäre das sicher auch besser.« Eine gemeinsame Freundin hatte Teresa gesteckt, warum Bert mit seiner künftigen zweiten Gattin nach Virginia zurückzog: Er befürchtete ernsthaft, dass der Ehemann seiner Zukünftigen versuchen könnte, ihn umbringen zu lassen, und zwar so, dass es aussehen würde wie ein Unfall, sodass er nie dafür belangt werden konnte. Beverleys Mann war Polizist. Und Polizisten, manche jedenfalls, verfügten über die entsprechenden Kontakte.

Das Gespräch war ziemlich rasch vorbei. Am Ende war Bert merklich gereizt, eine Standardreaktion, die sie an ihm nur zu gut kannte. Und das gab den Ausschlag für Teresa Cousins, den Rest ihres Lebens in Kalifornien zu verbringen.

Teresa hatte einen Job im Schreibzimmer der Bezirksstaatsanwaltschaft ergattert. Die beiden Kleinen brachte sie in einer Kindertagesstätte unter, die beiden Älteren in einer Nachmittagsbetreuung. Berts Kollegen hatten kollektiv ein schlechtes Gewissen, weil sie alle lange Berts Fremdgehen gedeckt hatten. Nun, da er fort war, hatten sie das Gefühl, etwas an Teresa wiedergutmachen zu müssen, also boten sie ihr eine Stelle bei sich an. Schon nach Kurzem aber nahm man sie beiseite und riet ihr zum Besuch einer Abendschule, um sich zur Rechtsanwaltsgehilfin fortzubilden. Teresa Cousins mochte erschöpft, gekränkt und hintergangen worden sein, aber dumm war sie nicht, wie man bald allseits feststellte.

Als stellvertretender Bezirksstaatsanwalt hatte Bert Cousins nur ein geringes Einkommen erzielt, und entsprechend bescheiden waren die Unterhaltszahlungen an Teresa und die Kinder, zu denen er bei der Scheidung verpflichtet wurde. Der Reichtum seiner Eltern wurde dabei nicht berücksichtigt, da es ja nicht sein Reichtum war. Er beantragte das Sorgerecht für seine Kinder während des gesamten Sommers, von Ferienbeginn bis Ferienende, und seinem Antrag wurde stattgegeben. Teresa Cousins hatte hart darum gekämpft, ihm nur zwei Wochen zuzubilligen, aber Bert war Anwalt, und Freunde von ihm, ebenfalls Anwälte, waren mit dem Richter befreundet; außerdem unterstützten ihn seine Eltern heimlich finanziell, sodass er den Fall vor Gericht, wenn es hart auf hart kam, bis zur letzten Instanz hätte ausfechten können.

Als Teresa mitgeteilt wurde, dass sie bezüglich der Sommerferien verloren hatte, reagierte sie zwar demonstrativ mit Tränen und Flüchen, kam aber im Stillen nicht um den Gedanken herum, ob ihr gerade womöglich das Scheidungsäquivalent eines Karibikurlaubs spendiert worden war. Sie liebte ihre Kinder, ohne Wenn und Aber, doch die Aussicht darauf, eine Jahreszeit von vieren davon befreit zu sein, sich um jedes Halsweh und jeden Faustkampf kümmern zu müssen, ständig um unerschwinglichen Ballettunterricht angebettelt zu werden, der auch noch zu Uhrzeiten stattfand, zu denen sie das Kind unmöglich hinkutschieren konnte, nicht zu vergessen die immer neuen Ausreden, die sie sich einfallen lassen musste, weil sie laufend zu spät zur Arbeit erschien und dafür nachmittags früher Schluss machte, und das, wo ihre Arbeitsstelle alles andere als gesichert schien – ja, eine Jahreszeit jährlich ohne ihre Kinder wäre für sie zu bewältigen, auch wenn sie das nie offen zugeben würde. Die Vorstellung eines Samstagmorgens im Bett, an dem Albie *nicht* aufgedreht über sie hinweghopste, hin und her, hin und her, als würde er einen imaginären Slalomkurs hinabwedeln, hatte schon ihren Reiz. Die Vorstellung, wie er stattdessen über Berts zweite Frau hinwegsprang, die vermutlich in einem cremefarbenen Seidenneglígé mit schwarzem Spitzenbesatz schlief, einem Nachthemd, das man reinigen lassen musste – oder besser noch, die Vorstellung, wie Albie mitten auf sie draufsprang, nun, das konnte ihr schon gefallen.

In den ersten Jahren, als die Kinder noch zu klein waren, reisten sie immer mit einer Begleitperson. Einmal war es Beverleys Mutter, die diese Aufgabe übernahm, und im Jahr darauf Beverleys Schwester. Bonnie war im Umgang mit Teresa nervös und kleinlaut, sie brachte es kaum fertig, ihr in die Augen zu sehen. Bonnie hatte einen katholischen Priester geheiratet und neigte dazu, Schuldgefühle wegen allem Möglichen zu haben, auf das sie keinerlei Einfluss hatte. Wieder ein Jahr später schlüpfte Beverleys Freundin Wallis in die Rolle der Reisebegleiterin. Wallis hatte eine laute Stimme und ein strahlendes Lächeln, mit dem sie die Kinder bedachte. Sie trug ein leuchtend grünes Baumwollkleid. Wallis hatte Kinder gern.

»Wisst ihr was, Kinder«, hatte sie zu den vier kleinen Cousins gesagt. »Wir werden jede einzelne Erdnuss im Flugzeug vertilgen.« Wallis tat so, als würde sie ganz zufällig an diesem Tag selbst nach Virginia fliegen, und ob es nicht lustiger wäre, wenn sie und die Kinder alle zusammensitzen könnten? Wallis hatte die Sache so leicht gemacht, dass Teresa erst anfing zu weinen, als sie allein wieder zu Hause war.

Auf dem Rückflug wiederum waren es Angehörige von Teresa, die die Kinder begleiteten: in einem Jahr ihre Mutter, in einem anderen ihr Lieblingscousin. Bert bezahlte jedem ein Flugticket, der bereit war, mit seinen Kindern sechs Stunden in einem Flugzeug zu verbringen.

1971 aber wurde entschieden, dass die Kinder nun groß genug wären, die Reise allein zu bewältigen – im Klartext, dass Cal mit zwölf und Holly mit zehn alt genug waren, um auf die beiden Jüngeren aufzupassen, auf Jeanette, die mit acht vollkommen allein klarkam, und auf Albie, der mit seinen sechs Jahren absolut alles auf der Welt benötigte. Am Flughafen reichte Teresa die Tickets über den Schalter, die Bert ihr per Post übersandt hatte, und setzte ihre Kinder dann in das Flugzeug nach Virginia, ganz ohne Gepäck, ein kühnes Manöver, das sie mit Bonnie oder Wallis als Begleitperson nie gewagt hätte. Sollte Bert sich doch kümmern, dachte sie. Sie brauchten alles; er konnte mit Zahnbürsten und Schlafanzügen anfangen und sich dann weiter durch das Arsenal ihrer Bedürfnisse arbeiten. Sie gab Holly einen Brief mit, den sie ihrem Vater aushändigen sollte. Alle vier Kinder mussten zur Zahnreinigung. Jeanette hatte außerdem Löcher in diversen Zähnen. Dem Brief hatte sie Kopien ihrer Impfpässe beigelegt und alle fälligen Nachimpfungen mit einem Kreuzchen markiert. Sie konnte sich nicht ständig für die entsprechenden Arzttermine freinehmen; die Ärzte verspäteten sich immer, und mitunter dauerte es Stunden, bis sie wieder im Büro war. Die zweite Mrs Bert Cousins war nicht berufstätig. Da hatte sie doch reichlich Zeit, um mit den Kindern auf Einkaufstour und zu den Ärzten zu gehen. Holly wurde beim Impfen immer ohnmächtig. Albie biss die Sprechstundenhilfe. Cal blieb einfach im Auto sitzen. Sie hatte richtig mit ihm gerungen, aber er hatte die Füße links und rechts neben die Autotür gestemmt und wehrte sich dagegen, aussteigen zu sollen, mit der Folge, dass seine letzte Nachimpfung flachgefallen war. Bei Jeanette wusste sie nicht genau, ob sie ausreichend geimpft war, weil Jeanettes Impfpass spurlos verschwunden war. All das stand schwarz auf weiß in dem Brief. Beverley Cousins wollte ihre Familie? Bitte schön.

Die Plätze der Kinder befanden sich nebeneinander, bloß getrennt durch den Mittelgang; die Jungen saßen links, die Mädchen rechts. Sie alle erhielten ein Flügelemblem à la US-Luftwaffe für angehende Piloten, das nur Cal sich nicht anstecken mochte; die anderen trugen es mit Stolz. Sie waren froh, jetzt im Flugzeug zu sitzen und sechs Stunden ohne jede Beaufsichtigung vor sich zu haben. Natürlich verließen sie ihre Mutter nur ungern – sie standen eindeutig auf der Seite ihrer Mutter –, aber die vier Cousins-Kinder betrachteten sich als echte *Virginians,* sogar die jüngsten beiden, die erst nach dem Umzug der Familie an die Westküste zur Welt gekommen waren, und waren sich einig in ihrem Hass auf Kalifornien. Sie hatten es satt, durch die Flure des Schulkomplexes von Torrance geschubst zu werden. Hatten den Schulbus satt, der sie jeden Morgen an der Ecke einsammelte, und insbesondere den Busfahrer, der nicht bereit war, mal ein Auge zuzudrücken und, sei es nur eine halbe Minute lang, zu warten, wenn sie spät dran waren, weil Albie wieder mal getrödelt hatte. Sie hatten auch ihre Mutter satt, so lieb sie sie auch hatten, weil sie mitunter in Tränen ausgebrochen war, wenn sie wieder nach Hause kamen, weil sie den Schulbus verpasst hatten. Jetzt würde sie zu spät zur Arbeit kommen. Im Auto tischte sie ihnen die altbekannte Leier auf, während sie sie in halsbrecherischem Tempo zur Schule brachte – sie musste arbeiten, das bisschen, was ihr Vater ihnen gab, reichte vorne und hinten nicht, sie konnte es sich nicht leisten, diesen Job zu verlieren, nur weil sie es nicht mal hinbekamen, rechtzeitig an der gottverdammten Ecke zu stehen. Sie blendeten ihren Redestrom aus, indem sie Albie zwickten, dessen Schreie das Auto erfüllten wie Senfgas. Vor allem aber hatten sie Albie satt, der seine Cola überallhin verschüttet hatte und jetzt gerade unentwegt gegen die Rückenlehne des Flugzeugsitzes direkt vor ihm trat. Alles, was geschah, war seine Schuld. Aber sie waren auch Cal satt. Er durfte den Haustürschlüssel an einer etwas schmuddeligen Kordel um den Hals tragen, weil ihre Mutter ihm die Aufgabe übertragen hatte, dafür zu sorgen, dass nach der Schule alle vollzählig nach Hause kamen, und ihnen etwas zu essen zu machen. Cal hing das zum Hals heraus, und an den meisten Tagen sperrte er seine Geschwister mindestens eine Stunde lang aus, um in Ruhe die Sendungen im Fernsehen zu schauen, die er sehen wollte, und einen freien Kopf zu bekommen. Seitlich am Haus gab es einen Gartenschlauch, und unter dem Carport war es schattig. Vom Hitzetod bedroht waren sie also nicht direkt. Wenn ihre Mutter von der Arbeit heimkam, erwarteten sie sie schon an der Haustür und beklagten lautstark die Tyrannei, der sie ausgesetzt waren. Sie logen ihr vor, dass sie ihre Hausaufgaben schon gemacht hätten, bis auf Holly, die ihre Hausaufgaben immer erledigte, mitunter im Schneidersitz unter dem Carport, mit ihren Büchern und Heften vor sich auf dem Schoß, weil sie für die Anerkennung lebte, mit der sie von ihren Lehrern überhäuft wurde. Die Geschwister hatten Holly und ihre durchgehend glänzenden Noten satt.

Die einzige Person, die sie im Grunde nicht satthatten, war Jeanette, und das bloß, weil niemand je an sie dachte. Sie hatte sich in ein tiefes Schweigen zurückgezogen, das Eltern normalerweise zu einer Rücksprache mit einem Lehrer oder Kinderarzt veranlasst hätte, wenn sie es bemerkt hätten. Aber es bemerkte niemand, ihre Mutter nicht und auch ihre Geschwister nicht. Diese Nichtbeachtung hatte Jeanette gründlich satt.

Sie verstellten ihre Rückenlehnen nach hinten, so weit es ging. Baten um Spielkarten und Ginger-Ale. Genossen den geschützten Raum eines Flugzeugs, in dem sie sich vorläufig weder in Kalifornien noch in Virginia befanden, den einzigen beiden Orten, an denen sie im Leben je gewesen waren.

Fix nahm sich immer Urlaub, um für seine Töchter da zu sein, wenn Caroline und Franny im Sommer nach Kalifornien auf Besuch kamen. Bert dagegen erklärte Beverley, als die Ankunft seiner Kinder in Virginia bevorstand, dass er mysteriöserweise bei der Arbeit plötzlich doppelt so viele Fälle hatte. Bert war inzwischen in Arlington als Anwalt für Vermögensrecht tätig, da er zu dem Schluss gelangt war, dass ihm das Leben als stellvertretender Bezirksstaatsanwalt dann doch zu stressig war. Dass so viele Leute ausgerechnet an dem Tag, an dem seine Kinder aus Kalifornien eintrafen, ein Testament neu aufsetzen lassen wollten, war ihm unerklärlich, aber er musste Beverley notgedrungen allein mit dem Kombi zum Flughafen schicken. Eigentlich war er davon ausgegangen, dass er die Kinder selbst würde abholen können, doch nun war in letzter Minute ein schriftlicher Antrag eingereicht worden, mit dem niemand gerechnet hatte, es würde deswegen wohl spät werden, und leider sah es wirklich nicht danach aus, dass er es wenigstens zum Abendessen nach Hause schaffen würde. Beverley holte Berts Kinder nicht zum ersten Mal vom Flughafen ab, aber bei den vorherigen Malen hatte sie in Wirklichkeit ihre Mutter oder Bonnie oder Wallis abgeholt, die sich netterweise bereiterklärt hatten, sie per Freiflug besuchen zu kommen. Es war eine solche Freude gewesen, sie aus dem Flugzeug aussteigen zu sehen, dass es ihr fast gelang, die Kinder zu übersehen. Sie hakte sich bei ihrer Mutter, Schwester oder liebsten Freundin unter, und zusammen lotsten sie die Schäfchen erst zur Gepäckausgabe und dann ins Parkhaus. Darauf hatte sie sich freuen können.

Jetzt aber fühlte sich Beverley seltsam gelähmt, wie sie da allein am Ende der Gangway wartete. Erst nachdem alle anderen Passagiere ausgestiegen waren, brachte die Stewardess die Cousins-Kinder heraus, und sie bestätigte per Unterschrift, sie in Empfang genommen zu haben. Vier nach Größe gestaffelte Knirpse, Junge-Mädchen-Mädchen-Junge, ein jeder von ihnen ein verloren wirkender Flüchtling. Die Mädchen umarmten sie flüchtig am Gate, sichtlich enttäuscht, während die Jungen schon auf dem Weg zur Gepäckausgabe betont trödelten. Albie sang irgendein Lied vor sich hin, das nicht zu verstehen war, und Cal sang womöglich auch, obwohl sie sich nicht ganz sicher war, weil die beiden so viel Abstand hielten. Zumal es im Flughafen laut und voll war, überall Familien, die glücklich wiedervereint waren. Da war es schon schwierig genug, ihre eigenen Gedanken zu verstehen.

Sie stellten sich ans Gepäckförderband und beobachteten die Taschen und Koffer, die vorüberglitten. »Wie war das Schuljahr? Habt ihr gute Noten mit nach Hause gebracht?« Beverleys Frage galt allen vieren, aber nur Holly sah sie an. Holly hatte in allen Fächern eine glatte Eins, mit Ausnahme von Lesen, wo sie sogar eine Eins plus errungen hatte. Beverley erkundigte sich, wie das Wetter bei ihrem Abflug in Los Angeles gewesen war, ob sie im Flugzeug etwas gegessen hatten, ob der Flug gut verlaufen war. Holly beantwortete all ihre Fragen.

»Unser Start hat sich wegen Verkehrs auf der Rollbahn um dreißig Minuten verzögert. Wir standen auf der Startliste an sechsundzwanzigster Stelle«, erklärte sie und reckte dabei ihr kleines Kinn in die Höhe, »aber wir hatten Rückenwind, und der Pilot konnte in der Luft einen Großteil der verlorenen Zeit wiedergutmachen.« Ihr Haar war zu Rattenschwänzen gebunden, mit einem krummen, schiefen Mittelscheitel, der eher wie mit einem betrunkenen Finger ins Haar gefurcht wirkte als sauber mit einem Kamm gezogen.

Die Jungen waren in unterschiedliche Richtungen davongezogen. Ganz kurz konnte sie Cal sehen, der auf dem Förderband eines Gepäckkarussells drei Karussells weiter stand und mit dem Gepäck aus Houston vorüberglitt. Kaum, dass sie ihn entdeckt hatte, sprang er auch schon wieder ab, um keinen Ärger mit dem Gepäckträger zu bekommen, der sich eilig näherte.

»Cal!«, rief Beverley über die Menge hinweg. Anschreien konnte sie ihn schlecht, nicht in aller Öffentlichkeit, und nicht über diese Entfernung hinweg. Also setzte sie in normalem Tonfall hinzu: »Geh und hol deinen Bruder!« Aber er sah sie an, als wäre es ein seltsamer Zufall, dass er Cal hieß und diese Wildfremde etwas zu jemand anderem namens Cal gesagt hatte. Er wandte sich ab. Jeanette stand neben ihr und betrachtete den Schulterriemen ihrer kleinen Tasche, starrte ihn regelrecht an. Hatte irgendjemand dieses Kind mal untersuchen lassen?

Schließlich waren auch die letzten Gepäckstücke des TWA-Nonstop-Flugs aus Los Angeles zum Flughafen Washington-Dulles über das Band geglitten und von Reisenden heruntergenommen worden. Das war's, mehr kam nicht. Die Menge löste sich auf, und sie entdeckte Albie, der gerade versuchte, einen alten Kaugummi vom Fußboden abzulösen, mit etwas, das von Weitem wie ein Messer aussah. Sie wandte sich ab.

»Na gut«, sagte sie, während sie im Kopf überschlug, wie lange sie um diese Tageszeit für die Fahrt nach Arlington benötigen würden. »Euer Gepäck ist wohl irgendwie verschüttgegangen. Kein Problem. Wir müssen bloß zum Büro gehen und ein paar Formulare ausfüllen. Habt ihr die Gepäckscheine aufbewahrt?« Sie sah Holly an. Am besten, sie hielt sich ganz an Holly, die von Natur aus bestrebt zu sein schien, es anderen recht zu machen. Holly war ihre einzige echte Chance.

»Wir haben keine Gepäckscheine«, sagte Holly. Sie hatte sehr helle Haut und dunkles, glattes Haar, ein Gesicht voller Sommersprossen. Sie sah ein wenig wie Pippi Langstrumpf aus, was Erwachsene niedlich fanden, während andere Kinder sich vermutlich über sie lustig machten.

»Aber irgendwann hattet ihr sie mal. Hat eure Mutter euch die Gepäckscheine nicht gegeben?«

Holly fing noch einmal von vorne an. »Nein. Wir haben keine Gepäckscheine, weil wir kein Gepäck haben.«

»Was soll das heißen, ihr habt kein Gepäck?«

»Ja, dass wir eben keins dabeihaben.« Holly schien nicht zu verstehen, was an ihrer Aussage unklar war.

»Habt ihr's in Los Angeles vergessen? Oder verloren?« Beverley war abgelenkt. Sie hielt gerade Ausschau nach Cal und konnte ihn nirgendwo entdecken. Alle drei Meter standen Schilder mit dem Verbot, sich auf das Gepäckband zu setzen oder zu stellen.

Hollys Unterlippe bebte ein wenig, wovon aber ihre Stiefmutter nichts mitbekam. Holly hatte von Anfang an ein komisches Gefühl dabei gehabt, ohne Gepäck zu verreisen, aber ihre Mutter hatte ihr versichert, so wolle ihr Vater das. Weil er sie ganz neu ausstaffieren wolle – neue Kleidung, neues Spielzeug, neue Reisetaschen, um das alles mit nach Hause nehmen zu können. Vielleicht hatte er bloß vergessen, Beverley davon zu erzählen. »Wir hatten gar keins dabei«, sagte sie leise.

Beverley wandte sich ihr wieder zu. Und der verfluchte Bert hatte ihr versichert, das schaffe sie schon, kein Problem. »Wie bitte?«

Dazu gezwungen zu werden, es noch ein zweites Mal auszusprechen, war zu viel für Holly. Tränen stiegen ihr in die Augen und rollten ihr dann über die Sommersprossen. »Wir. Haben. Kein. Gepäck. Dabei.« Jetzt bekäme sie Ärger mit ihrem Vater, dabei hatte sie ihn noch gar nicht gesehen. Aber schlimmer noch, ihr Vater würde wieder sauer auf ihre Mutter sein. Sie sei verantwortungslos, sagte er immer, aber das stimmte nicht.

Beverleys Blick huschte von einem Ende der Gepäckausgabe zum anderen. Die Reihen der Passagiere und Leute, die sie in Empfang genommen hatten, lichteten sich zusehends, zwei ihrer Stiefkinder waren spurlos verschwunden, Stiefkind Nummer drei weinte, und Nummer vier betrachtete so versunken den Kunstlederriemen ihrer Handtasche, dass sich der Verdacht einer geistigen Behinderung aufdrängte. »Wieso stehen wir dann jetzt seit einer halben Stunde am Gepäckband?« Noch war Beverley ganz ruhig. Aufregen könnte sie sich später, dann war Zeit genug. Vorläufig wurde sie aus der Sache einfach nicht schlau.

»Keine Ahnung!«, schrie Holly, während ihr die Tränen nur so übers Gesicht liefen. Sie zog den Saum ihres T-Shirts hoch und wischte sich damit die Nase ab. »Es ist nicht meine Schuld. Du bist mit uns hierhergegangen. Ich habe von Gepäck nichts gesagt.«

Jeanette zog den Reißverschluss ihrer kleinen Tasche auf, kramte darin und reichte ihrer Schwester dann ein Papiertaschentuch.

Beverleys zweiter Abstecher zum Flughafen war Jahr für Jahr noch schlimmer, weil sie jedes Mal dachte, er würde besser. Sie ließ ihre vier Stiefkinder zu Hause zurück (erst bei ihrer Mutter, dann Bonnie, dann Wallis, und jetzt unter Cals Aufsicht. In Torrance waren sie schließlich auch allein zu Hause, und Arlington war sicherer als Torrance) und fuhr noch einmal zum Flughafen Dulles, um ihre Mädchen wieder abzuholen. Während Berts Kinder den ganzen Sommer hier im Osten verbrachten, reisten Caroline und Franny nur für zwei kurze Wochen nach Westen: Sie waren eine Woche bei Fix und eine bei Beverleys Eltern, eben lang genug, um die Mädchen daran zu erinnern, warum sie Kalifornien so viel besser fanden als Virginia. Als sie aus dem Flugzeug stiegen, sahen sie aus, als wären sie der Austrocknung nahe, weil sie den ganzen Flug über geweint hatten. Beverley ging in die Knie, um sie zu umarmen, aber sie waren kaum mehr als Gespenster. Caroline wollte bei ihrem Vater leben, sie flehte und bettelte darum, und Jahr für Jahr wurde ihr die Bitte abgeschlagen. Carolines Hass auf ihre Mutter strahlte förmlich durch den Stoff ihres rosaroten T-Shirts aus, während Beverley sie an sich drückte. Franny dagegen stand einfach nur da und ließ die Umarmung über sich ergehen. Sie wusste noch nicht, wie das ging, ihre Mutter zu hassen, aber bei jedem Abschied am Flughafen von ihrem weinenden Vater ahnte sie mehr, wie das ging.

Beverley drückte beiden einen Kuss aufs Haar. Küsste die widerstrebende Caroline noch einmal, die vor ihr zurückwich. »Ich freue mich so, dass ihr wieder da seid«, sagte sie.

Caroline und Franny aber freuten sich nicht darüber. Eher im Gegenteil. Und in dieser angeschlagenen Stimmung kehrten die Keating-Mädchen nach Arlington zurück, um dort mit ihren Stiefgeschwistern wiedervereint zu werden.

Wenigstens Holly war freundlich. Sie hopste aufgeregt auf und ab und klatschte sogar in die Hände, als die Mädchen durch die Tür kamen. Sie wollte diesen Sommer mit ihnen wieder einen Tanz im Wohnzimmer aufführen. Aber Holly trug auch Carolines rotes T-Shirt mit der kleinen Rosette aus weißem Band am Ausschnitt, das sie auf Geheiß ihrer Mutter vor der Abreise nach Kalifornien in die Tüte mit Sachen für die Altkleidersammlung gesteckt hatte, weil es verwaschen und ihr außerdem inzwischen zu klein war. Holly war nicht die Altkleidersammlung.

Caroline hatte das größere Zimmer, in dem zwei Etagenbetten standen, und Franny als jüngere das kleinere mit zwei identischen Einzelbetten. Die Schwestern verband zwar wenig Liebe oder Wesensverwandtschaft, aber dafür ein beengtes Badezimmer zwischen ihren Zimmern, das von beiden Seiten aus betreten werden konnte. Zwei Mädchen und ein Badezimmer, das war von Anfang September bis Ende Mai ein funktionierendes Arrangement, im Juni aber, bei ihrer Heimkehr aus Kalifornien, mussten Caroline und Franny feststellen, dass Holly und Jeanette sich in einem der Etagenbetten bei Caroline häuslich eingerichtet hatten und Franny ihr Zimmer komplett an die Jungen verloren hatte. Vier Mädchen in dem einen Zimmer und zwei Jungen in dem anderen mussten sich also zu sechst ein Bad teilen, das kaum größer als eine Telefonzelle war.

Caroline und Franny schleppten ihr Gepäck die Treppe hoch. Sie kamen an der offenen Tür des Schlafzimmers vorbei, wo Cal auf dem Bett ihrer Mutter lag, mit den Füßen in den schmuddeligen Socken auf den Kissen, und bei voll aufgedrehter Lautstärke ein Tennismatch schaute. Sie durften das Elternschlafzimmer nie betreten oder sich dort aufs Bett setzen, nicht mal, wenn sie die Füße auf dem Boden ließen, und auch nicht ohne ausdrückliche Erlaubnis fernsehen. Cal nahm sie überhaupt nicht zur Kenntnis, als sie im Flur vorbeikamen, er blickte weiter gebannt auf den Fernseher.

Holly ging hinter ihnen, so dicht, dass sie leicht gegen sie stieß, als sie stehenblieben. »Wir vier, habe ich mir überlegt, könnten in weißen Nachthemden tanzen. Wäre das okay? Wir könnten heute Nachmittag anfangen zu üben. Ich habe schon ein paar Ideen für die Choreographie, wenn ihr mal sehen wollt.«

Von den vier Mädchen, die den Tanz aufführen sollten, waren nur drei anwesend. Jeanette war verschollen. Niemand hatte ihr Fehlen bemerkt, aber Frannys Katze, Buttercup, war ebenfalls verschwunden. Buttercup war nicht an die Haustür gekommen, um sie zu begrüßen, wie nach zweiwöchiger Abwesenheit zu erwarten. Buttercup, die Rettungsleine zur Normalität, war weg. Beverley, die förmlich in Kindern ertrank, konnte sich nicht entsinnen, wann sie das Tier zum letzten Mal gesehen hatte, machte sich aber dann im ganzen Haus auf die Suche, weil Franny in herzzerreißendes Schluchzen ausbrach. Im Wäscheschrank wurde sie schließlich fündig; dort, ganz hinten, saß Jeanette auf dem Boden, verkrochen unter einer Daunendecke (wie lange war Jeanette schon abgängig gewesen?), und streichelte die friedlich schlummernde Katze.

»Die darf meine Katze nicht haben!«, rief Franny, und Beverley bückte sich und nahm Jeanette, die nur kurz Widerstand leistete, ehe sie losließ, die Katze ab. Albie folgte Beverley wie ein Schatten durchs Haus und gab dabei unentwegt eine Lautfolge von sich, die von den Kindern »Stripper-Musik« genannt wurde:

Bumm tschika-bumm, bumm-bumm tschika-bumm.

Wenn ihre Mutter stehenblieb, hörte auch die Musik auf. Unternahm sie auch nur einen Schritt, gab Albie sogleich ein *Bumm* von sich, mit einem für einen Sechsjährigen merkwürdig anzüglichen Unterton. Zunächst versuchte sie es zu überhören, aber nach einer Weile wurde es ihr zu viel. Ihr riss der Geduldsfaden, sie fuhr herum und schrie: »Hör auf damit!« Er blickte sie nur stumm an. Mit seinen riesengroßen braunen Augen und dem braunen lockigen Haar erinnerte er irgendwie an ein Comic-Tier.

»Es ist mein Ernst«, fuhr sie fort und musste sich alle Mühe geben, sich wieder zu beruhigen. »Schluss damit, ein für alle Mal.« Sie war um einen vernünftigen, elternmäßigen Tonfall bemüht, doch sobald sie sich zum Gehen wandte, hörte sie es auch schon wieder hinter sich: *Bumm tschika-bumm.*

Beverley hätte ihn am liebsten umgebracht. Sie erwog tatsächlich, ein Kind umzubringen. Ihre Hände zitterten. Sie steuerte aufs Schlafzimmer zu, um sich dort einzuschließen und eine Runde zu schlafen, doch schon im Flur hörte sie das unverkennbare *Pock* eines Tennisballs, das Raunen einer Zuschauermenge. Sie steckte den Kopf zur Tür herein. »Cal?« Sie musste die Tränen zurückhalten. »Ich brauche mein Zimmer jetzt.«

Cal rührte sich nicht, sein Blick klebte förmlich am Fernseher. »Es ist noch nicht vorbei«, sagte er, als hätte sie noch nie ein Tennisspiel gesehen. Als wüsste sie nicht, dass ein Spiel weiter im Gang war, wenn der Ball hin und her geschlagen wurde.

Bert war der Ansicht, dass Fernsehen nichts für Kinder war. Ein lärmendes Spektakel, reinste Zeitverschwendung, so lautete seine harmloseste Einschätzung. Mitunter mutmaßte er sogar, dass es sich schädlich auf die Entwicklung des kindlichen Gehirns auswirken könnte. Dass Teresa die Kinder so viel fernsehen ließ, hielt er für einen schlimmen Fehler. Seine ständigen Appelle an sie, ihren Fernsehkonsum zu drosseln, waren nutzlos, weil sie sich von ihm in Fragen der Erziehung, aber auch in sonstigen Belangen, grundsätzlich nichts sagen ließ. Deswegen hatten er und Beverley nur ein Fernsehgerät im Haus, in ihrem Schlafzimmer, das für Kinder tabu war, jedenfalls für ihre Kinder, wenn alles normal war. Jetzt hätte Beverley den Fernseher am liebsten ausgestöpselt und ins sogenannte Familienzimmer getragen – so hatte es der Makler damals genannt, wobei sich aber nie auch nur ein Familienmitglied dorthin verirrte. Sie ging den Flur entlang, wieder mit Albie hinter sich, der ihr in sicherer Entfernung folgte und seinen Singsang produzierte. Wer hatte ihm das beigebracht, seine Mutter? Irgendjemand musste es ihm beigebracht haben. Sechsjährige frequentierten normalerweise keine Stripteaselokale, nicht einmal dieser. Beverley ging ins Zimmer der Mädchen, aber dort saß Holly, ganz in *Rebecca* vertieft.

»Hast du auch schon mal *Rebecca* gelesen, Beverley?«, fragte Holly, als Beverley hereinkam, mit einem Strahlen auf ihrem aufgeweckten Gesicht. »Mrs Danvers erschreckt mich zu Tode, aber ich werde weiterlesen. Und wenn es noch so schön in Manderley ist, das wäre mir egal. Ich würde nicht dort bleiben, wenn jemand so gruselig zu mir wäre.«

Beverley nickte leicht und ging wieder hinaus. Sie überlegte kurz, ob sie sich im Zimmer der Jungen hinlegen sollte, das eigentlich Franny gehörte, aber dort hing ein irgendwie nussartiger Geruch in der Luft, der an Socken und Unterwäsche und ungewaschene Haare erinnerte.

Sie ging wieder nach unten, wo sie Caroline in der Küche antraf, wütend herumhantierend. Sie werde Brownies machen, sagte sie, für ihren Vater, und sie ihm per Post zuschicken, damit er wenigstens etwas zu essen hätte.

»Dein Vater mag keine Nüsse in seinen Brownies«, sagte Beverley. Einfach nur so, als hilfreichen Tipp.

»Gar nicht wahr!« Caroline schnellte so heftig zu ihrer Mutter herum, dass sie eine halbe Tüte Mehl auf dem Tresen verstreute. »Vielleicht mochte er keine Nüsse, als du ihn gekannt hast, aber du kennst ihn nicht mehr. Heute mag er Nüsse gern, in allem.«

Albie war im Esszimmer. Sie konnte den Singsang durch die Küchentür hören. Schon verblüffend, was er für eine Ausdauer an den Tag legte. Im Wohnzimmer war Franny dabei, die Katze mit sanfter Gewalt in ein Puppenkleid zu zwängen, während sie still vor sich hin weinte, ein Anblick, der ihre Mutter davon überzeugte, dass alles, was sie je im Leben getan hatte, ein Fehler war.

Im Haus gab es kein Entrinnen, kein Eckchen, wo sie ihnen allen entkommen konnte, nicht mal den Wäscheschrank, weil Jeanette dort auch nicht herausgekommen war, nachdem sie die Katze hatte abgeben müssen. Beverley schnappte sich die Autoschlüssel und ging nach draußen. Sobald sie die Tür hinter sich zuzog, hatte sie das Gefühl, unter Wasser zu sein, so heiß und schwer fühlte sich die Sommerluft in ihrer Lunge an.

Sie dachte an die Gartenterrasse ihres Hauses, damals in Downey. Wie sie dort nachmittags gesessen hatte, mit Caroline auf ihrem Dreirad, Franny zufrieden auf ihrem Schoß, umgeben vom Duft der Orangenblüten, der geradezu überwältigend war. Fix hatte das Haus verkaufen müssen, um ihr die Hälfte ihres kleinen Eigenkapitals auszuzahlen, und auch, um den Unterhalt für die Kinder aufbringen zu können. Warum hatte sie ihn bloß dazu genötigt, das Haus zu verkaufen? Hier in Virginia konnte man nicht draußen sitzen. Schon auf dem kurzen Weg zur Auffahrt bekam sie fünf neue Mückenstiche, die zu dicken roten Beulen anschwollen; Beverley war allergisch gegen Mückenstiche.

Im Wagen waren es locker an die vierzig Grad. Sie schaltete die Zündung ein, drehte die Klimaanlage an und das Radio aus. Dann streckte sie sich auf der sengend heißen Sitzbank mit dem grünen Kunstlederbezug aus, damit sie vom Haus aus beim Blick aus dem großen Frontfenster niemand sehen konnte. Sie dachte darüber nach, dass sie sich jetzt vermutlich umgebracht hätte, wenn der Wagen nicht im Carport, sondern in der Garage gestanden hätte.

Da die Ferien in den öffentlichen Schulen Kaliforniens etwas später anfingen als in der katholischen Schule hier in Virginia, hatten Beverley und Bert das Haus fünf Tage für sich gehabt – im Zeitraum zwischen der Abreise ihrer Töchter und der Ankunft seiner Kinder. Eines Abends hatten sie sich nach dem Essen auf dem Teppichboden des Esszimmers geliebt. Sehr angenehm war das nicht. Seit ihrem Umzug nach Virginia war Beverley stetig abgemagert; ihre Wirbelsäule und Schlüsselbeine zeichneten sich inzwischen so überdeutlich ab, dass sie einer Anatomieklasse als Anschauungsobjekt hätte dienen können. Bei jedem Stoß wurde sie ein Stückchen auf dem Teppich zurückgeschoben, scheuerte mit der Haut über die Wollfasern. Trotz dieser aufgeriebenen Stellen aber kamen sie sich dabei wagemutig und leidenschaftlich vor. Es war kein

Fehler gewesen, sagte Bert immer wieder zu ihr, als sie hinterher nebeneinander auf dem Rücken lagen und an die Decke starrten. Beverley zählte fünf Stellen, an denen am Kronleuchter Kristalle fehlten. Das war ihr bisher gar nicht aufgefallen.

»Alles, was in unserem Leben bisher geschehen ist, alles, was wir getan haben, musste genauso ablaufen, wie es abgelaufen ist, damit wir zusammen sein können.« Bert nahm ihre Hand und drückte sie.

»Glaubst du das wirklich?«, fragte Beverley.

»Wir sind Magie«, erwiderte Bert.

Später am Abend rieb er ihr den Rücken, besonders die Wirbelsäule, mit Wundsalbe ein. Sie schlief auf dem Bauch. Das waren ihre Sommerferien.

Das Bemerkenswerteste an den Keating-Kindern und den Cousins-Kindern war: Sie hassten einander nicht, und so etwas wie Stammesbindungen gab es nicht bei ihnen. Die Cousins' zogen nicht die Gesellschaft anderer Cousins' vor, und die beiden Keatings wären gut ohneeinander ausgekommen. Es ärgerte die vier Mädchen, in ein Zimmer zusammengepfercht zu sein, aber daran gaben sie nicht einander die Schuld. Den Jungen, die sich permanent über alles ärgerten, machte es offenbar nichts, in Gesellschaft so vieler Mädchen zu sein. Die Kinder verband ein überbrückendes Prinzip, das ihre potenzielle Abneigung gegeneinander erst gar nicht aufkommen ließ: Sie mochten die Eltern nicht. Hassten sie regelrecht.

Die Einzige, die das genierte, war Franny, weil Franny ihre Mutter immer geliebt hatte. In den normalen Monaten des Jahres hielten sie nach der Schule hin und wieder zusammen Nachmittagsschlaf, lagen so eng aneinandergeschmiegt in Löffelchenhaltung da, dass sie dasselbe träumten. Morgens saß Franny auf dem Klodeckel im Bad und sah ihrer Mutter beim Schminken zu, und abends saß sie wieder auf dem Klodeckel und plauderte mit ihrer Mutter, während diese ein Bad nahm.

Franny lebte in der sicheren Gewissheit, dass sie nicht nur die Lieblingstochter ihrer Mutter war, sondern sogar ihr liebster Mensch auf der Welt. Außer im Sommer, wenn ihre Mutter sie ansah, als wäre sie lediglich das vierte von sechs Kindern. Wenn ihre Mutter mal wieder die Nase voll von Albie hatte, schickte sie alle Kinder vor die Tür, und auch Franny war ausdrücklich gemeint. Eiscreme durfte nur im Freien verzehrt werden. Wassermelone – nur im Freien. Seit wann wurde ihr unterstellt, dass sie nicht fähig war, Wassermelone am Küchentisch zu essen? Das beleidigte sie, und nicht nur sie. Schon möglich, dass Albie kein Eis essen konnte, ohne es auf den Boden fallen zu lassen, auf alle anderen aber traf das nicht zu. Aber na gut, sie gingen ja schon. Sie gingen nach draußen, knallten die Tür hinter sich zu und machten sich auf den Weg die Straße hinunter, streunten über den heißen Asphalt wie ein Rudel wilder Hunde.

Die vier Cousins-Kinder gaben nicht Beverley die Schuld an ihren grässlichen Sommern. Sondern ihrem Vater, und das hätten sie ihm auch so ins Gesicht gesagt, wenn er je da gewesen wäre. Cal und Holly äußerten nie ein Wort der Kritik an Beverleys Verhalten (und Jeanette sagte sowieso nie etwas, und Albie, tja, wer wurde schon aus Albie schlau), aber Caroline und Franny waren entsetzt. Statt das Abendessen in Schalen und Schüsseln auf den Tisch zu stellen, wie es das ganze Jahr über üblich war, bestand ihre Mutter darauf, dass sich die Kinder nach Alter geordnet in der Küche aufstellten und mit ihrem Teller an den Herd kamen, um sich ihr Essen abzuholen. Es war, als würden sie im Sommer aus der zivilisierten Welt in die Waisenhausszenen aus *Oliver Twist* versetzt.

An einem Donnerstagabend im Juli berief Bert einen Familienrat im Wohnzimmer ein und verkündete, dass sie am kommenden Morgen zum Lake Anna fahren würden. Er hätte sich den Freitag freigenommen und drei Zimmer im Pinecone Motel angemietet. Sonntagmorgen würden sie einen Besuch in Charlottesville bei seinen Eltern machen und dann wieder nach Hause fahren. »Eine kleine Urlaubsreise«, sagte Bert. »Es ist alles schon unter Dach und Fach.«

Die Kinder blinzelten, etwas überrumpelt bei der Vorstellung eines Tages, der Abwechslung vom täglichen Einerlei versprach, und Beverley blinzelte, weil Bert sie vor vollendete Tatsachen stellte. Den Kindern entging nicht, wie Beverley hektisch Blickkontakt zu Bert aufzunehmen versuchte, aber vergebens. Ein Motel, ein See, Mahlzeiten in Restaurants, ein Besuch bei Berts extrem abweisenden Eltern, die Pferde und einen Teich sowie eine fabelhafte schwarze Köchin namens Ernestine hatten, die den Mädchen vergangenen Sommer beigebracht hatte, wie man Apfelkuchen buk. Wären die Kinder in der Stimmung gewesen, mit den Eltern zu reden, hätten sie gesagt, dass sich das lustig anhörte. Aber sie waren nicht in der Stimmung dazu, deshalb hielten sie den Mund.

Am Morgen darauf war es so schwül wie in einem Sumpf. Selbst die Vögel schwiegen, um Energie zu sparen. Bert sagte den Kindern, sie sollten sich schon mal ins Auto setzen, obwohl allen klar war, dass das nicht so einfach würde. Zunächst müsste ein unschöner Streit darüber ausgefochten werden, wer neben Albie sitzen musste, und in Erwartung dessen standen sie alle in der Auffahrt herum. Die Vorderbank war ihren Eltern vorbehalten und kam nicht infrage, obwohl Caroline und Franny im übrigen Jahr dort ständig neben ihrer Mutter saßen. Blieben noch die Rückbank, der Hintersitz und der Hinter-Hintersitz des Kombis. Letzten Endes wurden die Kinder immer nach Alter oder Geschlecht zu Paaren arrangiert, sodass entweder Cal oder Jeanette neben Albie sitzen mussten, gelegentlich auch Franny, Caroline oder Holly aber nie. Albie schmetterte mit Vorliebe eine Version von »99 Bottles of Beer on the Wall«, in der die Zahl der Flaschen von Strophe zu Strophe nicht der Reihe nach abnahm, sondern von Albie völlig willkürlich bestimmt wurde – siebenundfünfzig Flaschen, achtundsiebzig Flaschen, vier, hundertvier. Er behauptete, dass ihm gleich übel würde, und gab so überzeugende Würgegeräusche von sich, dass Bert hektisch auf dem Standstreifen der Autobahn haltmachte, für nichts und wieder nichts, während Jeanette auf jeder Fahrt kotzte, ohne jede Vorankündigung. Bei jedem Ausfahrtsschild fragte Albie, ob das die Ausfahrt sei, die sie nehmen müssten.

»Sind wir schon da?«, fragte er ständig und brach dann in wildes Gelächter aus, weil er sich so köstlich amüsierte. Nein, neben Albie wollte niemand sitzen.

Als sie eben anfingen, sich in der Auffahrt herumzuschubsen, kam Bert aus dem Haus, mit einer Stoffreisetasche, die nicht größer war als ein Schuhkarton. Bert nahm auf Reisen nie sonderlich viel mit. »Cal«, sagte er, »du setzt dich neben deinen Bruder.«

»Ich musste letztes Mal schon neben ihm sitzen«, maulte Cal. Niemand hätte sagen können, ob das stimmte oder nicht, und was genau meinte er denn mit »letztes Mal«? Das letzte Mal im Auto? Das letzte Mal auf einer Reise? Sie verreisten sonst nie.

»Also sitzt du auch diesmal neben ihm.« Bert warf seine Tasche hinten rein und schloss die Tür.

Cal sah sich um. Albie flitzte zwischen den Mädchen herum, pikste sie leicht mit dem Zeigefinger und brachte sie damit zum Kreischen. In Cals Kopf verschwammen alle vier Mädchen zu einem unterschiedslosen Block: seine Schwestern, seine Stiefschwestern, es war schwierig, eine zu bestimmen, der er den Schwarzen Peter zuschieben konnte. Dann sah Cal Beverley an, in ihrem lila gestreiften T-Shirt, das lange blonde Haar in Locken gelegt und stilvoll frisiert, mit der großen Sonnenbrille eines Filmstars. »Soll sie doch«, sagte er.

Bert blickte erst sein ältestes Kind und dann seine Frau an. »Soll sie doch was?«

»Soll sie neben ihm sitzen. Auf dem Hintersitz.«

Bert haute ihm eine runter. Es klatschte zwar vernehmlich, aber ein wirklich fester Schlag war es nicht, mehr ein Klaps gegen den Kopf. Cal taumelte zurück, um die dramatische Wirkung zu steigern. In der Schule hatte er schon schlimmere Hiebe einstecken müssen, und dieser Klaps war es wert, einfach nur, damit die eh schon blasse Beverley noch blasser wurde. Cal war bewusst, dass sie ganz kurz unsicher gewesen war, auf wessen Seite sich Bert schlagen würde, und dass sie schon vor sich gesehen hatte, wie sie die ganze Fahrt zum Lake Anna mit ihrem Quälgeist Albie auf dem Hintersitz zurücklegen musste, und dass sie bei der Vorstellung tausend Tode gestorben war. Er hätte die Faxen jetzt dicke, sagte Bert. Sie sollten nun einsteigen, und basta. Und sie stiegen ein, auch Beverley, schweigend und mit stiller Verbitterung.

Unterwegs schwieg Bert sich aus, während er den Wagen steuerte, mit heruntergekurbeltem Fenster und lässig aufgestütztem Ellbogen, der auf die sanften Hügel zeigte. Als sie nach dreistündiger Fahrt vor dem Arrowhead Diner anhielten, forderte er alle auf, sich nebeneinander aufzustellen und der Reihe nach durchzuzählen; Cal sollte »eins« sagen, Caroline »zwei«, Holly »drei«.

»Wir sind doch nicht die gottverdammte Trapp-Familie«, sagte Cal halblaut.

Franny sah ihn an, halb ängstlich, halb fassungslos. Er hatte den Namen des Herrn missbraucht. Das war ganz schlimm. »Du darfst doch nicht fluchen«, sagte sie. Bert fluchte, obwohl das auch nicht gut war, aber Kinder durften das auf keinen Fall. Davon war sie überzeugt. Selbst in den Sommerferien vergaß sie nie, was die Nonnen an ihrer Schule sie lehrten.

Cal, sowohl das älteste als auch größte Kind, legte ihr die rechte Hand auf den Kopf, umfasste ihn mit den Fingern und drückte zu. Zwar nicht so fest, wie er bei seinen richtigen Schwestern zugedrückt hätte, aber doch so fest, dass er sie unter Kontrolle hatte.

Da sie das älteste Mädchen war, durfte Caroline bestimmen, mit wem sie im Pinecone das Bett teilen wollte, und beim Abendessen verkündete sie, dass sie Holly als Bettnachbarin haben wollte. Franny bekam also Jeanette. Franny mochte Jeanette. Holly mochte sie auch, sie wollte bloß auf keinen Fall in einem Bett mit Caroline schlafen, die schon mal dazu imstande war, ihr nachts ein Kissen aufs Gesicht zu drücken. Die Jungen bekamen ihr eigenes Zimmer und jeder sein eigenes Bett. Am Abend wurden ihre Eltern gegen sieben Uhr unruhig und gähnten, um dann zu verkünden, sie wären hundemüde, nun sei Schlafenszeit, und morgen früh würden sie was Herrliches unternehmen.

Aber was die Kinder am Morgen bekamen, war ein zusammengefalteter Zettel, der unter der Zimmertür der Mädchen hindurchgeschoben worden war. *Geht im Coffee Shop frühstücken. Lasst es auf die Rechnung setzen. Wir wollen ausschlafen. Nicht anklopfen!* Es war die Handschrift ihrer Mutter, aber die Mitteilung war nicht mit *Alles Liebe* oder auch *Mommy* unterschrieben. Tatsächlich stand überhaupt nichts darunter. Ein weiteres Dokument auf dem Berg der sich häufenden Hinweise, dass sie auf sich gestellt waren.

Alle Türen in der langen Reihe hellblauer Türen des Pinecone Motel waren geschlossen, die Vorhänge an sämtlichen Fenstern zugezogen. Die Autos, die vor den Zimmern standen, waren mit Tau bedeckt, oder vielleicht hatte es in der Nacht geregnet. Die Mädchen gingen zu Cals Zimmertür, gleich rechts nebenan, und klopften. Cal öffnete die Tür einen Spaltweit, mit vorgehängter Kette, und spähte mit einem Auge heraus. »Wir gehen frühstücken«, sagte Holly. »Ihr könnt mitkommen oder nicht.«

Cal schloss die Tür, nahm die Kette ab und öffnete wieder. Hinter ihm sahen sie Albie, der auf seinem Doppelbett saß und irgendeine Zeichentrickserie schaute, während er mit den Füßen rhythmisch auf das Fußende der Matratze trommelte.

Jedes Mal, wenn eins der Mädchen sich darüber beschweren wollte, dass sie sich zu viert ein Zimmer und zwei Betten teilen mussten, dachten sie an Cal, der sich ein Zimmer mit Albie teilen musste. Cal teilte sich auch zu Hause ein Zimmer mit Albie, vielleicht war er also daran gewöhnt, aber wahrscheinlich eher nicht.

»Gehen wir«, sagte Cal.

Cal kam äußerlich ganz nach seinem Vater. Er war ein Junge mit bräunlicher Haut und hellbraunem Haar, und im Sommer nahm beides einen goldenen Schimmer an. Cal hatte blaue Augen, ganz wie sein Vater, während die anderen drei die dunklen Augen ihrer Mutter geerbt hatten. Albie hätte eine gewisse Ähnlichkeit mit der sommersprossigen Holly haben können, aber dazu waren sie vom Wesen her zu verschieden; Holly so vernünftig, Albie das genaue Gegenteil. Alle vier Kinder waren schmal, aber Jeanette war klapperdürr. Sie hatte ein hübsches Gesicht und glänzendes Haar, dessen Farbe an dunklen Honig erinnerte, aber es waren vor allem ihre spitzen Ellbogen und knochigen Knie, die wie Türknäufe aussahen, die einem an ihr auffielen. Wenn sie zu sechst zusammen waren, wirkten sie mehr wie irgendwelche Kinder, die eine Ferienfreizeit zusammen verbrachten, denn als Mitglieder ein und derselben Familie; äußerlich deutete nichts auf ihre Verwandtschaft hin, nicht mal bei jenen, die blutsverwandt waren.

»Die werden bis Mittag schlafen«, sagte Holly im Diner, bezogen auf die Eltern, während sie lustlos in ihrem Rührei stocherte.

»Und wenn sie endlich aufgestanden sind, erzählen sie uns bloß, sie müssten sich kurz hinlegen«, ergänzte Caroline. Das war nicht übertrieben. Die Eltern hatten ein ähnliches Schlafbedürfnis wie fiebernde Kleinkinder. Alle Kinder nickten einmütig. Cal saß in der Essnische direkt am Fenster und wandte sich ab, um auf die Straße zu starren. Albie schlug so lange mit der flachen Hand auf den Boden einer Ketchup-Flasche, bis endlich ein Schwall Ketchup auf seinem Pfannkuchen landete.

»Mensch.« Cal nahm ihm die Flasche ab. »Wieso musst du immer irgendwas Ekliges machen?«

»Guck«, sagte Albie und hielt ihm den ketchuptriefenden Pfannkuchen vor die Nase.

Jeanette drückte ihren Toast mit zwei Fingern auf den Teller, während sie mit einem Messer die Krusten abschnitt.

»Ich habe keine Lust, hier den ganzen Tag rumzuhocken und auf die zu warten«, stellte Caroline fest.

»Was sollen wir denn sonst machen?«, fragte Franny, weil es nichts zu tun gab. Sollten sie nachsehen, ob es im Motel vielleicht irgendwelche Brettspiele gab? Spielkarten? Es war noch so früh, gerade sieben Uhr, und die Morgensonne schien durchs Fenster des Diners wie eine Einladung, die ihnen auf einem Silbertablett serviert wurde. Es wäre ein guter Tag zum Schwimmen gewesen.

»Wir sind doch wegen des Sees hergekommen, also sollten wir auch zum See gehen«, sagte Caroline, als hätte sie die Gedanken ihrer Schwester gelesen, zumindest zur Hälfte. Sie trug ihren Badeanzug schon unter ihrer Kleidung, genau wie die anderen. Aus Carolines Stimme sprach immer eine gewisse Wut, sie war wütender als alle anderen. Vielleicht aber schleppte auch Cal die größte Wut mit sich herum, die sich bloß auf andere Art äußerte.

Jeanette sah von ihrem Toast auf. »Gehen wir«, sagte sie. Es waren ihre ersten Worte seit der Abfahrt aus Arlington, und damit war die Sache entschieden. Warum sollten sie warten, bis die Eltern aufgestanden waren? Wenn sie mal mit den Eltern unterwegs waren, wurden die Kinder immer in zwei Gruppen aufgeteilt – die Großen: Cal, Caroline und Holly, und die Kleinen: Jeanette, Franny und Albie. Die Großen durften auf eigene Faust losziehen, ohne Schwimmweste in tiefem Wasser schwimmen, auch mal vorauslaufen, bis sie außer

Sichtweite waren, und im Restaurant selbst entscheiden, was sie essen wollten. Die Kleinen aber wurden streng beaufsichtigt, ihnen konnte grundsätzlich nicht vertraut werden. Die sechs kamen ohne weitere Debatte überein, dass es am besten wäre, die Situation als Gelegenheit zu betrachten.

An der Kasse fügten sie ihrer Frühstücksrechnung noch einen Sechserpack Cola und zwölf Schokoriegel hinzu, genug Verpflegung, um notfalls die Zeit bis zum Mittagessen zu überstehen.

»Wie weit ist es zum See?«, fragte Holly die Kellnerin, die gerade die Beträge für ihren Verzehr in die Kasse eintippte.

»Vielleicht zwei Meilen, etwas weniger. Man fährt einfach wieder auf die Route 98 auf.«

»Und wenn man zu Fuß geht?«

Die Kellnerin musterte die Kinder eine Weile. Einige von ihnen schienen genau gleich groß zu sein. Franny und Jeanette waren vom Alter her gerade achtunddreißig Tage auseinander. »Wo sind denn eure Eltern?«

»Die machen sich gerade fertig«, sagte Caroline im Tonfall eines angeödeten Kindes. »Sie wollen, dass wir alle zusammen zu Fuß hinlaufen. Es soll ein Abenteuer werden, haben sie gesagt. Wir sollen den Weg erfragen.«

Die anderen Kinder strahlten sie an, weil sie so gekonnt Lügen erzählte. Die Kellnerin nahm eins der Sets aus Papier vom Stapel und drehte es um. »Es gibt eine Abkürzung, wenn man zu Fuß geht.« An das eine Ende des Sets malte sie ein Rechteck, das für das Motel stand (sie kennzeichnete es mit einem »P«), und an das andere Ende einen Kreis für den See (»S«). Die gestrichelte Linie, die sie sodann zwischen beidem einzeichnete, war ihre Route in die Freiheit.

Auf dem Parkplatz probierte Cal nacheinander sämtliche Türen des Kombis, aber sie waren alle abgeschlossen. Franny fragte, was er aus dem Wagen brauche, worauf er antwortete: »Geht dich nichts an.« Er legte die Hände links und rechts um die Augen und spähte durchs Fenster, offenbar, um Ausschau nach dem benötigten Gegenstand zu halten.

»Ich kann das Schloss knacken«, bot Caroline an. »Falls es etwas ist, was du wirklich brauchst.«

»Lügnerin«, sagte Cal, ohne sie auch nur anzusehen.

»Ich werd's dir zeigen.« Sie deutete mit dem Finger auf Jeanette. »Hol mir einen Kleiderbügel aus dem Schrank.«

Tatsächlich hatte ihr Vater ihnen erst diesen Sommer gezeigt, wie das ging. Ihr Onkel Joe Mike hatte seine Schlüssel in Tante Bonnies Wagen eingeschlossen, als sie am letzten Wochenende ihres Besuchs alle bei ihren Großeltern waren, und ihr Vater hatte die Tür mit einem Kleiderbügel geöffnet, um Joe Mike die zwanzig Dollar zu sparen, die ein Schlüsseldienst verlangt hätte. Danach zeigte er seinen Mädchen, wie es ging, und ließ sie den Trick üben, weil sie Interesse daran zeigten. Es sei nicht verkehrt, so etwas zu beherrschen, sagte er.

»Die Leute machen den Fehler, dass sie glauben, sie müssten etwas hochziehen, aber es ist genau andersrum, man drückt nach unten«, hatte er ihnen erklärt.

Caroline machte sich zunächst daran, den Drahtbügel auseinanderzudrehen. Das war das Schwierigste.

»Du verschwendest Zeit«, sagte Cal.

»Wessen Zeit?«, fragte Holly. »Wenn du es so eilig hast, dann geh doch schon los.« Sie war neugierig, es war offensichtlich, dass es Cal nicht anders ging.

Albie schritt in weiten Kreisen um den Kombi herum. Dabei schwenkte er die Hüften und gab wieder sein *bumm tschikabumm* von sich.

»Sei still«, sagte Cal zu ihm. »Wenn Dad davon aufwacht, reißt er dir den Kopf ab.« Das erinnerte alle daran, vor wessen Zimmer der Kombi parkte, und ab sofort waren sie besonders leise.

Caroline knibbelte mit dem Zeigefinger das Fenstergummi

zurück und schob den Kleiderbügel durch die Lücke in den Türinnenraum, während die anderen Kinder gespannt zusahen. Im Stillen hatte Caroline die Sorge, dass Schlösser von Auto zu Auto verschieden sein könnten. Der Kombi war ein Oldsmobile, und Tante Bonnies Auto war etwas anderes gewesen, ein Dodge möglicherweise. Mit der Zungenspitze im Mundwinkel tastete sie sich mit dem Bügel blindlings auf den, wie ihr Vater sagte, Idealpunkt zu, etwa fünfundzwanzig Zentimeter unterhalb des Sperrknopfs. Dann spürte sie es, der Bügel berührte den Schlossmechanismus. Sie versuchte nicht, ihn mit dem Haken zu fassen zu bekommen, obwohl die Versuchung da war. Es war nur eine kleine Unebenheit, und sie drückte den Draht nach unten, ganz, wie sie es gelernt hatte.

Das Schloss sprang auf.

Für die Mädchen war es ein Sieg, dass ihnen rechtzeitig einfiel, nicht laut zu jubeln. Caroline zog den Kleiderbügel wieder heraus und öffnete die Wagentür, als wäre es eine Selbstverständlichkeit. Selbst Albie legte ihr die Arme um die Hüfte. »Du hast das Auto geknackt!«, sagte er in lautem Flüsterton, wie ein Filmgangster.

»Genau.« Sie gab ihm den Bügel als Andenken an diesen Morgen. Albie ging schnurstracks zu dem Wagen neben ihrem Kombi und fing an, den Bügel in die Kante unten am Fenster zu zwängen. Caroline hätte am liebsten vom Motel-Telefon aus ihren Vater angerufen, was hätte sie nicht darum gegeben! Um ihm jetzt gleich zu berichten, was ihr gelungen war.

Cal nahm seinem Bruder den Bügel ab und betrachtete ihn interessiert, nun, da sich damit ganz neue Möglichkeiten eröffneten. »Könntest du mir das auch beibringen?«, fragte er, ohne Caroline oder auch den Bügel dabei anzusehen.

»So was dürfen nur Polizisten machen«, sagte Franny. »Und ihre Kinder. Alle anderen wären dann Verbrecher.«

»Das würde mich nicht stören«, sagte Cal. Er ließ sich auf die vordere Sitzbank gleiten, klappte das Handschuhfach auf.

Nahm eine Pistole sowie eine noch versiegelte Flasche Gin heraus.

Niemand war überrascht, dass sich im Wagen eine Pistole befand, obwohl außer Cal bisher niemand davon gewusst hatte. Und er wusste nur davon, weil er einige Tage zuvor, während Beverley gerade im Lebensmittelgeschäft war, zufällig darauf gestoßen war, als er das Handschuhfach durchstöberte; wieder mal ein Beweis, dass Neugier sich auszahlte. Überrascht aber waren alle, Cal eingeschlossen, dass Bert die Waffe im Wagen gelassen hatte. Das legte automatisch die Vermutung nahe, dass er im Motelzimmer noch eine weitere Pistole hatte. Bert hatte am liebsten jederzeit eine Pistole griffbereit, in seiner Aktentasche, im Nachttisch, in der Schublade seines Büroschreibtischs. Er redete gern über die Kriminellen, die er hinter Gitter gebracht hatte, davon, dass man nie wissen konnte, dass er seine Familie beschützen musste, und dass er seinem Gegenüber nicht die Chance lassen würde, den ersten Schritt zu tun. In Wahrheit aber war Bert einfach nur ein Waffennarr.

Wirklich faszinierend war der Gin. Ab und zu tranken die Eltern zwar gern mal was, aber Alkohol bekamen sie ja überall, den brauchten sie nicht unbedingt mitzunehmen. Die Kinder hatten nie zuvor Gin im Auto gesehen. Das war etwas Besonderes.

»Du weißt, dass du das nicht nehmen darfst«, sagte Holly und meinte beides, während sie zur Zimmertür der Eltern blickte.

»Nur für den Notfall«, sagte Cal. Er steckte die Pistole zu der Cola und den Schokoriegeln in die braune Papiertüte. Jeanette hatte bereits ihre Cola und zwei Riegel herausgenommen und in ihrer Tasche verstaut. Sie ließ sich von ihrem Bruder die Flasche geben, um geduldig und mit viel Geschick das Verschlusssiegel von allen Seiten mit dem Fingernagel abzulösen, bis sie es unversehrt in einem Stück entfernen konnte. Sie verwahrte es sicher in ihrer kleinen Geldbörse und gab ihrem Bruder die Flasche zurück. Dann machten sie sich auf den Weg zum See, wobei Caroline die handgezeichnete Karte einsteckte.

Es war wärmer als erwartet, wenn auch nicht wärmer als am Vortag oder dem Tag davor. Der Himmel wurde bereits langsam weiß und sorgte für eine Art Dumpfigkeit, die sich über die Landschaft breitete. Holly kratzte an ihren Armen herum und klagte über die Mücken. Wie ihre Stiefmutter reagierte auch sie auf Mücken besonders empfindlich. Das Gras auf dem Feld gegenüber vom Motel, das die Kellnerin ihnen als Abkürzung zum See empfohlen hatte, reichte ihnen bis an die Hüfte, bei Albie sogar bis hoch an die Brust, doch aus der Nähe betrachtet sahen sie, dass es ein blühendes Gras mit winzigen gelben Blüten war. »Könnt ihr den See schon sehen?«, wollte Albie wissen. Das blau-gelb gestreifte Hemd, das Beverley ihm gekauft hatte, war mit Ketchup beschmiert. Seine Hände klebten.

»Stopp.« Cal hob gebieterisch die Hand gen Himmel, und sie blieben alle zugleich stehen, wie Soldaten. »Umdrehen.« Alle drehten sich folgsam um.

»Was ist das für ein Gebäude dort?«, wollte Cal von seinem Bruder wissen, während er quer über die Straße zeigte.

»Das Pinecone Motel«, sagte Albie.

»Und was hat sie gesagt, wie weit ist es vom Pinecone bis zum See?«

In der Stille war das zischende Geräusch der Autos auf der Straße zu hören. Tief im Gras rieben die Grillen ihre Flügel gegeneinander, und am Himmel über ihnen zwitscherten die Vögel. »Zwei Meilen, vielleicht etwas weniger«, sagte Franny. Sie wusste, dass Cal nicht sie gefragt hatte, aber sie konnte sich nicht bremsen. Irgendwie fühlte sie sich hier unwohl, auch das Piksen von strohig verdorrten Halmen an ihren Schienbeinen war unangenehm. Es führte kein Pfad durch dieses Feld.

Cal zeigte auf seinen Bruder. Schon lustig, wie sehr er seinem Vater ähneln konnte, obwohl er ansonsten rein gar nichts mit ihm gemein hatte. »Albie?«

»Zwei Meilen«, sagte Albie. Er fing an, mit der Handkante gegen die Grashalme zu schlagen, ehe er dazu überging, seinen ganzen Arm vor- und zurückzuschwingen wie eine Sense.

»Dann wird dir jetzt also klar sein, dass wir noch lange nicht da sind und ich den See nicht sehen kann.« Cal setzte sich wieder in Bewegung, und auch die anderen gingen weiter. Das Feld war größer, als aus der Ferne zu vermuten war, und nach einer Weile konnten sie das Motel nicht mehr sehen, und auch sonst nichts, bloß das Gras und den verwaschen weißen Himmel. Einige warfen die Frage auf, ob ihre Richtung überhaupt noch stimmte.

»Sind wir bald da?«, fragte Albie.

»Halt die Klappe«, sagte Holly. Dann schrie sie auf, weil ein Grashüpfer, so groß wie eine Kinderfaust, aus dem trockenen Gras hochschnellte und auf ihrem T-Shirt landete. Franny und Jeanette scherten nach links aus der Gruppe aus und duckten sich gleich darauf, in der sicheren Gewissheit, dass sie nun nicht mehr zu sehen waren. Sie standen sehr dicht zusammen, fast Nase an Nase, und Jeanette lächelte ihr zu, ehe sie sich wieder aufrichteten.

»Sind wir bald da?« Albie hopste vorwärts, mit zusammengelegten Füßen, aber das Gras war so dicht, dass er nicht weit kam. Er sah sich zu seinem Bruder um. »Sind wir bald da?«

Cal blieb abermals stehen. »Ich kann dich auch wieder zurückschicken.« Er wandte sich um. Der Trampelpfad, den sie sich durchs Gras gebahnt hatten, war noch ganz gut zu erkennen.

»Wo sind wir?«, wollte Albie wissen.

»In Virginia«, antwortete Cal in demselben entnervten Tonfall wie ein Erwachsener. »Nun halt die Klappe.«

»Ich will die Pistole mal tragen«, verlangte Albie.

»Die Leute in der Hölle wollen Eiswasser«, sagte Caroline. Ein Spruch ihres Vaters.

»Cal hat eine Pistole«, sang Albie, und seine Stimme schallte verblüffend laut über die offene Landschaft. »*Cal hat eine Pistole!*«

Sie machten erneut halt. Cal schob die braune Papiertüte etwas höher, die er unter dem Arm trug. Zwei Schwalben tauchten aus dem Nichts auf und schossen über sie hinweg. Albie skandierte weiter seinen Singsang. Jeanette öffnete ihre Handtasche und nahm die Cola heraus.

»Ist noch zu früh, um die zu trinken«, warnte Holly. Sie absolvierte gerade ihr erstes Jahr als Pfadfinderin und hatte in dem Handbuch das Kapitel mit Überlebenstipps gelesen. »Du musst dir Getränke möglichst lang aufsparen.«

Jeanette öffnete ihre Dose trotzdem und trank einen großen Schluck, ein Anblick, bei dem die anderen beschlossen, dass sie ebenfalls Durst hatten. Am See würde es sicherlich mehr Cola geben.

»Cal hat eine Pistole«, rief Albie, aber schon hörbar lustloser.

Holly blickte zum Himmel. Er war komplett weiß, und nirgendwo ein Wölkchen in Sicht. »Ein Tic Tac wäre jetzt echt prima«, sagte sie.

Cal dachte kurz nach und nickte dann. Er griff in seine hintere Hosentasche und holte ein kleines Plastiktütchen mit Benadryl-Tabletten heraus, die er auf Geheiß seiner Mutter immer bei sich trug, wegen seiner Allergie. Sie knickten Gras beiseite und ließen sich im Kreis am Boden nieder, und Caroline öffnete die Papiertüte. Sehr förmlich nahm sie zunächst die Pistole heraus und legte sie beiseite, dann reichte sie die Cola-Dosen herum. Danach war Cal an der Reihe und verteilte der Reihe nach die knallrosa Tabletten, je zwei für jeden. »Dir sollte ich keine geben«, sagte er zu Albie. »Du nervst mich heute ohne Ende.«

Aber Albie hielt ihm weiter bittend die offene Hand hin, bis Cal ihm schließlich seufzend seine zwei Tabletten gab.

»Genau das habe ich gebraucht«, sagte Holly. Doch sie hatte bloß so getan, als würde sie die Tabletten schlucken, und sie tatsächlich, verborgen unter ihrem eingeknickten Daumen, in der Hand behalten. Sie nahm die Flasche Gin aus der Tüte und trank einen großen Schluck, als wäre es Cola, was sie allerdings umgehend bereute. Spontan hätte sie das Zeug am liebsten wieder ausgespuckt, doch es gelang ihr, sich zu beherrschen. Nachdem sie die Flasche an ihre Schwester weitergereicht hatte, streckte sie sich lang auf dem Rücken aus und stellte fest: »Jetzt wird mir der restliche Weg nichts mehr ausmachen.«

Jeanette nahm einen Schluck Gin und musste husten. Dann beugte sie sich zu Albie vor und gab ihm ihre Tabletten. »Hier, kannst du haben.«

Er sah die beiden Pillen in seiner Hand an. Nun hatte er insgesamt vier. Sie leuchteten pink im gleißenden Sonnenschein, vor allem im Kontrast zu dem farblosen Gras. »Wieso?«, fragte er. Hatte er irgendwie Verdacht geschöpft? Unmöglich zu sagen.

Jeanette zuckte die Achseln. »Von Tic Tacs bekomme ich immer Bauchweh.« Das schien glaubhaft. Jeanette bekam von allem Möglichen Bauchweh, deshalb war sie auch so dünn.

Franny beobachtete, wie Caroline unauffällig die Tabletten mit dem Daumen in ihren Handteller schob und den Kopf zurückwarf, wie um sie mit einem großen Schluck Cola hinunterzuspülen. Caroline war immer überzeugend. Franny konnte sehen, dass sie auch den Gin nicht wirklich trank; ihr Mund blieb geschlossen, als sie einen kräftigen Schluck aus der Pulle vortäuschte. Franny jedoch entschied sich für eine Kompromisslösung, als die Flasche bei ihr ankam – die Tabletten würde sie in der Hand zurückbehalten, aber dafür etwas

Gin trinken. Es war eine verblüffende Erfahrung für sie. Sie spürte ein scharfes Brennen in der Kehle, das sich feurig durch ihre Brust bis in den Magen fortsetzte. Es war so heiß und hell wie die Sonne und breitete sich zum Schluss zwischen ihren Beinen aus – ein herrliches Gefühl, als hätte das Brennen für eine Art körperliche Klarheit gesorgt. Sie nahm noch einen Schluck, ehe sie die Flasche an Albie weitergab. Er trank dann am meisten von allen.

Die Kinder warteten. Das Warten machte ihnen nichts aus, es gehörte mit dazu. Außerdem war es heiß, und die Cola war noch kalt. Es war schön, einfach nur eine Weile dazuliegen und in die Leere des Himmels zu starren, ohne sich dabei Albies dauerndes Geplapper über nichts und wieder nichts anhören zu müssen. Als sie schließlich aufstanden, stellte Cal seine leere Cola-Dose neben Albies Bein ab.

»Das ist Umweltverschmutzung«, sagte Franny.

»Wir können die Dosen auf dem Rückweg mitnehmen«, sagte er. »Wir müssen ihn ja schließlich wieder einsammeln.«

Also ließen sie alle ihre Dosen neben Albie zurück, der in der heißen Morgensonne lag und schlief wie ein Stein, betäubt von vier Benadryl und ein paar tüchtigen Schlucken Gin. Die restlichen Tabletten ließ Cal sich von Holly und seinen Stiefschwestern zurückgeben und verschloss sie wieder in dem Tütchen, das zurück in seine hintere Hosentasche wanderte. Nachdem sie die von der Sonne aufgeheizte Pistole in die Papiertüte zurückgesteckt hatten, zu den schon ganz geschmolzenen Schokoriegeln, setzten sie sich wieder in Marsch in Richtung See.

Dort angekommen, schwammen sie alle fünf so weit hinaus, wie es ihnen die Eltern nie erlaubt hätten. Franny und Jeanette zogen los, um sich auf die Suche nach Höhlen zu machen, und zwei Männer, die allein in einem Wäldchen am Ufer standen, brachten ihnen bei, wie man angelt. Cal ließ in dem Laden für Anglerbedarf eine Schachtel Eiskonfekt mitgehen und brauchte noch nicht mal die Pistole aus der Papiertüte zu zücken, weil ihn niemand dabei gesehen hatte. Caroline und Holly kletterten auf einen hohen Felsen, von dem aus sie in den See hinuntersprangen, immer und immer wieder, so oft, bis sie zu erschöpft waren, um weiterzuklettern oder zu schwimmen. Weil keiner von ihnen daran gedacht hatte, ein Badetuch mitzubringen, legten sie sich zum Trocknen ins Gras, obwohl sie alle schon Sonnenbrand hatten. Aber es wurde ihnen bald zu langweilig, deshalb beschlossen sie, den Rückweg anzutreten.

Ihr Timing entpuppte sich als perfekt. Albie war bereits wieder wach, saß aber einfach nur still in dem Feld, inmitten der Cola-Dosen, sichtlich verwirrt und offenbar bemüht, nicht zu weinen. Er fragte nicht, wo sie herkamen oder wo er war, er stand einfach nur auf und folgte ihnen, als sie bei ihm vorbeikamen. Auch er hatte einen Sonnenbrand. Es war inzwischen kurz nach zwei. Das Beste sollte allerdings noch kommen, und zwar wenige Minuten nach ihrer Rückkehr ins Pinecone Motel. Sie hatten es sich gerade in ihren feuchten Badesachen auf den Betten im Zimmer der Mädchen gemütlich gemacht und sahen fern, als es an der Tür klopfte: Es waren die Eltern, beschämt und kleinlaut. Es tue ihnen leid, beteuerten sie, sie könnten selbst kaum fassen, wie lange sie geschlafen hatten, sie seien eben hundemüde, völlig erledigt gewesen. Um es wiedergutzumachen, würden sie mit ihnen allen ins Kino und anschließend noch eine Pizza essen gehen. Die Badesachen, die sonnenverbrannte Haut, die Mückenstiche – all das schien den Eltern gar nicht aufzufallen. Die Cousins-Kinder und die Keating-Kinder setzten ein engelhaftes Lächeln auf, das Vergebung signalisierte. Sie hatten einen großartigen Tag hinter sich, den sie ganz nach eigenem Gusto verbracht hatten, und niemand ahnte auch nur, dass sie fort gewesen waren.

So blieb es auch den restlichen Sommer über. So war es

fortan in jedem Sommer, den sie zu sechst verbrachten. Natürlich waren nicht alle Tage so gut, meistens waren sie es nicht, aber sie unternahmen alles Mögliche, aufregende Sachen, und sie wurden nie dabei erwischt.

4

Die Musik änderte sich nie. Das Band nudelte immer wieder dieselbe zweistündige Endlosschleife ab. Vonseiten der Geschäftsführung wurde darauf spekuliert, dass ein Kunde entweder schon seine Zeche beglichen und die Bar verlassen hatte, wenn das Ganze von vorne anfing, oder bei längerem Aufenthalt zu blau war, als dass ihm die Wiederholung noch aufgefallen wäre. Um zu bemerken, dass George Benson schon zum zweiten Mal »This Masquerade« anstimmte, hätte ein Gast über zwei Stunden in der Bar verbringen müssen, nüchtern und aufmerksam. Die Einzigen, die diese dauernde Wiederholung stören konnte, waren folglich die Leute, die hier arbeiteten, und von denen schieden einige aus, da sie nicht der Kategorie »nüchtern und aufmerksam« zugerechnet werden konnten. Im Lauf einer Achtstundenschicht mussten Mitarbeiter sich darauf einstellen, das komplette Tonband viermal hintereinander zu hören, wer in der letzten Schicht arbeitete und noch absperren musste, kam sogar viereinhalbmal in diesen Genuss. Am Ende ihres ersten Monats sprach Franny Fred darauf an. Fred, der bessere der beiden Nachtmanager, war für die Leitung der Bar und des größeren, besser besuchten und weniger profitablen Hotelrestaurants zuständig. Es sei nicht so wichtig, lautete seine Antwort.

»Und ob es wichtig ist«, widersprach Franny. »Mich macht es nämlich wahnsinnig.« Sie trug ein kurzes, ärmelloses kleines Schwarzes über einer taillierten weißen Bluse und dazu hochhackige schwarze Pumps. Ihr langes blondes Haar, das in der Regel zu einem lockeren Zopf geflochten war, rundete den Aufzug ab, in dem sie aussah wie die Musikvideoversion des katholischen Schulmädchens, das sie einmal gewesen war. Ehe sie den Job antrat, fragte sie sich, ob sie mit dieser demütigenden Arbeitstracht würde leben können, doch dann störte sie das gar nicht. Aber die Musik! Besonders Frank Sinatras *It Was a Very Good Year* weckte in ihr den Wunsch, mit ihrem Tablett voller Cocktails, das sie auf einer Hand balancierte, durch die Drehtür hinaus in die dunkle Winternacht zu verschwinden.

Fred nickte bloß. Er war nicht paternalistisch oder abweisend, obwohl er vom Aussehen her ein väterlicher Typ war und ihr eine Antwort gab, die ihr in keiner Weise weiterhalf. »Glauben Sie mir. Ich arbeite seit fast fünf Jahren hier. Man gewöhnt sich daran.«

»Aber ich möchte hier in fünf Jahren nicht mehr arbeiten. Und ich will mich nicht daran gewöhnen.« In den Augen des Managers blitzte eine leichte Verstimmung auf. Sie versuchte es anders. »Könnten Sie nicht einfach ein paar andere Tonbänder besorgen? Es könnten ja dieselben Künstler sein. Über die Musikrichtung beklage ich mich ja gar nicht. Ich meine, andere Musik wäre hochwillkommen, aber darum geht es mir nicht. Sondern um die ständige Wiederholung. Diese Leute haben doch auch noch andere Lieder gesungen.«

»Wir haben irgendwo noch mehr Tonbänder«, sagte Fred, während er sich in dem winzigen, fensterlosen Büro umsah, »aber es legt nie jemand ein neues ein.«

»Ich könnte es machen.«

Er stemmte sich aus dem Sessel hinter seinem unaufgeräumten Schreibtisch hoch, legte ihr die Hand auf die Schulter und drückte sie einmal kurz versöhnlich. Hier wurde man ständig berührt. Abstand war eher ein Fremdwort: Die Kellnerinnen verabschiedeten sich nach Schichtende mit Küsschen voneinander, die Manager legten einem ungefragt die Hand auf die

Schulter, ein Spüler, der sich über ein zu geringes Trinkgeld ärgerte, konnte einem mit der Hüfte einen ziemlich rabiaten Stoß versetzen, wenn er sich am großen Spülbecken an einem vorbeizwängte. Und die Gäste, mein Gott, die Gäste konnten ihre Finger nicht bei sich behalten. In zwei Jahren Jurastudium hatte niemand sie je ungefragt angerührt, aber dort kannten natürlich auch alle nach den ersten zwei Wochen die möglichen rechtlichen Konsequenzen. Jetzt, wo er so dicht vor ihr stand, umgab Fred ein leichter Wodkageruch, und sie wunderte sich, dass sie den Geruch von Alkohol überhaupt noch wahrnehmen konnte. »Haben Sie etwas Geduld. Das gibt sich schon.« Seine Stimme klang beruhigend.

Franny verließ sein Büro und trottete niedergeschlagen durch den schmalen Flur, der an der Küche vorbeiführte. Die Köche dort ließen auf einem fettverschmierten Ghettoblaster illegale Mitschnitte von NWA laufen, allerdings so leise gedreht, dass die aufrührerischen Botschaften, *fuck da police,* über das Klappern der Töpfe hinweg nur ein Flüstern waren. Die Männer nickten rhythmisch im Takt der Musik mit den Köpfen und bewegten die Lippen, während sie lautlos mitsangen, alles noch im engen Rahmen dessen, was von der Geschäftsführung geduldet wurde.

»Little House«, rief Jerrell ihr von seiner Station aus zu. »Sei so lieb und bring mir eine Limo.« Er reckte sich über das siedend heiße Kochfeld, um ihr durch die Durchreiche seinen 7-Eleven-Jumbobecher aus Styropor mit Deckel und Trinkhalm zu geben.

»Klar doch.« Franny nahm ihm den Becher ab. Die Köche, ausnahmslos riesige Schwarze, waren darauf angewiesen, dass ihnen die Kellnerinnen, kleine weiße Frauen, Getränke aus der Bar brachten, um nicht in der Fritteusensahara zu verdursten.

»Ich verlass mich auf dich«, sagte Jerrell und deutete mit einem rohen Steak auf sie, ehe er das Fleisch auf das weißglühende Kochfeld vor sich fallen ließ.

Aber Franny vergaß weder seine Limonade, noch wie viele Tütchen Zucker extra er nahm, ebenso wenig wie die Salzbrezeln aus der Bar, die sie brauchten, um den Salzverlust des Körpers wettzumachen, der durch Schweißströme entstand, die laut zischend auf Herdplatten verdampften. Sie wusste genau, welcher Koch sich welches Getränk in seinem Becher wünschte. Sie behielt Bestellungen an Tischen für zehn im Kopf, hatte immer parat, welcher Gast den Ketel One bekam und wer den Absolut. Sie konnte einen einsamen Geschäftsmann besänftigen, ohne sich von ihm vereinnahmen zu lassen. Wenn sie in den frühen Morgenstunden in die klirrende Kälte Chicagos hinaustrat, war ihr natürlich klar, wie viel besser es gewesen wäre, ein miserables Barmädchen und eine gute Jurastudentin zu sein statt umgekehrt. Sie hatte ihr Jurastudium in der Mitte des ersten Semesters (oder eher etwas früher) im dritten Studienjahr abgebrochen. Geblieben war ein riesiges Studiendarlehen, das sie in Erwartung eines späteren guten Gehalts als Partnerin in einer Kanzlei aufgenommen hatte, was sie nun nie werden würde. Für jemanden wie sie, ohne Fertigkeiten und ohne eine Vorstellung davon, was sie mit ihrem Leben (außer Lesen) anfangen sollte, bot der Job als Barmädchen die besten Verdienstmöglichkeiten, wenn sie sich nicht ausziehen wollte. Das waren inzwischen ihre einzigen beiden Eckpunkte: keine Anwältin zu werden und ihre Kleidung anbehalten zu dürfen. Sie hatte es mit gewöhnlichem Kellnern probiert, in schwarzen Turnschuhen und mit Tabletts voller Essen, die es zu schleppen galt, aber dabei verdiente sie zu wenig, um auch nur die minimalen Tilgungsraten aufzubringen. In der dunklen, samtig-plüschigen Bar des traditionellen Palmer House Hotel hingegen legten Männer regelmäßig rätselhafterweise auf eine beglichene Rechnung über achtzehn Dollar noch zwei Zwanzig-Dollar-Noten drauf.

Sie füllte den Styroporbecher mit zerstoßenem Eis und Limonade, und da Heinrich, der Barkeeper, gerade einem Gast zuhörte, der ihm offenbar eingehend das Elend der Welt schilderte, gab sie zu dem Eis-Limonade-Gemisch noch etwas Cointreau. Die Cointreau-Flasche stand am hintersten Ende der Bar, in der Nähe der Zapfanlage für Limonaden und Cola, war also für sie am leichtesten zu stibitzen, und Orangenlikör passte ja sogar zu Orangenlimonade. Sie hätte den Schuss Cointreau auch bezahlt, aber Angestellten war es untersagt, während ihrer Arbeitszeit in der Bar Alkohol zu kaufen, und schon gar nicht für die Kollegen, die mit Messern und an heißen Kochfeldern arbeiteten. Jerrell hatte gesagt, er würde ihr jedes Mal zehn Dollar geben, wenn sie ihm einen Becher mit Schuss brachte, aber sie wollte kein Geld von ihm annehmen. Ein weiterer Punkt, warum sie bei der Küchenbelegschaft als eine Art Fabeltier galt, denn die anderen Kellnerinnen nahmen von den Köchen zwar Getränkewünsche entgegen, vergaßen diese aber nicht selten, und wenn sie die Getränke doch in die Küche trugen, lehnten sie das Trinkgeld nie ab.

Um die Musik auszublenden, repetierte Franny im Geist Deliktsrecht, versuchte also etwas, das für sie ein Hassobjekt war, mit einem Gegenstand des Abscheus auszublenden. Die Elemente der Tätlichkeit: Der Akt erfolgte in der Absicht, die Befürchtung zu wecken, es könnte ein gefährlicher oder anstößiger Kontakt bevorstehen; und der Akt weckte beim Opfer tatsächlich die Befürchtung, dass ein gefährlicher oder anstößiger Kontakt erfolgen würde. Der Abend ging langsam in die Zielgerade. Die Flut der Gin Tonics war in die stille Ebbe der Digestifs übergegangen: Kognaks und Frangelico in kleinen, klebrigen Gläschen, bestellt von Gästen, die das Gefühl hatten, noch nicht ganz betrunken genug zu sein, um auf ihre Zimmer zu gehen. Heute Nacht musste Franny zumachen, und jetzt war sie vorübergehend allein in der Bar: zwei Tische mit je zwei Gästen und eine einsame Seele am Bartresen. Die anderen Barmädchen hatten beide schon Feierabend gemacht, die eine, um ihr schlafendes Kind von der Couch ihres Exmanns abzuholen, die andere, um mit einem Kellner ebenfalls hier aus dem Palmer House in einer weniger teuren Bar als hier etwas trinken zu gehen. Sie hatten sich beide mit Küsschen erst von Franny und dann voneinander verabschiedet. Heinrich hatte sich wohl zum Rauchen in den Flur vor der Küche verzogen, was Franny die Gelegenheit gab, ausnahmsweise hinter den Tresen zu wechseln und kurz die Pumps abzustreifen. Sie dehnte und bewegte zunächst ihre Zehen, ehe sie sie kräftig über das ein wenig feuchte Wabenmuster der Bodenmatte aus schwarzem Gummi rubbelte, dann naschte sie drei Maraschino-Kirschen und eine Orangenscheibe aus den Behältern mit Garnierungen, weil beides zusammen einfach nur köstlich schmeckte. Beim Kauen, mit einem Geschmack nach chemisch verändertem Obst im Mund, entdeckte sie Leon Posen. Sie hätte ihn nur mit einem kurzen Blick streifen sollen, doch als er hochsah, hatte sie keine Gelegenheit mehr, wegzuschauen. Und es fehlte ihr auch der Wille dazu.

»Hallo«, sagte er. Leon Posen, der zwei Sitze von ihr entfernt saß, in einem grauen Anzug mit einem weißen Hemd, das am Kragen nur einen Knopf weit offen stand. Gut möglich, dass in einer Jackentasche eine zusammengelegte Krawatte steckte. Hätte er die Hand ausgestreckt und sie ebenso, hätten sich ihre Finger mit Leichtigkeit berühren können. Franny war als Bedienung ausschließlich für das Tischpublikum zuständig, daher schenkte sie Leuten, die an der Bar saßen, nie Beachtung. Sie hatte also keine Ahnung, wie lange er schon hier an der Bar saß. Zehn Minuten? Eine Stunde?

»Hallo«, erwiderte sie seinen Gruß.

»Sie sind kleiner als eben noch«, sagte er.

»Ach ja?«

»Sie haben Ihre Schuhe ausgezogen.«

Franny senkte kurz den Blick auf die bogenförmige rote Druckstelle, die sich quer über ihre beiden Füße zog, klar sichtbar durch ihre Strümpfe. Es dauerte Stunden, bis diese rote Einkerbung nach ihrer Heimkehr wieder verschwunden war. »Ja.«

Er nickte. Sein eisengraues Haar war gekräuselt wie Schafswolle. Das Zurückkämmen war bestimmt mühsam. »So hübsch der Effekt auch ist, ich würde vermuten, dass man sich mit solchen Schuhen auf die Dauer die Füße kaputtmacht.«

»Man gewöhnt sich daran«, sagte Franny und musste an Fred denken, wie er ihr gesagt hatte, sie würde sich daran gewöhnen. Sie achtete nun bewusst auf die Musik, eine Art, sich in der Welt zurechtzufinden, in der Bar, in der sie Leon Posen gegenüberstand. Lou Rawls sang *Nobody But Me;* witzig, dies war der eine Song aus der Endlosschleife, den sie jedes Mal wieder gern hörte, die perfekte Verbindung von Verben und Substantiven. *I've got no chauffeur to chauffeur me. I've got no servant to serve me tea.*

Leon Posen, der mit den Fingerspitzen locker ein Glas umschloss, in dem nur noch Eis war, nickte. Franny formulierte im Geist schon die Geschichte, während er ihr noch direkt gegenübersaß. Sie malte sich aus, wie sie zu Hause als Erstes ihre Ausgaben von *Die erste Stadt* und *Septimus Porter* aus dem Regal nehmen würde. Sie würde die Stellen suchen, die sie im College unterstrichen hatte, und sie noch einmal lesen. Dann würde sie Kumar wecken und ihm erzählen, dass sie sich in der Bar mit Leon Posen unterhalten hatte und dass er sich nach ihren Schuhen erkundigt hatte. Kumar, der sich sonst eher durch völliges Desinteresse an so gut wie allem hervortat, würde jede Einzelheit, und wenn sie fertig war, alles noch einmal von vorn hören wollen. Noch in der Situation selbst wusste sie, dass sie die Geschichte, wie sie in der Bar des Porter House Leon Posen getroffen hatte, noch sehr lange Zeit erzählen würde. *Hätte ich nicht in Chicago Jura studiert und das Studium dann abgebrochen, hätte ich ja nie in der Bar gearbeitet.* Genau das würde sie ihrem Vater und Bert erzählen.

Aber Leon Posen war noch nicht fertig. Er saß weiterhin vor ihr und wartete darauf, dass sie ihm wieder ihre Aufmerksamkeit zuwandte, während sie ihn sich vorstellte. »Aber warum sich daran gewöhnen?«

»Wie bitte?« Sie hatte, was ihr Gespräch betraf, den Faden verloren.

»Die Schuhe.« Er sah aus wie auf den Fotos, sein Gesicht wurde völlig von der Nase dominiert, und dazu die sanften, verhangenen Augen. Sein Gesicht war die Karikatur seines Gesichts, ein Gesicht, wie gemacht dafür, als Skizze neben einer Buchbesprechung im *New Yorker* abgedruckt zu sein.

»Nun, man muss sich daran gewöhnen, die Schuhe gehören mit zur Serviertracht, und man trägt die Tracht, weil man so mehr Geld verdient.« Und, das würde sie zwar nicht sagen, die Sachen waren aus Polyester, worüber man ja gern herzlich lachen durfte, aber sie wuschen sich wirklich problemlos und waren außerdem bügelfrei. Franny brauchte sich nie darüber Gedanken zu machen, was sie bei der Arbeit anziehen sollte, was auch das Herrliche an ihrer Schuluniform gewesen war.

»Sie meinen, ich gebe Ihnen mehr Trinkgeld, wenn Sie unbequeme Schuhe tragen?«

»Genau«, bestätigte sie, weil sie nun lang genug hier gearbeitet hatte, um zu wissen, wie der Hase lief. »Das werden Sie.«

Er sah sie traurig an, oder vielleicht war das auch sein normaler Ausdruck, als würde er den Schmerz und die Qualen jeder Frau nachempfinden, die je ihre Füße in hohe Pumps gezwängt hatte. Es wirkte sehr verführerisch. »Nun, ich habe Ihnen ja noch kein Trinkgeld gegeben. Wenn das also der Grund ist, können Sie Ihre Schuhe auch ebenso gut wieder anziehen, dann könnten wir sehen, was passiert.«

»Aber ich bin nicht Ihre Kellnerin«, sagte sie und bedauerte es im Stillen zutiefst. *Leon Posen, verlassen Sie Ihren Platz an der Bar! Kommen Sie, setzen Sie sich an einen der kleinen Tische mit den flackernden Kerzen. Machen Sie es sich in einem der abgerundeten, roten Ledersessel bequem.*

»Sie könnten es werden, wenn ich noch einen Drink bestelle.« Er hielt sein Glas hoch, ließ die verwaisten Eiswürfel umeinanderkollern. »Wie heißen Sie?«

Sie nannte ihren Namen.

»Frannys lerne ich sonst nie kennen.« Er sagte es so, als würde ihm durch ihren Namen eine Gunst erwiesen. »Ich hätte gern noch einen Scotch, Franny.«

Einen Drink jedoch konnte sie ihm nur servieren, wenn er an einem Tisch saß, aber nicht an der Bar. Sie waren hier im Palmer House nicht gewerkschaftlich organisiert, aber diese Arbeitsteilung war ein ehernes Gesetz, unumstößlich. Und sie kannte ihren Platz. »Was für eine Sorte Scotch?«

Erneut lächelte er sie an. Schon zum zweiten Mal! »Wahl des Gebers«, sagte er. »Und vergessen Sie nicht, ich könnte so ein Kauz sein, der sein Trinkgeld prozentual vom Rechnungsbetrag abhängig macht, nicht von der Höhe Ihrer Absätze. Also, suchen Sie was schön Teures aus.«

Sie hatte eben ihren linken Fuß in den Schuh zurückgezwängt, als Heinrich, erfrischt von seiner Zigarettenpause inklusive anschließendem Pfefferminzbonbon, wieder in der Bar auftauchte und auf sie beide zusteuerte. Dabei sah er Leon Posen an und hielt zwei Finger in die Höhe, als gestische Frage, ob er bereit für den nächsten war, ohne es in gesprochene Worte zu fassen, als wäre ihr Verhältnis so geheiligt, dass es sogar die Sprache transzendiert hatte. Franny stieg wieder aus ihrem linken Schuh und stürzte los, um ihn aufzuhalten. Warf sich geradezu gegen den Barkeeper, der sie notgedrungen auffangen musste. Er sah nach unten auf ihre bestrumpften Füße. Heinrich war ein Mann in Leon Posens Alter, im Alter ihres Vaters, also irgendwas in den finsteren Wäldern über fünfzig. Er stammte noch aus einer formelleren

Zeit. Hinter der Bar hatte sie sowieso nichts verloren, und das wusste sie auch. Das war sein Reich.

»Tu mir einen Gefallen«, sagte sie leise. Was nicht weiter schwierig war. Sie lag immerhin in seinen Armen.

Heinrich wandte sich Leon Posen zu und zog leicht die Augenbrauen hoch, zurückhaltend und förmlich, um die Frage zu stellen. Leon Posen nickte wortlos.

»Komm mit«, sagte Heinrich. Er lotste Franny ans andere Ende seiner lang gezogenen Bar, dorthin, wo der Curaçao und der Vandermint auf hohen Glasregalen standen und darauf warteten, mal abgestaubt zu werden

»Das dort ist Leon *Posen*«, sagte Franny mit gedämpfter Stimme.

Heinrich nickte, ob zum Zeichen, dass ihm dieser Umstand bekannt war oder eher im Sinne von *Worauf willst du hinaus?*, war jedoch nicht klar. Franny hatte einmal gehört, wie Heinrich bei einem Telefonat Deutsch sprach, seine Muttersprache, in der seine Stimme energischer als sonst klang. In welcher Sprache las er, sofern er überhaupt Bücher las? Waren Leon Posens Bücher auch ins Deutsche übersetzt worden?

»Überlass mir seine Bedienung«, sagte Franny. »Bitte.«

Frannys Haut war zart und durchscheinend, keine Jalousie, mehr ein Fenster. Sie war die einzige Kellnerin, die den Spülern die vollen zehn Prozent des Trinkgelds überließ, die ihnen zustanden, und bei den Barkeepern verfuhr sie ebenso korrekt. Heinrich hatte immer gefunden, dass sie etwas Deutsches hatte, mit ihren blonden Haaren und den klaren, eisblauen Augen, doch Amerikaner konnten keine Deutschen sein. Weil Amerikaner ein Mischmasch waren, alle, ausnahmslos. »Du bist keine Barkeeperin«, wandte er ein.

»Ich kann Scotch in ein Glas einschenken.«

»Aber du bist für die Tische zuständig. Ich bringe auch keine Drinks an deine Tische, weil ich die Gäste interessant finde.« Er überlegte, was er als Gegenleistung verlangen sollte.

Zu vieles schoss ihm kurz durch den Kopf. Sie und er wären nicht die Ersten, die sich in den Lagerraum verzogen.

»Heinrich, um Himmels willen, ich habe Anglistik im College als Hauptfach studiert. Ich kann die ersten drei Absätze von *Nimmermehr* auswendig aufsagen.«

Heinrich hatte selbst Anglistik studiert, damals in Westberlin, allerdings mit dem Schwerpunkt auf englischer Literatur des neunzehnten Jahrhunderts. Welch ein Luxus war es, Trollope zu lesen, in dem Bewusstsein, dass eine solche Lektüre jenseits der Mauer untersagt wäre. Ihm lag die Frage auf der Zunge, *Was haben uns diese Bücher genützt?*, doch stattdessen legte er den Arm um sie und fuhr mit der Hand über ihren seidig blonden geflochtenen Zopf, zwischen ihren Schulterblättern. Das hatte er immer schon mal tun wollen.

Es störte sie nicht. In diesem Augenblick hätte sie den Zopf bereitwillig abgeschnitten und ihm als Andenken überlassen. Sie kehrte an ihren Platz hinter der Bar zurück und nahm eine Flasche Macallan Whisky herunter, den zwölf Jahre alten. Es gab auch fünfundzwanzigjährigen, aber sie hatte nicht die Absicht, ihn auszunehmen. Sie gab frisches Eis in ein frisches Glas und bedeckte es mit Scotch. Durch die silberglänzenden Ausgießer oben in den Flaschenhälsen wurde das Einschenken von Drinks zum reinsten Vergnügen. Es vermittelte ihr ein Gefühl von Exaktheit, von Kontrolle. Dass der Ausschank der schwierigere Job war, konnte ihr niemand erzählen.

Leon Posen warf einen Blick ans Ende des Tresens, wo Heinrich Weingläser aus einem Gestell räumte und sie der Reihe nach gewissenhaft auswischte. »Und, was schulden Sie ihm nun?«

»Das weiß ich noch nicht.« Sie stellte ihm das Glas auf einer Serviette hin.

»Fragen Sie immer nach dem Preis. Das kann die Lektion unseres Zusammentreffens sein.« Er hob zuprostend sein Glas, *Danke, liebe Franny, und gute Nacht.* Doch obwohl ihr bewusst war, dass das Gespräch hier endete und sie nun eigentlich nach ihren Tischen sehen sollte, rührte Franny sich nicht vom Fleck. Nicht, weil sie ihm Fragen zu seinen Büchern stellen oder sich erkundigen wollte, was er seit der Veröffentlichung von *Septimus Porter* getrieben hatte, die zwölf Jahre zurücklag. Sie hatte nicht vor, ihm den Abend zu verderben. Es war nur so, dass sie ihr Leben klar vor Augen hatte, während sie ihm gegenüberstand, und ihr Leben war langweilig und schwer. Das Jurastudium war ein schrecklicher Irrtum gewesen, den sie in der Hoffnung begangen hatte, es anderen Menschen damit recht zu machen, und wegen dieses Irrtums war sie nun so verschuldet wie eine Figur bei Charles Dickens, wie die Sorte Mensch, die schluchzend in Oprah Winfreys Sendung landete, ohne eine einzige Qualifikation vorweisen zu können, als mit einem Mal Leon Posen in der Bar des Palmer House auftauchte. Er trank den Drink, den sie ihm eingeschenkt hatte. Die Helligkeit, die von ihm ausging, die Helligkeit, die sie hier auf der anderen Seite des Tresens spüren konnte, war zu kostbar; sie wollte sie einfach nicht wieder aufgeben. Es war so, als würde man Tag für Tag die Vögel im Park mit Brotkrumen füttern, und dann landete plötzlich eine Wandertaube neben einem auf der Rücklehne der Bank. Das war nicht nur ungewöhnlich, es war *unmöglich,* das war der Punkt, und sie würde sich hüten, eine jähe Bewegung zu machen, die ihn verscheuchen könnte.

»Wohnen Sie hier?«, sagte sie. *Wie ist das so,* fragte sie die Wandertaube, *dass die ganze Welt meint, du bist ausgestorben?*

Er hob die schweren Augenlider an und warf über die Schulter einen Blick in den Raum. »Im Palmer House?«

»Nein. In Chicago.«

Ein Pärchen kam herein, das sich aus einer Montur von Mänteln und Schals und Hüten schälte und dann zwei Hocker weiter an der Bar niederließ. Warum, hätte sie die beiden gern gefragt, mussten sie sich so dicht neben Leon Posen setzen, bei all den unbesetzten Hockern längs der Bar? Sie konnte das Parfüm der Frau riechen, dunkel und mit einer nicht unangenehmen Moschusnote. Dann begriff sie, dass die beiden vor ihr sitzen wollten. Weil sie die Barkeeperin war.

»Ich lebe in Los Angeles«, sagte Leon Posen schließlich, nach einigem inneren Ringen. »Je nachdem, wie man's nimmt.«

»Einen Whisky Sour«, sagte der Mann, während er die Winterkleidung auf den Hocker neben sich legte. Das wollene Sammelsurium geriet sogleich ins Rutschen, er hielt einen Mantel am Ärmel fest und deutete dann mit dem Kopf auf die Frau. »Und einen Daiquiri.«

»Ohne Eis«, ergänzte die Frau, während sie ihre Handschuhe abstreifte.

Franny wusste nicht so genau, wie sie den beiden erklären sollte, dass das nicht ihr Zuständigkeitsbereich war, aber Leon Posen fand die richtigen Worte. »Sie mixt keine Cocktails«, sagte er. »Sie kann einen Scotch einschenken, aber bei zwei Zutaten oder mehr brauchen Sie jemand anderen.« Er blickte Franny an. »Wird das der Sache gerecht?«

Franny nickte. Sie beging Hochstapelei, allein dadurch, dass sie hinter dem Tresen stand.

»Einen Whisky Sour könnte ich Ihnen zubereiten«, sagte er zu dem Mann, ehe er die Frau ansah und den Kopf schüttelte. »Aber keinen Daiquiri. Vielleicht gibt es hier irgendwo ein Fertiggemisch.«

»Keine Ahnung«, sagte Franny.

»Fragen Sie doch den Deutschen.« Leon Posen machte das Paar auf Heinrich aufmerksam, der am Ende des Tresens nach wie vor Gläser polierte und sie betont übersah. »Es wäre ihm ein Fest. Man hat nämlich seine Gefühle verletzt.«

»Sie kennen sich hier aber gut aus«, sagte die Frau. Es war schon sehr spät. Sie trug keinen Ehering.

»Weniger hier speziell«, berichtigte Leon, »als in Bars ganz allgemein.« Er fragte Franny, wie der Barkeeper heiße, und daraufhin legte Heinrich, der mit seinen gespitzten Ohren Frequenzen hätte wahrnehmen können, die selbst für ein Hundegehör zu hoch waren, sein Geschirrtuch aus der Hand und kam herüber.

»Einen Whisky Sour«, fing der Mann noch einmal von vorne an.

Nachdem Heinrich ihre Bestellung aufgenommen und seine Künste mit einem Cocktailshaker elegant unter Beweis gestellt hatte, sammelte das Pärchen seine Garderobe in der Tat ein und verzog sich damit an ein Ecktischchen, einen Tisch, für den eigentlich Franny zuständig gewesen wäre, doch nach einem wortlosen Blickwechsel übernahm Heinrich es, den beiden ihre Drinks zu bringen und damit auch in den Genuss des Trinkgelds zu kommen.

»Ich bin in Los Angeles geboren«, sagte Franny, nachdem die beiden endlich außer Hörweite waren. Sie hatte diese Aussage so lange zurückgehalten, dass sie sich fragte, ob sie noch zum Gespräch beitrug.

»Aber Sie waren so vernünftig, die Stadt zu verlassen.«

»Mir gefällt Los Angeles.« In Los Angeles war sie immer Kind. Sie schwamm Bahnen im Swimmingpool von Marjories Mutter, tauchte in ihrem Bikini über dem blauen Boden dahin, über sich einen rechteckigen Schatten, Caroline, die auf ihrer Luftmatratze vor sich hin döste. Ihr Vater lag in einem Sessel am Beckenrand und las *Der Pate*.

»Das sagen Sie bloß, weil wir in Chicago sind und gerade Februar haben.«

»Wenn L.A. so fürchterlich ist, warum leben Sie dann dort?«

»Weil ich in Los Angeles eine Ehefrau habe«, sagte er. »Das ist etwas, woran ich arbeite.«

»Genau deswegen kommen Leute nach Chicago«, sagte Franny. »Um von ihren Frauen wegzukommen.« Ihr kam der

Gedanke ans Scheidungsrecht, ein Bereich, in dem sie auf keinen Fall arbeiten wollte, ehe ihr wieder einfiel, dass sie in keinem Rechtsgebiet je arbeiten würde.

»Sie klingen wie eine Barkeeperin.«

Sie schüttelte den Kopf. »Ich bin Barmädchen. Vom Getränkemixen verstehe ich nichts.«

»Sie sind die Barkeeperin für alle, deren Getränke nicht gemixt zu werden brauchen, und ich hätte gern noch einen Scotch. Diesen ersten haben Sie einwandfrei eingeschenkt.« Dann musterte er sie, als wäre sie gerade erst vor ihm aufgetaucht. »Sie sind wieder größer.«

»Weil Sie mir gesagt hatten, dass das mein Trinkgeld erhöhen könnte.«

Er schüttelte den Kopf. »Nein, Sie haben mir erklärt, dass es Ihr Trinkgeld erhöhen könnte, und das stimmt nicht. Mir kommt es nicht darauf an, wie groß Sie sind. Ziehen Sie die Schuhe wieder aus, und ich lade Sie auf einen Drink ein.«

Wann genau hatte Leon Posen seinen Scotch getrunken? Es war ein bemerkenswerter Trick. Sie hatte nichts mitbekommen, obwohl sie genau hingesehen hatte. Vielleicht war es geschehen, als der Whisky Sour zubereitet wurde, da war sie kurz abgelenkt gewesen. Franny nahm die Flasche von dem Tresen hinter ihr. »Sie dürfen mich nicht auf einen Drink einladen. Das ist gegen die Vorschriften.«

Leon beugte sich zu ihr vor. »*Verboten?*«, fragte er leise auf Deutsch.

Franny nickte. Das Eis in seinem Glas schimmerte klar und schien kaum geschmolzen, daher verzichtete sie darauf, es zu erneuern. Auch den Scotch kippte sie einfach nach, ohne ihn abzumessen. Die Ausgießtülle machte sie leichtsinnig, und sie goss den Scotch aus zu großer Höhe ein, sodass einiges auf dem Tresen neben dem Glas landete. Nachdem sie die Lache aufgewischt hatte, stellte sie das Glas auf eine neue Serviette. Um die Wahrheit zu sagen, eine gute Barkeeperin war sie nicht, nicht einmal für Drinks. »Und, was führt Sie nach Chicago?«

»Vielleicht sind Sie ja Analystin.« Er nahm seine Zigaretten aus der Jackentasche und schüttelte sich eine aus der Packung.

»Wenn ich Leuten erzähle, dass ich Leon Posen bedient habe, werden sie wissen wollen, warum er in Chicago war.«

»Leon Posen?«, hakte er nach.

Das war eine Möglichkeit, die sie nicht bedacht hatte, aber sie war ihm ja schließlich nie begegnet. Ihr Anhaltspunkt waren Fotos auf Buchumschlägen, noch dazu alte Fotos. »Sind Sie nicht Leon Posen?«

»Doch, der bin ich«, sagte er. »Aber Sie sind jünger als meine normale Zielgruppe. Dass Sie mich kennen, hätte ich nicht gedacht.«

»Dachten Sie, ich wäre ein besonders hilfsbereites Barmädchen?«

Er zuckte mit den Schultern. »Hätte ja sein können, dass Sie mich anbaggern wollten.«

Franny spürte, wie sie rot wurde, etwas, das ihr in der Bar sonst nicht passierte. Er wischte seine Bemerkung mit einer Handbewegung beiseite. »Nein, streichen wir das. Lachhafter Gedanke. Sie sind ein gescheites Mädchen, Sie lesen Bücher, und jetzt haben Sie Leon Posen einen Scotch eingeschenkt. Aber sagen Sie ruhig Leo zu mir.«

Leo. Konnte sie zu Leon Posen Leo sagen? »Leo«, sagte sie, versuchshalber.

»Franny«, erwiderte er.

»Es ist nicht nur, weil Sie Leon Posen sind«, sagte sie. »Leo Posen. Ich interessiere mich für Menschen allgemein.«

»Es interessiert Sie, warum ich in Chicago bin?«

Irgendwie lief das nicht in die Richtung, die sie beabsichtigt hatte. »Na schön, ich habe mich ungeschickt ausgedrückt. Ich unterhalte mich gern.«

Er hob sein Glas und trank ein winziges Schlückchen. Als

würde er nur höflichkeitshalber an dem Scotch nippen. »Sind Sie Journalistin?«

Sie legte die Hand aufs Herz. »Barmädchen.« Tatsächlich hatte Franny diesen Satz jeden Tag vor dem Badezimmerspiegel aufgesagt, nach dem Zähneputzen, ehe sie zur Arbeit aufbrach: *Ich bin Barmädchen.* Inzwischen hatte sie Übung darin. Sie nahm das schwere Zippo-Feuerzeug aus ihrer Schürzentasche und ließ den Deckel zurückschnappen. Er beugte sich vor und dann wieder zurück, schüttelte den Kopf.

»Nein, schauen Sie nicht auf die Zigarette, schauen Sie mich an. Wenn Sie jemandem Feuer geben, müssen Sie ihm in die Augen sehen.«

Also tat Franny wie geheißen, obwohl es ihr nicht leichtfiel. Leo Posen neigte sich zu der kleinen Flamme in ihrer Hand vor und blickte ihr dabei unentwegt in die Augen. Sie spürte eine Erschütterung in der Brust.

»So.« Er blies den Rauch zur Seite. »Auf diese Weise bekommen Sie ein besseres Trinkgeld. Nicht wegen irgendwelcher Schuhe.«

»Ich werd's mir merken.« Sie klappte das Feuerzeug zu.

»Also, ich bin nach Chicago gekommen, um was zu trinken«, sagte er. »Momentan wohne ich in Iowa City. Waren Sie schon mal in Iowa City?«

»Ich dachte, Sie leben in Los Angeles.«

Er schüttelte den Kopf. »Weichen Sie nicht aus. Ich habe Sie was gefragt.«

»Nein. Ich war noch nie in Iowa City.«

Er trank ein weiteres Schlückchen, um zu sehen, ob sein Drink besser schmeckte, nun, da er eine Zigarette rauchte, und es war offenbar der Fall. »Es ist auch nicht die Sorte Stadt, in die es einen verschlägt, wenn man dort nicht etwas Spezielles zu tun hat. Wenn man Weizen anbaut oder mit Schweinen handelt oder Gedichte schreibt, dann fährt man nach Iowa City.«

»Deshalb bin ich dort noch nicht gewesen.«

Er nickte. »Die Bars dort sind voller Studenten. Ich würde mich auch nicht darum reißen, in einer Bar voller Studenten was trinken zu gehen, aber das ist nicht das eigentliche Problem.« Hier legte er eine Pause ein. Wartete auf sie. Leo Posen mochte es geradeheraus.

»Was ist denn das eigentliche Problem?«

»Es hat sich herausgestellt, dass das Eis in den Drinks ein gewisses Maß an Herbiziden enthält – Herbiziden, Pestiziden und, wie ich vermuten würde, Flüssigdünger. Man kann es schmecken. Und natürlich ist es nicht nur das Eis in den Kneipen, dasselbe gilt auch fürs Leitungswasser, sämtliches Wasser, das nicht in Flaschen aus Frankreich eingeführt wird. Im Frühjahr, wenn die Schneeschmelze einsetzt, wird es angeblich sogar noch schlimmer. Dann ist die Konzentration höher. Man kann es beim Zähneputzen schmecken.«

Sie nickte. »Sie kommen also nach Chicago, um was zu trinken, weil das Eis in Iowa City mit Chemikalien aus der Landwirtschaft belastet ist.«

»Deswegen, und wegen der Studenten.«

»Lehren Sie dort an der Uni?«

Er zog beiläufig an seiner Zigarette. »Ein Semester. Es war ein Fehler, der mir unterlaufen ist. Seinerzeit hat es sich nach viel Geld angehört, aber Geld, egal wie viel, spielt keine Rolle, wenn man es gegen die Kosten aufwiegt. Niemand setzt sich mit einem hin und erklärt einem die Situation mit dem Wasser, ehe man den Vertrag unterschreibt.«

»Wäre es nicht einfacher, Eis bei Ihnen zu Hause herzustellen? Mit dem Wasser aus Frankreich. Das könnten Sie auch zum Zähneputzen verwenden.«

»Theoretisch haben Sie recht, aber es hapert bei der Umsetzung. Entweder muss man seinen Eiskübel in die Bar mitnehmen oder allein zu Hause sitzen und trinken, was nicht meine Art ist.«

»Also kommen Sie nach Chicago, um ein paar Glas zu trinken«, sagte Franny, weil sie einfach froh war, dass er vor ihr saß, aus welchem Grund, war ihr einerlei. »Weil es gut ist, mal rauszukommen.«

»Jetzt haben Sie's.« Er schlug mit der flachen Hand auf den Tresen. »Durch Cedar Rapids wird das Problem nicht gelöst.«

»Durch Des Moines wird das Problem nicht gelöst.«

»Sie sind wieder kleiner.«

»Sie haben doch gesagt, ich soll die Schuhe ausziehen.«

»Heißt das, ich habe gesagt, ziehen Sie die Schuhe aus, und Sie haben es wirklich getan?«

»Ich fühle mich wohler ohne.«

Er schüttelte den Kopf, ob vor Verwunderung oder Verzweiflung, war ihr nicht ganz klar, und drückte dann seine Zigarette im Aschenbecher aus. »Wollten Sie jemals Schriftstellerin werden?«

»Nein«, sagte sie. »Ich wollte immer nur lesen.« Es war die reine Wahrheit.

Er tätschelte ihr über die Hand, die sie auf den Tresen gelegt hatte, nur für den Fall, dass er sie brauchte. »Das freut mich zu hören. Ich bin weit gefahren, um in Ruhe etwas zu trinken, weit weg von anderen Schriftstellern.«

»Mögen Sie noch was zu trinken?«

»Sie sind ein tolles Mädchen, Franny.«

Es gab nur ein durchaus ernstzunehmendes Problem, nämlich, dass Franny nicht wusste, wie lange Leo Posen schon an der Bar gesessen hatte, ehe sie ihn bemerkte, wie lange Heinrich ihn mit Scotch versorgt hatte, ehe sie ihm den Job wegnahm. Denn Leo Posen wirkte zwar stocknüchtern, doch sie ging davon aus, dass das bei ihm immer der Fall war, unabhängig davon, wie viel er schon getrunken hatte. Bei manchen Männern war das so. Sie blieben ewig nüchtern und fielen dann übergangslos ins Koma. »Wohnen Sie hier im Hotel?«, fragte sie verlegen.

Er legte den Kopf ein wenig schräg und sah sie fragend, aber wohlwollend an.

Franny schüttelte den Kopf. »Es ist nur so, wenn Sie später in Ihr Auto steigen und auf der Rückfahrt nach Iowa einen Unfall bauen, kann ich dafür ins Gefängnis kommen.«

»*Sie* kämen ins Gefängnis? Das scheint aber nicht gerade fair.«

»Zivilrechtliche Haftung von Schankwirtschaften im Staat Illinois.« Sie hielt die Hand in die Höhe, zum Zeichen, dass es kein Witz war.

»*Schank*wirtschaften?«

»Ja. Die Bezeichnung könnte mal aktualisiert werden.«

»Ist diese Haftpflicht auch noch anderen Schankwirten bekannt?«

Nur denen, die ein abgebrochenes Jurastudium hinter sich haben, lag ihr auf der Zunge, doch sie nickte bloß.

»Nun, keine Sorge. Ich muss es nur bis zum Aufzug schaffen.«

Franny holte die Scotch-Flasche. »Was sich im Aufzug abspielt, ist Ihre Sache.«

Genau da wurde die Beleuchtung um zwei Helligkeitsstufen abgedimmt. Heinrich beendete den Abend immer viel zu abrupt, dimmte die Lampen so rasch, dass es sich anfühlte wie ein Sturz in die Finsternis. Jedes Mal keimte in ihr dabei kurz die bange Frage auf, ob womöglich etwas Kleines, aber Wichtiges in ihrem Kopf gerissen war.

»Das ist ein Zeichen.« Leo Posen blickte zur Decke empor. »Geben Sie mir einen Doppelten.«

Nachdem sie ihm ein größeres Glas mit der doppelten Menge Scotch hingestellt hatte, schlüpfte Franny in ihre Schuhe, um an ihren beiden Tischen abzurechnen. Es war ihr ein bisschen unangenehm, die Gäste zum Zahlen aufzufordern, nachdem sie sie so lange sich selbst überlassen hatte, aber es schien ihr niemand zu verübeln. Der eine händigte ihr eine Kreditkarte aus, während die beiden Geschäftsleute ihr einen unerklärlich hohen Betrag in bar reichten und dann ihre Mäntel anzogen, um sich auf den Weg zu machen. Als sie wieder an die Bar kam, deckte Heinrich gerade Chrombehälter mit Klarsichtfolie ab, um die Maraschino-Kirschen und anderen Garnierfrüchte über Nacht in den Kühlschrank zu stellen.

»Und, hat man die Schuhe mit Trinkgeld honoriert?«, fragte Leo Posen. Sein Scotch-Glas war leer, und er musste sich inzwischen am Tresen abstützen. Sein Blick schien ins Leere zu gehen.

»Ja.«

»Wie viel?«

Heinrich blickte von seiner Arbeit auf. Dass es eine eher unangebrachte Frage war, störte ihn nicht. Niemand erkundigte sich je nach Trinkgeldern, und es interessierte ihn.

Nach kurzem Zögern gab sie sich einen Ruck. »Achtzehn Dollar.«

»Das lässt sich nur bewerten, wenn wir auch die Höhe der Rechnung kennen. Falls die zum Beispiel einen erlesenen Montrachet getrunken haben, hat man Sie abgezogen.«

»Es war kein Montrachet«, erklärte Heinrich.

Franny seufzte. Sie konnte unmöglich erklären, wie dringend sie das Geld brauchte, dass sie bei Kumar auf der Couch schlief, um den nächsten Coupon in ihrem Darlehensheft abzahlen zu können. »Zweiundzwanzig Dollar.«

Heinrich entwich unfreiwillig ein kleiner Laut, wie das Ausstoßen von Luft nach einem Schlag in die Magengrube.

»Ich hab mir das falsche Gewerbe ausgesucht«, stellte Leo Posen fest.

Heinrich sah ihn zweifelnd an. »Sie hätten wohl kaum so viel Trinkgeld bekommen.«

»Und am anderen Tisch?«, fragte Leo.

Franny hielt die Hand in die Höhe, es reichte.

»Das hätte ich nie gedacht«, sagte er zu Heinrich. Er nahm

eine braune Lederbrieftasche aus der Jackentasche, prall gefüllt mit Kreditkarten, Fotos, Bargeld, zusammengefalteten Kassenzetteln, und ließ sie auf den Tresen fallen. Das leise klatschende Geräusch dabei erinnerte an einen Baseball, der in einem Fanghandschuh landet. »Hier«, sagte er. »Bedienen Sie sich, ich krieg das nicht mehr zusammen.«

Franny ließ die Kasse seine Rechnung ausspucken, faltete den kleinen Zettel zusammen und steckte ihn in ein sauberes Longdrink-Glas. So war es hier im Palmer House üblich, um den Gast daran zu erinnern, wie seine stattliche Rechnung zustande gekommen war. Die Wandertaube war den ganzen Abend neben ihr auf der Bank sitzen geblieben, aber wie geht es dann weiter? Man kann sich das Geschöpf schlecht in die Handtasche stecken und mit nach Hause nehmen, und man kann auch nicht im Park schlafen und darauf warten, dass es von allein weiterfliegt. Es war nun kalt geworden, es war dunkel.

Leo Posen klappte seufzend seine Börse auf. »Sie wollen mir nicht mal helfen?«, fragte er.

Franny schüttelte wortlos den Kopf und machte sich daran, den Tresen abzuwischen. Sie glaubte, dass Rechnen Teil des Problems war – je betrunkener die Leute waren, desto weniger bekamen sie das Ausrechnen der Prozente hin und gaben dann sicherheitshalber lieber zu viel als zu wenig. Mitunter aber fragte sie sich auch, ob die Gäste deswegen so hohe Trinkgelder springen ließen, weil ihnen ihre Sauferei peinlich war. Oder ob sie mit ihrer Großzügigkeit vielleicht die Hoffnung verbanden, dass sie ihnen nachlaufen und aus Dankbarkeit für die achtzehn Dollar Sex anbieten könnte.

Leo Posen blieb weiter am Tresen sitzen, obwohl er sein Geld säuberlich auf die Rechnung geblättert hatte und sein Glas sowie die Serviette längst abgeräumt waren. Er war der letzte Gast in der Bar des Palmer House Hotel. Jesus, ein Hilfskellner, war aus dem Restaurant herübergekommen, um dafür zu sorgen, dass wirklich alles abgeräumt war. Er behielt Leo Posen von hinten ungeduldig im Auge, denn vor dem Absperren musste er in der Bar noch staubsaugen.

Nachdem Franny ausgestempelt hatte, kehrte sie im Mantel noch einmal an die Bar zurück. Es war der lange, gesteppte Daunenmantel, den ihre Mutter ihr zu Beginn ihres Jurastudiums gekauft hatte, ein Schlafsack mit Ärmeln, wie ihre Mutter ihn genannt hatte, völlig zu Recht im Übrigen; er diente ihr oft als zusätzliche Zudecke, wenn sie sich nachts auf der Couch schlafen legte. Sie trat direkt neben den Hocker, auf dem Leo Posen saß. »Ich gehe jetzt«, sagte sie und wünschte sich zum ersten Mal, seit sie diesen Job hatte, dass die Nacht noch nicht zu Ende wäre. »Es war mir wirklich eine Freude.«

Er sah sie an. »Ich werde Ihre Hilfe benötigen«, sagte er tonlos.

Die Taube flatterte von der Banklehne und landete auf ihrem Schoß, barg den Kopf in den Falten ihres Mantels.

»Ich gehe Heinrich holen.« Sie sprach sehr leise, obwohl sie in der Bar ganz allein waren. Genau deswegen sollte sie Heinrich nicht die Kunden wegnehmen, auch nicht die berühmten Romanschriftsteller, denn letzten Endes war weiterhin er für sie zuständig. »Er kann Sie zum Aufzug begleiten.«

Er wandte den Kopf leicht nach links, als habe er ihn ablehnend schütteln wollen und dann den Faden verloren. »Nein, holen Sie nicht den Deutschen. Ich benötige bloß –« Er hielt inne, suchte nach dem richtigen Wort.

»Was benötigen Sie?«

»Beistand.«

»Wir suchen jemand Kräftigeren.«

»Sie sollen mich ja nicht tragen.«

»Aber besser wäre es wohl.«

»Liegt der Aufzug nicht auf Ihrem Weg?«

War es nicht fast eine Ehre, um diesen Dienst gebeten zu werden? Es wäre der interessanteste Teil der Geschichte, der

Teil, den sie für sich behalten würde – dass Leo Posen zu betrunken war, um es allein aus der Bar zu schaffen, und sie ihm dabei helfen musste. Was zwar nicht die beste Entscheidung wäre, die Franny je getroffen hatte, aber bei Weitem auch nicht die schlechteste. Und er hatte in den Jahren vor ihrem Kennenlernen schon so viel für sie getan, mit diesen wunderschönen Romanen. Sie nahm seine Hand vom Tresen und legte sich seinen Arm um die Schulter. Er ließ es willig geschehen. »Hoch mit Ihnen«, sagte sie.

Männer können verblüffend groß sein, wenn sie von den hohen Barhockern wieder heruntersteigen. Frannys Schulter jedenfalls reichte ihm trotz ihrer hohen Absätze kaum bis zur Achselhöhle. Er hing schwerer als vermutet auf ihr, doch sie schaffte es, ihn aufrechtzuhalten. »Bleiben Sie kurz stehen, bis Sie Ihr Gleichgewicht gefunden haben«, sagte sie.

»Das machen Sie gut.«

Sie versuchte diskret seine Hand beiseitezuschieben, die versehentlich auf ihrer linken Brust ruhte. Wo war Heinrich bloß? Gnädigerweise rauchen gegangen? Er könnte diese Sache gegen sie verwenden, wobei immer schwer zu sagen war, was dem Deutschen gegen den Strich ging. Franny legte Leo Posen den Arm um die Taille und machte sich auf den Weg, ihn zwischen den dunklen Eisbergen ihrer Tische hindurch zu navigieren.

»Moment«, sagte er. Franny blieb stehen. Er hob das Kinn. Sah aus, als versuche er sich an etwas zu erinnern, oder als wäre er drauf und dran, noch einen weiteren Drink zu verlangen. »Dieses Lied«, sagte er.

Franny lauschte. Auf dem Tonband, das weiter in dem leeren Raum spielte, lief gerade ein Stück von Gladys Knight and the Pips. In dem Text ging es darum, dass die Beziehung im Grunde zu Ende war, was aber keiner der beiden Partner eingestehen mochte. Die ersten dreißig Mal hatte sie den Song noch geliebt. Jetzt nicht mehr. »Was ist damit?«

Leo hob die Hand von Frannys Brust und deutete damit vor sich in die Luft. »Dieses Lied lief auch vorhin, als ich reingekommen bin. *I keep wondering what I'm going to do without you*«, sang er leise.

Die Bar, sagte Heinrich gern, war Westdeutschland, und Franny verstand, wie er das meinte: Hier war der Umgang mit der Belegschaft fortschrittlich und flexibel. Das Foyer aber wurde vom Osten kontrolliert und war voller sowjetischer Spione, die man nie für welche gehalten hätte. »Halt dich vom Foyer fern«, hatte Heinrich sie gewarnt, als sie neu in der Bar anfing. »Da bist du ganz auf dich gestellt und die Bar kann dich nicht retten kommen.«

Aber sie sagte sich, dass die Mitarbeiter dort sie ebenso wenig kannten wie umgekehrt. Ihre Serviertracht, die sie hätte verraten können, war unter dem Mantel verborgen, und die Stöckelschuhe könnte jede törichte Frau in dem Hotel tragen. Das Palmer House hatte ein opulentes Foyer voll zu großer, zu dick aufgepolsterter und paspelierter Chintzsofas; manche waren halbrund, mit einem hohen, kegelförmigen Mittelteil, der zu den Lüstern aufragte wie ein Fez. Mit dem Orientteppich hätte man ein Basketballfeld auslegen können. Die zum ersten Stock hin offene Decke ahmte die Sixtinische Kapelle nach, allerdings mit Figuren aus der griechischen Mythologie anstelle von Adam und Gott: Aphrodite und diverse Nymphen, die zwischen wallenden Wolken hervorlugten. Es war die Sorte Foyer, in die Touristen kamen, um einander vor den turmhohen Blumenarrangements zu fotografieren. Pfingstrosen im Februar. Auch um ein Uhr morgens noch herrschte reger Betrieb, und hinter dem Marmortresen stand eine Reihe gepflegter junger Männer und Frauen in adretter dunkler Kleidung parat, um den Gästen zu helfen. Die Bar schloss wenigstens irgendwann. Das Empfangspersonal musste die ganze Nacht Dienst tun.

Nachdem Franny auf die Ruftaste gedrückt hatte, hatten sie

und Leo kurz Zeit, ihr Spiegelbild in den Messingtüren des Aufzugs zu betrachten. »Sie sehen nicht aus, als sollten Sie sich mit mir abgeben«, sagte er, als würde er dem Zauber des Films verfallen, den sie hier zusammen drehten. Er fing ein wenig an zu schwanken, um sie gemeinsam schwanken zu sehen, von links nach rechts, von rechts nach links.

Im Flüsterton ermahnte sie ihn, ruhig stehen zu bleiben. Die Etagennummern leuchteten der Reihe nach auf, während der Aufzug herunterkam – vier, drei, zwei, eins –, und dann glitten die Türen auseinander. »So, bitte schön.« Sie versuchte ihn allein vorwärtszuschieben. Viel Hoffnung hatte sie allerdings nicht.

Er blickte zu ihr hinunter. »Bitte schön was?«

»Hier ist der Aufzug, steigen Sie ein. Wie abgemacht.« Doch er hing weiter schwer auf ihr, als könnte er sich nicht allein aufrecht halten, und diese Schwäche kam ihr nicht gespielt vor. Ohne sie würde er es ihrer Einschätzung nach nicht in den Aufzug schaffen. Leo Posen sagte nichts. Die Türen begannen sich zu schließen, und sie schob, angestrengt balancierend, einen Fuß vor, um das zu verhindern.

»Also gut«, sagte sie, aber mehr zu sich selbst. »Also gut, also gut.« Sie trat mit ihm in den Aufzug, und die Türen schlossen sich. »Welcher Stock?«

»Was ist gut?«

»Auf welchem Stock ist Ihr Zimmer?«

»Ich hab keine Ahnung.« Seine Worte waren mit schwerer Zunge gesprochen, aber deutlich, jedes einzelne wie eine Kanonenkugel, die in den Staub plumpste.

»Haben Sie ein Zimmer hier im Hotel?«

»Ja, da bin ich mir sicher«, sagte er, aber mit einem Anflug von Abwehr in der Stimme, der leisen Zweifel in ihr aufkeimen ließ.

Die Türen begannen sich wieder zu öffnen, und Franny drückte eilig auf die Schließtaste und dann auf die Taste für den dreiundzwanzigsten Stock. Es gab noch einen vierundzwanzigsten Stock, aber dort befand sich das Penthouse; um dorthin zu gelangen, benötigte man einen speziellen Aufzugschlüssel. »Haben Sie Ihren Schlüssel dabei? Greifen Sie mal in Ihre Taschen.«

»Wollen Sie mit mir nicht gesehen werden?«

Franny lehnte Leo Posen in eine Aufzugecke, wo er brav aufrecht stehen blieb. Dann ging sie zunächst die Taschen seines Sakkos durch, außen, innen, dann seine Hosentaschen. Das waren die Spiele, die Caroline und sie früher im Sommer mit ihrem Vater gespielt hatten: wie man einen Verdächtigen befragte, wie man ihn abtastete, wie man das Schloss einer Autotür knackte. Für Fix war alles eine Lernerfahrung für polizeiliches Vorgehen nach Reglement. In Leon Posens Taschen fand sie ein zusammengelegtes Taschentuch (gebügelt, ohne Monogramm), eine Lesebrille, eine angebrochene Rolle Pfefferminzbonbons (zwei fehlten), einen Gepäckschein für einen Flug nach Los Angeles und seine Geldbörse. Sie machte sich daran, die Börse durchzugehen. Die Hotelschlüssel sahen inzwischen aus wie Kreditkarten. Gäste bewahrten sie mitunter in ihren Portemonnaies auf.

»Hey«, sagte Leo in einem Tonfall leiser Belustigung, die kurz davor war zu ersterben. »Wollen Sie mit mir nicht gesehen werden?«

Der Aufzug zeigte mit einem dezenten Läuten an, dass sie an ihrem Ziel waren. Die Türen öffneten sich und gaben den Blick frei auf die weitläufige Fahrstuhllobby des dreiundzwanzigsten Stocks: Sie enthielt ein langgezogenes, rautenförmiges Sofa mit Sitzmöglichkeiten auf allen vier Seiten, einen drei Meter hohen Spiegel und ein altmodisches Haustelefon auf einem Tisch. Franny drückte auf die Taste für den fünften Stock. »Ich möchte nicht mit Ihnen gesehen werden.«

Er betastete leicht die Taschen seines Sakkos, wie um zu prüfen, ob sie etwas übersehen hatte. »Ich bin Ihnen lästig.«

»Sie haben mir in der Bar gut sichtbar einen Haufen Geld gegeben, und nun begleite ich Sie auf Ihr Zimmer. Für so was wird man hier als Barmädchen gefeuert.« Natürlich konnte sie die studentische Rechtsberatung an der University of Chicago anrufen, wo angehende Juristen im letzten Studienjahr kostenlosen Rechtsbeistand anboten, der genauso viel wert war, wie man dafür bezahlte. Sie hatte Freunde dort. Freunde, die sie vielleicht ganz oben auf den Stapel der Pro-Bono-Fälle sortierten. Sie könnte darlegen, dass man sie wegen versuchter Prostitution vor die Tür gesetzt hatte, obwohl sie lediglich etwas getan hatte, was auch jede andere Anglistikstudentin in dieser Lage getan hätte: dafür zu sorgen, dass Leo Posen es wohlbehalten in sein Zimmer schaffte (aber wäre das vor Gericht überzeugend? Würden nicht viele Anglistikstudentinnen gern mit Leon Posen ins Bett gehen? War das ihr Wunsch? Augenblicklich nicht, nein. Nein, auf keinen Fall). Schließlich lag es auch im Interesse der Uni, dass sie ihren Job behielt, damit sie ihr Darlehen zurückzahlen konnte, aber dann fiel ihr ein, dass sie der Uni gar kein Geld mehr schuldete. Ihr Darlehen war bereits zweimal weiterverkauft worden und wurde nun von der Farmers' Trust & Savings Bank in North Dakota gehalten. Es war ihr Darlehen, das in die Prostitution gezwungen worden war. Sie kamen im fünften Stock an; die Türen öffneten sich und brachten eine identische Fahrstuhllobby zum Vorschein, ehe sie sich wieder schlossen. Dann ging es wieder zurück nach oben in den dreiundzwanzigsten Stock. Beobachtete unten im Foyer jemand verdächtige Aufzugsbewegungen? In seiner Geldbörse: ein Führerschein aus Pennsylvania, ausgestellt auf den Namen Leon Ariel Posen; diverse Kreditkarten – American Express, MasterCard, Visa, Admirals Club – und ein Büchereiausweis der Stadtbibliothek von Pasadena; verschiedene Porträtfotos eines kleinen rothaarigen Mädchens, das langsam älter wurde, je weiter Franny vorblätterte; zusammengefaltete Kassenzettel, die sie nicht auffaltete; und eine

Schlüsselkarte des Palmer House Hotel. Bingo. Franny betrachtete die Karte, stilvoll jägergrün, mit dem Hotelnamen in übertrieben schnörkeliger Schrift und einem Magnetstreifen auf der Rückseite, der die Tür zu einem der Zimmer hier im Haus öffnen würde. »Wie lautet Ihre Zimmernummer?«

»Acht zwölf.«

Die Türen öffneten sich erneut. Hallo, dreiundzwanzigster Stock. Franny drückte auf die Taste in den achten Stock. »Eben haben Sie noch gesagt, Sie wüssten es nicht mehr.«

»Eben wusste ich es auch nicht mehr.« Bei diesen Worten wandte er den Blick ab. Die Aufzugfahrt bekam ihm offenbar nicht. Bei jedem Halt und jeder Abfahrt war da dieses kleine rasche Ruckeln, fünf Zentimeter in die Höhe und dann wieder nach unten, wie um den Fahrgast an das Kabel zu erinnern, an dem die Kabine hing. Vielleicht hatte er die Nummer bloß erfunden, um baldmöglichst wieder festen Boden unter den Füßen zu haben. Die Türen öffneten sich wieder, und er stieß sich taumelnd von der Wand ab, als wolle er ohne ihre Hilfe aussteigen. Sie legte sich wieder seinen Arm um die Schulter. Ihr war heiß in dem Mantel, der eher für arktische Minustemperaturen ausgelegt war. Schweiß perlte ihr auf der Stirn. Schweiß lief ihr hinten an den Beinen hinab und in die Schuhe.

»Sie würden Ihren Job nicht verlieren«, sagte er. Er dämpfte seine Stimme, und darüber war Franny heilfroh. So viel Selbstdisziplin brachten nicht alle Betrunkenen auf. »Ich erkläre denen, dass wir Freunde sind. Denn genau das sind wir ja.«

»Ich bin mir nicht sicher, ob man unsere Freundschaft gutheißen würde«, erwiderte sie. Die Flure, ganz wie die Fahrstuhllobbys, waren sehr breit. So viel vergeudeter Platz war ein europäischer Luxus. Sie war noch nie in den Stockwerken des Hotels gewesen und kam sich ein bisschen wie eine Einbrecherin vor. Die Flure schienen endlos lang, ohne einen erkennbaren Fluchtpunkt, und an den Wänden hingen gerahmte Schwarz-

Weiß-Fotos berühmter Leute auf dem Gipfel ihrer Schönheit: Dorothy Dandridge, Frank Sinatra, Judy Garland. Franny betrachtete sie der Reihe nach, ein Foto nach dem anderen. Hallo, Jerry Lewis. Der Teppichboden hatte ein wildes Pfauenfedermuster, in Gelb und Pfirsich und Rosa und Grün. Allzu lang konnte man das nicht ansehen, ohne dass einem schwindlig wurde, und dabei war sie nüchtern. Sicher keine gute Kombination mit Scotch. Vor einer der Türen stand ein Wagen vom Zimmerservice, mit einem halbverzehrten Reuben-Sandwich, verstreuten Pommes frites, einer einzelnen Rose in einem Väschen, einer geleerten Weinflasche, die kopfüber in dem silbernen Eiskübel steckte ... 806, 808, 810, 812. Sie waren am Ziel. Sie verlagerte ihre Hüfte an Leo Posens Seite, um sein Gewicht auszubalancieren, und schob die Karte in den Schlüsselschlitz. Ein kleines Lämpchen leuchtete zweimal rot auf und erlosch dann wieder.

»Mist«, sagte sie leise und versuchte es noch einmal. Wieder rotes Licht.

»Wie wär's, wenn ich mit zu Ihnen komme?«

»Das würde nicht funktionieren.«

»Ich könnte auf der Couch schlafen.«

»Auf der Couch schlafe *ich* schon«, sagte sie. Mit Ausnahme der Nächte, in denen sie mit Kumar schlief, was aber nicht sehr oft vorkam, weil sie kein Liebespaar waren. Er war ein guter Freund. Sie brauchte ein Dach über dem Kopf, und er ließ sie bei sich wohnen.

»Achtzehn zwölf«, sagte er und straffte sich dabei unmerklich. »Das ist die Zimmernummer.«

Sie könnte mit ihm zu jenem zauberhaften Sofa in Rautenform zurückkehren; ein Möbel zum Ausruhen, wenn das Warten auf den Aufzug gar zu mühsam wurde. Platz genug bot es allemal. Sie könnte ihn dort lassen. Könnte dann ins Erdgeschoss zurückkehren und per Haustelefon die Rezeption darüber verständigen, dass sie im achten Stock einen Mann gesehen hatte, der auf dem Sofa vor den Aufzügen lag und schlief.

»Achtzehn zwölf.«

Franny schüttelte den Kopf. »Sie denken an die Ouvertüre von Tschaikowsky, oder an den Krieg in jenem Jahr. Sie sind garantiert nicht in Zimmer 1812.«

Er schien darüber nachzudenken, während er weiter auf die verschlossene Tür starrte. »Kann sein, dass ich an den Krieg denke«, räumte er ein. »Könnten wir kurz rasten? Ich muss ein wenig ausruhen.«

»Geht mir genauso«, sagte Franny. Ihre Arbeitsschicht hatte um halb fünf begonnen. Sie würde nicht mit ihm in den achtzehnten Stock fahren. Da könnte sie gleich im ersten Stock anfangen und es der Reihe nach an jeder einzelnen Zimmertür mit der Karte probieren.

»Sie wirken nervös.« Inzwischen klang er hörbar beduselt, als würde er im Schlaf reden. »Hatten Sie schon mal Scherereien?« Er hing schwerer denn je auf ihrer Schulter und schaffte es kaum noch, einen Fuß vor den anderen zu setzen, wodurch sich ihr Fortkommen zunehmend mühselig gestaltete; sie hatte den Eindruck, ihn über eine Holperstrecke voller Steine zerren zu müssen. In der Fahrstuhllobby machte Franny nicht halt, sondern schleppte ihn weiter.

»Ich habe jetzt Scherereien«, erwiderte sie. Sie würde ihm noch eine Chance geben, dann würde sie ihn sich selbst überlassen. Er würde es ihr nicht übel nehmen. Er würde sich nicht mal an sie erinnern. Würden sie jetzt im Flur stolpern und hinfallen, wäre es das für sie beide. Er war fünfundzwanzig Zentimeter größer als sie, wog an die vierzig Kilo mehr. Sie würde hilflos unter ihm liegen, mit gebrochenem Knöchel, gebrochenem Handgelenk, bis der Page, der morgens um drei die Rechnungen unter den Türen hindurchschob, sie dort zusammen im Flur fände. Und sie war nicht krankenversichert. Vor Zimmer 821 blieb sie stehen, fischte die Schlüsselkarte aus der Manteltasche und schob sie in den Schlitz. Das Lämpchen leuchtete rot, rot, dann grün. Das Schloss öffnete sich mit einem Klicken, und sie drehte den Türknopf. Acht einundzwanzig. Sie war selig, dass sie zumindest die Gesetzmäßigkeiten von Fehlern durchschaute.

Leo Posen hatte nicht daran gedacht, eine Lampe brennen zu lassen. Franny schleppte und zerrte ihn in der Dunkelheit zum Bett hinüber, setzte ihn auf der Kante ab und knipste das Licht an. Ein hübsches Zimmer, das Bett mit gepolstertem Kopfteil, schwere Vorhänge, ein auf Antik getrimmter Schreibtisch, an dem ein berühmter Schriftsteller gut sitzen und einen Roman verfassen könnte. Insgesamt ein zu schönes Zimmer, um darin bloß seinen Rausch auszuschlafen. Auf dem Polstersessel stand eine Reisetasche, über der Rückenlehne hing ein Mantel. Der freundliche Wohlfühl-Service des Hotels war gottlob vor ihnen da gewesen und hatte die Tagesdecke zurückgeschlagen, sodass die Kissen und Laken strahlend weiß zu sehen waren, ein tiefer Schlafumschlag, der so einladend wirkte, dass sie kurz überlegte, ob es irgendjemanden stören würde, wenn sie sich eine Stunde auf die andere Seite des riesigen Betts legte. Es würde allerdings den Fall für die Rechtsberatung erheblich verkomplizieren, wenn nach ihrem Rausschmiss wegen versuchter Prostitution Haare von ihr auf dem Kopfkissen gefunden würden. »Helfen Sie mir mit Ihrem Arm.«

Leo Posen beugte sich nach vorn und reckte den Arm nach hinten, was ihr ermöglichte, ihn aus seinem Sakko zu schälen. Offenbar kam es nicht zum ersten Mal vor, dass ihm aus seinem Sakko geholfen werden musste. Er stieß ein langes, tiefes Seufzen aus, als laste nun das Gewicht der ganzen Welt auf ihm.

Sie legte das Sakko über seinen Mantel und bückte sich dann nach seinen Schuhen. Leo Posen trug schöne Schnürschuhe, aus blank poliertem, handschuhweichem Leder. Sie stellte sie beiseite, in einiger Entfernung vom Bett, damit er später in der Nacht nicht darüber stolperte. Dann hob sie seine Füße vom Boden hoch und schwenkte sie herum, wobei sie gleichzeitig ihn herumdrehte, um ihn ins Bett zu stecken. Die Hose, der Gürtel – das beides zog sie nicht einmal in Erwägung.

»Das nächste Mal weiß ich's«, brummte er, als er sich in die weichen Kissen sinken ließ, auf kühlen Laken und mit warmen Decken.

Um ihn kurz zurückzurufen, legte sie ihm die Hand auf die Schulter. »Schlafen Sie gut.« Sie machte ihre Stimme so daunenweich wie die Kissen, denn nun, da es überstanden war und er sicher im Bett lag, konnte sie ihn wieder gernhaben. Sie deckte ihn zu.

»Sie können doch noch etwas bleiben, oder nicht?« Da war keine Verlegenheit, nur Frieden, gerade genug Zeit, um sie um noch einen Gefallen zu bitten, was, wie Franny überlegte, der tiefgreifendste Unterschied zwischen Männern und Frauen war. Seine Augen waren beim Reden geschlossen, und am Ende des Satzes war er eingeschlafen, also sagte sie nichts. Nachdem sie noch die Tagesdecke über ihn gebreitet hatte, knipste sie die Lampe aus. Dann setzte sie sich im Dunkel auf die andere Bettkante und wechselte ihre Schuhe. In ihrer Umhängetasche hatte sie ein Paar flache Schuhe dabei. Ihre Arbeitsschuhe waren so gut wie neu, weil die Sohlen bisher nur den Teppich hier im Hotel berührt hatten. Sie würden noch jahrelang halten.

Hätte man Fix Keating und Bert Cousins gefragt, wo sie einer Meinung waren, wäre beiden dazu wohl nicht viel eingefallen. Doch ohne das Thema je besprochen zu haben (ohne überhaupt je irgendetwas besprochen zu haben), hatten sie beide entschieden, dass Caroline und Franny Jura studieren sollten. Die Mädchen waren noch recht klein, als diese Idee erstmals

Gestalt annahm – Caroline war in der Mittelstufe, und Franny schlief noch mit Puppen im Bett –, aber Fix und Bert hatten ihre Zukunft bereits detailliert ausgearbeitet, wie Generäle in verschiedenen Feldlagern. Weder Caroline noch Franny hatten je Interesse an amerikanischer Geschichte erkennen lassen. Logisches Denken war nicht gerade ihre Stärke. Auch die Kunst des Debattierens lag ihnen nicht, wenngleich sie einander immer wieder schier endlos anschreien konnten. Aber diese Entscheidung beruhte auch weniger auf etwas, das die beiden Männer in Caroline oder Franny gesehen hatten. Sie ging einzig darauf zurück, wie beide sich selbst sahen.

Bert hegte ähnliche Erwartungen für alle Kinder der Familie, selbst für Jeanette, die seiner Einschätzung nach zumindest Fallrecherchen durchführen könnte, sofern sie je die Uni abschloss. Dadurch, dass er von allen dasselbe erwartete, konnte er sich selbst für fair und unvoreingenommen halten, und indem er so frühzeitig einen Plan schmiedete, viele Jahre, ehe dieser in die Tat umgesetzt werden müsste, rechnete er sich aus, dass er damit zumindest ein gewisses Maß an Erfolg haben würde. Als Cousins wurde man Jurist. Berts Urgroßvater war einst Jurist bei der Eisenbahngesellschaft von Pennsylvania gewesen, sein Großvater war Amtsrichter. Berts Vater wiederum, William Cousins, kurz Bill, hatte in einer angesehenen Kanzlei in Charlottesville als eine Art Gentleman-Rechtsanwalt praktiziert, spezialisiert auf Immobilien- und Liegenschaftsrecht. Er setzte hauptsächlich Verträge für Freunde auf, die in Virginia Ackerland in großem Stil aufkauften, auf dem sie nach entsprechender Änderung der Flächennutzungspläne Einkaufszentren hochzogen. Es war eine einträgliche Einkommensquelle, dank der sich Bill frühzeitig zur Ruhe setzen konnte, zumal obendrein seine Frau von ihrem kinderlos verstorbenen Onkel die Coca-Cola-Abfüllrechte für die Hälfte des Staates geerbt hatte. Bill Cousins stand gern in seinem Wohnzimmer und blickte aus dem Panoramafenster die von vornehmen Platanen gesäumte Auffahrt entlang, während er darüber nachsann, wie schön die Welt war und dass sich daran nie etwas ändern sollte.

Bert war ganz wie Präsident Jefferson der Überzeugung, dass ein Grundverständnis des Rechtswesens sozusagen die Voraussetzung für ein erfolgreiches Leben war. Folglich erwartete er von seinen Kindern, ungeachtet ihrer individuellen Berufswünsche, ob sie nun Krankenschwester oder Lehrer werden wollten, dass sie zunächst einen Abschluss in Jura machten. Tatsächlich war seine Auffassung, dass jemand ohne Kenntnisse des Rechtswesens weder intelligent noch interessant sein konnte, in seinen beiden Ehen ein Problem gewesen.

Fix' Ansatz war direkter: Er wollte, dass seine Töchter Anwältinnen wurden, weil Anwälte gutes Geld verdienten. Wenn Caroline und Franny selbst gut verdienten, so seine Überlegung, hätten sie weniger Anlass, eines Tages ihren künftigen Ehemann für einen anderen zu verlassen, der vermögend war. Fix war ein großer Anhänger der Theorie, dass Geschichte sich stets wiederholt, und er versuchte auch gar nicht, das zu bemänteln. Wenn etwas einmal passiert war, standen die Chancen verdammt gut, dass es sich wiederholen würde.

Als Caroline dreizehn und Franny zehn Jahre alt waren, kaufte Fix ihnen beiden je einen *Kaplan* – das Standardwerk, das einen auf die Aufnahmetests der juristischen Fakultäten vorbereitete. Er wickelte die Bücher in rote Glanzfolie ein und schickte sie zusammen mit den normalen Weihnachtsgeschenken, die Marjorie ausgesucht hatte – Brettspiele, ein Plüschkaninchen, ein Aquarelltuschkasten, ein Pullover, zwei Spieluhren –, nach Virginia.

»Ist zwar ein bisschen verrückt, aber grundsätzlich keine schlechte Idee«, sagte Bert und hob Frannys Ausgabe vom Boden auf, während sie, auf der Suche nach eventuell unter dem Weihnachtsbaum noch übersehenen Geschenken, in Bergen von zerknülltem Geschenkpapier herumwühlte.

»Ist das dein Ernst?«, fragte Beverley. Sie trug einen bodenlangen Bademantel aus grünem Frottee mit durchgehendem Reißverschluss, ein selbst genähtes Weihnachtsgeschenk von ihrer Mutter. An jeder anderen Mutter der Welt hätte das Stück wohl hausbacken ausgesehen, an Beverley aber wirkte es hinreißend schick.

»Wenn sie ein Kapitel im Monat lesen«, sagte Bert, während er zum Stichwortregister vorblätterte, »wäre das nicht zu viel verlangt. Zu verstehen brauchen sie es ja noch nicht, momentan käme es eher darauf an, dass sie sich schon mal mit der Terminologie vertraut machen. Aber falls sie das wirklich Punkt für Punkt durcharbeiten, könnten sie in den Tests eines Tages mit Bravour abschneiden.« Seine eigenen Pläne, eine ganze Kanzlei von Anwälten und Anwältinnen großzuziehen, waren noch nicht spruchreif, doch Fix' Initiative war doch schon mal ein guter Anfang.

Caroline, in ihrem Schlafanzug aus rotem Flanell mit Rentiermuster und flauschigen Socken, wollte Bert einerseits am liebsten zum Teufel schicken, aber andrerseits war das Buch ja ein Geschenk von ihrem Vater. Also beschloss sie, später mal reinzuschauen, wenn Bert nicht in der Nähe war. Denn die Genugtuung, sie dabei zu sehen, würde sie ihm nicht gönnen. Franny dagegen schlug gerade die gebundene Ausgabe von *Ein Baum wächst in Brooklyn* auf, die sie von ihrer Großmutter bekommen hatte. Schon nach dem ersten Satz, allein beim Anblick der Worte auf dem Papier, stand für sie fest, dass dies ihre Lektüre in den Weihnachtsferien sein würde, kein Vorbereitungsbuch für irgendwelche juristischen Aufnahmeprüfungen. Doch als ihr Vater am späteren Vormittag anrief, um ihnen frohe Weihnachten zu wünschen und zu versichern, dass sie ihm mehr fehlten als alles andere auf der Welt und dass er sich so wünschte, sie könnten zusammen feiern (was die Mädchen an ihren verschiedenen Telefonen zum Weinen brachte, Caroline in der Küche, Franny am Zweitapparat, auf dem Boden neben dem Bett im Schlafzimmer von Bert und ihrer Mutter), eröffnete er ihnen außerdem, dass er sich für Jura eingeschrieben habe. Ab Januar würde Fix Keating ein Abendstudium am Southwestern College of Law aufnehmen. Auf diese Weise dauerte das Studium zwar vier Jahre anstatt nur drei, aber das war in Ordnung, so hatte Dick Spencer es auch gemacht. Er bereute es ein wenig, damit nicht eher angefangen zu haben, so wie Dick, aber es brachte ja nichts, verpassten Gelegenheiten hinterherzutrauern.

»Wenn ich schon in eurem Alter angefangen hätte, könnte ich heute Partner in einer Kanzlei sein«, erklärte er den Mädchen. *When I was a lad I took a turn, as an office boy in an attorney's firm,* diese Gilbert-und-Sullivan-Zeile sang ihr Vater morgens gern gut gelaunt vor sich hin. »Ihr beide habt alle Zeit der Welt, euch mit der Materie vertraut zu machen. Wenn ihr jetzt anfangt und ich jetzt anfange, könnten wir alle drei zusammen lernen, wenn ihr im Sommer herkommt.«

Sie hatten Weihnachtsferien, und Franny hatte auf irgendwelche Lehrbücher keine Lust, und schon gar nicht, zu versprechen, in den Sommerferien zu lernen. Er hatte ihnen bereits in Aussicht gestellt, mit ihnen dieses Jahr zum Lake Tahoe zu fahren und dort ein Pontonboot zu mieten, von dem aus sie ins Wasser springen konnten. Stattdessen den Sommer über zu dritt um den Küchentisch herumzusitzen und sich gegenseitig abzufragen wie bei einem besseren Rechtschreibtest – nein, danke.

Als dagegen Caroline den Hörer auflegte, war es, als hätte sie bereits ihre Studienbewerbung ausgefüllt. Sie klemmte sich ihren *Kaplan* unter den Arm, verschwand damit in ihr Zimmer und zog die Tür hinter sich zu. Sie würde mit ihrem Vater zusammen Jura studieren.

Franny schnäuzte sich, wischte sich die Tränen ab und kehrte ins Wohnzimmer zurück. Ihre Mutter war dabei, das zerknüllte Geschenkpapier mitsamt dem achtlos abgerissenen Kräuselband einzusammeln und in einen Müllsack zu stecken, während Bert mit einer Tasse Kaffee auf der Couch saß und zufrieden das Feiertagstableau musterte: den Weihnachtsbaum, seine bezaubernd schöne Frau, das knisternde Feuer im Kamin, die süße Stieftochter.

»Daddy studiert bald Jura«, verkündete Franny, während sie es sich mit ihrem neuen Roman im blauen Sessel gemütlich machte. »Deshalb hat er uns die Bücher geschenkt. Weil er möchte, dass wir mit ihm zusammen studieren.«

Beverley erhob sich vom Boden, mit prall gefülltem, aber federleichtem Müllsack. »Fix will Jura studieren?«

Bert schüttelte den Kopf. »Er ist zu alt dafür.«

»Nein, stimmt nicht«, widersprach Franny, hocherfreut, ihn eines Besseren belehren zu können. »Er macht es wie Dick Spencer.« Die Spencers luden sie jeden Sommer, wenn sie in Los Angeles waren, bei Lawry's zum Essen ein. Franny mochte die beiden sehr gern.

Der Name kam Bert bekannt vor. Dann fiel es ihm wieder ein – Dick Spencer von der Bezirksstaatsanwaltschaft, der früher mal Polizist gewesen war; natürlich, der Dick Spencer, der ihm damals gesagt hatte, mit zu der Taufe bei Fix zu kommen. Frannys Taufe.

»An welcher Uni will er studieren?«, hakte Bert nach. Soweit er wusste, hatte Spencer an der UCLA studiert.

»Am Southwestern College of Law«, erklärte Franny, ganz stolz darauf, dass sie sich den Namen gemerkt hatte.

»Du lieber Himmel«, sagte Bert.

»Na ja.« Beverley strich sich eine blonde Strähne aus den Augen. »Ich würde sagen, alle Achtung.«

»Sicher«, sagte Bert. »Aber jeden Abend nach der Arbeit noch zur Uni, das wird kein Zuckerschlecken. Und woher will er die Zeit nehmen, um zu büffeln? Das ist mir nicht klar.«

Franny sah ihn an. Ihr langes Haar, ebenso blond wie das ihrer Mutter, war etwas strähnig, weil sie es in ihrer Eile, zur

Bescherung nach unten zu flitzen, am Morgen nicht durchgebürstet hatte. »Hast du denn nicht Jura studiert?«

»Klar doch«, sagte Bert. »An der University of Virginia. Allerdings nicht per Abendstudium. Ich habe ganz normal studiert.«

»Dann war es ja nicht schwer«, stellte Franny fest. Sie war stolz auf ihren Vater, der zweierlei Dinge unter einen Hut bringen würde, Arbeiten *und* Studieren. Die Nonnen hatten ihr den Glauben vermittelt, dass Gott all jene besonders liebte, die es sich im Leben nicht leicht machten.

»Einfach war es nicht gerade«, widersprach Bert und trank einen Schluck Kaffee.

Caroline kam wieder nach unten und pirschte durchs Wohnzimmer in Richtung Küche. Sie wollte sich ein zweites Stück Weihnachtskuchen als Studierhilfe holen.

»Euer Vater will also Jura studieren«, sagte Beverley und sah sie lächelnd an. »Das ist ja großartig.«

Caroline blieb unvermittelt stehen, als hätte ihre Mutter ihr mit dem Blasrohr einen Curarepfeil in den Hals geschossen. Ihr Gesicht nahm einen Ausdruck an, der zwischen Entgeisterung und Zorn schwankte. Allen Anwesenden war sofort klar: Es war passiert und es ließ sich nicht mehr rückgängig machen. »Du hast es ihnen erzählt?« Carolines ganze Wut richtete sich jetzt gegen Franny.

»Ich wusste ja nicht …«, fing Franny mit leiser Stimme an, ehe sie verstummte. Sie hätte nicht gewusst, dass sie es für sich behalten sollte, dass die Sache ein Geheimnis war, hatte sie sagen wollen, aber die Worte versiegten ihr einfach im Mund.

»Hast du etwa gedacht, Dad *wollte,* dass sie es wissen? Hast du mal überlegt, warum er dann nicht angerufen und einfach gesagt hat, er möchte mit ihnen sprechen?« Caroline schoss zwei Schritte auf Franny zu und schlug ihrer Schwester mit der offenen Hand auf die knochige Schulter, so fest, dass die Jüngere seitwärts aus dem Sessel flog. Es tat weh, der Arm, wo Carolines Hieb sie getroffen hatte, ebenso wie der Arm, auf dem sie am Boden gelandet war. Franny kam zu dem Schluss, dass Caroline wirklich sauer auf sie sein musste, noch mehr als sonst. Caroline schlug sie sonst nämlich fast nie vor Zeugen.

»Mensch, Caroline.« Bert stellte geräuschvoll seine Tasse ab. »Bist du noch zu retten? Beverley, du darfst nicht zulassen, dass sie Franny so schlägt.«

Weihnachten ist immer besonders schwierig. Dieser Satz ging allen vieren durch den Kopf, in der einen oder anderen Variante. Beverley wich unmerklich ein wenig zurück. Natürlich sah niemand es gern, wenn Franny wehgetan wurde, aber Beverley hatte tatsächlich selber Angst vor ihrer größeren Tochter und griff nur dann ein, wenn Blut floss.

»Du hast mir gar nichts zu sagen«, fauchte Caroline Bert so wütend an, dass ein wenig Spucke flog. »Halt dich an die Petze da.« Franny weinte mittlerweile. Bis zum Abend, wenn sie schlafen ging, würde sich der rote Handabdruck ihrer Schwester in einen hässlichen, dunkelvioletten Bluterguss verwandelt haben. Caroline machte kehrt und stampfte die Treppe wieder hoch. Sie würde notgedrungen eben ohne Kuchen lernen.

Nachdem Fix sein Jurastudium begonnen hatte, drehten sich seine Gespräche mit den Mädchen in erster Linie um Fälle. »Mrs Palsgraf stand im Bahnhof von East New York Long Island, neben einer Personenwaage«, fing er beiläufig an, als berichte er ihnen von einer Nachbarin. Seine einzige Zuhörerin war Caroline, weil Franny sich ausgeklinkt hatte und wieder ihrer Lektüre von *Kristin Lavranstochter* widmete. Während der »Jura-Sommer«, wie sie später im Rückblick genannt werden sollten, saß Caroline mit Fix am Küchentisch, und er erläuterte die Fälle. Das helfe ihm, so seine Begründung, denn wenn er den Mädchen einen Fall erläutern konnte, hätte er das Gesetz begriffen, das dazugehörte. »Die Leute erzählen einem gern, dass man beim Jurastudium denken lernt, aber das stimmt nicht. Es geht vor allem ums Auswendiglernen.« Er hielt die Hand in die Höhe und zählte an seinen Fingern ab: »Fahrlässigkeit, Tötungsdelikte, Verletzung der Privatsphäre, Verleumdung, Hausfriedensbruch ...« Caroline machte sich fleißig Notizen. Franny las. Dem Jurastudium ihres Vaters hielt sie im Nachhinein die Lektüre einer ganzen Reihe von Büchern zugute: *David Copperfield* und *Große Erwartungen* von Charles Dickens, alles von Jane Austen und den Brontë-Schwestern und, ganz zum Schluss, *Garp und wie er die Welt sah*.

Zwischen Fix und Caroline hatte immer eine besondere Verbindung bestanden, die nun, da sie die zehn Ausnahmen vom Verstorbenen-Statut erörtern konnten, noch enger wurde. Beide waren sich einig, dass es nichts Langweiligeres gab als Eigentumsrecht, mit fünfmal mehr Einzelheiten und einer inneren Logik, die sich intuitiv kaum erschließen ließ. Hier blieb einem nichts übrig, als sich mit endlosen Wiederholungen und gewieften Eselsbrücken durch einen Fall nach dem anderen zu fräsen. Was ist ein Angebot? Was ist eine Abnahme? Was ist ein Vertrag? Was versteht man unter einer Drittbegünstigung? Das Eigentumsrecht forderte höchste Aufmerksamkeit von einem.

»Ein Glück, dass es zwei Juristen in der Familie geben wird«, sagte Fix beim Essen zu Franny, womit er auf sich und Caroline anspielte. »Irgendjemand muss ja das Geld verdienen, um dir all diese Bücher zu kaufen.«

»Die kosten doch nichts«, erwiderte Franny. »Ich leihe sie ja in der Bücherei aus.«

»Tja«, kommentierte Caroline. »Dem Himmel sei Dank für Büchereien.«

Dem Himmel sei Dank für Büchereien – verblüffend, wie viel Herablassung in diesen paar Worten stecken konnte. Fix lachte, hörte aber sofort wieder auf. Franny glaubte, dass er eigentlich nicht hatte lachen wollen.

Caroline war immer schon Fix' Liebling gewesen, schon vor seinem Jurastudium. Weil sie älter war, weil sie beide mehr Zeit gehabt hatten, sich kennenzulernen, ehe es zu der Scheidung kam. Weil Carolines Hass auf Bert so grell loderte wie eine reine weiße Flamme, und weil sie es gezielt darauf anlegte, ihrer Mutter das Leben so schwer wie möglich zu machen und ihrem Vater dann postwendend davon zu berichten. Fix ließ es zwar nicht an Ermahnungen fehlen, einen Gang runterzuschalten, hörte aber ihren Schilderungen immer mit großem Vergnügen zu. Er hätte Beverley gern selbst das Leben schwer gemacht. Caroline kam äußerlich ganz nach Fix – braune Haare, die Haut, die im Nu golden bräunte, sobald sie sich am Strand in die Sonne legten. Franny ähnelte zu sehr ihrer Mutter, war zu zart und blond und unkoordiniert. Zu hübsch, doch zugleich nie so hübsch wie Beverley. Wenn ihr Vater frühmorgens um sechs mit den Mädchen loszog, bewaffnet mit ihren Schlägern und frischen Dosen Tennisbällen, traf Caroline den Ball in der Gasse hinter dem Supermarkt bis zu siebenundzwanzigmal hintereinander, ohne ihn einmal zu verfehlen. *Pock, pock, pock*, gegen die weiße Rückwand des A&P, gewandt und mit anmutigem Schwung ihrer langen Arme. Frannys persönliche Bestleistung waren drei Treffer in Folge, und das war ihr auch nur einmal gelungen. Der wirkliche Unterschied zwischen Franny und Caroline aber war, dass Caroline alles ernst nahm; ob es um Jura ging, um Tennis und sogar um ihre Noten in Fächern, für die sie nichts übrighatte. Ebenso ernst nahm sie, was ihr Vater über ihre Mutter sagte, und auch seine sonstigen Äußerungen über alles Mögliche. Franny dagegen wollte sich einfach wieder ins Auto setzen und Agatha Christie schmökern. Meistens ließen sie sie ziehen.

Nachdem er den zweiten Tag seines juristischen Staatsexamens absolviert hatte, rief Fix die Mädchen in Virginia an, um ihnen zu erzählen, wie verrückt manche Leute waren. So verrückt, dass sie zur Prüfung ihre eigenen Bürostühle anschleppten, ihre Glück bringenden Schreibtischlampen. Ein Typ war so abergläubisch, dass er mit einem Freund anrückte, mit dem zusammen er seinen Schreibtisch in den Raum trug. Verrückt! Das Examen war lang und schwer, wie ein Querfeldeinlauf vom MacArthur Park zur Polizeischule im Hochsommer, aber dafür lernte und büffelte man schließlich, um dann vorbereitet zu sein, wenn es darauf ankam, Leistung zu zeigen. Fix war vorbereitet gewesen, und nun hatte er das Examen hinter sich. Er war fertig.

Franny erzählte es Bert. Sie ging in sein Arbeitszimmer und schloss behutsam die Tür hinter sich, und selbst dann sprach sie nur mit gedämpfter Stimme. »Dad hat sein Examen gemacht.«

Franny und Bert kamen miteinander aus, auch dann noch, als Bert und Beverley nicht mehr miteinander auskamen, und obwohl Caroline und Bert noch nie miteinander ausgekommen waren. Bert blickte von den Aktenordnern auf, die vor ihm lagen. »Hat er bestanden?«

»Er hat erst die Prüfung abgelegt«, sagte sie. »Aber er hat sicherlich bestanden.« Nach vier Jahren, in denen er sich neben der Arbeit ganz auf das Studium und den Besuch der Uni konzentriert hatte, ohne je Urlaub zu machen, unter Aufwendung all seiner finanziellen Mittel – stand für sie fest, dass er bestanden hatte. Ein anderes Ergebnis war gar nicht vorstellbar.

Bert schüttelte den Kopf. »Die Prüfungen in Kalifornien haben es in sich. Viele Kandidaten müssen das Examen mehrfach wiederholen, ehe sie bestehen.«

»Hast du es auch wiederholen müssen?«

Im Umgang mit anderen wurde Bert schnell ungeduldig, nur bei Franny nicht. Er sah sie über den Schreibtisch hinweg an, ihre sehr geraden Schultern, und schüttelte stumm den Kopf, fast ein wenig bedauernd, ehe er sich wieder seiner Arbeit zuwandte.

Fix fiel bei der Prüfung durch.

Marjorie war diejenige, die anrief und es den Mädchen berichtete. »Kein Mensch besteht beim ersten Mal. Ich kenne viele Anwälte, und die sagen alle, kein Problem. Euer Dad wird die Prüfung einfach noch mal machen müssen. Beim zweiten Mal weiß man, was einen erwartet. Beim zweiten Mal findet man sich besser zurecht.«

»Wird die Prüfung beim zweiten Mal dieselbe sein?«, wollte Caroline wissen, die spontan in Tränen ausgebrochen war. Damit Marjorie nichts davon mitbekam, hatte sie die Hand über die Sprechmuschel des Hörers gewölbt.

»Ich ... glaube nicht«, gab Marjorie zögerlich zurück. »Die Prüfung ist, glaube ich, jedes Mal anders.«

»Wie hat er's aufgenommen?«, fragte Franny über den Zweitanschluss, in dem Bewusstsein, dass sie nun das Reden übernehmen musste. »Als er es erfahren hat, meine ich?« Fix hatte die Bitte geäußert, dass Franny und Caroline am Tag der Prüfung für ihn beten sollten, und das hatten sie getan. Sie hatten auch die Nonnen an ihrer Schule gebeten, für ihn zu beten. Und trotzdem hatte er nicht bestanden.

»Wir sind zu meiner Mutter gefahren, und sie hat eurem Dad was Feines zu essen gekocht.«

»Oh, das ist gut«, sagte Franny, denn Marjorie hatte eine Mutter, die es schaffte, einen in jeder Lebenslage wieder aufzumuntern.

»Sie hat ihm einen Gin Tonic eingeschenkt und dann einen Hackbraten gemacht. Es sei schade, dass er durchgefallen sei, hat sie gesagt, aber immerhin könne er es ja noch mal machen. Während man bei den meisten Prüfungen im Leben nur einen Anlauf bekommt. Danach ging's ihm, glaube ich, schon besser.«

Auf die zweite Prüfung bereitete sich Fix mit Karteikarten vor. Er kannte einen, der das beim zweiten Anlauf so gemacht hatte, und der hatte bestanden. In den Sommerferien zeigte Fix den Mädchen die Karten. Er bewahrte sie in einem Schuhkarton auf, fein säuberlich nach Themen geordnet. Es waren über tausend Karten. Caroline übernahm es, ihn abzufragen, sogar im Auto, wenn sie in der Waschanlage waren. Wobei Abfragen nicht der richtige Ausdruck war, sie sagte ihm die Antworten auf, während sie sich die Karteikarte an die Brust drückte. »Der Grundsatz, unter dem ein Besitzer von Grund und Boden, der Eigentum eines anderen ist, einen rechtskräftigen Landtitel erwerben kann, sofern gewisse Anforderungen des Landrechts erfüllt sind, und der Ersitzer –«

Franny stand draußen an der Fensterfront und folgte dem Wagen auf seinem Weg durch die Waschstraße: durch die klatschenden, von der Decke baumelnden Textilstreifen (fortdauernd), durch den Seifenschaum (feindlich), durchs Abspülen (offen und berüchtigt), durch die Wachsbehandlung (faktisch). Sie ließ sich von der Autowäsche erfüllen, komplett, ganz und gar, aber selbst das reichte nicht aus, um die vier Elemente der Ersitzung zu zerstreuen.

Egal wie fabelhaft die Karteikarten auch waren, sie halfen nicht, und dies, obwohl Fix zu der zweiten Prüfung seine Schreibtischlampe von zu Hause mitnahm. Marjories Mutter bekochte ihn hinterher wieder und tröstete ihn mit den Worten, dass er eben einen dritten Anlauf unternehmen müsse, das sei keine Schande, das machten viele so, und so legte Fix die Prüfung noch ein drittes Mal ab, und als auch dieser Versuch scheiterte, gab er es auf. Fortan war das Thema Jurastudium für ihn erledigt, außer wenn es um Caroline und Franny ging.

Als Caroline in ihrem letzten Jahr an der Loyola University den Aufnahmetest zum Jurastudium ablegte, zeigte ihr *Kaplan*-Studienbuch deutliche Gebrauchsspuren: Es wurde von außen mit Klebeband zusammengehalten, der Text war in drei verschiedenen Leuchtfarben markiert und strotzte nur so vor Post-its. Die meisten Testkandidaten sind abergläubisch, so auch Caroline: Obwohl sie in ihren Lerngruppen selbstverständlich stets die neueste, aktualisierte Auflage verwendete, abends im Bett im Studentenwohnheim las sie immer in dem Band, den ihr Vater ihr damals als Weihnachtsgeschenk nach Virginia geschickt hatte. Die von Fix und Bert gemeinsam vertretene Theorie, dass die langjährige, kontinuierliche Beschäftigung mit der Materie eine Bestleistung garantieren würde, erwies sich indessen als falsch. Die Höchstpunktzahl beim Aufnahmetest für eine juristische Fakultät beträgt 180. Caroline Keating erzielte 177 Punkte. Wo genau sie diese drei Punkte eingebüßt hatte, entzog sich ihrer Kenntnis, aber sie verzieh sich diesen Schnitzer nie.

Fast zwei Wochen nachdem Franny wundersamerweise korrekt deduziert hatte, dass Leon Posen die Zimmernummer 821 hatte, ihn in das entsprechende Zimmer und es selbst anschließend aus dem Hotel geschafft hatte, ohne dass jemand etwas davon mitbekommen hatte, erhielt sie einen Anruf in der Bar. Es war zehn nach sechs, alle Tische waren besetzt, und auch sämtliche Hocker an der Bar. Hinter den Gästen, die einen Sitzplatz hatten, standen dicht gedrängt andere Gäste mit Drinks in der Hand, die sich lachend eine Spur zu laut unterhielten, in der Hoffnung, dass bald ein Stuhl oder Hocker frei würde. Eine der anderen Kellnerinnen, Kelly, das Mädchen mit dem Exmann und dem Kind, legte Franny die Hand unten ans Kreuz und neigte sich zu ihr vor, wobei sie mit ihren lippenstiftbemalten Lippen beinahe Frannys Ohr berührte. Alles, was diese Leute taten, wirkte intim, sogar die Übermittlung von Nachrichten. »Anruf für dich«, sagte sie im Schutz des allgemeinen Lärms.

Franny hatte noch nie einen Anruf in der Bar bekommen.

Kelly bekam ständig welche, von ihrem Exmann und ihrem Babysitter und ihrer Mutter, die hin und wieder auf das Kind aufpasste. Keine ihrer Schichten verging, ohne dass das Kind irgendein unlösbares Bedürfnis hatte. Franny versuchte im Geist alle Menschen durchzugehen, die eventuell gestorben sein könnten, gab es aber dann auf. Es war sinnlos, es war einfach zu laut, das Stimmengewirr, das unablässige Gläsergeklirr, dazu Luther Vandross auf dem verfluchten Tonband, dem unausweichlich Bing Crosby folgen würde. Heinrich hielt das Telefon mit ausgestrecktem Arm seitlich von sich weg, als handelte es sich um einen widerlichen Kadaver, den man von der Straße gekratzt hatte, während er sich weiter mit einem Gast unterhielt. Er hielt das Kinn leicht gesenkt, bei ihm stets ein Anzeichen der Missbilligung. Sie nahm ihm den Apparat ab und hielt sich das andere Ohr zu, als könnte sie so den Lärm irgendwie aussperren.

»Hier ist Leo Posen«, sagte die Stimme.

»Tatsächlich?«, entfuhr es ihr. So hätte sie natürlich nicht reagiert, wenn sie zum Nachdenken gekommen wäre. Seit sie ihn ins Bett gebracht hatte, hatte sie noch einmal *Die erste Stadt* gelesen, und so war er ihr geistig stark präsent geblieben. Franny schien zweifelhaft, dass er sich an irgendetwas von jenem Abend erinnern könnte, und selbst wenn, wäre ihr nie in den Sinn gekommen, dass sie noch einmal von ihm hören würde. Die Vorstellung, dass Leo Posen sie anrufen könnte, erforderte einen Grad von Selbstüberhöhung, der Franny Keating fremd war.

»Ich hätte mich schon eher melden sollen.«

»Wieso?«

»Ich habe Sie in die Klemme gebracht. Und ich habe mich nicht darum gekümmert, ob Sie meinetwegen Scherereien bekommen haben.«

»O nein, alles bestens«, sagte sie. Sie ließ den Blick durch die Bar schweifen und malte sich aus, dass es seine Figuren wären, die hier standen, Septimus Porter persönlich mit einem Highball-Glas in der Hand, während seine Mädchen all den Lärm veranstalteten.

»Ich habe Sie nicht verstanden.«

»Ich habe gesagt, *alles bestens*. Es ist sehr laut hier. Es ist gerade Happy Hour.« Heinrich starrte sie an, und sie hielt kurz die Sprechmuschel zu. »Leon Posen«, sagte sie zu ihm, aber er schüttelte bloß den Kopf und wandte sich ab.

»Könnten Sie am Freitag nach Iowa City kommen?«

»Nach Iowa?«

»Da muss ich auf eine Party gehen, und ich dachte mir, die könnte Ihnen gefallen.« Hier trat eine kurze Unterbrechung ein. Franny horchte angestrengt auf etwaige Geräusche an seinem Ende, doch es war einfach zu laut in der Bar. Sie drückte sich den Hörer noch etwas fester an ihr armes Ohr.

Schließlich meldete er sich wieder. »Eigentlich stimmt das so nicht. Ich glaube nicht, dass es Ihnen gefallen würde, aber ich dachte mir, dass ich es durchstehen könnte, wenn Sie kämen. Ich würde Ihnen ein Zimmer im Hotel buchen. Es ist nicht das Palmer House, aber für eine Nacht wäre es wohl in Ordnung.«

»Ich habe kein Auto«, wandte Franny ein.

»Ich schicke Ihnen eine Busfahrkarte! Das ist sogar besser. Bei dem Wetter hier weiß man nie. Ich würde mir Sorgen um Sie machen, wenn Sie selber führen. Würde es Ihnen was ausmachen, per Bus zu fahren? Ich könnte die Fahrkarte ans Hotel schicken, zu Ihren Händen. An Franny, von der Bar im Palmer House. Wie heißen Sie mit Nachnamen?«

Auf der anderen Seite des Raums fiel ihr ein Mann an einem ihrer Tische ins Auge, der sein Glas in die Höhe hielt und hin- und herschwenkte. So weit durfte es natürlich nicht kommen, dass Gäste förmlich um einen Drink betteln mussten. »Keating. Hören Sie, ich muss Schluss machen«, sagte sie, den Blick auf dieses eine Glas geheftet, in dem das Eis oberhalb der Köpfe der Anwesenden im Licht schimmerte und flirrte. »Sonst bin ich schon wieder kurz davor, hier rauszufliegen. Ich kann per Bus kommen.«

Franny hatte eigentlich Dienst, doch eine Vertretung für den Freitag war immer leicht aufzutreiben. Das war der Abend, an dem man wirklich Geld verdiente, und nachdem sie ihre Schicht anderweitig vergeben hatte, packte sie leise Reue. Auch wenn sie für Fahrtkosten und Hotel nicht bezahlen musste, bedeutete der Trip nach Iowa für sie ein Verlustgeschäft.

»Er will mit dir schlafen«, behauptete Kumar, als sie ihm von dem Anruf berichtete. Er war noch auf, als sie von der Bar nach Hause kam, saß inmitten von Bücherstapeln und zig Haftnotizen am Küchentisch. Er schien ein klein wenig geknickt, obwohl er an diesem Abend vollauf mit der Rezension eines Artikels beschäftigt war, der hundert Seiten lang war, mit über einhundert Fußnoten. Er hatte gar nicht die Kraft, über Franny nachzudenken, geschweige denn mit ihr zu schlafen.

Kumar hatte natürlich recht – warum sonst sollte jemand ein Barmädchen aus einem anderen Bundesstaat anreisen lassen? –, aber irgendwie fühlte es sich so nicht an. Leo Posen hatte sich erst nach zwei Wochen gemeldet. Was hatte das zu bedeuten? Dass er versucht hatte, sie zu vergessen, aber ohne Erfolg? Dass die Barmädchen in Iowa für Bettgeschichten nicht zu haben waren? »Wer weiß, vielleicht hat es ihm meine Intelligenz angetan.« Sie lachte übermütig. »Meine reizende Gesellschaft.«

Er reagierte mit einem kleinen, versöhnlichen Achselzucken, sagte aber nichts.

In der Nacht, als sie Leo Posen in der Bar kennenlernte, hatte sie Kumar geweckt und ihm die Geschichte erzählt, ganz so, wie sie es sich vorab vorgestellt hatte. Es war fast zwei Uhr früh, als sie im dunklen Zimmer zu ihm ins Bett gestiegen war und ihn an der Schulter wachrüttelte. »Rate mal, wer heute in der Bar war! Das errätst du nie!« Kumar liebte diese Bücher. Sie hatten sich darüber unterhalten, kurz nachdem sie sich kennengelernt hatten. Er hatte sich ihre Bücherregale angesehen, als sie in die Küche ging, um Kaffee zu kochen, und als sie mit den Tassen zurückkehrte, hielt er ihre Ausgabe von *Septimus Porter* in der Hand. Die Bücher von John Updike hatte er im Regal gelassen, genau wie die von Saul Bellow und Philip Roth.

»Du liest Leon Posen?«, fragte er, wie um sich zu vergewissern, dass die Bücher nicht die Hinterlassenschaft irgendeines Exfreundes waren.

Franny und Kumar hatten sich an der University of Chicago kennengelernt, kurz nach Beginn ihres Jurastudiums. Sie saßen in der Strafrechtvorlesung nebeneinander und beschlossen, zusammen zu studieren. Sie waren Freunde geworden, ohne sich darüber klar zu sein, dass sie für Freundschaft bald schon keine Zeit mehr hätten. Jetzt, da Franny pleite war und bei ihm auf der Couch schlief, wusste er nicht recht zu sagen, was ihn an ihrem Trip nach Iowa am meisten störte: dass eine Frau, die ihm ziemlich gut gefallen hätte, wenn dazu mehr Zeit gewesen wäre, mit einem anderen Mann auf eine Party in einem anderen Staat ging, oder dass er sie gern begleitet hätte, oder dass er am liebsten an ihrer statt nach Iowa gefahren wäre.

Leo Posen erwartete sie am Busbahnhof in Iowa City, in seinem schwarzen Wintermantel und mit einem grauen Filzhut auf dem Kopf. Er war ganz in die Fahrpläne vertieft, die hinter Plexiglas an der Wand hingen, als hätte er selbst vor, irgendwohin zu fahren. Als er Franny auf sich zukommen sah, setzte er ein breites Lächeln auf, aus dem aufrichtige Dankbarkeit sprach, ganz anders als an jenem Abend in der Bar.

»Ich hätte nicht gedacht, dass es wirklich klappt.« Bei diesen Worten kamen kurz seine rührend übereinanderstehenden unteren Schneidezähne zum Vorschein. Er streckte ihr seine Hand entgegen, um sie mit Händedruck zu begrüßen. Sie nahm sich fest vor, Kumar dieses Detail zu erzählen, denn wenn er vorgehabt hätte, mit ihr zu schlafen, wenn das seine einzige Absicht gewesen wäre, hätte er sie gleich mit einem Kuss begrüßt.

»Die Fahrt war problemlos«, sagte sie.

»Nein, Sie verstehen nicht«, sagte er strahlend. »Ich dachte, ich würde hier hocken, mir den Arsch abfrieren und zusehen, wie die Fahrgäste aus Chicago der Reihe nach aus dem Bus aussteigen, und dass Sie nicht darunter wären. Vielleicht wäre ich sogar noch mal hergekommen, um den nächsten Bus aus Chicago abzuwarten, weil es ja hätte sein können, dass ich mich mit der Uhrzeit vertan hatte. Danach wäre ich mir vorgekommen wie ein Vollidiot und hätte mir vorgehalten, wie absurd der Gedanke war, ich könnte einer Fremden eine Busfahrkarte schicken und erwarten, dass sie aus dem Bus steigen würde, Simsalabim, nur weil ich mir das wünschte. Ich hatte alles schon genau geplant. Tatsächlich war ich mir so sicher, dass Sie nicht kommen würden, dass ich schon erwogen hatte, gar nicht an den Bahnhof zu kommen. Um es Ihnen so richtig zu zeigen.«

»Das wäre schrecklich gewesen«, sagte Franny, der erst jetzt bewusst wurde, dass sie weder seine Telefonnummer noch seine Adresse hatte.

Er schüttelte den Kopf. »Den ganzen restlichen Tag hätte ich mich mies gefühlt, vertrottelt und alt, und dann hätte ich den Professor anrufen und ihm mitteilen müssen, dass ich unter den Umständen leider, leider nicht zu seiner Party kommen kann.«

»Nun«, sagte Franny, die ihm nicht ganz folgen konnte, »diese Pläne habe ich Ihnen jetzt wohl vermasselt.«

»Oh, allerdings! Das haben Sie! Sie haben mir den ganzen Tag verdorben.« Er rieb sich kurz die Hände warm und versenkte sie dann in den Manteltaschen. Der Busbahnhof war hübscher und gepflegter, als sie vermutet hätte, der Boden saubergefegt, und auf den Bänken im Wartebereich lagen keine schlafenden Obdachlosen, aber es war drinnen fast so kalt wie draußen, die tiefste, schneidende Kälte der windigen Prärie des Mittleren Westens Ende Februar. Der Fahrkartenverkäufer in dem einzigen Schalter, der geöffnet hatte, trug nicht nur einen dicken Mantel, sondern auch noch Handschuhe und eine Mütze.

»Möchten Sie erst ins Hotel, sich etwas frisch machen? Ein wenig ausruhen?«

Franny schüttelte den Kopf. »Nicht unbedingt.« Es war komisch, dass er so überrascht war: Selbstverständlich würde Franny Keating Leo Posen besuchen fahren. Was wohl die Frage aufwarf, inwiefern er in sich Leon Posen sah. Wenn er sich selbst als berühmten Schriftsteller sah, hätte ihm klar sein müssen, dass sie auf jeden Fall kommen würde, aber wenn er sich lediglich als eine Zufallsbekanntschaft sah, die sie in der Bar gemacht hatte, nun, dann hatte er recht. Für jemanden, den sie zufällig in der Bar kennengelernt hätte, wäre sie niemals in den Bus gestiegen, unter keinen Umständen. Sie hätte auch keinen anderen Gast aus der Bar auf sein Zimmer gebracht, schon bei dem Gedanken überlief sie ein Frösteln, das nichts mit der Eiseskälte in dem Busbahnhof zu tun hatte. Doch wenn sie ihn ansah, beschlich sie nicht das vertraute Gefühl, einen schweren Fehler begangen zu haben. Sie sah bloß Leo und freute sich darüber, in Iowa zu sein.

Er nahm ihr die Stofftasche ab, die an ihrer Schulter hing, die Tasche, in der sie früher immer ihre Bücher für die Uni transportiert hatte. Damals war sie immer so schwer gewesen. Heute nicht. Heute hatte sie bloß ein Nachthemd und eine Zahnbürste dabei, frische Kleidung für den kommenden

Tag, den Band mit Kurzgeschichten von Alice Munro, den sie während der Busfahrt gelesen hatte.

»Es macht nicht den Eindruck, als wollten Sie länger bleiben«, sagte er.

»Nein. Nur über Nacht.«

»Wenn das so ist, sollte ich Ihnen wohl ein bisschen was von Iowa zeigen, ehe es noch düsterer wird.«

»Ich habe unterwegs schon eine Menge gesehen, vom Bus aus. Es sieht aus wie Illinois in den Gegenden, die nicht Chicago sind.« Die Fahrt hatte fünfeinhalb Stunden gedauert. Zwischen den Munro-Geschichten hatte sie immer wieder auf all diese endlosen, verschneiten Felder geschaut, wie gespickt mit Hunderttausenden abgebrochenen Maisstängeln, und die Schatten dieser stummeligen Stängel auf dem Schnee, die im Schein der Spätnachmittagssonne immer länger wurden. Sie hatte ihren Kopf ans Fenster gelehnt. Felder, nichts als Felder, eins nach dem anderen, und kein einziger Zentimeter Platz, der an etwas so Schmückendes und Sinnloses wie einen Baum vergeudet worden wäre.

»Dann haben Sie des Pudels Kern ja schon erfasst.« Er deutete auf die große Doppeltür, die auf den Parkplatz hinausführte. »Dann lade ich Sie stattdessen zum Abendessen ein.« Zusammen traten sie ins Freie. Die Luft war wie gefroren, und eine zarte Schicht Schnee fing gerade an, sich auf die eben erst freigeschaufelten Gehwege zu legen.

Alter Schnee türmte sich auf der Erde, auf den Autos, die schon länger auf dem Parkplatz standen, auf den zähen kleinen Sträuchern, die diese Last bis zum Frühjahr tragen würden. Sie konnte ihre eigene Zerbrechlichkeit spüren, als die gefrorene Luft den Kampf gegen ihren Mantel aufnahm. Es war nicht schlimmer als in Chicago, war womöglich sogar ein, zwei Grad milder, und dennoch war es, als würde man in eine Wand aus geborstenem Glas laufen. Sie malte sich die frühen Siedler aus, wie sie in ihren Planwagen die Prärien durchquerten, auf der Suche nach einem besseren Leben. Warum hatten sie hier haltgemacht? Waren die Pferde lahm und konnten nicht weiter? War es Frühling? Waren sie so geschwächt vor Hunger, dass sie ihre Wagen anhielten und sagten: *Bis hierher ist es weit genug?*

»Sagen Sie mir noch mal, warum es hier besser ist als in Los Angeles?« Franny hätte sich für ihr Leben gern bei ihm eingehakt und sich angelehnt. Er war groß genug, um den Wind zu blockieren.

»Hier in Iowa bin ich mit niemandem verheiratet.«

»Wollen wir hoffen, dass das in den meisten Staaten der Fall ist.«

»Das gefällt mir an Ihnen. Sie sehen alles von der positiven Seite.« Er legte ihr die Hand flach an den Rücken und lotste sie in ein italienisches Restaurant, das ganz so aussah, als wäre es bis vor Kurzem noch ein Diner gewesen. »Ich habe mich verschätzt.« Leo warf einen Blick auf die Uhr. »Zum Abendessen reicht die Zeit wohl nicht. Höchstens für einen Drink. Kommen Sie mit einem Drink fürs Erste aus? Zu essen gibt es nachher noch reichlich.«

Franny war einfach nur froh, ins Warme zu kommen. Ein Windstoß folgte ihnen, als sie durch die Tür traten, und bei dem arktischen Lufthauch, der über die Tische fuhr, blickten die anderen Gäste irritiert auf. In dem Restaurant war es, anders als im Bahnhof, gut geheizt. »Kein Problem.« Sie fing an, sich aus ihrem Mantel zu schälen, wickelte sich den Schal vom Hals und nahm ihre Mütze ab. Sie trug Stiefel mit robusten Gummisohlen und einer Gummikappe vorn an den Zehen. Ihr Futter bestand aus den Pelzen ausgemusterter Teddybären. Auf Eitelkeit kam es im Winter nicht an.

Hinter dem Tresen stand eine Frau, Ende fünfzig, Anfang sechzig, schwer zu sagen, mit zu einer Hochsteckfrisur getürmten blonden Locken und in einer schwarzen Weste, die kaum ihre ausladende Oberweite zu fassen vermochte. Auf der linken Brustseite war in schnörkeliger Schreibschrift der Name *Rae* eingestickt.

»Wen haben wir denn da!«, sagte Rae. »Schaust du noch kurz vorbei, ehe du zur Arbeit musst?«

»Ja«, sagte Leo. »Auf einen Sprung.«

»Ich hab versucht, mir frei zu nehmen.« Sie blickte Franny direkt an, mit Augen, die hell aus einem stacheligen Käfig aus getrockneter Wimperntusche hervorstrahlten. »Aber es ging nicht. Was darf's denn sein, Schätzchen?«

»Dasselbe wie er.« Franny deutete mit dem Kopf auf Leo. »Und vielleicht ein paar Grissini und ein Glas Wasser.«

»Schlau«, sagte die Frau und nahm eine Flasche Scotch aus dem Regal hinter ihr. »Das saugt den Alkohol auf. Werden Sie ihn vorstellen?«

»Kennen Sie sich noch nicht?«, fragte Franny verwirrt. Es schien, als hätte die Barfrau sie mit jemand anderem verwechselt. Sie deutete mit der Hand auf den Mann neben ihr. »Das ist Leo Posen.«

Das fanden beide, Leo und die Barfrau, offenbar ungeheuer komisch, sie brachen in herzliches Gelächter aus, das ihr Ende der Bar in diesem trostlosen kleinen Restaurant merklich aufhellte. »Hocherfreut. Rae.« Mit diesen Worten reichte sie Leo die Hand, die er mit beiden Händen umfasste und ausgiebig schüttelte, sichtlich auf Du und Du.

»Sie macht mir immer Eis«, erklärte er.

»Ja, schön abgepackt in einem verschließbaren Beutel.« Rae öffnete den Gefrierschrank unter dem Tresen und brachte den Beutel zum Vorschein, auf dem sie mit dickem schwarzem Filzstift NICHT ANRÜHREN vermerkt hatte. »Er denkt, dass Iowa ihn mit schlechtem Eis vergiften will.«

»Ja. Hat er mir schon erzählt.« Franny nickte.

»Das habe ich Ihnen erzählt?«, fragte Leo, während er Schal und Mantel ablegte. Er trug wieder einen Anzug, diesmal in Dunkelblau, und dazu eine Regimentskrawatte.

»Wem soll ich Sie denn vorstellen?«

»Sie stellen ihn dem Publikum vor, bei der Lesung heute Abend«, sagte Rae und benutzte ein Highball-Glas dazu, zwei Portionen Eis aus dem Beutel zu schöpfen. »Berühmte Schriftsteller gelten in dieser Stadt nicht viel, aber ich gehe gern hin, wenn ich den Abend frei habe. Das mache ich schon seit Jahren. So bekomme ich all meine Kunden auch mal beim Arbeiten zu sehen. Und wissen Sie, was die zu mir sagen, alle? Die sagen, Rae, eigentlich bist du es, die Romane schreiben sollte.«

Leo nickte zustimmend. »Unbedingt.«

Rae bedachte ihn mit einem Lächeln und wandte sich dann wieder Franny zu. »Manchmal übernimmt einer der Studenten aus dem Kurs die Vorstellung der Alten. Apropos, ich müsste mal einen Blick auf Ihr Geburtsdatum werfen.«

Franny kramte ihr Portemonnaie aus der Handtasche, nahm ihren Führerschein heraus und reichte ihn der Barfrau, die eine Lesebrille aufsetzte und das Dokument kurz prüfend betrachtete. So weit ging Franny bei ihrem Job in der Hotelbar nie. Sie fragte Leute nur ganz selten nach einem Altersnachweis, und wenn es dann mal vorkam und jemand ihr einen Ausweis reichte, wertete sie das automatisch als Beleg dafür, dass er oder sie volljährig war.

Nach zu ihrer Zufriedenheit erfolgter Prüfung nahm Rae ihre Brille ab und hielt sie zusammen mit dem Führerschein Leo hin. »Sieh dir das an«, sagte sie. »Frances ist schon fast fünfundzwanzig. Ich hätte sie auf siebzehn geschätzt, ohne Witz. Das ist das Dumme, wenn man älter wird. Mit der Zeit kommen einem alle anderen immer jünger vor.«

Leo nahm die Brille und warf einen Blick auf den Führerschein. »Ausgestellt im Commonwealth of Virginia?«, fragte er und drehte die Karte herum, vielleicht, weil er nachsehen wollte, ob sie einer Organspende zugestimmt hatte. »Ich dachte, Sie wären aus Los Angeles.«

»Bin ich auch. Ursprünglich. Aber meinen Führerschein habe ich in Virginia gemacht.«

»Also, wenn sie keine Studentin von dir ist und auch nicht weiß, dass in zwanzig Minuten deine Lesung anfängt, wer ist sie dann?« Ihr Ton war noch immer locker-flockig, aber Rae blickte jetzt einzig Leo an, der sich weiter den Führerschein ansah.

»Sie ist meine Barkeeperin«, sagte er zerstreut, ehe er sich besann, den Blick hob und Rae zulächelte. »Meine andere Barkeeperin.«

Franny berichtigte ihn nicht. Weil die Frau hinter dem Tresen von ihr vermutlich kein weiteres Wort zu hören wünschte. Rae goss ihren Scotch ein, Dewar's, ehe sie ihnen die Gläser hinschob. »Macht dann acht Dollar«, sagte sie. Die Grissini und das Wasser gingen sie nichts an. Am warmen Ende der Theke, ganz hinten im Raum, weit weg von der Tür, scharten sich allmählich die Gäste, und sie ging los, um sich um sie zu kümmern.

Leo Posen legte einen Zehn-Dollar-Schein auf den Tresen. Falls er begriff, was sich gerade mit seiner Freundin abgespielt hatte, die für ihn bei sich zu Hause Eis machte, das sie in einem Beutel zur Arbeit mitnahm, ließ er sich davon jedenfalls nichts anmerken. Er war ganz auf seinen Scotch konzentriert. »Ich muss eine Lesung halten, und danach findet eine Party für mich statt. Das ist eine der Pflichten hier. Viele sind es ansonsten nicht, und sie sind alle in meinem Vertrag festgelegt. Zu den anderen Partys muss ich nicht gehen.«

»Wollten Sie mir von der Lesung noch erzählen?«

Leo schüttelte den Kopf, fast unmerklich. »Ich dachte nicht, dass das nötig sein würde. Zunächst mal hatte ich meine Zweifel daran, dass Sie wirklich per Bus aus Chicago herkommen würden, und falls Sie doch kämen, ging ich davon aus, dass Sie müde sein würden und erst mal den Wunsch hätten, sich auszuruhen. Ich muss mich nach der Ankunft nämlich immer erst mal hinlegen. Reisen ermüdet mich, das Neue ermüdet mich, und ich reise nie per Bus irgendwohin, also habe ich mir gedacht, wenn Sie kommen, würden Sie sich sofort im Hotel hinhauen. Doch Sie sind offenbar belastbarer als ich.«

»Aber selbst wenn es Ihnen gelungen wäre, mich während Ihrer Lesung im Hotel abzuladen, um mich dann hinterher mit auf die Party zu nehmen, meinen Sie nicht, dass jemand dort vielleicht gesagt hätte: ›Hat Ihnen die Lesung auch so gut gefallen?‹« Auch wenn sie ihn nie kennengelernt hätte, wäre sie hergekommen. Hätte sie mitbekommen, dass Leon Posen eine Lesung in Iowa City hielt, wäre sie auch so per Bus angereist, um ihm zuzuhören. Der sonst so gewissenhafte Kumar hätte, völlig untypisch für ihn, seine Pflichten als Redakteur des juristischen Fakultätsblatts sausen lassen, um sie herzubegleiten. Das war der Punkt, den Leo Posen offenbar nicht begriff.

»Oder dieser Jemand würde sagen: ›Meine Güte, was für eine endlose Lesung.‹ Und übrigens, ich hätte Sie nicht abgeladen, sondern verschont. Aus reiner Höflichkeit.«

Franny lächelte. Leo Posen sah erneut auf die Uhr und blickte dann mit gerecktem Hals zu Rae hinüber, die ihnen gerade den breiten Balken ihres Rückens zukehrte, während sie lachend mit ihren neuen Kunden plauderte. »Sie sind doch vom Fach. Was ist der beste Trick, um die Barfrau wieder auf sich aufmerksam zu machen, wenn man's eilig hat?«

»Man nimmt sie mit zu seiner Lesung, als Date«, erwiderte Franny. »Das klappt immer.«

Er tippte auf seine Uhr, als würde er ihrer Aussage nicht über den Weg trauen. »Es ist nur so, dass es enorm hilfreich wäre, wenn ich noch einen bekäme, ehe wir gehen.«

Franny schob ihm ihr Glas hin. Das Eis, das so liebevoll eingefroren worden war, fing eben an zu schmelzen und den Dewar's mit Wasser abzumildern, das an einer uralten Quelle in Frankreich abgefüllt worden war. »Ich trinke gar keinen

Alkohol«, erklärte sie. »Ein Trick, den ich mir vor langer Zeit habe einfallen lassen. Er sorgt dafür, dass die Leute mich mögen.«

Leo betrachtete erst das Glas, ehe er Franny ansah. »Mein Gott«, sagte er. »Sie können zaubern.«

5

Vor ihrer Wohnung stand ein fremdes Fahrrad. Das Abstellen von Fahrrädern im Hausflur war eigentlich untersagt, aber sie dachte sich nichts dabei. Doch als Jeanette, schwer beladen mit Einkaufstüten und nach der Treppe hinauf in den vierten Stock ganz erhitzt in ihrem Mantel und den Stiefeln, die Tür aufschloss, saß da ihr Bruder mit ihrem Sohn auf dem Schoß auf der Couch.

»Sieh doch nur! Sieh, wer hier ist!«, sagte ihr Mann. Fodé umarmte sie und vergaß vor Begeisterung, ihr die Tüten abzunehmen. Bintou, ihre Babysitterin, kam angesaust, nahm ihr die Tüten ab und half ihr dann aus dem Mantel. So zuvorkommend gingen die beiden immer mit ihr um, fast so, als wäre sie die Königin von Williamsburg.

»Albie?« Es war eindeutig ihr Bruder, der dort auf der Couch saß, er war nur kein Junge mehr, sondern ein Mann geworden. Albies Haar, einst ein niedlicher dunkler Lockenschopf, war nun zu einem dicken Zopf geflochten, der so lang war, dass Jeanette sich spontan fragte, ob er es seit ihrer letzten Begegnung auch nur einmal hatte schneiden lassen. Und woher stammten diese Wangenknochen? Es wurde gemunkelt, dass es in ihrem Erbgut mütterlicherseits auch Mattaponi-DNA-Spuren gab. Vielleicht war der Stamm der Mattaponi im jüngsten Cousins-Kind wiederauferstanden. Er sah jedenfalls ganz so aus. »Mein wilder Indianer«, pflegte Teresa immer zu sagen, wenn er früher schreiend durchs Haus lief. Und jetzt war er hier, so schmal und still wie ein Messer.

»Überraschung«, sagte Albie, eine nüchterne Feststellung von Tatsachen: *Ich bin überrascht, in deinem Wohnzimmer zu sitzen. Du bist überrascht, dass ich hier bin.* Dann fügte er noch den Umstand hinzu, der ihn am meisten überrascht hatte: »Du hast ein Baby.« Dayo, das Baby, hielt sich an Albies Zopf fest wie an einem Tau und strahlte seine Mutter an, zum einen vor Freude, dass sie zu ihm zurückgekommen war, aber auch, weil ihr exotischer Gast ihm mehr als gefiel.

»Schal«, sagte Bintou, ehe sie Jeanette das feuchte Wollaccessoire vom Hals wickelte. Zum Schluss pflückte sie ihr die Mütze vom Kopf und schüttelte den geschmolzenen Schnee herunter. Es war Februar.

Jeanette wandte sich ihrem Mann zu. »Das ist mein Bruder«, sagte sie, als wäre nicht sie, sondern er gerade durch die Tür gekommen. Es fühlte sich seltsam zufällig an, Albie in ihrem Wohnzimmer vorzufinden, ein wenig wie bei einer Zufallsbegegnung von Geschwistern, die sich lange nicht gesehen hatten und sich unvermittelt in einem Flughafen über den Weg liefen oder bei einer Beerdigung.

»Ich habe ihn auf der Straße gesehen!«, sagte Fodé. »Er entfernte sich von unserem Haus und schob ein Fahrrad, zufällig genau, als ich von der Arbeit nach Hause kam.«

Albie nickte bestätigend. »Er ist hinter mir hergerannt. Ich habe ihn erst für einen Verrückten gehalten.«

»New York«, kommentierte Bintou trocken.

Die Freude über diese unwahrscheinliche Begebenheit war noch so frisch, dass Fodé förmlich davon übersprudelte. »Nur mit dem Unterschied, dass ich deinen Namen gerufen habe, Albie!, Albie! Die Verrückten wissen normalerweise nicht, wie man heißt.«

Jeanette hätte sich zu gern fünf Minuten in den Hausflur zurückgezogen, um erst mal ihre Gedanken zu ordnen. Das Zimmer war zu voll: Albie und Dayo saßen wie Gäste auf der Couch, während sie und Fodé und Bintou weiterhin standen.

Waren sie gerade erst durch die Tür gekommen, oder warteten sie schon länger auf sie? Wie viel von ihrer Unterhaltung hatte sie verpasst?

»Du bist einfach so die Straße entlanggelaufen?«, fragte sie. *Meine Straße, ausgerechnet, dort, wo ich wohne?*

»Nein. Ich wollte dich besuchen«, sagte er. »Ich hab geklingelt.« Er zuckte die Achseln, wie um zu sagen, ich hab's versucht.

»Aber er hat sich wohl mit dem Knopf vertan«, ergänzte Bintou. »Hier hat's nicht geklingelt.«

Jeanette wandte sich ihrem Mann zu. Das alles war doch verrückt. »Woher wusstest du denn, dass er mein Bruder ist?« Fotos von Albie gab es in der Wohnung nicht, und noch weniger war Fodé ihm je begegnet. Jeanette versuchte sich daran zu erinnern, wann sie ihren Bruder das letzte Mal gesehen hatte. Richtig, es war, als er in einen Bus nach Los Angeles stieg. Damals war er achtzehn. Das war Jahre her. Viele Jahre.

Fodé lachte, auch Bintou hielt sich die Hand vor den Mund, um ihre Belustigung zu kaschieren. »Sieh dich doch mal an«, sagte er.

Sie musterte stattdessen ihren Bruder. Er sah aus wie eine übertriebene Version von ihr: größer, schmaler, dunkler. Allzu große Ähnlichkeit hätte sie sich nicht bescheinigt, außer im Kontrast zu den Westafrikanern hier im Wohnzimmer. Ein komischer Gedanke, dass jemand in der Wohnung aussah wie sie, denn Dayo ähnelte nur seinem Vater und seiner Babysitterin. Wenn Bintou sie abends an der Tür in Empfang nahm, angetan mit dem leuchtend gelben Tragetuch, in dem Dayo an ihrer Brust ruhte, schoss Jeanette unwillkürlich der Gedanke durch den Kopf: Wirklich? Das soll mein Sohn sein?

»Sehen wir uns so ähnlich?«, fragte sie ihren Bruder, aber Albie antwortete nicht. Er war zu sehr damit beschäftigt, die kleinen Finger aus seinem Haar zu nesteln.

»Ich wollte noch miterleben, wie du dich freust.« Bintou drückte ihr leicht den Arm. »Jetzt gehe ich. Damit ihr unter euch seid.« Sie beugte sich über das Baby und drückte ihm einige Küsse aufs Haar. »Bis morgen, Kleiner.« Dann fügte sie noch etwas auf Susu hinzu, einige rasche Worte, die wie Vogelgesang klangen, um ihn mit Conakry und der Heimat zu verbinden.

»Ich bringe sie nach Hause«, sagte Fodé. »Dann seid ihr erst mal ungestört.« Er musste einfach gehen. Weil er seine Freude nicht länger unterdrücken konnte, seine Hochstimmung darüber, dass ein Verwandter zu Besuch war. Er streifte sich Jeanettes Mantel über, wickelte sich ihren Schal um und setzte ihre Mütze auf, weil die Sachen gerade zur Hand waren, weil Fodé kaum einen Unterschied dazwischen machte, was ihr oder ihm gehörte. »Auf Wiedersehen, auf Wiedersehen!«, sagte er, winkte und winkte dann noch einmal, als würde er Bintou bis nach Guinea zurückbringen. Noch die kleinsten Abschiede hatten bei Fodé immer etwas Feierliches.

»Erklär mir das«, sagte Albie, nachdem sich die Wohnungstür geschlossen hatte und sich die Schritte der beiden unter lebhaft-elegantem französischen Geplauder die Treppe hinunter entfernten. Wenn sie unter sich waren, sprachen Fodé und Bintou immer Französisch miteinander. »Sind die beiden ein Paar?«

Jeanette gestand es sich ungern ein, aber es war jetzt besser, wo die beiden fort waren. Einfach nur, weil das kleine Zimmer nicht mehr so gedrängt voll war, weil sie etwas mehr Luft hatten. »Fodé ist mein Mann.«

»Und er hat zwei Frauen?«

»Bintou ist unsere Babysitterin. Sie sind beide aus Guinea, sie wohnen beide in Brooklyn. Deswegen müssen sie noch kein Paar sein.«

»Glaubst du das?«

Allerdings, das glaubte sie. »Du brauchst mich nicht noch

weiter verrückt zu machen. Dich zu sehen reicht vollkommen aus. Weiß Mom, wo du bist?«

Er überging das. »Dann ist das also wirklich deines.« Er hielt Dayo mit beiden Armen in die Höhe, so weit es sein Zopf eben zuließ, und schwenkte ihn behutsam hin und her, während der Kleine lachend mit den Beinen strampelte. »Kannst du dir vorstellen, was die alten Cousins dazu zu sagen hätten? Die würden dich zwingen, ihn an Ernestine weiterzugeben.«

»Ernestine lebt nicht mehr«, sagte Jeanette. Es war ein Diabetes, dem sie schließlich erlegen war – nachdem sie erst einen Fuß und danach ihr Augenlicht eingebüßt hatte. Ihre Großmutter hatte Ernestines Verluste gewissenhaft in ihrem alljährlichen Weihnachtsbrief vermeldet, bis am Ende die Nachricht vom Tod der Haushälterin kam. Seither hatte Jeanette an Ernestine kaum mehr einen Gedanken verschwendet, und in Ernestines Gesicht, das ihr nun auf einmal so deutlich vor Augen stand, konnte sie ihre eigene Treulosigkeit sehen. Ernestine war der einzige Mensch im Haus ihrer Großeltern gewesen, den Jeanette jemals gemocht hatte.

Diese Information ließ Albie erst einmal sacken. »Sonst noch jemand, der nicht mehr lebt?«

Es waren noch andere Menschen verstorben, natürlich, aber es befand sich niemand darunter, zu dem Albie einen Bezug gehabt hatte. Also schüttelte sie den Kopf. Das Baby fing an, sich den Zopf ihres Bruders in den Mund zu stopfen, deshalb nahm sie den Kleinen. Sie bezweifelte, ob Albie so gern Babyspeichel im Haar gehabt hätte und wollte auch nicht unbedingt, dass ihr Sohn dieses Haar in den Mund nahm. Sie hielt Dayo ihr Handgelenk hin, und er fing sofort an, es mit seinem wunden Zahnfleisch zu bearbeiten, wobei sie seine noch wenigen Zähne an der Haut spürte. Während er so an ihr saugte und kaute, blickte er nach oben, direkt in ihre Augen. Sein Genage hatte etwas merkwürdig Beruhigendes, es brachte sie zu sich selbst zurück, zurück ins Hier und Jetzt.

»Wenn du schon einen kleinen Afrikaner in die Welt setzt, hättest du ihm nicht wenigstens einen weniger afrikanischen Namen geben können?«

Jeanette fuhr mit den Fingern über das flauschig dichte Haar ihres Sohnes. »Wenn du's genau wissen willst, ich habe ihn Calvin genannt, aber dann festgestellt, dass ich es nicht über mich bringe, ihn so zu nennen. Lange Zeit hieß er bei uns bloß ›das Baby‹. Fodé hat dann schließlich angefangen, ihn Dayo zu nennen.«

Albie richtete sich auf der Couch unwillkürlich auf, ehe er sich vorbeugte, um dem Kleinen in die Augen zu sehen. »Cal?«

»Wo hast du gesteckt?«, fragte Jeanette.

»In Kalifornien. Es war Zeit, von dort wegzugehen.«

»All die Jahre in Kalifornien?«

Albie lächelte ein wenig bei einem so unmöglichen Gedanken, und in jenem Lächeln erkannte sie etwas von dem Bruder wieder, den sie einst gekannt hatte. »Nicht mal annähernd«, sagte er. Er hatte die Ärmel seines schwarzen Pullovers bis zum Ellbogen hochgeschoben, sodass sie die schwarzen, verschlungenen Tätowierungen sehen konnte, die sich wie breite Armbänder um seine Handgelenke zogen. Alles an ihm war schwarz: die Tattoos, der Pulli, die Jeans, die schweren Arbeitsschuhe. Jeanette rätselte, ob seine Augen mit Kajal umrandet waren oder ob seine Wimpern bloß sehr dicht und dunkel waren.

»Und, lebst du jetzt hier?« Das war nicht die Frage. Aber andererseits gab es auch nicht die eine, einzige Frage.

»Keine Ahnung.« Er berührte Dayo mit dem Finger am Kinn, was den Kleinen erneut zum Lachen brachte. »Wir werden sehen, wie das geht.«

Da erst fiel ihr der Seesack ins Auge, der vor der Couch abgestellt war, nur wenige Zentimeter vor den Spitzen ihrer Stiefel. Irgendwie hatte sie den bisher übersehen, vielleicht weil sie ihn so intensiv angestarrt hatte.

»Dein Mann hat gesagt, ich könnte auf der Couch übernachten, bis ich selbst was habe.« Albie zuckte mit den Schultern, als sei er an dieser Idee gänzlich unbeteiligt.

Es müsste wohl die Couch sein, denn sonst gab es nur noch den Couchtisch oder den einzelnen Sessel, den Fodé an ihren winzigen Küchentisch rückte, wenn er lernte. Das Baby schlief bei ihnen im Schlafzimmer, in einem Stubenwagen, der zwischen Bett und Wand gezwängt war. Wenn sie nachts auf die Toilette musste, kroch sie aus den Laken ans Fußende des Betts, um aufzustehen. Jeanette ließ sich auf der Couch nieder, und der Kleine, der eben zu krabbeln anfing, reckte die Ärmchen von ihr fort, weil er auf den Boden wollte. Sie setzte ihn dort ab.

»Ist ja nicht so«, sagte Albie, »als würde ich mich je hier aufhalten.«

Das kam einer Entschuldigung schon sehr nahe, für seine Verhältnisse, und sie war bestürzt darüber. Sie hatten zwar weder den Platz noch die Zeit noch das Geld, ihn bei sich aufzunehmen, und sie fand unverzeihlich, dass er die letzten acht Jahre vollkommen abgetaucht gewesen war, abgesehen von einer Postkarte dann und wann, um ihnen ein Lebenszeichen zu geben – doch bei der Vorstellung, dass er wieder verschwinden könnte, wollte sie am liebsten aufstehen und die Tür abschließen. Wie oft hatte er nachts wohl schon ein Dach über dem Kopf gebraucht, ohne dass er sich bei ihr oder Holly oder ihrer Mutter je gemeldet hatte? Wenn er jetzt zu ihr gekommen war, konnte das nur bedeuten, dass sich etwas verändert hatte. Das Baby patschte am Reißverschluss des Seesacks herum, versuchte offenbar, daraus schlau zu werden. »Doch«, sagte sie. »Du kannst dich hier aufhalten.«

Albie und Jeanette waren nicht aus Virginia. Sie waren beide in Kalifornien zur Welt gekommen, und in dieser Hinsicht hatten sie ein Team gebildet, wenn auch eines, zu dem sie beide nicht gehören wollten. Jeanette hatte mit sechsundzwanzig zum ersten Mal einen Reisepass beantragt, als sie schwanger war, nachdem Fodé und sie geheiratet hatten. Er wollte mit ihr nach Guinea reisen, um sie seiner Familie vorzustellen. *Geburtsort,* das war die Rubrik, bei der sie kurz innehielt, als sie die Formulare auf der Post ausfüllte. Spontan hätte sie am liebsten geschrieben, *Nicht Virginia. Nicht Virginia,* das war ihr Geburtsort. Cal hatte sie und Albie ihrer minderwertigen Herkunft wegen immer gepiesackt. »Seht euch gut um«, hatte Cal einmal auf der Fahrt vom Dulles-Airport nach Arlington gesagt, während draußen eine Landschaft in allen möglichen Grüntönen vorüberzog, die es in Südkalifornien nicht zu sehen gab. »Man lässt euch jetzt nur rein, weil ihr noch klein seid. Dad hat eine Sondererlaubnis bekommen. Wenn ihr erst älter seid, fängt man euch gleich am Flughafen ab und schickt euch umgehend mit dem nächsten Flugzeug zurück.«

»Cal«, ermahnte ihn ihre Stiefmutter. Mehr sagte sie nicht, nur seinen Namen. Sie saß am Steuer und wollte sich nicht in ihr Gezänk verwickeln lassen, warf aber, zum Zeichen, dass es ihr ernst war, einen Blick in den Rückspiegel, mit ihrer großen Sonnenbrille à la Jackie Onassis.

»Dich schicken sie auch zurück«, sagte er, mit zum Fenster gewandtem Gesicht. »Früher oder später.«

Nach Cals Tod war nie mehr die Rede davon, dass Jeanette und Albie und Holly noch einmal nach Virginia kommen sollten. Hin und wieder kam ihr Vater nach Los Angeles geflogen und unternahm etwas mit ihnen: Mal ging es in die SeaWorld, mal in einen Freizeitpark wie Knott's Berry Farm, und einmal gingen sie in dieses Restaurant in West Hollywood, dessen Attraktion ein riesiges Aquarium entlang einer Wand war, in dem Mädchen in Bikinis umherschwammen, während man seine Mahlzeit verzehrte. Mit den endlosen, unbeaufsichtigten Sommern in Virginia jedoch war es vorbei. Albie verbrachte natürlich später, nach dem Brand, ein einziges, katastrophales

Schuljahr dort, und Holly kehrte als Erwachsene noch einmal zurück, für zwei Übernachtungen, um zu ermessen, wie viel Frieden und Vergebung sie auf dem Wege der Meditation gemeistert hatte. Jeanette aber schrieb den Staat mitsamt seinen Einwohnern ab, eingeschlossen ihren Vater, beide Großelternpaare, ihre Onkel und Tanten, eine Handvoll Cousins und Cousinen, ihre Stiefmutter sowie ihre Stiefschwestern. Auf Nimmerwiedersehen. Fortan beschränkte sie sich ganz auf jene, die sie als ihre wahre Familie betrachtete: Teresa, Holly und Albie – die drei Menschen, die mit im Haus in Torrance waren, wenn sie sich abends die Zähne putzte. Es war kurios, aber erst da wurde ihr vollständig bewusst, wie sehr ihr Vater fort war, dass er sie Jahre zuvor verlassen hatte und nie mehr zurückkommen würde, höchstens besuchsweise, um mal einen Tag mit ihnen im Freizeitpark zu verbringen. Ihre Mutter schlief nachts allein in ihrem Zimmer, ganz wie Albie. Jeanette aber hatte gottlob noch Holly. Wenn sie nachts wach lag und Holly beim Atmen zusah, gelobte sie sich, Albie nicht mehr ganz so sehr zu hassen. Wie irritierend und undurchschaubar er auch sein mochte, er war ihr Bruder, und sie hatte nur noch diesen einen.

Barmherzigkeit und Mitgefühl aber waren in jenen Jahren Mangelware, und wie oft sich Jeanette auch des Nachts vornehmen mochte, freundlicher zu sein, haperte es bei Tag doch mit der Umsetzung. Ohne ihren Vater, ohne Cal wurden die vier verbliebenen Cousins in Südkalifornien in einem tieferen Sinne sie selbst, als wäre jegliche soziale Fähigkeit, die ein jeder von ihnen in seinem oder ihrem Leben erworben hatte, ausgelöscht worden, in jenem kurzen Zeitraum, den eine Biene benötigte, um einen Jungen zu stechen. Das Tempo, in dem ihre Mutter von der Arbeit zur Schule, zum Supermarkt und nach Hause hetzte, hatte sich verdoppelt. Immer kam sie gerade an, immer musste sie gerade weg, nie war sie richtig da. Sie konnte ihre Tasche nicht finden, ihre Autoschlüssel. Sie konnte abends nicht mehr kochen. In einer Schublade des Sekretärs im Wohnzimmer machte Holly eine Schachtel mit stornierten Schecks ausfindig und übte so lange die Unterschrift ihrer Mutter, *Teresa Cousins, Teresa Cousins, Teresa Cousins,* bis sie sie perfekt nachmachen konnte. Durch Hollys Anstrengungen, sich die Kunst der Unterschriftenfälschung beizubringen, konnten sie weiter an Schulausflügen teilnehmen und ihre Zeugnisse unterschrieben in der Schule vorlegen. Als Anhängerin des Prinzips »Ehre, wem Ehre gebührt« konnte Holly es sich nicht verkneifen, ihrer Mutter ihre Kunst vorzuführen, worauf Teresa sie prompt mit der Begleichung der im Haushalt anfallenden Rechnungen beauftragte, ob zur Strafe oder zur Belohnung blieb offen. Teresas Totalversagen bei der Verwaltung der Haushaltskasse war legendär und reichte zurück bis in die Zeit, als sie und Bert noch glücklich verheiratet gewesen waren. Ehe Holly das Scheckbuch übernahm, trafen regelmäßig letzte Mahnungen und Schreiben mit der Androhung ein, dass demnächst der Strom (oder das Wasser) gesperrt würde, die von Teresa prompt verlegt wurden, mit der Folge, dass das Haus ein-, zweimal im Jahr unvermittelt in Finsternis versank. Ohne Strom konnte man noch halbwegs auskommen (nur der Fernsehverzicht schmerzte), und wenn sie abends bei Kerzenschein Cornflakes löffelten, war das sogar ganz romantisch; dinierten nicht sonst nur Reiche oder Verliebte bei Kerzenschein? Wenn aber die Toilettenspülung streikte und aus der Dusche kein Wasser mehr kam, nun, das war unerträglich. Folglich herrschte Einigkeit darüber, dass die Wasserrechnung unbedingt stets pünktlich beglichen werden musste. Holly, die mit knapp vierzehn auf so gut wie allen Gebieten glänzte, konnte auch gut rechnen und fing an, das Scheckbuch so zu verwalten, wie sie es im Hauswirtschaftsunterricht gelernt hatte (durch den sie außerdem Kleidung notdürftig ausbessern und einfallsreiche Auflaufgerichte zaubern konnte). Nachdem sie festgestellt hatte, wie desolat es um ihre Finanzen tatsächlich stand, befestigte sie jeweils zum Wochenanfang einen groben Haushaltsplan mit Klebeband am Kühlschrank, ganz so, wie ihre Lehrerin, Mrs Shepherd, es den Mädchen für ihr späteres Leben als Ehefrau empfohlen hatte. Die letzte Zeile schrieb Holly immer mit rotem Filzstift: *So viel Geld haben wir zur Verfügung:__$*. An diese Vorgaben hielt sich sogar Albie.

Jeanette wiederum schleifte die Trittleiter aus der Küche in den Garten hinaus und pflückte die tiefhängenden Orangen von den Bäumen, die sie anschließend in einem Eimer in die Küche trug, um sie mit der alten Zitruspresse aus Metall zu Saft zu verarbeiten. Es war zwar viel Arbeit, aber das nahm sie auf sich, weil Orangensaft immer zu ihrer Familie gehört hatte. Abends nahm ihre Mutter die Kanne aus dem Kühlschrank und machte sich einen Screwdriver. Sie fragte nie, wer von ihnen netterweise den Orangensaft ausgepresst hatte, und anders als ihrer Schwester widerstrebte es Jeanette, darauf hinzuweisen. Ihre Mutter war zwar weiterhin in der Lage, auf Situationen zu reagieren – wenn sie etwa Saft aus der Kanne verschüttet hätte, hätte sie ihn aufgewischt –, zeigte aber ansonsten eine erschreckende Teilnahmslosigkeit. Das Einzige, was sie ununterbrochen beschäftigte, war Cal.

In der Regel sprach sie nicht über Cal, doch es gab kleine Hinweise darauf, was in ihr vorging. Früher etwa hatten sie im Supermarkt immer stapelweise Tombstone-Tiefkühlpizza gekauft, und heute zuckte ihre Mutter schon sichtlich zusammen, wenn sie nur an der Kühltruhe mit diesen Pizzen vorbeikamen. Lag es daran, weil Cal für sein Leben gern Tombstone-Pizza mit Salami und Peperoni gegessen hatte, oder war es bloß der makabre Name, der ihr Unbehagen bereitete? *Grabstein*. Ihre Mutter schwieg sich darüber aus. Stattdessen ließen sie sich Pizza jetzt immer vom Lieferservice bringen.

Eines Abends jedoch, als sie zusammen vor dem Fernseher saßen und Pizza aßen, brach ihre Mutter unvermittelt ihr

Schweigen und sprach aus, was ihr wohl immerzu durch den Kopf ging. »Erzählt mir von Cal.« Sie verfolgten gerade eine alte Reportage von Jacques Cousteau, eine Wiederholung, die nicht das Geringste damit zu tun hatte.

»Was denn?«, fragte Holly. »Was möchtest du wissen?« Sie wussten wirklich nicht, worauf ihre Mutter hinauswollte. Sein Tod lag bereits über sechs Monate zurück.

»Was ist an jenem Tag geschehen.« Wie um keine Missverständnisse aufkommen zu lassen, fügte Teresa nach kurzem Schweigen hinzu: »Im Haus eurer Großeltern.«

Wusste sie das denn nicht? Hatte ihr Vater ihr nicht erklärt, was vorgefallen war? Es war unfair, dass auch das an Holly hängenblieb, aber so war es nun mal. Jeanette war ängstlich bemüht, nicht von ihrem Teller aufzublicken, und Albie, nun, Albie kannte die Geschichte selbst nicht. Jetzt, wo es drauf ankam, war Holly dankbar für das Drehbuch, das Caroline ihr vorgegeben hatte. Sonst wäre sie nun in arge Bedrängnis geraten. Sie erzählte also ihrer Mutter, dass die Mädchen erst nach Cal das Haus verlassen hatten, weil Franny noch einmal umkehren und lieber eine lange Hose anziehen wollte, der Zecken wegen, und dass es von der Küchentür der Cousins aus zwei unterschiedliche Wege zum Pferdestall gab, und dass Cal und die Mädchen verschiedene Routen gewählt hatten, denn sie fanden ihn erst, als sie wieder zurückkamen. Das Haus der Cousins kannte ihre Mutter selbstverständlich. Sie und Bert waren auf der vorderen Veranda getraut worden und hatten danach vor zweihundert Gästen getanzt, unter einem Zeltdach, das man auf dem Rasen aufgespannt hatte. In dem Schrank im Flur bewahrte sie noch ein in cremefarbenes Leder gebundenes Album auf, mit Fotos von der Hochzeit. Ihr Vater sah gut aus. Ihre Mutter, blass, dunkelhaarig und sommersprossig, mit Wespentaille, sah aus wie eine Märchenbraut, eine noch kindliche Braut.

»Wieso hast du gewartet, bis sie sich umgezogen hatte?«,

wollte ihre Mutter wissen. »Hätte nicht eher ihre Schwester auf sie warten sollen?«

»Caroline hat ja auch gewartet«, sagte Holly. »Wir alle haben gewartet. Wir Mädchen sind immer zusammengeblieben.« Sie erzählte ihr, wie sie ihn dann im Gras gefunden und erst gedacht hätten, er würde bloß eine Schau abziehen. Die Mädchen rannten zum Haus zurück, bis auf Franny, die bei Cal blieb, nur für alle Fälle.

»Was soll das heißen, nur für alle Fälle?« Dass ausgerechnet Franny bei Cal zurückgeblieben war, missfiel Teresa offenbar.

Die Worte auszusprechen fiel Holly nicht leicht. Weil sie aus einer Zeit in ihrem Leben stammten, als sie noch Hoffnung hatte, dass alles glimpflich ausgehen könnte. »Für den Fall, dass er wieder aufwachte«, sagte sie.

»Ich hab's gesehen«, warf Albie ein, ohne den Blick vom Fernseher abzuwenden. Es lief gerade Werbung, mit einer hübschen Frau, die eine Scheibe Brot dick mit Erdnussbutter bestrich.

»Nein, du hast gar nichts gesehen«, widersprach Holly. Albie war nicht bei den Mädchen gewesen und auch nicht bei Cal. Albie hatte geschlafen. In diesem Punkt waren sich alle einig.

»Ich war schon vor euch da. Ich hab alles gesehen, was passiert ist, ehe ihr da hingekommen seid.«

»Albie.« Der Tonfall ihrer Mutter war nachsichtig, mitfühlend, weil sie zu verstehen meinte, wie ihm zumute war. Auch sie war irgendwie aus der Geschichte ausgeschlossen gewesen.

»Du hast geschlafen«, betonte Holly.

Albie wirbelte herum und warf mit seiner Gabel nach ihr. Er warf sie wie einen Speer, anscheinend in der Hoffnung, dass sich das Esswerkzeug in ihre Brust bohren würde, aber es prallte wirkungslos von ihrer Schulter ab. Albie war gerade zehn, da haperte es noch mit der Treffsicherheit. »Er ist erschossen worden, und ich habe es als Einziger gesehen.«

»Albie, nun lass gut sein«, sagte ihre Mutter. Sie fuhr sich mit den Händen durchs Haar. Die Kinder konnten sehen, dass sie es bereits bereute, ihre Frage gestellt zu haben.

»Schon gut«, sagte Holly, betont kühl und wegwerfend. Albie lief vor Ärger rot an.

»Es war Ned, vom Stall aus!«, schrie er. »Er hat Cal mit Dads Pistole erschossen. Mit der aus dem Auto, der Pistole, die Caroline aus dem Auto geholt hat! Ich hab's gesehen und du nicht, weil ich dabei war. Die beiden haben nicht mal mitbekommen, dass ich da war.«

Jeanette und Holly weinten inzwischen beide. Auch ihre Mutter weinte. Albie brüllte, dass er sie hasste, er *hasste* sie, alle, und dass sie Lügner wären. Und so endete das Gespräch.

An jenem schlimmsten aller Augusttage in Virginia stand für Caroline bereits fest, dass sie Anwältin werden wollte, und so schärfte sie den anderen Mädchen – Holly, Franny und Jeanette – ein, was genau geschehen war, und dies, obwohl sie alle dabei gewesen waren. Das war, nachdem sie in Windeseile zum Haus gerannt waren und Ernestine den Krankenwagen gerufen hatte, und nachdem sie Ernestine zu Cal gebracht hatten. Ernestine hastete mit ihren fünfzig Pfund Übergewicht und in unbequemen Schuhen mit den Mädchen über die hintere Weide, während Mrs Cousins im Haus blieb, um auf den Krankenwagen zu warten. Und inmitten all dieser Hektik hatte Caroline sich die Geschichte zurechtgelegt. Wann genau? Während sie noch alle über die Weide rannten? Als sie wieder im Haus waren? Cal wurde in den Krankenwagen verfrachtet, der sodann mit Blaulicht und grundlos heulender Sirene (oh, aber das hätte ihm bestimmt gefallen) zum Krankenhaus losraste, dicht gefolgt von den Cousins in ihrem Auto. Ernestine versuchte Albie zu finden, der in dem Chaos irgendwie abhandengekommen war. Ihr Vater spurtete über den Parkplatz seiner Kanzlei in Arlington zu seinem Wagen, um nach Charlottesville zu rasen und seinen Sohn ein letztes Mal zu sehen. Wo Beverley steckte, wusste niemand. Und gleichzeitig scheuchte Caroline im Haus der Cousins die drei anderen Mädchen in das Badezimmer im Obergeschoss und schloss sich dort mit ihnen ein. Franny war die Einzige, die weinte, wahrscheinlich, weil sie in jener Viertelstunde, ehe die anderen Mädchen wieder vom Haus zurückkehrten, allein bei Cal geblieben war. Nur Franny begriff, dass Cal tot war. Selbst die Sanitäter aus dem Krankenwagen vermieden es, das Wort »tot« auszusprechen, obwohl sie ihn doch bloß anzusehen brauchten. Caroline forderte ihre Schwester barsch auf, still zu sein.

»Jetzt hört mir gut zu«, sagte Caroline, als würden sie ihr nicht ohnehin immer zuhören. Sie war damals vierzehn. Ihre Stimme hatte einen schneidenden, gehetzten Unterton. Hier und da haftete gemähtes Gras an ihren Beinen und Tennisschuhen. »Wir waren nicht bei ihm, habt ihr das verstanden? Cal ist allein zum Pferdestall losgegangen. Wir sind erst später hingekommen und haben ihn dort so im Gras gefunden, und dann sind wir sofort zum Haus zurück, um Bescheid zu sagen. Mehr wissen wir nicht. Wenn uns jemand fragt, erzählen wir genau das.«

»Wieso müssen wir lügen?«, fragte Franny. Was gab es da zu lügen, wo sie doch überhaupt nicht lügen sollten? War das, was geschehen war, nicht schon schlimm genug, ohne es dadurch noch schlimmer zu machen? Caroline war so frustriert, einmal wegen der Umstände, aber auch wegen Frannys Begriffsstutzigkeit, dass sie ihrer Schwester eine Ohrfeige verpasste. Die so heftig ausfiel, dass Franny taumelte und mit dem Kopf gegen die Tür des Wäscheschranks knallte. Zurück blieb eine rasant anschwellende Beule an ihrer linken Schläfe. Noch etwas, wofür sie eine Erklärung finden müssten.

Caroline war genervt, weil ihre Schwester so laut gegen den Schrank gepoltert war; wo sie doch ihre kleine Besprechung möglichst lautlos über die Bühne bringen wollte. Sie wandte sich wieder Holly und Jeanette zu, auf die mehr Verlass war. »Wir brauchen uns nicht zu beherrschen. Ihr könnt ruhig weinen. Sie werden damit rechnen, dass wir unglücklich sind. Aber wir sind bloß unglücklich, weil wir ihn gefunden haben und weil es geschehen ist, mehr nicht. Nicht, weil wir dabei waren.« In diesem Augenblick hätte sie ihnen auch darlegen können, dass ihr einziger Ausweg darin bestand, sich Affenschwänze wachsen zu lassen und sich von Baum zu Baum zu schwingen, und sie hätten es ausgeführt. Caroline dachte an ihrer aller Mitschuld, und vielleicht auch daran – es hätte ihr ähnlich gesehen –, wie sich das später auf ihre Zulassung zum College auswirken könnte. Ab dem Herbst würde sie auf die Highschool gehen.

»Erzähl mir bitte noch mal, was geschehen ist«, sagte Teresa eines Abends, Monate später, zu Jeanette. Seit Cals Tod war mittlerweile über ein Jahr vergangen. In der Familie galt sonst die ungeschriebene Regel, Jeanette nie etwas zu fragen. Holly lernte mit einer Freundin, die in derselben Straße wohnte, und Albie machte auf seinem Fahrrad die Gegend unsicher, gemeinsam mit dem Rudel Jungs, das sich kürzlich unter seiner Führung zusammengefunden hatte. Jeanette und ihre Mutter waren also gerade mal unter sich, was sonst kaum vorkam. Der Tonfall ihrer Mutter war ganz beiläufig, als sei ihr lediglich in der Zwischenzeit der Hergang entfallen. Als ginge es um etwas ganz Banales: *Wo ist mein Lippenstift?* Oder: *Wer war das gerade, am Telefon?*

Jeanette sah Carolines Auftritt im Badezimmer noch vor sich, die Unmissverständlichkeit ihrer Anweisungen. Auch das schweißfeuchte Haar an Carolines Schläfen stand ihr deutlich vor Augen, der dunkel verschwitzte Kragen ihres gelben

T-Shirts. Cal dagegen vermochte sie sich nicht mehr vor Augen zu rufen. Nach gerade mal einem Jahr war ihr sein Gesicht bereits entfallen. »Ich war nicht dabei«, sagte Jeanette.

»Aber du warst doch dabei«, sagte ihre Mutter, wie um Jeanettes Gedächtnis auf die Sprünge zu helfen.

»Um einen Schuldigen zu überführen, muss man bloß immer und immer wieder dieselben Fragen stellen«, hatte Franny Jeanette einmal erklärt, eines Sommers in Virginia. Das war Jahre her, lange vor Cals Tod. Es war eine der Polizeimethoden, die Franny ihr beizubringen versuchte, neben der Kunst, einen Wagen aufzubrechen sowie Telefonhörer auseinanderzunehmen und zu verwanzen, um unbemerkt anderer Leute Telefonate mithören zu können. »Irgendeiner verwickelt sich dann früher oder später in Widersprüche«, hatte Franny versichert.

Jeanette fragte sich, ob ihre Mutter sie wohl aufs Glatteis führen wollte.

»Er hatte keine Lust mehr, auf uns zu warten«, sagte sie. »Also ist er schon mal losgegangen, um sich die Pferde anzusehen, und wir wollten nachkommen.«

»Und das habt ihr dann auch gemacht«, sagte ihre Mutter.

Jeanette zuckte die Achseln. Eine unter den Umständen völlig unangebrachte Geste, respektlos. »Es war schon zu spät.« Nach Cals Tod waren die Sommersprossen ihrer Mutter verschwunden, als hätten auch die sie verlassen. Jeanette betrachtete den Nasenrücken ihrer Mutter und versuchte sich zu konzentrieren, versuchte sich daran zu erinnern, wie sie ausgesehen hatte, ehe das geschehen war.

»Also, wer hatte Albie die Pillen gegeben?«, wollte ihre Mutter wissen.

»Cal«, antwortete Jeanette, selig, auch mal die Wahrheit sagen zu können. »Er hat ihm immer welche gegeben.«

Bei dem, was an jenem Tag geschehen war, interessierte sich niemand dafür, dass Albie spurlos verschwunden war. Bis auf Ernestine. Nachdem sie ihn überall gesucht hatte, auch auf dem Dachboden und im Keller, äußerte sie die Vermutung, dass er mit Beverley unterwegs sein musste. Wo indes Beverley steckte, wusste niemand. Sie war, ohne Bescheid zu sagen, unbemerkt weggefahren, im Wagen der Großeltern. Falls sie in die Stadt gefahren war, musste sie Albie mitgenommen haben. An jedem anderen Tag hätten die Mädchen bei der Vorstellung, dass Beverley Albie irgendwohin mitnahm, EGAL WOHIN, einen Lachanfall bekommen.

Die Verfluchten Fahrradrowdys, so wurden sie von den Nachbarn in Torrance genannt, und später nannten sie sich selbst so. Das wurde ihnen wütend hinterhergerufen, wenn sie einen Schlenker über Rasenflächen machten, blitzschnell auf der Straße zwischen Autos dahinhuschten, begleitet vom Geräusch quietschender Bremsen, oder in schnellen, halsbrecherischen Kurven über die Supermarktparkplätze sausten, nur um den Müttern einen Schreck einzujagen, die gerade ihre Einkäufe in den Kofferraum packten. Die Leute hätten sie am liebsten umgebracht, hatten das Gefühl, sie beinahe totgefahren zu haben, oder fürchteten ihretwegen um ihr eigenes Leben. Albie vom Stamm der Mattaponi, Raul, der hier geborene Sohn von Eltern aus El Salvador, und zwei schwarze Jungs, Lenny, der kleinere, hübschere, schläfriger wirkende, sowie Edison, der von ihnen vieren der größte war. Sie waren zwischen zehn und elf, als sie anfingen, zusammen durch die Gegend zu kurven, im Grunde noch Kinder, anstrengende Jungen, deren Mütter sie nachmittags nicht im Haus haben wollten. Gefährlich waren sie von Anfang an gewesen, so wie sie Autofahrer schnitten und zu riskanten Ausweichmanövern in fremde Vorgärten nötigten. Ein Auto machte einmal einen regelrechten Satz über den Bordstein und krachte gegen einen Telefonmast, während die Jungen weiterfuhren und ein Triumphgeheul nach Indianerart anstimmten. In dem Sommer, als sie fast zwölf waren, öffnete sich unvermutet eine Autotür und ließ Lenny in hohem Bogen durch die Luft fliegen. Die anderen drei legten eine Vollbremsung hin und konnten so noch verfolgen, wie ihr Freund fast turnerisch vor dem Hintergrund des blauen Himmels dahinsegelte. Der Sturz hätte ihn umbringen können, umbringen müssen, wenn er mit dem Kopf aufgeschlagen wäre, doch er schaffte es rechtzeitig, die rechte Hand auszustrecken, um sich abzufangen, und brach sich bei der harten Landung das Handgelenk so schlimm, dass der Knochen aus der Haut herausstak. Albie erwischte es keine zwei Wochen später. Ein plötzlicher Regenguss förderte das Öl aus dem Straßenbelag zutage, und das Fahrrad rutschte bei voller Fahrt glatt unter ihm weg. Albie brach sich bei dem Sturz die Schulter und riss sich das eine Ohr fast ab, das mit siebenunddreißig Stichen wieder am Kopf befestigt werden musste. Den restlichen Sommer über waren Edison und Raul extravorsichtig und fuhren nur noch auf den Radwegen im Park herum, ganz ohne riskante Manöver, die sich oder anderen hätten Angst einjagen können. Edison kam Albie besuchen und stand neben dem Ruhesessel im schummrig abgedunkelten Wohnzimmer. In diesem Sessel musste Albie seiner Schulter wegen mehr oder weniger die ganze Zeit liegen.

»Jeder hat mal einen schlechten Sommer«, sagte Edison. Und Albie, der dieser simplen Erkenntnis nicht widersprechen konnte, spendierte seinem Freund eine Tylenol mit Codein, während sie Zeichentrickserien schauten.

Als sie die Jefferson Middle School hinter sich hatten, waren Albie, Lenny und Edison vierzehn und Raul fünfzehn. Sie waren schon groß, aber noch nicht ganz ausgewachsen. Aus der Entfernung war unmöglich zu sagen, ob auf den Fahrrädern Jungen oder Männer unterwegs waren. Sie fuhren gewohnheitsmäßig zu schnell, und da sie ständig um die Wette fuhren, änderte sich unterwegs immer wieder in fliegendem

Wechsel die Reihenfolge des Pulks, wie in der Führungsgruppe eines Radrennens.

Nach der Middle School klauten die Verfluchten Fahrradrowdys in Supermärkten nicht mehr so viele Süßigkeiten, sondern konzentrierten sich mehr auf Sprühsahne in Dosen, die sie in den Kängurutaschen ihrer Kapuzenshirts verschwinden ließen, wenn sie durch die Gänge stromerten. Später lagen sie dann in Albies Zimmer zusammen auf dem Fußboden, um den kleinen, süßen Kick von Treibgas auszukosten, oder sie schnüffelten Bastelklebstoff aus Papiertüten. Alle vier Mütter verzweifelten schier wegen der schlechten Gesellschaft, in die ihr Sohn geraten war, und mit Ausnahme von Teresa war jede der Mütter überzeugt, dass es nur an den anderen lag.

An einem heißen Tag in dem Sommer dann, als sie alle vierzehn beziehungsweise fünfzehn waren, sprang bei Rauls Fahrrad auf einer Tour die Kette ab. Sie waren meilenweit weg von zu Hause, auf einer schmalen Anliegerstraße neben einem Feld hinter einem Industriepark. Die Jungen warteten, während Raul neben seinem Fahrrad kauerte und an der Kette hantierte. Auf dem Feld, eher eine verwilderte Wiese, wuchs hohes Gras und Unkraut aller Art, beides verdorrt. So war Torrance. Albie streckte sich lang auf dem sonnendurchglühten Asphalt aus, der zwar heiß war, aber eben noch auszuhalten. Die Wärme tat seiner Schulter sogar gut. Er hätte gern eine Sonnenbrille gehabt, aber Sonnenbrillen besaßen sie alle nicht. Er griff in die riesige zuknöpfbare Seitentasche seiner knielangen Shorts und holte ein blaues Bic-Feuerzeug heraus. In der Tasche hatte er auch ein Pfeifchen dabei, mit einem kleinen Holzschiebedeckel über der Siebkammer, aber das war reine Angabe. Das Dope war ihm längst ausgegangen, und ebenso die Kohle, um Nachschub zu besorgen, die er aus Hollys Babysitting-Ersparnissen geklaut hatte. Kiffen ging also nicht, stattdessen streckte er den Arm aus und entzündete das Feuerzeug in Richtung Sonne.

»Was machst du da?«, fragte Lenny. Er hatte versucht, sich auch auf die Straße zu setzen, aber der Asphalt war ihm zu heiß. Wie Albie es aushielt, sich sogar darauf auszustrecken, war ihm ein Rätsel.

»Feuer kommuniziert mit Feuer.« Albie fand, das klang tiefsinnig. Dann wandte er den Kopf nach rechts, der Wiese zu, und entdeckte zwei Nachtfalter, die über dem dürren Gras flatterten. Und dann, einfach so, schwenkte er den Arm nach rechts unten und setzte mit der Feuerzeugflamme, die auf höchster Stufe brannte, das trockene Gras in Brand.

Diese Wiese war wie dafür gemacht, niedergebrannt zu werden. Als die auflodernde Flamme an Albies Handgelenk leckte, zog er hastig den Arm zurück und rollte sich zweimal über den Asphalt zurück, ehe er aufsprang und sich sein Fahrrad schnappte. Das Feuer ließ ein Zischen vernehmen, gefolgt von einem ekstatischen Knistern, ganz wie steifes Zellophan, das von Menschenhand zerknüllt wird.

»Scheiße, Mann«, stieß Raul hervor und wich stolpernd zurück. »Was hast du getan?«

Sie entfernten sich mit ihren Rädern ein ganzes Stück und schwangen dann schon mal ein Bein über den Sattel, um sich aus dem Staub zu machen, doch keiner von ihnen rührte sich vom Fleck. Alle vier Jungen verharrten wie hypnotisiert an Ort und Stelle und verspürten einen ganz eigenartigen Schauer, während sie dabei zusahen, wie dieses wundersam wachsende Ungeheuer die Erde ringsherum in allen Richtungen vertilgte, zumindest in den Richtungen, wo Gras wuchs, und sie auf der Straße komplett unbehelligt ließ. Das Feuer loderte immer höher, bis an ihre Taille, bis an den Oberkörper, ein Anblick, atemberaubender als alles, was sie je zuvor gesehen hatten, sich kräuselnde orangerote Laken, die in der Luft hingen wie eine Fata Morgana, wie etwas, das real war und zugleich wieder nicht. Über den Flammen stieg dichter schwarzer Rauch auf, der die Nachbarschaft auf dieses äußerst private Werk aufmerksam machte, das Albie erschaffen hatte. *Es brennt! Feuer, Feuer!*, wurde in dem Industriepark nun vermutlich geschrien, obwohl die Flammen an den Rändern bereits zu erlöschen begannen. Das Feuer war so unersättlich, es gierte nach Nahrung. Die Jungen konnten sehen, wie es nach mehr Gras suchte, egal wie kümmerlich, um sich am Leben zu erhalten. Um weiter zu brennen, und sei es nur für eine kurze Minute, hätte es vermutlich auch sie vier mit Vergnügen verzehrt.

»Wir sollten abhauen.« Edison klang alles andere als überzeugt. Sein Unterton schien eher zu sagen: *Was für ein Anblick!*

Treibgas, Klebstoffschnüffeln, Kiffen – sogar das Fahrradfahren war nichts dagegen. Von da an faszinierte sie nur noch eines: die Urgewalt des Feuers. Von ferne konnten sie erste Sirenen hören. Am Vortag noch wären sie auf ihren Fahrrädern dem Geheul entgegengefahren und dann, wie Groupies einer Rockband, den leuchtend roten Löschwagen zum Einsatzort gefolgt. Heute aber hatten sie den Einsatzgrund geliefert, daher war ihnen klar, dass sie schleunigst verschwinden mussten.

Es war Großvater Cousins gewesen, der Albie und Cal eines Sommers in Virginia beigebracht hatte, wie man eine Streichholzpistole bastelte. Eine altmodische Holzwäscheklammer, Gummibänder, eine Schachtel Streichhölzer und ein Stückchen Sandpapier, das war alles, was man dafür brauchte. Die Jungen waren instruiert worden, dem unsäglich langweiligen alten Mann gut zuzuhören, den man offenbar seinerseits instruiert hatte, den Jungen ein Stückchen Familienweisheit zu vermitteln. Und er hatte sich ausgerechnet für die Streichholzpistole entschieden. In Virginia war das natürlich etwas anderes, wenigstens in jenem nassen Sommer, damals, in dem es ununterbrochen regnete und die Vegetation so üppig ergrünte, dass die Welt mehr oder weniger feuerfest geworden war. In Virginia lagerten die Leute ihr Kaminholz in der Garage, in der Hoffnung, dass es so eines Tages trocken genug wäre, um tatsächlich zu brennen. Nachdem sie ihre Pistole gebastelt hatten, lud ihr Großvater sie mit einem Streichholz und ließ das brennende Geschoss dann, *zing*, in einem hübschen Bogen von der Veranda fliegen.

»Aber niemals in der Scheune«, hatte ihr Großvater ihnen eingeschärft, als er ihnen seine Erfindung anvertraute. »Und vor allem niemals, wenn ihr allein seid. Hört ihr mir zu? Wenn ihr Streichhölzer verschießen wollt, muss ich dabei sein.«

Cal war nicht übermäßig beeindruckt. Wann immer sich die Gelegenheit ergab, nahm er die Pistole seines Vaters aus dem Handschuhfach und trug sie bei sich – dazu schob er sie unter dem Hosenbein seiner Jeans in eine Socke und band den Griff mit einem festverknoteten Nickituch an seinen Knöchel. Tatsächlich trug er sie auch an jenem Tag auf der Veranda bei sich, als sein Großvater an der Wäscheklammer herumfummelte.

Albie aber verfügte über keine Waffe, daher hatte der kleine Flammenwerfer ihn interessiert. Und zwar so sehr, dass es ihm fünf Jahre später in Torrance gelang, ihn aus dem Gedächtnis zu rekonstruieren. Danach breitete er seine Materialien auf dem Esszimmertisch aus und bastelte drei weitere Streichholzpistolen, eine für jedes Mitglied seiner Bande. Bei einer einzigen Übungssession im Garten von Edisons Eltern schossen sie mit Erfolg aus verschiedenen Entfernungen einzelne Blatt Küchenrolle und Kleenex in Brand, die sie ins Gras gelegt hatten. Dann setzten sie einen Berg leerer Kartons in Brand, die hinter dem Spirituosenladen aufgetürmt waren, danach noch zwei trockene Sträucher vor einer Tankstelle. Wenn sie morgens früh genug aus den Federn kamen, schossen sie brennende Streichhölzer auf die Zeitungen, die auf den Bürgersteigen und Vordertreppen vor den Haustüren ihrer Nachbarn lagen. Irgendwann waren sie so gut geworden, dass sie diese Zeitungen im Vorbeifahren in Brand schießen konnten, vom Fahrrad aus.

Sie fuhren mit dem Bus in die Innenstadt zum Sunset Strip, wo sie Palmen mit brennenden Streichhölzern beschossen und dann ein Stück zurücktraten, um abzuwarten, bis die Ratten an den schlanken Stämmen hinunterpurzelten, während die ausgedörrten Palmwedel weiter oben in Flammen aufgingen. Sie beschossen auch die Ratten, aber das klappte nicht. Ratten waren flink und nicht besonders leicht entflammbar.

Den ganzen Sommer hindurch setzten sie alles Mögliche in Brand, trotz der Trockenheit und lebhaften Winde, trotz der allgegenwärtigen Ermahnungen von Smokey Bear, dem freundlichen Maskottchen, das über die Gefahren von Waldbränden aufklärte. Smokey Bear konnte sie mal. Waldbrände interessierten sie nicht, zu ungeregelt. Ihnen kam es auf Präzision an, sie zelebrierten die Kunst der Flamme, die einzelne, treffsicher in Brand gesteckte Zeitung, das einzelne verwahrloste Grundstück. Die ganzen ersten beiden Monate ihres Anfangsschuljahrs an der Shery High School setzten sie ihre Zündholz-Aktivitäten fort. Beim Ladendiebstahl waren sie mitunter erwischt worden, als Brandstifter jedoch gelang es ihnen, vollkommen anonym zu operieren. Zumindest, bis sie dann die Schule in Brand steckten.

Freitags hatte Raul in der letzten Stunde Kunst, ein friedlicher Ausklang zum Ende der Woche und für ihn eine Gelegenheit, minutiös ausgearbeitete Drachen zu zeichnen, die feuerspeiend Bäume in Brand steckten. Ehe er den Raum verließ, gleich nach dem Schrillen der Glocke, als sich hektische Aufbruchsstimmung breitmachte, beugte er sich zum Fenster und öffnete den Verschlussriegel, indem er ihn zur Seite klappte. Der Kunstraum befand sich im Souterrain der Schule, mit großen Fenstern in Erdgeschosshöhe. Niemand sah in seine Richtung, also blieb seine Aktion unbemerkt. Gedacht hatte er sich nichts groß dabei, einfach nur die Gelegenheit ausgenutzt. Miss Del Torre, die Kunstlehrerin, würde das Fenster gewiss wieder verriegeln, ehe sie als Letzte den Raum verließ. Oder aber, falls sie nicht darauf achtete, was durchaus denkbar war, denn Miss Del Torre hatte keine Peilung, würde der Hausmeister es nachholen, wenn er später mit Eimer und Wischmopp seine Runde drehte.

»Ich würde mir gern was ansehen«, eröffnete Raul seinen Freunden am Samstagvormittag. Da sie sonst keine Pläne hatten, fragten sie nicht einmal, was er sich ansehen wollte, sondern schwangen sich einfach auf ihre Räder und folgten ihm zur Schule. Dort führte er sie hinter eine niedrige Hecke, die die Fensteraussicht zur Straße hin blockierte, trat an das Fenster und warf einen kurzen Blick in den Kunstraum dahinter, ehe er gegen die Scheibe stieß, ganz sachte nur, und da schwang das Fenster auch schon auf. Albie, der bei der Aussicht auf einen möglicherweise interessanten Samstag in Hochstimmung geriet, zerrte die vier Fahrräder hinter die Hecke, während Lenny, der Kleinste von ihnen, sich als Erster durch die eher schmale Fensteröffnung zwängte. Als ihm der Einstieg gelungen war, winkte er ihnen von innen lächelnd zu. Nach kurzer Suche fand er ein Fenster am anderen Ende des Raums, das sich weiter öffnen ließ, eine Pforte in eine andere Welt, und dort stiegen die Verfluchten Fahrradrowdys ein, einer nach dem anderen.

Dass die Schule, die ihnen sonst das Leben nur schwermachte, sich auf einmal, bloß weil Samstag war, in den verlockendsten Ort der Welt verwandelte, war eigentlich unerklärlich. *What a difference a day makes,* wie Albies Mutter früher, in unbeschwerteren Zeiten gern vor sich hin zu singen pflegte. *Twenty-four little hours.* Ohne die üblichen Horden grimmiger Halbwüchsiger mit verbitterten, resignierten Erwachsenen dazwischen waren die Flure still und großzügig. Ohne das summende Neonlicht floss das Sonnenlicht über die Wände und Linoleumfliesen und sammelte sich in Lachen um ihre Füße herum. Edison grübelte, wie es wohl wäre, alt zu sein, so alt wie sein Vater, und dann wieder herzukommen. So ähnlich wie jetzt vermutlich, er würde das Gebäude ganz für sich haben; wobei er vergaß, dass ja dann andere Kinder hier zur Schule gehen würden. Raul blieb stehen und schaute sich die an eine Korktafel gehefteten Bilder an, die beim Kunstwettbewerb die ersten Plätze belegt hatten. Nur zwei der Bilder taugten etwas: eine Kohlezeichnung eines Mädchens in einem leichten Sommerkleid und ein kleines Gemälde mit zwei Birnen in einer Schale. Beide waren nur mit einer ehrenhaften Erwähnung bedacht worden, während die lächerliche Collage eines Wolkenkratzers, zusammengesetzt aus lauter kleinen Fotos von Wolkenkratzern, zum Siegerbild erklärt worden war. Er fragte sich ernsthaft, ob Miss Del Torre, die, es konnte nicht oft genug betont werden, keine Peilung hatte, vielleicht nicht merkte, welche Schüler echtes Talent hatten, weil hier immer zu viele Leute herumschwirrten.

Irgendwann war Lenny verschwunden. Sie merkten erst, dass er weg gewesen war, als er wieder auftauchte und durch den Flur auf sie zukam. »Leute«, sagte er und schwenkte einen Arm, als könnten sie ihn sonst übersehen, »kommt mal her. Das müsst ihr euch ansehen.«

Das Quietschen ihrer Tennisschuhe auf dem Linoleum hallte unnatürlich laut in den Fluren wider, ein Geräusch, bei dem Albie unwillkürlich lachen musste, und dann lachten sie alle, während sie an den endlosen Spindreihen vorbeimarschierten, alle abgeschlossen, einer genau wie der andere. »Seht euch das an«, sagte Lenny, als sie bei ihm ankamen, und ging voraus in die Jungentoilette.

Für einen Neuling an einer öffentlichen Highschool wie Torrance, und besonders für jemanden wie Lenny, der kleiner als die anderen Jungen und obendrein trotz aller Anstrengungen schmächtig war, gab es keinen angsteinflößenderen Ort als die Toilette. Er nutzte jeden Kniff, der ihm einfiel, um diesen Ort zu meiden, wobei ihm bisweilen jedoch der Verdacht kam, dass er gerade deswegen musste, *weil* er so viel daran dachte. Dieser Raum jedoch, der noch am Vortag so versifft und bedrohlich wie ein Junkie-Treff gewesen war, erfüllt von einem dumpf-beißenden Gestank, einer Mischung aus Jungenschweiß, Kot und Urin, vermengt mit einer säuerlichen Note von Furcht – dieser Raum war kaum wiederzuerkennen, er war blitzblank sauber. Es stank auch nicht mehr, im Gegenteil, ein unaufdringlicher, fast schon angenehmer Geruch nach Chlorreiniger lag in der Luft, ein bisschen wie in einem Hallenbad. Die übersichtliche Ordnung des Raums – an der einen Wand die Spiegel und Waschbecken, an der Wand gegenüber die Toilettenzellen mit den grün lackierten Metalltüren – vermittelte einen Eindruck von friedlicher Symmetrie. Es gab reichlich Platz zwischen Waschbecken und Toiletten, sodass man sich wirklich nicht ins Gehege geraten musste – wenn einen hier einer anrempelte, war es Absicht. Zum ersten Mal fielen den Jungs nun auch die drei Kachelbänder an den Wänden auf, die sich einmal um den ganzen Raum herumzogen, drei blaue Bänder ohne jede Funktion, einfach nur als Zierde. Raul trat an ein Pissoir, und als er beim Pinkeln den Kopf zurücklegte, bemerkte er hereinfallendes Sonnenlicht. »Hey, seit wann gibt's denn Fenster hier?«

Da sie niemand daran hindern konnte, gingen sie gleich auch nach nebenan in die Mädchentoilette, die vom Konzept her identisch war, nur mit dem Unterschied, dass die drei Kachelbänder an den Wänden hier rosarot waren und statt der Pissoirs an der Wand neben den Waschbecken ein Tampon- und Bindenspender angebracht war. In die weiße Emaille hatte jemand LECK MICH geritzt, und Spuren deuteten darauf hin, dass mit geringem Erfolg versucht worden war, es wegzuschmirgeln. Irgendwie war der Raum eine Enttäuschung. Selbst Albie und Raul, die beide Schwestern hatten, hatten sich irgendwie mehr davon versprochen.

Alle Schränke, an denen sie vorbeikamen, waren abgeschlossen, ebenso wie das Büro des Schuldirektors, was sehr schade war, denn sie hätten zu gern mal einen Blick in seine Schreibtischschubladen geworfen. Sie beratschlagten kurz, ob sie sich den Spaß machen sollten, die Ausstattung zweier Klassenzimmer komplett zu vertauschen, oder vielleicht auch nur ein paar einzelne Gegenstände von ihrem gewohnten Ort zu entfernen und woanders hinzubringen, einfach nur, damit am Montag der eine oder andere anfing, an seinem Verstand zu zweifeln, doch am Ende entschieden sie sich dagegen und beschlossen, nichts anzurühren. Es war einfach herrlich, an einem Samstag ganz allein durch die Schule zu streifen, und wenn sie wiederkommen wollten, mussten sie alles so lassen, wie es war.

Es war also ganz unsinnig, dass Albie seine brennenden Streichhölzer in den Abfalleimer des Kunstraums fallen ließ, als sie gerade wieder aufbrechen wollten. Mittlerweile hatte er immer einige Streichholzbriefchen in der Tasche, um sich zwischendurch in der Kunst zu üben, ein Briefchen mit einer Hand aufzuklappen und ebenso einhändig ein Streichholz zu entzünden. Danach brachte er das Feuer zum Erlöschen, indem er das Briefchen einmal energisch schüttelte. Diesmal allerdings ließ er nach dem Entzünden eines Streichholzes das komplette Briefchen in den Abfalleimer in der hinteren Ecke des Raums fallen, unweit von dem Fenster, durch das sie hereingelangt waren, einfach nur so, ähnlich wie Raul, als er den Fensterriegel umgelegt hatte. Er hatte weiter keinen Grund dafür, keinen Grund, das Streichholz zu entzünden oder in den Eimer fallen zu lassen. Es ging ihm nicht darum, die anderen Jungen zu beeindrucken, die selber auf Schritt und Tritt brennende Streichhölzer fallen ließen. Es gab keinen Grund dafür, warum es im Kunstraum geschah, außer der Tatsache, dass sie eben zufällig gerade in diesem Raum waren. Schon für ihre Anwesenheit in der Schule an einem Samstag gab es eigentlich wirklich keinen Grund. Der Abfalleimer aus Metall, in dem das Streichholz landete, war ungewöhnlich groß, gut einen Meter hoch und locker mit dem zehnfachen Fassungsvermögen der Papierkörbe, die in den anderen Klassenräumen standen und in denen höchstens mal ein unangekündigter Test oder Ähnliches landete, von jemandem, der dabei schlecht abgeschnitten hatte. Der Abfalleimer im Kunstraum hätte eigentlich leer sein müssen, so wie alles Übrige in der Schule nun leer und sauber war, aber ganz unten in dem grünen Müllsack, mit dem der Eimer ausgeschlagen war, befanden sich noch zusammengeknülltes Zeitungspapier sowie einige ölige Lappen, mit denen die Pinsel nach dem Einweichen in Terpentin saubergewischt worden waren. Dieser Inhalt brannte im Nu lichterloh, es schoss eine gewaltige Stichflamme aus dem Abfalleimer auf, vor der Albie wie auf Sprungfedern zurückschnellte, während die anderen Jungen herumfuhren. Die Flammen griffen auf die Vorhänge aus knubbligem grünen Polyester über, die noch dazu doppellagig waren, um das Tageslicht wirksam auszusperren, wenn Miss Del Torre einmal im Halbjahr eine Diaschau veranstaltete, um den Schülern die Höhepunkte der Kunstgeschichte vorzuführen. Die Vorhänge waren ungefähr so alt wie die Eltern der Jungen und wurden schneller ein Raub der Flammen als das trockene Gras auf der Wiese. Oben an der Vorhangschiene griff das Feuer sogleich auf die Dämmplatten an der Decke über und breitete sich über den Köpfen der Jungen auf die hintere Seite des Raums aus, wo die Farben und Pinsel, die Ölkreiden, Papierbögen und Behälter mit Lösungsmitteln gelagert wurden und bereitstanden wie Molotowcocktails, die nur darauf warteten zu explodieren. Der Rauch war völlig anders als der Rauch, den sie im Freien so liebten. Dieser Rauch, ölig und schmierig und schwarz, rangierte eher irgendwo zwischen Tinte und Teer. Und er war aggressiv, raubte ihnen die Luft zum Atmen, während die klare orangerote Flamme die Vorhänge verzehrte. Der gesamte Raum wendete sich jetzt gegen sie, denn es brannte bereits in allen vier Ecken. Sie waren durchs Fenster hier hineingelangt, doch eine rasche Prüfung ergab, dass ihr Einstiegsfenster als Fluchtmöglichkeit nicht mehr zur Verfügung stand.

Sie hatten noch nie ein Feuer in einem geschlossenen Raum entfacht, hatten damit keinerlei Erfahrung und setzten daher irrigerweise auf das Verhalten, das sich bei den Bränden draußen im Freien bewährt hatte: Sie blieben einfach reglos stehen und beobachteten das Schauspiel, ausgehend von der Theorie, dass das Feuer sie irgendwie respektieren würde, weil sie es ja gelegt hatten. Dann gellte der Feueralarm der Schule los. Sie kannten diese schrillende Glocke, die so laut war, als würde sie einem direkt im Kopf bimmeln. Feueralarme an der Schule fanden sie immer großartig, wenn alles stehen- und liegen gelassen wurde und die Mädchen jedes Mal in heller Aufregung waren, weil sie ihre Täschchen nicht mit nach draußen nehmen durften, wenn alle sich vor den Klassen zu sammeln hatten und dann hastig, aber in geordneter Weise aus dem Schulgebäude gescheucht wurden. Die Glocke brachte sie zur Vernunft. Die Glocke rettete sie. Sie hatten es immer wieder geübt, also setzten die Jungen nun um, was man ihnen eingedrillt hatte: Kopf einziehen, zusammenbleiben, zum nächsten Ausgang laufen. Eine Flamme griff auf Albies rotes T-Shirt mit Snoopy als Rotem Baron über und verbrannte ihm den Rücken. Edison zerrte es ihm im Flur vom Leib und verbrannte sich dabei selbst die Hand. Während sie auf den Ausgang zurannten, setzte die Sprinkleranlage, die sie nie zuvor in Aktion erlebt hatten, den langen, menschenleeren Flur unter Wasser und löschte dabei die Beiträge zum Kunstwettbewerb aus. Die vier stießen den Seitenausgang auf, rannten in den Sonnenschein und ließen sich auf dem Rasen neben dem Parkplatz keuchend, japsend und hustend ins Gras fallen. Sie waren alle ein wenig angesengt und rochen nach Rauch; Haut, Haare, Kleidung, der Geruch hatte sich überall festgesetzt. Albie musste an seinen Bruder denken. Hatte es sich so für Cal angefühlt, das Sterben? Die Tränen liefen ihm über die rußgeschwärzten Wangen, ebenso wie den drei anderen, die dort mit ihm auf dem Rasen lagen, so aufgewühlt von der Kraft ihres Lebens, dass sie sich nicht zu rühren vermochten. Und genau dort wurden die vier von der Feuerwehr entdeckt, die etwa eine Minute später vor Ort eintraf.

Teresa war die Entscheidung, Albie nach Virginia zu schicken, zu Beverley und Bert, unendlich schwergefallen. Er brauchte einen Vater, das lag auf der Hand, aber jeder andere Vater, egal, was für einer, wäre ihr lieber gewesen. Teresa wusste natürlich, tief in ihrem Herzen, dass Beverley und Bert Cal nicht umgebracht hatten. Sie hatten ihre Aufsichtspflicht vernachlässigt, und das hatte auch sie: Albies jüngste Katastrophe bewies es. Wie dem auch sei, es fühlte sich besser an, ihnen die Schuld zu geben. Es fühlte sich sogar fast gut an, wobei »gut« wahrscheinlich nicht das richtige Wort war. Vielleicht sollte sie Bert anrufen und ihn fragen? Etwa so: »Fühlt es sich gut an, mir die Schuld für Albie zu geben? Ist ›gut‹ hier das passende Wort?«

Fest allerdings stand, dass sie ihren zweiten Sohn nicht bei sich behalten konnte, da machte Teresa sich nichts vor. Und da es sonst niemanden gab, der ihn freiwillig genommen hätte, war Bert wohl die einzige Möglichkeit. Albie kam also nach Arlington. Und nach seinem Versagen auf der Privatschule dort wurde er erst auf ein Internat in North Carolina geschickt und danach auf eine Militärschule in Delaware. In dem Sommer, als er zu seiner Mutter nach Torrance zurückkam, war er achtzehn und hatte gerade die elfte Klasse der Highschool hinter sich, da das Internat ihn zurückgestuft hatte. Holly und Jeanette, die ihre Semesterferien zu Hause verbrachten – beide waren inzwischen am College –, versuchten ihn mitzuschleppen, an den Strand, auf Partys von alten Freunden, an die er sich vielleicht noch erinnerte, aber Albie saß ungerührt auf der Couch und löffelte Cornflakes mit einer dicken Schicht Zucker, während er sich von Game Shows berieseln ließ. Auch kommunikativ war er nicht, wenn's hochkam, sprach er vielleicht zwanzig Wörter am Tag. Dafür arbeitete er sich systematisch durch die Hausbar, von links nach rechts, ohne sich daran zu stören, dass die Spirituosen darin bunt durcheinanderstanden. Und er ging sehr gewissenhaft vor, trank jede Flasche erst restlos aus, ehe er zum nächsten Getränk überging.

Eines Tages dann behauptete er, Edison hätte ihn angerufen. Sein alter Freund, inzwischen ansässig in San Francisco, hätte ihm einen Job in einem Club dort angeboten, als Bühnentechniker für Bandkonzerte. Albie müsse dort bloß die Verstärker aus dem Bus holen und auf der Bühne einstöpseln. Edison lebe mit ein paar anderen Typen in einer WG, alles, was Albie brauche, sei eine Matratze. Albie schien fast begeistert von der Aussicht, so begeistert jedenfalls hatten Holly, Jeanette und ihre Mutter ihn schon lange nicht erlebt. Sachen schleppen, Sachen einstöpseln das würde er wohl schaffen, also kaufte Teresa ihm eine Busfahrkarte nach San Francisco und versah ihn mit einem Berg Erdnussbuttersandwiches als Wegzehrung. Holly und Jeanette gaben ihm jeweils hundert Dollar von ihren Ersparnissen. Er lud sein Fahrrad in den Gepäckraum des Busses, zusammen mit seinem Seesack, und Jeanette, ihre Schwester und ihre Mutter warteten noch, bis er sich im Bus auf seinen Fensterplatz gesetzt hatte, um ihm zum Abschied zuzuwinken. Er zog weiter. Würde nun für jemand anderen ein schier unlösbares Problem darstellen. Insgeheim war ihnen allen drei vor Erleichterung fast schwindelig.

Als Albie sich abends die Zähne putzte, kam Fodé zu ihm ins Badezimmer, ein kurzes Klopfen, dann trat er ein und schloss die Tür hinter sich. Im Bad konnte man sich gut ungestört unterhalten, obwohl es für zwei ausgewachsene Männer eigentlich zu eng war. Albie stand ans Waschbecken gepresst da, während Fodé, in einem weißen T-Shirt und einer Schlafanzughose aus Flanell, sich um die aufgestapelten Plastikmilchkisten herumschlängelte, in denen sie Handtücher, Badespielzeuge und Pampers aufbewahrten. »Mein Bruder«, fing er an, »hör zu, ich möchte dir eines sagen, du bleibst hier bei uns. Eine Woche, ein Jahr, den Rest deines Lebens, solange es nötig ist. Du bist uns willkommen.«

Albie hatte noch die Zahnbürste im Mund stecken, von seiner Unterlippe rann ein wenig schaumige Zahnpasta, als ihm der Mann seiner Schwester die Hand ins Genick legte und seine Stirn an die seine drückte. Ein Stammesbrauch? Ein Zeichen, um die Ernsthaftigkeit seiner Worte zu bekräftigen? Ein Annäherungsversuch? Er wusste nicht viel von seiner Schwester, von den etwas verschwommenen Erinnerungen an ihre gemeinsame Teenagerzeit abgesehen, und über ihren verrückten afrikanischen Mann wusste er gar nichts. Albie nickte, nach wie vor Stirn an Stirn mit Fodé. Immerhin brauchte er für heute Nacht einen Schlafplatz.

Fodé lächelte. »Gut, gut, gut. Deine Schwester braucht ihre Familie. Calvin braucht seinen Onkel. Und ich könnte einen Bruder gebrauchen. Meine Familie ist sehr weit weg.«

»Klar«, sagte Albie.

»Du kannst mit mir reden. Das ist bei uns üblich. Du siehst dich hier im Haus um, deinem Haus, und du denkst, alle hätten viel zu tun.« Er schüttelte den Kopf. »Ich kann sehr gut aufhören. Du sagst, ›Bruder, stopp, komm und setz dich zu mir‹, und da bin ich. Sag mir einfach, was du brauchst.« Fodé hielt kurz inne und sah ihn wieder eindringlich an, aber es fiel Albie schwer, seinen Blick zu erwidern, solange er so dicht vor ihm stand. »Was brauchst du, Albie?«

Albie dachte darüber nach. Er beugte sich über das Waschbecken, um die Zahnpasta auszuspucken. Tatsächlich hatte er bohrendes Kopfweh. »Eine Tylenol?«

Fodé strahlte über diese bescheidene Bitte. Seine Zähne,

seine Brille, seine breite Stirn, lauter glänzende Flächen, die das Licht reflektierten. Er streckte die Hand über Albies Schulter aus, klappte den Arzneischrank auf und deutete auf das obere Fach. »Tylenol, da«, sagte er stolz. »Fehlt dir was?«

»Nur Kopfschmerzen.« Er musterte rasch den Inhalt des Schränkchens, aber das Angebot war dürftig – Tylenol, Kinder-Tylenol, Ohrentropfen, Augentropfen, Nasentropfen, das war's.

Fodé goß Wasser in den kleinen gelben Becher und reichte ihn Albie. Der Gemeinschaftsbecher. »Bald wirst du schlafen. Das wird dir helfen. Du hattest eine lange Reise nach Hause.«

Albie schluckte vier Schmerztabletten und nickte zustimmend, ein Nicken, das zugleich noch Dank ausdrücken und gute Nacht wünschen sollte. Fodé nickte feierlich zurück, dann verließ er das Bad wieder und schloss die Tür hinter sich. Jeanette hatte ihm gesagt, wo dieser überaus freundliche Zeitgenosse herkam, doch es wollte ihm ums Verrecken nicht mehr einfallen. Namibia, Nigeria, Ghana? Dann kam er wieder drauf.

Aus Guinea.

Noch nicht einmal mit dem Anreiz, dass Bintou, sofern sie nicht tatsächlich die Zweitfrau seines Schwagers war, für ihn vermutlich leichte Beute wäre, wenn der Kleine gerade mal schlief, hielt Albie es aus, den ganzen Tag in dieser Bude zu hocken. Zum einen herrschte hier tropische Hitze. Die Heizung zischte und klapperte fortwährend, als wäre jemand im Keller dabei, die Heizungsanlage mit einem Stahlrohr zu Tode zu prügeln. Bintou und Dayo schien dieser Krach kein bisschen zu stören, aber er hätte dabei die Wände hochgehen können. Kein Wunder, dass Jeanette und Fodé morgens so früh zur Arbeit gingen. Ein Luftbefeuchter sorgte für einen ständigen feinen Nebel in dem winzigen Zimmer, womöglich ein Versuch, hier in diesem Brooklyner Terrarium ein quasi afrikanisches Klima zu schaffen. »Gut für die Lunge«, sagte Bintou mit einem Lächeln, als Albie aufstand, um nachzusehen, ob sich das Gerät irgendwie ausschalten ließ. Da das Fenster, das auf die Feuertreppe hinausging, klemmte und sich nicht öffnen ließ, ging er zum Rauchen nach unten ins Erdgeschoss, vor die Haustür. Beim dritten Mal nahm er sein Fahrrad mit nach unten und fuhr auf der dünnen, filzartigen Schneeschicht davon. Um ein Uhr hatte er einen Job als Fahrradkurier.

Es war die Beschäftigung, die er in jeder Stadt fand, die einzige Sorte Broterwerb, auf die ihn das Leben seiner Ansicht nach vorbereitet hatte. Nicht einmal die Bezeichnung »Brandstifter« konnte er für sich in Anspruch nehmen, da er jetzt sechsundzwanzig war und seit seinem vierzehnten Lebensjahr noch nicht mal mehr ein Kaminfeuer entzündet hatte. Auf die Frage, wann er als Kurier anfangen könne, hatte er gesagt, ab sofort, und sich dann den restlichen Tag über mit dem Stadtplan von Manhattan vertraut gemacht. Kompliziert war das nicht.

»Ich bin so stolz auf dich! Und das bedeutet ja, dass du bleibst. Besucher besorgen sich nicht an ihrem ersten Tag in der Stadt einen Job. Auch Hausgäste brauchen keinen Job. Du bist jetzt ein Einwohner. Du brauchst nur einen Tag hier zu sein, dann gehört dir die Stadt.«

Jeanette sah ihren Bruder an und lächelte, ein typisches kleines Jeanette-Lächeln, und verdrehte leicht die Augen. Wie um zu sagen: *Afrikaner. Was will man machen?* Sie trug noch ihre Arbeitskleidung, Rock und Pulli. Sie studierte gerade im zweiten Jahr Biomedizintechnik, als sie schwanger wurde. Jeanette hatte sich als die Schlauste von ihnen entpuppt. Am Vorabend hatte sie Albie erklärt, dass sie erst an eine Abtreibung gedacht hatte, aber dann mit Fodé zusammen zu dem Entschluss kam, ein radikales Sozialexperiment namens Ja zum Baby durchzuführen. Und dem Ergebnis dieses Experiments zuliebe hatte sie ihr Studium abgebrochen und war nun Servicetechnikerin im Außendienst bei Philips, spezialisiert auf Kernspintomographen. Sie überwachte die Installation dieser Geräte, veranstaltete Schulungen dazu und war für den Kundendienst ganz allgemein zuständig, in Krankenhäusern in ganz New York, von Queens bis in die Bronx.

»Ich stöpsele sie ein«, sagte sie tonlos, »und gehe mit den Leuten das technische Handbuch durch.« Und dabei, hatte sie Albie am Vorabend erklärt, während sie die Couch für ihn vorbereitete, müsste es bis auf Weiteres bleiben, obwohl sie diese Tätigkeit als stumpfsinnig und lähmend empfand, zumindest, bis Fodé seinen Doktor im Fach Public Health gemacht hatte, an der New York University, und Dayo ein Alter erreicht hatte, in dem man ihn guten Gewissens in eine Krippe geben konnte. »Wenn ich mein Studium nicht wieder aufnehmen kann«, raunte sie mit gedämpfter Stimme, während sie ein Laken über die Sofakissen breitete, »wird das radikale Sozialexperiment scheitern, weil ich mich dann leider umbringen muss.«

Albie hielt das Baby auf dem Arm, während Jeanette am Herd stand und das Abendessen aufwärmte, das Bintou ihnen gemacht hatte. Fodé deckte den Tisch und öffnete eine Flasche Wein, und dabei erzählte er ihnen die Geschichte seines Tages. »Die Amerikaner sind ganz versessen auf die Vorstellung, Afrikaner zu impfen. Was gibt es Schöneres als ein Foto staubiger kleiner Kinder auf der Titelseite der *New York Times*, die in Nigeria für eine Impfung Schlange stehen? Aber für ihre eigenen Kinder finden die Mütter hier in New York Impfungen passé. Impfungen seien unnatürlich, heißt es, könnten möglicherweise weit schlimmere Schäden auslösen als die Krankheit, gegen die sie schützen sollen. Ich habe heute den ganzen Tag versucht, Frauen geduldig davon zu überzeugen, dass sie ihre Kinder impfen lassen sollen, und sie haben heftig dagegengehalten. Frauen mit Hochschulabschlüssen, wohlgemerkt. Ich muss wohl noch ein Medizinstudium dranhängen. Kein

Mensch wird mich ernst nehmen, wenn ich kein promovierter Arzt bin.«

»Ich nehme dich auch so ernst«, versicherte Jeanette. »Spar dir das Medizinstudium.«

»Eine hat mir erklärt, sie glaube nicht an Epidemiologie.« Er legte die Hände vors Gesicht. »Es ist entsetzlich.«

»Masern sind auf New York nicht mehr anwendbar.« Sie klopfte ihm sanft auf die Schulter. »Weil wir die Masern hier transzendiert haben.«

Jeanette wusch den Salat. Fodé wickelte Brotscheiben in Alufolie und legte sie in den Backofen. Sie brachten das Kunststück fertig, sich in der winzigen Küche nicht in die Quere zu kommen, arbeiteten routiniert umeinander herum.

»Erzähl mir lieber von deinem Tag«, sagte er. »Damit wir auf bessere Gedanken kommen.«

»Willst du ernsthaft darüber nachdenken, wie ich Kernspintomographen in Krankenhausuntergeschossen vorführe?«

Nach kurzem Nachdenken schüttelte Fodé lächelnd den Kopf. »Nein, nein.« Er wandte sich seinem Schwager zu, so erfreut darüber, noch eine andere Möglichkeit zu haben. »Was ich damit sagen wollte, ist – Albie, bitte, erzähl du uns von deinem Tag.«

Albie nahm seinen Neffen auf den anderen Arm. Er richtete seine Worte an den Kleinen. »Ich bin heute in vier Gebäuden von Wachleuten angehalten worden. Ich habe meinen Ausweis vorgezeigt, dann hieß es, gut, Sie können hochfahren, und dann hat mich am Aufzug ein zweiter Wachmann gestoppt und gemeint, ich dürfe nicht hochfahren.«

Fodé nickte anerkennend. »Das ist selten, bei einem Weißen. Beeindruckend.«

»Ach so, und ich wäre um ein Haar von einem Linienbus überfahren worden. Dem M16.«

»Genug«, sagte Jeanette, während sie die Salatschüssel auf den Tisch stellte. »Bitte erspar uns den Rest deines Tages.«

»Bleibt uns also nur noch Dayo«, sagte Albie.

Fodé nahm ihm das Baby ab. »Dayo. Niemandem würde ich lieber zuhören. Erzähle uns, mein Sohn, war es ein schöner Tag, um am Leben zu sein?«

»Onkel«, sagte Dayo und streckte die Ärmchen aus, zum Zeichen, dass er wieder zu Albie wollte.

Albie, der so lange ein Leben am Rand der Gesellschaft geführt hatte und manchmal auch jenseits des Randes, blickte aus dem Fenster auf die Lichter, die aus den unzähligen Wohnungen hier in Brooklyn leuchteten. Und dabei fragte er sich, ob es dort wohl ähnlich zuging wie hier – machten diese Leute auch gerade zusammen Abendessen, hielten Babys im Arm, erzählten sich, was sie tagsüber so erlebt hatten? Sah so ihr Leben aus?

Bei Albies Fahrrad waren über die Jahre schon so viele Teile ersetzt oder ausgetauscht worden, dass es kaum mehr den Namen Schwinn verdiente. Als Kurier hatte er kleine Päckchen, notariell beglaubigte Dokumente aller Art und vielversprechende Manuskripte von A nach B zu befördern. Manchmal waren auch Verträge darunter, bei denen er warten musste, bis der Empfänger unterzeichnet hatte, um sie dann zum Absender zurückzubringen. Und manchmal bat man ihn, seine Unterschrift als Zeuge auf den Vertrag zu setzen. New York war das Land der unbegrenzten Zustellungen. Immer gab es jemanden, der eine Sendung an einer anderen Stelle der Stadt sehen wollte, und so war er den ganzen Tag auf Achse, bis er Feierabend machte. Er fädelte sich haarscharf vor Bussen ein und schlängelte sich zwischen Taxis hindurch, versetzte Fahrern aus Connecticut mit seinen Manövern den Schreck ihres Lebens, eigentlich ganz wie in alten Zeiten als Verfluchter Fahrradrowdy. Touristen sahen ihn heranschießen und wagten sich nicht vom Bürgersteig herunter. Bei der Ankunft an seinem Ziel pflegte er sich das Fahrrad auf die

Schulter zu heben wie einen jüngeren Bruder und dann so in den Aufzug zu steigen. Albie war zwar acht Zentimeter größer als sein Vater, war aber höchstens sehr groß, nicht außergewöhnlich groß. Allerdings war er außergewöhnlich dünn, und weil er so schmal war, wirkte er optisch größer. Empfangsdamen erbleichten mitunter ein wenig, wenn sie ihn mit einem braunen Umschlag in der Hand und dem Fahrrad auf der Schulter auf sich zukommen sahen. Mit seinen schwarzen Tattoos und dem dicken schwarzen Zopf wirkte er wie ein wandelndes Gerippe, wie Gevatter Tod persönlich, der sie abholen kam, um sie vorne auf seinem Lenker ins Jenseits zu befördern.

»Du solltest vielleicht deine Kalorienzufuhr erhöhen.« Mit diesen Worten begrüßte Jeanette ihn gern, wenn er abends in die Wohnung zurückgehumpelt kam.

»Berufsrisiko«, entgegnete er dann nur. Was zwar stimmte, aber auch nur bedingt – er hatte auch schon dicke Fahrradkuriere erlebt.

Albie verdiente gutes Geld, und nachdem er ein, zwei Monate geglaubt hatte, er würde sich morgen oder übermorgen seinen Seesack schnappen und weiterziehen, fing er an, Jeanette die Hälfte seines Einkommens abzugeben, als Miete, für Kaffee und Wein, für Dayos Ausbildung oder für ihr Studium. Die andere Hälfte tauschte er in Hundert-Dollar-Scheine ein, die er zusammengefaltet ins Reißverschlussfach seines Seesacks steckte. Erst hatte er versucht, das Geld Fodé zu geben, aber Fodé weigerte sich, es auch nur anzusehen. Am Tag darauf fing er seine Schwester an der U-Bahn-Station ab und gab das Geld stattdessen ihr. Jeanette nickte bloß und ließ die Scheine in ihrer Jackentasche verschwinden.

»Meinst du nicht auch, dass wir mal eine Therapie machen sollten?«, bemerkte sie, während sie die Straße entlanggingen, vorbei an dem Joghurtladen, dem Schnellschuster, den koreanischen Supermärkten mit den Eimern voller Narzissen vorm

Eingang. Womöglich dachte sie, er hätte ihr das Geld für eine Therapie gegeben. »Wenn es uns psychologisch erst besser geht, könnten wir mit Mom und Holly Konferenzschaltungen am Telefon arrangieren, damit sie gleich mit uns mittherapiert werden könnten.« Albie hatte ihr erzählt, dass er noch nicht dazu bereit sei, ihre Mutter anzurufen, aber Jeanette war da schon weiter. Sie rief Teresa oft von der Arbeit aus an und erzählte ihr alles.

»Und was ist mit Dad?« Auf der Straße herrschte Gedränge, und Albie legte ihr beim Gehen schützend den Arm um die Schulter. Warum, wusste er auch nicht recht, so was hatte er noch nie gemacht, aber es war nett. Sie hatten einen ähnlichen Gang.

»Dad ist bestimmt schon seit Jahren in Therapie. Ich würde sogar wetten, dass er mit Therapien durch ist.«

»Ohne uns je per Konferenz dazuzuschalten?«

Jeanette schüttelte den Kopf. »Auf den Gedanken wäre er nie gekommen.«

Albie war nach Brooklyn gekommen, um im Leben wieder Tritt zu fassen, und das war ihm auch in mancher Hinsicht gelungen, mal abgesehen vom Trinken, und das ging, weil er streng reglementiert, aber stetig begrenzte Mengen Alkohol konsumierte, und von dem Speed, mit dem er die zweite Hälfte des Tages überstand. Rauchen zählte nicht. Schlechte Angewohnheiten waren immer eine Frage der Perspektive, und solange die Gegenwart konsequent durch die Linse der Vergangenheit betrachtet wurde, würde ihm wohl jeder bescheinigen, dass er sich sensationell gut machte. Eigentlich hatte er mittlerweile genug Geld gespart, um sich eine eigene Bleibe leisten zu können, aber er suchte nicht danach. Trotz der schon fast lachhaften Enge vermittelten ihm Jeanette und Fodé irgendwie das Gefühl, dass er nie mehr ausziehen sollte. Sobald er durch die Tür kam, wurde er von Dayo mit Beschlag belegt, der sich an seine Beine klammerte, auf Albies Füßen stehen wollte und die Arme um seine muskulöse Wade schlang. »Onkel« war sein Lieblingswort, das er gar nicht oft genug äußern konnte und absolut fehlerfrei aussprach. Albie mochte die Couch, die ein ganzes Stück zu kurz für ihn war. Er mochte die Tage, an denen er nachmittags nach Hause radelte und Bintou sagte, dass sie einige Stunden freinehmen konnte, während er mit dem Kleinen in den Park ging. Er mochte das Gefühl, das er nicht recht benennen konnte, das in ihm aufstieg, wenn er spätabends nach Hause kam und Fodé ihn schon auf der Treppe vor der Haustür erwartete, mit einer Flasche Bier für ihn. Irgendwann würde er ausziehen, doch bis es so weit war, würde er weiter kalte Sesamnudeln aus Chinatown mitbringen, würde morgens seine Decken zusammenlegen und hinter der Couch verstauen, würde mehrmals die Woche abends lange wegbleiben, damit sie ungestört sein konnten, und wenn er dann tief in der Nacht nach Hause kam, achtete er darauf, den Schlüssel so leise im Schloss zu drehen, dass er niemanden weckte.

Wenn Jeanette dann tags darauf fragte: »Wo warst du denn gestern Abend?«, dachte Albie im Stillen: *Ich habe dir gefehlt.*

Anfangs verbrachte Albie diese Abende in Bars und im Kino, stellte aber schon bald fest, dass man in Bars und Kinos in New York locker seinen Tagesverdienst loswurde. Also setzte er sich stattdessen in die Bücherei, bis dort geschlossen wurde, und wechselte dann in den Christian Science Reading Room. Wenn auch der schloss, zog er weiter zu einem rund um die Uhr geöffneten Waschsalon (was aber von der Qualität seiner aktuellen Lektüre und der Frage abhing, ob er ausreichend Speed als Muntermacher eingeworfen hatte) und setzte dort im Schein der Neonbeleuchtung seine Lektüre fort, inmitten toter Motten, rumpelnder Trockner und dem penetranten Geruch von Trocknertüchern. Da er die Empfangsdamen der Verlage, bei denen er regelmäßig Umschläge ablieferte, inzwischen gut kannte und sich regelmäßig nach ihrer Lektüre erkundigte, fehlte es ihm nie an neuen Büchern. Von anderen Kunden bekam er nie Geschenke; die Empfangskräfte der Verlage jedoch fanden nichts dabei, einem Fahrradkurier auch mal ein Buch zu schenken, sogar ihm, dem Fahrradkurier des Todes.

Wenn ihm wieder mal ein Buch überreicht wurde, begleitet von den Worten »Sagen Sie mir später, wie es Ihnen gefallen hat«, revanchierte er sich mit einem Lächeln. Und es war ein hinreißendes Lächeln, nicht zuletzt das Ergebnis der Zahnklammer, die Albie als Kind hatte tragen müssen, das in verblüffendem Kontrast zu seinem sonstigen Erscheinungsbild stand. Ein Lächeln, welches der Empfangsdame das Gefühl vermittelte, ihrerseits beschenkt worden zu sein.

Einmal, Anfang Juni, saß Albie in einem Waschsalon in Williamsburg. Es war schon nach Mitternacht. Draußen auf der Straße kamen nur noch Taxis vorbei, und es waren auch merklich weniger Leute unterwegs. Albie war in einen Roman vertieft, den er am Vortag angefangen hatte, und dabei war ihm jedes Zeitgefühl abhandengekommen. Es war ein guter Roman, weit anspruchsvoller als die seichte Kost, die er sonst konsumierte, Krimis, Thriller und dergleichen. Aber kein Wunder, die Empfangsdame bei Viking schenkte ihm eigentlich immer bessere Bücher, manchmal aktuelle Sachen, manchmal nicht. Einmal hatte sie ihm *David Copperfield* gegeben, mit den Worten, sie habe so das Gefühl, das könnte etwas für ihn sein, ganz selbstverständlich, als sei er die Sorte Mensch, bei deren Anblick man spontan an Dickens denkt, also hatte er das Buch gelesen. In dem Jahr, als er in Virginia lebte und dort zur Schule ging, hatte er es schon einmal lesen sollen. Damals hatte er es einen Monat lang mit sich herumgetragen, ganz wie seine Klassenkameraden, hatte es aber noch nicht mal aufgeschlagen. »Wenn ich Sie damals in Virginia schon gekannt hätte«, sagte er nach beendeter Lektüre zu der Empfangsdame, »wäre ich vielleicht nicht sitzengeblieben.«

»Sind Sie aus Virginia?«, fragte sie. Sie war ungefähr im Alter seiner Mutter, etwas jünger vielleicht, und sie war nicht dumm, das merkte man. Er war ihr sympathisch, obwohl ihre Gespräche nie länger als zwei, drei Minuten dauerten. Albie hatte es immer eilig, weil er schon wieder zum nächsten Kunden musste, und bei ihr klingelte laufend das Telefon, auch jetzt wieder. Sie nahm den Hörer ab, fragte den Anrufer, ob er sich kurz gedulden könne, und drückte dann auf Halten, ohne seine Antwort abzuwarten.

»Nein«, antwortete er. »Ich hab bloß als Kind eine Zeit lang dort gelebt.«

»Dann warten Sie mal einen Moment.« Kurz darauf war sie wieder da und reichte ihm ein Taschenbuch namens *Die Taufe*. »Ein großer Erfolg letztes Jahr. Hat den *National Book Award* gewonnen und sich hervorragend verkauft. Kennen Sie es schon?«

Albie schüttelte den Kopf. Vergangenes Jahr lebte er noch in San Francisco, und was er als Fahrradkurier an Geld verdiente, ging restlos für Heroin drauf. Zu der Zeit hätte auch ein Meteor die Ostküste vernichten können, und er hätte nichts davon mitbekommen.

Sie drehte das Buch um und tippte auf das kleine Autorenfoto auf der Rückseite. »Es war sein erstes Buch seit fünfzehn Jahren, vielleicht sogar noch länger. Hier im Haus hatten ihn alle schon abgeschrieben.« Wieder klingelte das Telefon. Inzwischen blinkten an der Telefonanlage sämtliche Halte-Lämpchen. Höchste Zeit für sie, weiterzuarbeiten. Sie drückte ihm rasch das Buch in die Hand und verabschiedete ihn mit einem Winken. Er nickte und lächelte ihr dankend zu, ehe er sich zum Gehen wandte.

Im Nachhinein hätte er gesagt, dass er gleich von Anfang an ein komisches Gefühl hatte, ab der Mitte des ersten Kapitels etwa, aber im Nachhinein ist man natürlich immer klüger. Es war wohl eher so, dass ihn das Buch schon in Bann gezogen hatte, ehe er sich darin wiedererkannte. Das war ja das Verrückte – wie großartig er das Buch gefunden hatte, ehe ihm klarwurde, worum es ging.

Es ging um zwei Nachbarsfamilien in Virginia. Das eine Ehepaar lebt schon länger in seinem Haus, das andere Paar ist eben erst eingezogen. Sie haben eine gemeinsame Garagenauffahrt. Sie verstehen sich auf Anhieb. Sind gute Nachbarn, die einander Dinge leihen und auch mal einen Abend auf die Kinder der jeweils anderen aufpassen. Sie sitzen abends auf ihren Terrassen, trinken ein Glas zusammen und unterhalten sich über Politik. Der eine Ehemann ist Politiker. Die Kinder – sechs sind es insgesamt – gehen ganz selbstverständlich in beiden Häusern ein und aus, die Mädchen übernachten schon mal gemeinsam in einem Bett. Wohin sich die Dinge entwickelten, war ziemlich leicht abzusehen, wobei aber weniger die armselige Affäre im Mittelpunkt stand, sondern eher die unermessliche Last ihrer Leben: die Arbeit, die Häuser, die Freundschaften, die beiden Ehen, die Kinder, als hätten all die Dinge, die sie sich gewünscht und für die sie gearbeitet hatten, die Unmöglichkeit jeder Art von Glück besiegelt. Die Kinder, die anfangs bloß atmosphärisch und liebenswert wirken, sind tatsächlich eher eine Art Schlangennest. Der Älteste und der Jüngste sind Jungen, mit vier Mädchen dazwischen. Zwei Mädchen im Haus des Politikers, zwei Mädchen und zwei Jungen nebenan bei der Ärztin, die der Politiker heimlich liebt. Macht also einen übrigen Ehemann und eine übrige Ehefrau. Das jüngste Kind, ein Sohn, ist unerträglich. Darin besteht womöglich das Kernproblem. Er steht sinnbildlich für das, was nie überwunden werden kann. Die Liebenden, mit ihren Ehen und Häusern und beruflichen Verpflichtungen, ziehen alle Register, um sich heimlich treffen zu können, aber man hat das Gefühl, dass sie in erster Linie ihren Kindern entkommen wollen, vor allem, das ist der Punkt, diesem jüngsten

Sohn. Die anderen Kinder, an denen es so oft hängenbleibt, sich um ihn zu kümmern, haben eine Möglichkeit gefunden, sich seiner zu entledigen: Sie verabreichen ihm Benadryl, ein Mittel, das der ältere Sohn immer dabeihat, weil er allergisch gegen Bienenstiche ist. Sie geben dem Kleinsten also Benadryl und verstecken ihn unter einem Berg Laken im Wäschekorb, um unbelastet ins Freibad der Stadt radeln zu können. Wünscht sich das nicht jeder, einfach mal unbelastet zu sein?

Albie legte den Daumen auf die Seite und klappte das Buch darüber zu. Im Waschsalon war es auf einmal kalt geworden. Außer ihm waren noch zwei junge Punks da, der Junge mit aufwendiger Stachelfrisur, das Mädchen mit zwei Sicherheitsnadeln in der Nase. Sie saßen da und rauchten, während ihre schwarzen Klamotten sich in der Waschmaschine drehten. Das Mädchen sah Albie an und grinste leicht, vielleicht, weil sie ihn für einen der Ihren hielt.

Hatte er gewusst, dass es Benadryl war? Sie behaupteten immer, es wären Tic Tacs, aber hatte er etwas gewusst? Er wachte an allen möglichen und unmöglichen Orten auf, auf dem Fußboden unter dem Bett, auf einer Wiese, im Auto, auf der Couch, unter mehreren Decken. Er wachte auf dem Boden des Waschkellers in Virginia auf, begraben unter einem Berg Laken. Er konnte sich nie erklären, wieso er an Orten aufwachte, ohne sich daran erinnern zu können, dass er dort eingeschlafen war. »Weil du das Baby bist«, belehrte ihn Holly. »Babys brauchen mehr Schlaf.«

Seine Hände waren eiskalt. Er steckte das Buch in seine Kuriertasche, stand auf und verließ den Salon, hörte das *Tick-tick-tick* der Speichen, während er sein Fahrrad neben sich herschob, unter den neugierigen Blicken der kleinen Punks, die wahrscheinlich dachten, dass er gerade seine Wäsche vergaß. Er kannte den Rest, auch ohne weitergelesen zu haben – dass Patrick, der ältere Sohn, sterben würde, weil all seine Tabletten dem Jüngsten gegeben worden waren und er dann im Notfall, wenn er sie wirklich benötigte, keine mehr hätte. Und Albie wusste, dass dies nicht mal das eigentliche Thema des Buches war.

Er schob sein Fahrrad die Straße entlang. Erkannte er sich auch in den dänischen Krimis wieder? In den postapokalyptischen Thrillern? Bestand das eigentliche Problem womöglich darin, dass er sich selbst immer in den Mittelpunkt rückte?

Nein. Das war nicht das Problem.

Als er in die Wohnung zurückkam, war es fast zwei Uhr früh. Er ging ins Schlafzimmer und trat an das Bett, in dem Jeanette und Fodé und Dayo lagen und friedlich schlummerten. Vielleicht hörten sie das Geräusch seiner Schritte nicht mehr, weil sie schon so sehr verinnerlicht hatten, dass er nun bei ihnen wohnte, oder aber sie waren nach ihrem Tag so geschafft, dass sie auch dann nicht aufgewacht wären, wenn jetzt ein Fremder hier an ihrem Bett stünde. Trotz der heruntergelassenen Jalousien drang von außen diffuses Licht ins Zimmer. Das war eben New York. Es wurde nie wirklich dunkel. Dayo schlummerte zwischen ihnen, mit Jeanettes Hand auf seiner Brust. Anderen beim Schlafen zuzusehen, das war fast unerträglich. Hatte sie Fodé erzählt, was geschehen war? Dass sie einen Bruder gehabt hatte, der gestorben war, hatte sie ihm wahrscheinlich erzählt, aber was wusste er darüber hinaus noch? Albie hatte nie jemandem etwas verraten. Nicht seinen Freunden von der Fahrradbande, nicht den anderen Kurieren, mit denen er morgens Kaffee trank, und auch nicht Elsa in San Francisco, mit der er sich eine Spritze geteilt hatte. Cal hatte er nie auch nur mit einer Silbe erwähnt. Albie machte unter der Decke und dem Laken, mit denen sie zugedeckt waren, den Fuß seiner Schwester ausfindig, legte eine Hand darauf und drückte leicht zu. Sie versuchte ihn im Schlaf abzuschütteln, aber er ließ nicht los, bis sie die Augen aufschlug. Niemand möchte gern mitten in der Nacht aufwachen und einen Mann im Schlafzimmer stehen sehen. Jeanette jedenfalls erschrak heftig und gab einen kleinen, erstickt klingenden Angstlaut von sich, der ihrem Bruder das Herz brach. Ihr Mann und ihr Sohn bekamen davon nichts mit, sie schliefen weiter.

»Ich bin's nur«, flüsterte Albie. »Steh auf.« Er deutete hinter sich auf die Tür und ging dann nach nebenan, um im Wohnzimmer auf sie zu warten.

6

Leo Posen hatte für die Sommermonate ein Haus in Amagansett gemietet. Leider ohne Aussicht aufs Meer – um sich in den Hamptons ein Haus mit einer solchen Aussicht leisten zu können, hätte er ganz andere Bücher schreiben müssen –, aber dessen ungeachtet ein hübsches Haus, mit breiten Fluren und sonnendurchfluteten Räumen, einer Verandaschaukel von der Größe eines Diwans und einer Küche mit einem riesigen Tisch, der anmutete, als wäre er einst von Pilgervätern zusammengezimmert worden, um daran ein späteres, schon reichhaltigeres Thanksgiving-Fest zu begehen. Das Haus gehörte einer Schauspielerin, die es ausschließlich im Sommer nutzte, diesen Sommer aber zu Dreharbeiten in Polen war. Die Maklerin hatte deutlich gemacht, dass diese Immobilie eigentlich nie vermietet wurde, die Schauspielerin aber für Leo eine Ausnahme machte, weil sie eine große Verehrerin war. Tatsächlich spekulierte sie auf eine Rolle in der Verfilmung von *Die Taufe*. Sie wollte gern die Ärztin spielen, die ein heimliches Verhältnis mit ihrem Nachbarn hatte, und hegte die Hoffnung, dass Leo, umgeben von ihren hübschen Dingen, ihren Bildern, an sie denken würde.

Leo entschied sich, mit offenen Karten zu spielen. Die Filmrechte, erklärte er der Maklerin, seien nicht verkauft.

Die Maklerin stutzte kurz. Die Filmrechte an diesem Buch, das wusste sogar sie, die von diesem Geschäft null Ahnung hatte, hätten in Hollywood längst einen Abnehmer finden müssen. Kurz kam ihr der verwegene Gedanke, ob sie diese

Filmoption vielleicht sogar selbst erwerben könnte. »Oh, das macht nichts«, sagte sie. »Wenn der Film irgendwann gedreht wird, wird sie die Rolle immer noch spielen wollen.«

Leo hatte das Haus mit dem Hintergedanken gemietet, den Sommer über an seinem neuen Roman zu arbeiten, den sein Verlag seiner Agentin ohne auch nur ein Exposé abgekauft hatte, während *Die Taufe* nach wie vor die Kassen zum Klingeln brachte. Außerdem hatte er Franny mit dem Haus eine Freude machen wollen. Sie könne dort nach Lust und Laune faulenzen, hatte er zu ihr gesagt. Den ganzen Tag auf dem großen, weichen Sofa im Wohnzimmer liegen und lesen, oder auch an den Strand radeln und dort lesen. »Sand, Wellen, Strandrosen«, sagte er und ließ sich eine Strähne ihres herrlichen Haars durch die Finger gleiten. Abends, nach dem Essen, würden sie sich auf die Veranda setzen, und er würde ihr vorlesen, was er den Tag über zu Papier gebracht hatte. »Das klingt doch nicht nach schlechten Ferien, oder?«

Aber es waren schlechte Ferien. Wobei das Problem, wie sie viel zu spät begriffen, das wundervolle Haus selbst war, das oben auf einem Hügel stand, wo nachmittags eine erfrischende Brise ging, und mitsamt Grundstück von einer hohen Hecke umgeben war, die einen vor neugierigen Blicken abschirmte. Wegen des langen, harten Winters blühten die Obstbäume, die im Garten verstreut standen, erst relativ spät, und so waren die Kirschbäume noch jetzt, Anfang Juni, über und über von rosaroten Blüten bedeckt. Um die Blumenbeete, die einen charmant verwilderten Eindruck machten, kümmerte sich ein Gärtner, der immer mittwochs kam, genau wie der für die Poolpflege zuständige Peruaner, der dann mit einem langstieligen Kescher die Kirschblüten aus dem Wasser fischte. Es gab fünf Schlafzimmer, in denen das Thema »Fenster in einer Dachschräge« variiert wurde: behagliche Fensterbänke, Betten mit dicken Daunendecken, handgewebte Teppichläufer auf den Bodendielen aus Eiche. Leo Posen hatte der Maklerin gesagt, er suche eigentlich etwas viel Kleineres, doch davon wollte sie nichts wissen. »Sie bekommen einen solchen Sonderpreis, dass ein kleineres Haus Sie erheblich teurer käme«, gab sie zu bedenken. »Wenn Sie wüssten, was Sie dieses Haus kosten würde, wenn Sie den marktüblichen Tarif bezahlen müssten! Falls Sie die überzähligen Räume nicht nutzen wollen, schlage ich vor, dass Sie einfach die Türen schließen.«

Das hätte eine Lösung sein können. Aber ähnlich wie ein Vakuum verabscheut die Natur auch ein ungenutztes Schlafzimmer im sommerlichen Amagansett, besonders wenn die fraglichen Zimmer einer Schauspielerin gehören und von einem Schriftsteller angemietet worden sind. Die Leute wollten sie besuchen. Eric, sein Lektor, der eigentlich einen Wachdienst hätte engagieren sollen, um das Grundstück ringsherum gegen Störungen absichern zu lassen, rief als Erster an und redete davon, wie nett es wäre, sich außerhalb der Stadt zusammenzusetzen und Leos Ideen für das neue Buch zu besprechen. Eric könne günstigerweise schon am Donnerstag zu ihnen rausfahren, ehe der Wochenendrummel einsetzte, Marisol aber, seine Frau, müsse an dem Abend noch zu einer Vernissage gehen. Mit anderen Worten, sie müsse wohl mit dem berühmt-berüchtigten Jitney-Bus kommen.

Marisol? Leo stutzte kurz, beeilte sich aber dann, Eric in allem zuzustimmen – ja, das würde sicher ganz reizend werden. Nach dem Telefonat legte er auf und sah kurz auf den gelben Schreibblock, der vor ihm lag, ehe er einen Blick aus dem Fenster warf. Es regnete, und eine Weile saß er da und bewunderte einfach nur die Kirschbäume, während er darüber nachdachte, ob wohl jemals jemand auf die Idee gekommen war, Schreibblöcke aus Kirschbaumholz zu fertigen. Dann ging er nach unten, um Franny zu fragen, ob sie zum Essen in den Ort fahren sollten.

»Es ist gut, dass Eric herkommt«, sagte Leo zu Franny. Es war mild und regnete nur leicht, und sie saßen unter einer

Markise draußen vor dem Café, in dem sie nun schon den vierten Tag in Folge zu Mittag aßen. Es war extrem angenehm. »Ich kann ihn fragen, ob er dir einen Job besorgen kann. Du bist eine ausgezeichnete Lektorin, weißt du, viel besser als er, was ich ihm gegenüber natürlich unerwähnt lassen werde.«

Franny schüttelte den Kopf. »Nein, frag ihn nicht.«

Leo hob den Blick zu der Kellnerin, die eben an ihrem Tisch vorbeikam, und tippte wortlos an den Rand seines geleerten Weinglases. Es war schon nach zwei, ein sehr spätes Mittagessen. »Wenn ich ihn nicht frage, wird er von alleine draufkommen. Wer weiß, ich könnte einflechten, dass du gerade auf der Suche bist. Vielleicht spreche ich auch lieber Marisol darauf an.«

»Eric kennt mich«, erwiderte sie. »Falls er gern hätte, dass ich für ihn arbeite, weiß er, wie er mich erreichen kann.« Eric war natürlich vermutlich nicht entgangen, dass Leo und Franny nicht in New York lebten. Mehr noch, dass es sie im Grunde nirgendwo länger als vier Monate hielt, was für eine Festanstellung gewisse Probleme aufwarf. Davon abgesehen war Franny sich nicht sicher, ob sie überhaupt als Lektorin arbeiten wollte.

»Eric kennt dich bloß von Dinnerpartys. Er hat sich noch nie richtig mit dir unterhalten. Deshalb ist es ja so günstig, dass er herkommen will.«

Bei seinem Eintreffen am Donnerstagnachmittag äußerte Eric den Wunsch, abends lieber zu Hause essen zu wollen. Er habe die ganze Woche jeden Abend ausgehen müssen, und hier könnten sie sich außerdem doch viel ungestörter unterhalten. Eric war ein zierlicher, drahtiger Mann, Typ Läufer, dem irgendwann mal jemand gesagt haben musste, dass Blau gut zu seinen Augen passte. Jedenfalls trug er immer Blau, zumindest wenn Franny ihn sah. Er blickte die Treppe hinauf, strich andächtig mit der Hand über das Geländer.

Leo sah Franny fragend an. »Das wäre doch in Ordnung, oder?«

Schon da hätte sie es wissen müssen, doch sie ahnte nichts. Sie dachte, es ginge um ein Essen, einen Abend. Franny ging in die Küche und rief im Palmer House an, um Jerrell zu fragen, wie man Steak zubereitete. Seine Schicht würde jetzt gerade beginnen, vermutlich hackte er gerade Petersilie.

»Little House«, begrüßte er sie. »Mensch, komm gefälligst wieder her. So gut wie du füllt keine meinen Becher nach!«

Sie lachte. »Ich soll meine Ferien abbrechen, um dir Limo zu bringen? Sei ein Freund, hilf mir aus der Klemme.«

Jerrell stand gerade im Büro des Managers, und der Manager starrte ihn an. Die Köche bekamen nie Anrufe. Jerrell wies sie an, das Fleisch mit ein wenig Old-Bay-Gewürzmischung einzureiben und diese eine Weile einziehen zu lassen. »Wirklich nur ein wenig, hörst du. Das Zeug gehört nicht auf Steaks.« Danach erklärte er ihr in Grundzügen die Zubereitung von Spargel und Backkartoffeln. »Den Salat und einen Kuchen kaufst du fertig. Jemand da draußen wird ja wohl Geld haben. Stell dich bloß nicht hin und mach alles selber.«

Franny fuhr einkaufen, zum Supermarkt, zum Metzger, zur Bäckerei. Im Spirituosenladen suchte sie Wein aus, besorgte ausreichend Scotch und Gin. Als sie nach Hause kam, lud sie den Wagen aus. Leo und Eric hatten sie nicht zum Einkauf begleiten wollen; sie wollten schon mal über den Roman reden, hieß es, um den geschäftlichen Teil hinter sich zu bringen. Sie konnte die beiden lachen hören, draußen auf der geschützten Veranda seitlich am Haus, auf der, wie Leo entschieden hatte, geraucht werden durfte. Lautes, unbändiges Gelächter. Franny brachte ihnen zwei Gläser mit Eis und eine Flasche Macallan nach draußen, als kleine Aufmerksamkeit. Sie trug ihre Strandklamotten: abgeschnittene Jeans und Flipflops, ein schlichtes weißes T-Shirt. Sie war neunundzwanzig. Sie spielten Vater – Mutter – Kind. Sie spielte die Gastgeberin.

»Nun schau dir dieses Mädel an, Eric«, sagte Leo von seinem Sessel aus, legte ihr den Arm um die Hüfte und zog sie an sich. »Ist sie nicht ein Traum?«

»O ja, ein Traum«, bestätigte Eric, um Franny gleich darauf zu fragen, ob er vielleicht ein Glas Pellegrino oder Perrier haben könnte, mit Eis.

Franny nickte schweigend und war froh, dass sie daran gedacht hatte, auch Mineralwasser zu besorgen. Sie ging wieder in die Küche. Die beiden unterhielten sich nicht über den Roman, sondern über Tschechow. Eric sagte, er spiele mit dem Gedanken, eine Neuübersetzung herauszugeben, in zehn Bänden, eine Komplettausgabe; fraglich sei nur, ob es dafür einen Markt gebe. Sie fragte sich unwillkürlich, welche von Tschechows Erzählungen sie so lustig gefunden hatten.

Als Feministin musste Franny sich schon fragen, warum sie Leo und Eric am Donnerstag klaglos zu Abend bekocht hatte, ohne von ihnen irgendwelche Hilfe zu erwarten; tags darauf jedoch einen schmerzhaften kleinen Stich verspürte, als hätte ihr jemand ein Gummiband gegen den Hals geschossen, als sich Marisol nach ihrer Auskunft aus der Stadt, in ihrer bestickten Leinentunika und mit ihrem roten Leinenschal, auf der Veranda in einen Sessel sinken ließ und erklärte, was sie jetzt wirklich brauche, sei ein Glas Weißwein, am liebsten ein netter Chablis, sofern sie welchen hätten. Schließlich hatte sie Marisol selbst gefragt, was sie gern trinken würde, und Marisol, die gerade in ihrer Handtasche nach Zigaretten kramte, hocherfreut, dass sie hier nicht die einzige Raucherin war, hatte ihr geantwortet. Wo also war hier das Problem?

»Traumhaft schön ist es hier!«, schwärmte Marisol mit einem Lächeln, als sie ihr Glas von Franny in Empfang nahm. »Aber Leo ist ja sowieso der größte Glückspilz, den ich kenne.«

Aus ähnlichen Gründen wie am Vortag wurde entschieden, dass sie auch an diesem Abend nicht essen gehen würden.

Marisol deutete mit der Hand auf die Kirschbäume. »Zum Essen in die Stadt fahren, wo es hier so wunderschön ist? Im Restaurant dann womöglich all diese Leute wiedersehen, die ich heute schon im Bus ertragen musste? Auf gar keinen Fall.« Marisol leitete eine Kunstgalerie in SoHo. Die Vorstellung, sich hier im Haus der Schauspielerin aufzuhalten und den Grillen in ihrem Garten zu lauschen, war für sie unwiderstehlich.

Franny verzog keine Miene, doch Leo war zumindest so geistesgegenwärtig, das Problem im Ansatz zu erfassen. Er klatschte einmal in die Hände und strahlte in die Runde. »Dann würde ich sagen, machen wir doch das Gleiche wie gestern. Das Essen war perfekt, das schmeckt uns heute garantiert noch mal. Das dürfte kein Problem sein, oder?«, fragte er Franny.

»Marisol isst kein Fleisch«, sagte Eric mit seinem nettesten Lächeln. Er und Marisol waren in Leos Alter, so ungefähr Anfang sechzig. Sie hatten einen Sohn, angehender Hautarzt, der gerade seine Assistenzzeit im Johns Hopkins Hospital in Baltimore beendete, und eine Tochter, die unlängst Mutter geworden war und sich zu Hause um ihr Baby kümmerte.

»Fisch.« Marisol hielt die Hand in die Höhe wie bei einem Pfadfinderschwur. »Eigentlich bin ich Vegetarierin, aber in Gesellschaft esse ich auch Fisch.«

Die drei blickten Franny an, arglos und voller Erwartung, behaglich in die dicken, elfenbeinfarbenen Polster der Korbsessel geschmiegt. Jerrell konnte sie unmöglich noch einmal anrufen. Er würde sie eine verfluchte Idiotin nennen. Für Fisch würde sie notgedrungen ihre Mutter bemühen müssen. »Sonst noch irgendwas?«, fragte sie.

Eric nickte. »Was zum Knabbern? So was wie Nüsse oder kleine Kräcker, vielleicht eine Mischung?«

»Wie in einer Bar. Alles klar.« Mit diesen Worten ging sie in die Küche, um ihre Schlüssel zu holen.

So lief es zwischen Leo und Franny sonst eigentlich nicht. Bewunderung und ungläubiges Staunen, das war die Grundlage ihrer Beziehung, die nun schon fünf Jahre hielt. Auch nach all dieser Zeit konnte er es kaum fassen, dass sie mit ihm zusammen war: Sie war nicht nur jung (nicht bloß jünger als er, sondern grundsätzlich *jung*) und schön, schöner, als es einem Mann in seinem Alter noch zustand, sondern obendrein das Rettungsseil, an dem er sich, Hand über Hand, wieder in seine Arbeit zurückgehangelt hatte – sie war der Funke, der Stromstoß. Franny Keating war das *Leben* selbst. Franny wiederum konnte den Namen Leon Posen sagen, für sie nicht weniger legendär als der Name Anton Tschechow, und dann feststellen, dass er im Bett neben ihr lag, eine Tatsache, über die sie bis heute ungläubig staunte, jedes Mal aufs Neue. Und mehr noch, er hatte in ihrem Leben etwas gesehen, das sie selbst so nie verstanden hatte.

Natürlich gab es auch gewisse Schwierigkeiten zwischen ihnen. Zum einen die zwar immer ungewisse, aber, realistisch betrachtet, durch ihren Altersunterschied von zweiunddreißig Jahren von Natur aus ab einem bestimmten Punkt begrenzte Zukunft, zum anderen die Vergangenheit, weil Leo, technisch gesehen, nach wie vor verheiratet war. Seine Frau in Los Angeles lauerte auf einen Anteil an künftigen Tantiemen, eine schon fast rührend optimistische Forderung, wenn man berücksichtigte, wie lange er kein Buch mehr veröffentlicht hatte. Leo wiederum hatte es kategorisch abgelehnt, Abmachungen über noch nicht geschriebene Bücher zu treffen. Dann hatte er einen Bestseller gelandet, für den er nach einem stattlichen Vorschuss inzwischen auch Beteiligungen kassierte, außerdem Preisgelder und Einkünfte aus hohen Auflagen im Ausland. Angesichts dieser neuen Phase sprudelnder Tantiemen wies seine Frau ihren Anwalt darauf hin, wie recht sie gehabt hatte, von ihren Forderungen keinen Millimeter abzuweichen.

Theoretisch hätte Leon nun reich sein müssen, aber weit

gefehlt; um über die Runden zu kommen, war er gezwungen, kontinuierlich Gastprofessuren an diversen finanzstarken, prestigeträchtigen Institutionen zu übernehmen, und diese Verpflichtungen machten es ihm fast unmöglich, an seinem neuen Buch zu arbeiten. Ja, es war sehr viel Geld, aber dieses Geld war wie ein Strom, der sich in zahlreiche Nebenflüsse ergoss. Er hatte bereits eine Ex, seine erste Frau, von der er seit langen Jahren geschieden war und der er einen stattlichen Unterhalt zahlte – zusätzlich zu den Zahlungen an seine Noch-Ehefrau, die längst seine zweite Ex hätte sein sollen. Sie kostete ihn ein Vermögen. Seine Tochter aus erster Ehe brauchte ständig Geld, weil sie so viel mehr brauchte als Geld, Geld aber für sie nun mal die einfachste Möglichkeit war, diesen Bedürfnissen Ausdruck zu verleihen; und dann gab es noch zwei Söhne aus der zweiten Ehe, die beide nicht mit ihm sprachen – der eine studierte im zweiten Jahr am Kenyon College, der andere besuchte noch die exklusive Harvard-Westlake-School in Los Angeles. Die Gebühren dafür, wie auch für all ihre sonstigen Wünsche, bezahlte selbstverständlich Leo.

Franny war sich darüber im Klaren, dass es höchste Zeit war, sich Gedanken über ihre weitere Lebensplanung zu machen, aber Leo klammerte sich an sie wie ein Kind an seine Schmusedecke, und es war natürlich unwiderstehlich, von dem Menschen, den sie auf der Welt am meisten bewunderte, so sehr gebraucht zu werden, immer wieder zu hören, dass sie unersetzlich war. Es war auf jeden Fall angenehmer, als sich bei Universitäten um einen Studienplatz zu bewerben, zumal sie nicht einmal wusste, was sie studieren wollte. Also begnügte sie sich mit der Rolle als seine Begleiterin, die hübsch zurechtgemacht mit ihm an Fakultätsessen in Stanford oder Yale teilnahm. Manchmal kehrte sie auch nach Chicago zurück, um ein paar Monate im Palmer House zu arbeiten, dann wohnte sie solange in dem Apartment, das sie am North Lake Shore Drive gemietet hatten. Leo hatte die Rückzahlung ihres

Studiendarlehens übernommen, in dieser Hinsicht war sie also gerettet, doch zwischendurch wollte sie auch mal wieder selbst Geld verdienen. Außerdem war es schön, ihre Freunde dort wiederzusehen. Und im Palmer House war sie immer gern gesehen, wenn sie arbeiten wollte.

»Das ist doch Wahnsinn«, sagte er dann spätabends am Telefon, eindeutig zu betrunken, als dass er noch hätte anrufen sollen. »Ich sitze hier ganz allein, damit du kellnern kannst? Bitte, fahr zum Flughafen, heute Abend noch, oder morgen früh, und setz dich in ein Flugzeug. Ich schick dir ein Ticket.« Über die Tickets, die er ihr zuschicken wollte, witzelten sie natürlich oft. In diesem Fall aber meinte er es bitterernst.

»Du kommst schon klar.« Bei Telefonaten wie diesen beschränkte sich Franny auf unverbindliche Floskeln. Weil er sich am nächsten Tag ohnehin an nichts würde erinnern können. »Und es tut mir gut, hier zu sein. Hin und wieder muss ich auch mal arbeiten.«

»Aber du arbeitest doch! Du hast mich inspiriert, wieder zu schreiben, nachdem die restliche Welt an dieser Aufgabe gescheitert war. Ich kann dir ein Gehalt zahlen, wie wär's? Ich stell dir einen Scheck aus. Es ist dein verfluchtes Buch, Franny. Deins ganz allein.«

Beim Schreiben hatte er sie noch beruhigt und das Gegenteil behauptet. Was sie ihm erzählt hatte, betonte er, sei bloß der Startblock für seine schöpferische Phantasie. Das in dem Buch sei nicht ihre Familie. Niemand würde sie darin wiedererkennen.

So sah es aus.

Von ihrem Altersunterschied mal abgesehen, und von der Tatsache, dass er zwar getrennt, aber noch verheiratet war und einen Roman über ihre Familie verfasst hatte, dessen Lektüre in der Schlussfassung ihr körperliche Übelkeit verursachte, obwohl sie die Geschichte mehr als aufregend gefunden hatte, als er noch daran arbeitete, lief bei Franny und Leo alles bestens. Und es war auch nicht so, dass sie ihm den Roman übelnahm, es war ein grandioser Roman, die grandiose Arbeit Leon Posens, die sie nun einmal selbst auf sich herabbeschworen hatte.

Und wenn man die Dinge schon mal aufzählte – es gab noch ein Problem, das der Erwähnung wert war, auch wenn Franny es nicht als solches wahrhaben wollte: Franny trank keinen Alkohol. Und ihre Abstinenz empfand Leo, sosehr sie das auch von sich weisen mochte, als eine Art von Missbilligung. Es fiel ihm auf, wenn sie mit Freunden zusammensaßen, und auch, wenn sie nach einem Mittagessen in der Stadt ganz selbstverständlich auf die Fahrerseite des Wagens ging, weil er drei lumpige Gläser Pinot Gris getrunken hatte. Es fiel ihm auf, wenn er allein war, wenn sie sich in Chicago aufhielt, einen halben Kontinent entfernt. Sie sei vor langer Zeit in einen Unfall verwickelt gewesen, hatte sie ihm erklärt, einen Unfall, den sie verursacht habe, weil sie nicht mehr nüchtern war, und deswegen habe sie dem Alkohol abgeschworen. Verschiedentlich war er auf dieses Thema zurückgekommen, und jedes Mal hatte er den Eindruck, es mit dem Teil von ihr zu tun zu bekommen, der Jura studiert hatte. Auch deswegen war er davon überzeugt, dass Franny eine großartige Gelegenheit ungenutzt verstreichen ließ, wenn sie ihr Studium nicht beendete.

»Ist bei dem Unfall jemand zu Tode gekommen?« So lautete in der Regel seine Eingangsfrage.

»Nein.«

»Wurde jemand verletzt? Hast du einen Hund überfahren?«

»Nein.«

»Hast du dich verletzt?«

Sie klappte mit einem Seufzer das Buch zu, in dem sie gerade las, *Radetzkymarsch* von Joseph Roth. Er hatte es ihr empfohlen. »Stört es dich, wenn ich diese Frage nicht beantworte?«

»Bist du Alkoholikerin?«

Franny zuckte die Achseln. »Nicht, dass ich wüsste. Eher nicht.«

»Warum kannst du dann nicht wenigstens ein Glas mittrinken, um mir Gesellschaft zu leisten? Hier zu Hause etwa, was spricht dagegen? Ich sage ja nicht, dass du dich danach noch ans Steuer setzen sollst.«

Sie beugte sich vor und küsste ihn, weil ein Kuss ihre Standardmethode war, einen Krach zu beenden. »Streng dein großes Hirn an«, sagte sie liebevoll. »Dir muss doch was Besseres einfallen, worüber wir uns streiten können.«

Franny ging in die Küche und rief ihre Mutter in Virginia an. »Fisch zum Abendessen«, sagte sie, »für vier Personen. Etwas, das ich nicht vermasseln darf.«

»Könnt ihr nicht essen gehen?«, fragte ihre Mutter zurück.

»Sieht nicht so aus. Dieses Haus entpuppt sich langsam als Hotel California. Die Leute kommen hereinspaziert und wollen überhaupt nicht mehr abreisen. Mir ginge es vermutlich nicht anders, wenn ich nicht zufällig das Kochen übernehmen müsste.«

»Du und Kochen«, sagte ihre Mutter belustigt.

»Ja. Ich weiß.«

»Hast du mal in den Kleiderschrank geguckt?«

Franny lachte. Ihre Mutter kam gern ohne Umschweife zum Kern der Sache. »Bikinis von Etro, stapelweise kleine Seidenfummel, etliche lange Kaschmirpullis, federleicht, und natürlich Schuhe. Schuhe ohne Ende, das kannst du dir nicht vorstellen. Sie kann kaum größer sein als eine Pipette. Alles ist unglaublich klein und winzig.«

»Was hat sie für eine Schuhgröße?«

»Siebenunddreißig.« Franny hatte probeweise versucht, ihren Fuß in eine Sandalette zu zwängen. Aschenputtels grobschlächtige Stiefschwester.

»Wenn ich käme«, bot ihre Mutter an, »könnte ich dir beim Kochen helfen.«

Franny seufzte. Ihre Mutter hatte kleine, zierliche Füße. »Lieb von dir, aber besser nicht. Gäste haben wir hier wirklich mehr als genug.«

»Na, na. Ich bin doch kein Gast, ich bin deine Mutter.« Sie sagte es leichthin.

Franny stellte sich kurz vor, wie schön das wäre – ihre Mutter neben ihr in der anderen Ecke des Sofas, in ein Buch vertieft. Meistens fuhr Franny allein zu Hause in Virginia vorbei, oder ihre Mutter kam sie in Chicago besuchen, wenn sie dort in der Hotelbar arbeitete. Die wenigen Begegnungen, zu denen es bisher zwischen Leo und ihrer Mutter gekommen war, waren so weit höflich, aber kühl verlaufen. Ihre Mutter war jünger als er. Sie hatte *Die Taufe* gelesen. Sie fand es zwar schmeichelhaft, dass sie in dem Buch eine Ärztin war, aber noch lieber wäre es ihr gewesen, wenn sie gar nicht darin vorgekommen wäre. Beverley glaubte nicht, dass es Leo Posen wirklich um das Wohl ihrer Tochter ging, und das hatte sie ihm einmal auch gesagt, als sie und Leo zu viel getrunken hatten. Frannys Mutter wäre gewissermaßen die Krönung dieser Sommerferien.

»Bitte«, sagte sie. »Hilf mir einfach nur mit dem Fisch.«

Ihre Mutter legte kurz den Hörer aus der Hand, um ihr Rezept für Fischsuppe zu holen. »Wenn du alles genau so machst, wie ich es dir jetzt sage, obwohl du noch nie im Leben einen Rat von mir angenommen hast, werden dir alle zu Füßen liegen.«

Und wie recht ihre Mutter damit hatte. Alle lobten sie in den höchsten Tönen. Ein besseres Menü, sagten Eric und Marisol übereinstimmend, würden sie in ganz Manhattan nicht bekommen. Frannys Mutter hatte den Bogen raus, den Salat mit Nektarinen, welche Käsekräcker sie genau besorgen sollte. Franny war nicht weniger beeindruckt als ihre Gäste. Aber Leo war wieder nicht mit ihr einkaufen gefahren, und keiner kam in die Küche, um ihr beim Paprikaschneiden zu helfen, und als sie auf die Veranda hinausging, um zu verkünden, dass das Essen fertig war, hielt Eric, der gerade wieder einmal eine amüsante Tschechow-Geschichte erzählte, bei ihrem Anblick die Hand in die Höhe, zum Zeichen, dass er gern erst ausreden würde. Doch er redete noch fast eine Viertelstunde weiter, und Franny sorgte sich unwillkürlich um die Shrimps, die eigentlich nicht länger als drei Minuten ziehen sollten. Nach dem Essen dankten ihr die Gäste überschwänglich, ganz reizend, und Eric krempelte demonstrativ die Ärmel seines blauen Leinenhemds hoch, ehe er das Geschirr abräumte und in die Spüle stellte, aber das war es dann auch schon.

Astrid, Leos Agentin, rief am Samstagmorgen an. Ihre Sekretärin hatte am Vortag in Erics Büro angerufen, einer Sache wegen, die nichts mit Leo zu tun hatte, und dabei nebenher erfahren, dass Eric gerade bei Leo war, in seinem Sommerhaus in Amagansett. Astrid hatte ein Haus in Sag Harbor, in das sie im Sommer jeden Donnerstagabend fuhr und wo sie bis Montagvormittag blieb. Hatten sie wirklich gedacht, sie würden ihr nicht über den Weg laufen? Astrid kündigte an, dass sie am Nachmittag nach Amagansett kommen würden. Damit meinte sie sich und einen ihrer Autoren, ein junger, überaus vielversprechender Mann, der zwei Wochen in ihrem Haus zu Gast war, um an seinem neuesten Text in Ruhe einige letzte Überarbeitungen vorzunehmen.

»Na schön«, sagte Leo schicksalsergeben. »Ich gebe dir die Adresse.«

»So ein Unfug.« Sie lachte trocken. »Das Haus kennt doch jeder.«

»Astrid?« Eric runzelte die Stirn, aus seinem Blick sprach ein Anflug von Verzweiflung. Er löste gerade das große Samstags-Kreuzworträtsel in der Zeitung. Er war noch unrasiert und hatte zum Rasieren auch keine Lust.

»Sie hat gar nicht lang gefragt.« Leo seufzte, aber im Grunde mochte er Astrid. Dass Eric sie nicht mochte, war der Beweis, dass sie ihre Arbeit gut machte.

»Damit wäre das Mittagessen wohl gelaufen«, sagte Eric.

Da tauchte Marisol auf der Treppe auf, in einem roten Badeanzug und mit einem breitkrempigen Sonnenhut angetan. »Ich gehe an den Pool«, verkündete sie.

»Astrid kommt gleich«, sagte Eric.

Marisol blieb stehen und setzte ihre Sonnenbrille auf. »Sie wohnt doch in Sag Harbor. Da wird sie wohl kaum über Nacht bleiben.«

Franny fuhr nach Bridgehampton, zu einem sündhaft teuren Feinkostladen, wo es auch fertige Gerichte gab. Als sie gerade die Einkäufe fürs Mittagessen im Auto verstaute, meldete sich bei ihr die Einsicht, dass ihre Gäste wohl nicht so schnell abreisen würden, also machte sie gleich wieder kehrt und kaufte auch noch das Abendessen. Leo hatte ihr seine Kreditkarte gegeben. Die beiden Menüs kosteten ein kleines Vermögen. Bei ihrer Rückkehr war Astrid zwischenzeitlich eingetroffen, zusammen mit ihrem Autor, einem dünnen, blassen jungen Menschen namens Jonas mit schwarz glänzendem Haar und in einer gelben Leinenhose. Er aß allein doppelt so viel wie alle anderen zusammen. Franny wurde mit Betrübnis klar, dass für das Mittagessen am kommenden Tag wohl nichts übrig bleiben würde.

»Wozu eine weitere Neuauflage von Tschechow?«, wollte der Jungautor von Eric wissen, während er sich großzügig bediente, erst an der in Kräutern marinierten Hähnchenbrust, dann an der Lachs-Ceviche. »Wäre es nicht mutiger, jungen Autoren aus Russland eine Chance zu geben?«

»Mag sein. Aber ich bin nicht bei einem russischen Verlag in Moskau beschäftigt.« Eric goss erst sich ein Glas Wein ein und schenkte dann Marisol nach. »Oh, und ich kann kein Russisch.«

»Jonas schon«, warf Astrid ein, im Tonfall einer stolzen Mutter. »Er spricht Russisch.«

»*Konjetschno*«, sagte Jonas.

Astrid nickte. »Er steht in engem Kontakt mit den Refuseniks.«

»Refuseniks? Die gibt's doch gar nicht mehr«, widersprach Leo. »Die hat die alte Sowjetunion doch schon in den Siebzigern ausreisen lassen.«

»Mit den Refuseniks habe ich mich im Studium intensiv beschäftigt«, sagte Jonas. »Und es gibt immer noch viele unterdrückte Juden in Russland, glauben Sie mir.«

»Sollte ich dann nicht eher einen jungen Russen ins Programm nehmen, der über die Refuseniks schreibt, als einen Amerikaner, der sich bloß studienhalber mit ihnen beschäftigt hat? Wäre das nicht wahrhaft mutiger?«

»Sie sind ja gar nicht mein Verleger.«

Eric lächelte bei diesem herrlichen Gedanken. »Also, sagen wir Unentschieden, ja? Tschechow ist mein Spezialgebiet, und Ihres sind die Refuseniks. Und beide sind wir Schnee von gestern.«

»Ist das Couscous?« Marisol sah Franny fragend an, während sie auf den Salat mit Gurke und Tomaten deutete.

»Ja. Nach israelischem Rezept«, sagte Franny, während sie ihr die Schale anreichte. »Da sind die Körnchen größer.«

Franny hatte im Feinkostladen die richtige Vorahnung gehabt. Als es auf den Abend zuging, hockten Leo und seine Gäste noch immer auf den diversen Sofas des Hauses. Jonas arbeitete anscheinend an einem Manuskript, zumindest hatte er einen Stapel Papier auf den Knien liegen und einen Bleistift zwischen den Zähnen. Schon ein seltsamer Gedanke, dass er mit einem Manuskript zum Mittagessen gekommen war. Eric kam vom Pool wieder ins Haus und äußerte zu niemand Bestimmten, dass er so langsam wieder Hunger bekäme, und das, obwohl er vor zwei Stunden noch pappsatt gewesen sei.

Auf jeden Fall könnte er jetzt erst mal einen Drink gebrauchen.

Leo sah auf und lächelte. »Na, das ist doch mal eine Idee.«

Nach einem endlosen Abend, an dem Franny zwar nicht zu kochen brauchte, aber die fertigen Speisen noch immer aufwärmen, den Tisch decken und alles servieren musste, und nach einem Schmaus, bei dem der Wein nur so in Strömen floss, gefolgt von einem Raubzug in den Beständen der Schauspielerin, um sich nach Tisch noch Calvados und lieblichen Sauternes zu genehmigen (»Franny, bitte schreib auf, was wir alles klauen«, sagte Leo, während er das Getränkeregal in der Speisekammer durchging. »Damit ich später alles ersetzen kann.«), als sich alle zum Rauchen nach draußen auf die Veranda verzogen hatten, stand Franny in einem Esszimmer, in dem es aussah, als hätte Bacchus ein Gelage gefeiert. Sie atmete tief durch, ehe sie sich daranmachte, den Tisch abzuräumen.

Der lange, dünne Jungautor folgte ihr in die Küche. Erst dachte sie, er wollte ihr helfen, ehe ihr klar wurde, dass er nur bei ihr landen wollte. Er trug jetzt eine Brille, die er, soweit sie sich entsinnen konnte, bei seiner Manuskriptlektüre noch nicht getragen hatte.

»Ich habe bei Knopf unterschrieben«, erklärte er, nahm ein Weinglas aus dem Abtropfkorb und hielt es dann mit dem Handtuch lange fest. »Ganz unter uns, ich hatte eigentlich auf Farrar, Straus und Giroux gehofft. Schon seit meinem Studium träume ich davon, bei FSG zu erscheinen, aber –« Er warf Franny einen Blick zu und zuckte die Achseln, ehe er sich neben der Spüle an die Anrichte lehnte. »Na ja, Sie wissen schon.«

»Haben die das Buch abgelehnt?«

Jonas verzog gekränkt das Gesicht. »Es ist am Geld gescheitert«, sagte er. »Es ist ja allgemein bekannt, wie prekär die Finanzen bei denen sind.«

Als Franny gerade die Teller unter dem Wasserhahn abspülte, tauchte Leo auf. »Da sind Sie ja!«, rief er dem jungen Schriftsteller zu, als er in die Küche kam, mit weit ausgebreiteten Armen und einem Highball-Glas in der Hand. »Ich würde Ihnen nämlich gern einen Baum zeigen.« Er konnte ziemlich dröhnen, wenn er getrunken hatte, und Franny fragte sich unwillkürlich, da alle Fenster offenstanden, ob ihn die Nachbarn wohl hören konnten.

»Einen Baum?«, fragte Jonas. Seine Brille war leicht beschlagen, weil er so dicht neben der Spüle stand.

Leo legte dem jungen Mann den Arm um die Schultern und lotste ihn zur Tür. »Kommen Sie mit, Sie werden schon sehen. Der Nachthimmel ist wunderschön.«

»Echt jetzt, Leo?«, rief Franny ihnen nach. »Einen Baum? Was Besseres ist dir nicht eingefallen?«

Astrid blieb nicht über Nacht, der Jungautor aber schon. Wenn er zu viel getrunken habe, werde ihm im Auto immer übel, sagte Jonas, und er hatte allemal zu viel getrunken. Nach einer kurzen Besichtigungsrunde durch das Haus erklärte er, dass dieser Abend, das Haus und so weiter reinster Scott Fitzgerald sei, und zwar so sehr, dass Übernachten einfach dazugehöre. Astrid, die ebenfalls gern geblieben wäre, wenn sie bloß jemand ausdrücklich eingeladen hätte, bot an, ihn am nächsten Tag gegen Mittag wieder abzuholen.

Als sie das ganze dänische Porzellan der Schauspielerin wieder in die Hängeschränke mit den Glastüren geräumt, die verzinkten Arbeitsflächen saubergewischt und auch den Abfall rausgetragen hatte, hielt Franny kurz inne, um ihr Werk zu begutachten. Die Hausgäste hatten ihr drei Tage harter Arbeit eingebrockt, aber es war die Sorte Arbeit, die sie gewöhnt war. Gut, das Kochen vielleicht eher nicht, aber das Nachfüllen von Gläsern und Leeren von Aschenbechern, das ständige Holen und Bringen, das schweigende Zuhören bei den Unterhaltungen anderer. Morgen war Sonntag, und dann würde das alles ein Ende haben. Franny war stolz auf sich: Sie war keine Spielverderberin gewesen. Leo würde ihr dafür dankbar sein, dass sie seine Freunde so zuvorkommend umsorgt hatte.

Nach einem verkaterten Frühstück, bei dem jeder seine Eier anders zubereitet haben wollte, verkündete Leo, dass er nun arbeiten müsse. Er packte Stifte, Schreibblock, Klebeband und zwei Tschechow-Bände (Eric hatte ihn dazu überredet, eine Einführung für die geplante Neuausgabe zu verfassen; aber natürlich erst, wenn er mit dem Roman fertig war) in einen Stoffbeutel und stapfte zu dem Häuschen am anderen Ende des Gartens. Bestehend aus einem einzigen Raum, der mit einem kleinen Schreibpult, einem schmalen Bett, einem Ohrensessel und einer Ottomane sowie einer Stehlampe ausgestattet war, schien es zu genau diesem Zweck dort errichtet worden zu sein: nicht etwa zum Schreiben, denn Leo schrieb nicht, sondern um Zuflucht vor den Motten zu finden, die in Schwärmen von der prächtigen Flamme des Hauses angezogen wurden.

»Es ist gut, dass er arbeitet«, sagte Eric zu Franny. Er hielt seinen Kaffeebecher mit beiden Händen umfasst und blickte zum Ende des Gartens, wohin Leo entschwunden war, ein bisschen wehmütig, wie etwa eine Frau am Strand auf den Punkt am Horizont blickt, hinter dem der Walfänger soeben verschwunden ist. »Wir müssen ihn ermutigen und dafür sorgen, dass er dranbleibt. Damit er nicht wieder aus dem Schwung kommt.«

Franny behielt für sich, dass von Schwung nicht die Rede sein konnte, weil Leo noch keine Zeile zu Papier gebracht hatte. Was mochte er Eric erzählt haben? »Das läuft schon«, sagte sie unbestimmt, »wenn alles wieder ruhig und friedlich geworden ist.« Konnte sie Eric fragen, um wie viel Uhr er genau vorhatte, in die Stadt zurückzufahren? Sie musterte ihn von der Seite, mit seinem grauen Haar, das sich lang über dem Hemdkragen kräuselte, und der Brille, die er auf den Kopf geschoben hatte. »Sag mir Bescheid, wenn ihr zur Bushaltestelle wollt«, sagte sie. »Ich fahre euch. Am Sonntag kann sich dort eine Schlange bilden, wenn man zu lange wartet.«

Marisol schüttelte den Kopf. »Freitag war schon der Horror. Was am Sonntag dort los ist, mag ich mir gar nicht vorstellen.« Sie sah ihren Mann an. »Wann fährst du zurück?«

Eric bewegte langsam den Kopf vor und zurück, als würde er im Geist ein Trinkgeld zusammenrechnen. »Dienstag? Ja, Dienstag vielleicht. Ich werde mal einen Blick in meinen Terminkalender werfen.«

Marisol nickte, ehe sie die Zeitung aufklappte und sich die Sektion *Stil & Modernes Leben* herausnahm. »Nun, ich darf einen Tag länger blieben. Weil ich erst einen Tag nach dir angereist bin.«

Jonas erschien in T-Shirt und grüner Badehose in der Küche. »Kann ich erst mal nur einen Kaffee haben?«, fragte er, gegen die Morgensonne anblinzelnd. »Ich will schwimmen gehen.«

Franny lag in diesem Augenblick einiges auf der Zunge, aber die Bademontur des Jungautors lenkte sie kurzzeitig ab. Sie traute ihren Augen nicht. »Wo haben Sie denn die Badehose her?«

Jonas blickte an sich hinab. »Die? Weiß ich nicht mehr. Von REI möglicherweise?« In seinem T-Shirt, beschienen vom grellen Sonnenlicht, schien er kaum älter als zwanzig zu sein.

»Das ist Ihre? Die hatten Sie mit dabei?«

Inzwischen starrten alle sie an.

»Ja, die hatte ich mit dabei.« Er zupfte mit Daumen und Zeigefinger an dem grünen Stoff. »Ist sie in Ordnung?«

»Sie haben Gepäck mitgebracht?«

Er begriff, worauf sie hinauswollte, und versuchte es mit einer schlecht improvisierten Ausrede. »Mir wird im Auto immer übel. Und ich fahre ungern nachts. Astrid hat gesagt, das Haus ist groß genug.«

Franny war noch beim Einkaufen gewesen, als die beiden

am Vortag eintrafen. Sie wusste also nicht, ob er einen Koffer dabeihatte. Sie müsste sein Bettzeug waschen; es sei denn, er hatte vor, länger zu bleiben. Das Telefon fing an zu klingeln, und Jonas schenkte sich in einem Anfall von Eigeninitiative selbst einen Kaffee ein, ehe er sich nach draußen verzog.

»Ich möchte meinen Vater sprechen«, sagte die Stimme am Telefon.

»Ariel?«

Franny erhielt keine Antwort. Weil Leo drei Kinder hatte, darunter zwei Söhne, und dieser Tage nur seine Tochter noch mit ihm redete. Wenn also eine Frau anrief und ihren Vater zu sprechen verlangte, konnte es sich logischerweise nur um Ariel handeln.

»Bleib dran«, sagte Franny. »Er ist hinten im Garten. Ich muss ihn holen gehen.«

Eric sah sie neugierig an, wie um sich nach dem Zweck von Ariels Anruf zu erkundigen, aber Franny beachtete ihn nicht. Sie stapfte durch das noch feuchte Gras, vorbei an den Kirschbäumen und dem Swimmingpool, wo Jonas bereits mit nacktem Oberkörper auf dem Sprungbrett lag, den Kaffeebecher neben dem Kopf. Beim Häuschen angelangt, öffnete sie die Tür, ohne anzuklopfen.

»Ariel ist am Telefon«, sagte sie.

Leo lag ausgestreckt auf dem Bett, in einen der Tschechow-Bände vertieft. Er ließ das Buch sinken und sah Franny lächelnd an. »Könntest du ihr sagen, dass ich gerade arbeite? Ich rufe sie zurück.«

»Nein«, sagte Franny. »Kommt gar nicht infrage.«

»Ich kann jetzt nicht mit ihr reden.«

»Und ich auch nicht. Also würde ich vorschlagen, du begibst dich jetzt in die Küche und legst den Hörer auf.«

Sie ging wieder hinaus und steuerte zielstrebig auf das hintere Ende des Grundstücks zu. Sie wusste, wo in der Hecke eine Lücke war, und schlüpfte hindurch; gelangte so in den

Vorgarten der Nachbarn, ging ihre Auffahrt entlang und bog dann auf die Straße ab, in ihren Flipflops, die bei jedem Schritt gegen ihre Füße schlappten. Sie hätte jetzt gern ihr Fahrrad dabeigehabt, einen Hut und etwas Geld, aber vor allem wollte sie unbedingt allein sein. Franny kam unwillkürlich zu dem Schluss, dass sie sich die ungemütliche Lage, in der sie steckte, selbst zuzuschreiben hatte. Hätte sie etwas aus ihrem Leben gemacht, müsste sie anderen nicht auf Zuruf Cappuccino machen, und hätte sie etwas aus ihrem Leben gemacht, würde sie anderen mit Vergnügen Cappuccino machen, weil es dann nicht ihr Job wäre. Sie würde den Kaffee aus freien Stücken kochen, weil sie freundlich und zuvorkommend war. Sie könnte sich unbefangen darüber freuen, anderen einen Wunsch zu erfüllen, ohne ständig die Frage im Hinterkopf zu haben, ob sie mehr war als eine ganz nett anzusehende Kellnerin. Je näher ihr dreißigster Geburtstag rückte, desto mehr hätte sie gern gewusst, inwiefern sie mehr als eine Muse sein könnte. Oder, wie es ihr Vater bei ihrem letzten Besuch in Los Angeles ausgedrückt hatte: »Geliebte ist kein Beruf.«

Ihr Vater hatte *Die Taufe* nicht gelesen. Ihre Schwester schon.

»Verleumdung kann man ihm nicht direkt vorwerfen«, sagte Caroline zu Franny. »Er hat die Spuren zu gut verwischt.«

»Freut mich nur, dass du keine Bücher für die *Times* rezensierst.«

»Dann will ich es anders ausdrücken: es hat mir zwar nicht gerade gefallen, aber verklagen werde ich ihn nicht.«

»Du kommst doch in dem Buch kaum vor.«

Caroline lachte. »Ja, vielleicht hat es mir ja deshalb nicht gefallen. Wie dem auch sei, wenn, dann würde ich eine Sammelklage einreichen. Im Namen der ganzen Familie.«

»Tja«, kommentierte Franny. »Was für eine Gelegenheit, uns alle mal wieder zusammenzuführen.«

Schon komisch, wie sehr Franny Caroline jetzt vermisste. Sosehr sie sich als Kinder auch gehasst hatten, irgendwann hatte sich eine merkwürdige Zuneigung in ihr Verhältnis geschlichen. Vielleicht all der Erinnerungen wegen, die Franny und Caroline miteinander teilten. Caroline war mittlerweile Patentanwältin im Silicon Valley. Schwieriger ging es nicht. Sie war mit einem Softwareentwickler namens Wharton verheiratet. Wharton war eigentlich sein Nachname, aber er wurde von allen so genannt, weil er mit Vornamen Eugene hieß. Franny hatte den Eindruck, dass ihre Schwester durch Wharton weicher geworden war; er brachte Caroline zum Lachen. Frannys Erinnerung nach hatte ihre Schwester einfach nie gelacht, jedenfalls nicht in ihrem Beisein. Caroline und Wharton hatten zusammen einen kleinen Sohn namens Nick.

In dem Semester, als Leo als Gastprofessor in Stanford lehrte, hatte Franny Gelegenheit gehabt, Caroline oft zu sehen. Caroline war nach wie vor der Auffassung, dass sie ihr Jurastudium wiederaufnehmen sollte, und setzte ihr deswegen beharrlich, aber, so kam es Franny vor, liebevoll zu.

»Glaub mir«, sagte Caroline, »ich weiß, wie mühsam dieses Studium sein kann. Und auch der Job ist oft mühsam. Aber irgendwas musst du machen, früher oder später. Wenn du meinst, du würdest irgendwas finden, das für dich wie maßgeschneidert ist, hockst du noch mit achtzig da und gehst die Stellenanzeigen durch.«

»Du hörst dich an, als wolltest du mich zu einer schlechten Ehe überreden.«

»Wer sagt denn, dass es eine schlechte Ehe sein muss? Du siehst das viel zu eng. Mach dein Examen, dann kannst du Mieterdiskriminierung bekämpfen oder für einen Verlag arbeiten und Autorenverträge aufsetzen.«

Franny schüttelte lächelnd den Kopf. »Mir fällt schon noch was ein«, antwortete sie ihrer Schwester dann immer.

Aber ihr war bisher nichts eingefallen, und jetzt war sie in

Amagansett und streifte ziellos im Ort umher, um dem Mann, den sie liebte, und seinen Freunden aus dem Weg zu gehen. Franny sah sich erst die Schaufenster an, und als sie eine Zeitung auf einer Bank entdeckte, setzte sie sich und las das Blatt von vorne bis hinten durch. Das Licht hier war so weich, so angenehm, dass sie ihren Hausgästen den Wunsch, noch zu bleiben, fast verzieh. Sie wartete, bis es so spät geworden war, dass sie garantiert niemand auffordern konnte, etwas zu Mittag zu kochen, stand dann auf und schlenderte bei dem Restaurant vorbei, in das Leo und sie so gern gingen, in der vagen Hoffnung, ihn dort vielleicht anzutreffen. Schließlich entschied sie sich, nach Hause zu gehen. Was blieb ihr anderes übrig? Eigentlich hatte sie sich unbemerkt ins Schlafzimmer stehlen wollen, aber die anderen sahen sie schon von der Veranda aus kommen und winkten ihr zu.

»Franny, was war das für ein Tag ohne dich!« Das waren die Worte, mit denen Leo sie in Empfang nahm. Als wäre es kein bisschen merkwürdig, dass sie vor Stunden einfach so verschwunden war und jetzt erst zurückkehrte.

Astrid, die aus Sag Harbor wieder hergekommen war, nickte bestätigend. »Ich musste Sandwiches mitbringen, damit wir mittags was zu essen hatten. Es ist noch etwas Sorbet übrig.«

»Und Eric und ich waren im Ort und haben für heute Abend eingekauft«, ergänzte Marisol.

»Aber es muss wohl noch mal jemand fahren«, sagte Eric. »Weil wir zu wenig besorgt haben.«

Franny sah zu ihnen hoch. Die Veranda war ringsherum mit feiner Gaze bespannt, zum Schutz gegen Insekten, wodurch Eric und die anderen im Schein der hinter ihnen schon etwas schräg stehenden Sonne wie weichgezeichnet wirkten. Hinzu kam das Beet gelber Lilien seitlich am Haus, das zwischen ihnen wie eine trennende Barriere wirkte. Es war ein bisschen so, als würde sie sich die Tiger im Zoo ansehen.

»Übrigens, Hollinger hat angerufen«, sagte Leo. »Er setzt sich mit Ellen ins Auto und kommt aus der Stadt hergefahren. In einer Stunde oder so dürften sie hier sein.«

»Hollinger?«, hakte Astrid nach. »Davon hast du mir ja gar nichts erzählt. Woher wusste er, dass du hier bist?« John Hollinger gehörte nicht zu Astrids Klienten. Sein Roman *Die siebte Geschichte* hatte sich im Wettstreit um den *Pulitzer*-Preis gegen *Die Taufe* am Ende durchgesetzt, und beide Männer betonten öffentlich gern, dass dies ihrer Freundschaft keinen Abbruch getan habe, obwohl sie eigentlich noch nie Freunde gewesen waren.

Marisol winkte ab. »In einer Stunde? Vergiss es. Der verspätet sich immer.«

Früher einmal hätte es Franny bei der Vorstellung, dass John Hollinger zum Abendessen kam, förmlich den Atem verschlagen, aber diese Zeit war vorbei. Jetzt standen er und seine Frau bloß für zwei zusätzliche Gedecke am Tisch. Damit waren sie, unter der Annahme, dass Jonas und Astrid keinesfalls fahren würden, inzwischen zu acht.

»Und du?«, sagte Eric, während er zu Franny hinabsah, als fiele ihm erst jetzt ein, dass sie die ganze Zeit fort gewesen war. »Auch einen netten Tag gehabt?«

Franny beschirmte sich die Augen gegen das gleißende Licht und sah zu ihm hoch, ein wenig verwirrt. »Klar doch.« Diese zwei dürren Worte genügten der Runde auf der Veranda, um sie wieder aus dem Gespräch zu entlassen.

Auf dem langen Holztisch in der Küche lagen sechs Pappschachteln und ein halbes Dutzend Maiskolben, alle noch in ihrer grünen Blatthülle. Franny hörte eine Art Kratzen, und dann machte eine der Schachteln einen Satz.

Leo kam in die Küche und trat direkt hinter sie. »Tut mir leid wegen Hollinger.« Er drückte ihr sanft einen Kuss aufs Haar. »Er hat nicht lang gefragt. Rief bloß an, um seine bevorstehende Ankunft anzukündigen. Ach, hätten wir uns doch bloß den Sommer über in einem Motel eingemietet, mitten im tiefsten Kansas.«

»Da hätten die uns auch gefunden.«

»Ich hab mich den ganzen Tag im Gartenhaus versteckt, damit alle denken, ich würde an dem Roman schreiben. Und du? Wo warst du denn?«

Franny ging nicht darauf ein. »Was ist in den Schachteln?«, fragte sie, obwohl sie natürlich genau wusste, was sich darin befand.

»Marisol fand es eine witzige Idee, Hummer zu essen.«

Franny wandte sich zu ihm um. »Sie hat doch behauptet, sie wäre Vegetarierin. Weiß sie, wie man die Dinger zubereitet?«

»So schwierig ist das, glaube ich, nicht. Man lässt sie einfach ins Wasser fallen. Hör zu.« Er legte ihr die Hände auf die Schultern und blickte sie eindringlich an, als wollte er besonders tapfer wirken. »Es fällt mir nicht leicht, aber ich muss es dir sagen: Ariel kommt für ein paar Tage.«

Vieles war möglich, aber Franny und Ariel unter einem Dach, das war undenkbar. Ariel wohnte in New York unweit vom Gramercy Park, und nur ihretwegen machte Franny um dieses Viertel immer einen großen Bogen, wenn sie in der Stadt war. Darin bestand der einzige Konsens zwischen ihnen: Sie gingen sich komplett aus dem Weg. »Sie würde doch nie herkommen, wenn sie weiß, dass ich hier bin«, wandte Franny ein. »Und bei ihrem Anruf heute Morgen hatte sie mich an der Strippe.«

»Sie möchte einfach nur mal das Haus sehen, nehme ich an. Ich habe den Fehler gemacht, ihr davon zu erzählen, vor Monaten schon. Damals dachte ich noch nicht, dass wir es mieten würden. Sie brauche mal ein paar Tage Urlaub, hat sie gesagt.«

Franny hörte nur mit halbem Ohr zu, abgelenkt durch die leisen Kratzgeräusche. Die Schachteln, das fiel ihr nun auf, waren unmerklich in Bewegung, ruckelten millimeterweise über den Tisch, im Zeitlupentempo. Der Gedanke an die Hummer, jeder von ihnen allein in seinem dunklen Verlies, war mindestens so quälend wie der Gedanke, dass Ariel Posen nach Amagansett kam; entweder das, oder sie übertrug nur ihre Gefühle vom einen aufs andere. Leo folgte ihrem Blick.

»Besser stünden mir ein Paar gezackter Klauen«, zitierte er T. S. Eliot, während er das triste Spektakel der Schachteln und ihrer hilflosen Fluchtversuche betrachtete. »Hinhuschend auf dem Grunde stiller Meere.«

»Leo, sie hasst mich. Das steht fest.«

Leo setzte ein mattes Lächeln auf. »Nun, vielleicht hört sie ja diesen Sommer endlich auf, dich zu hassen, und wir vertragen uns alle. Irgendwann muss sie zur Vernunft kommen, früher oder später.«

»Wann?«, fragte Franny. Nicht *Wann hört sie auf, mich zu hassen?* – die Antwort darauf kannte sie –, sondern *Wann kommt sie?*

Er zog sie seufzend an sich, an die breite, warme Brust der Literatur. »Sie wusste es noch nicht. Wahrscheinlich morgen, vielleicht auch Dienstag. Wenn sie alles gepackt bekäme, würde sie noch heute Abend kommen, hat sie gesagt. Aber darüber müssen wir uns wohl keine Sorgen machen, würde ich sagen.«

»Kommt sie mit Button?« Button war Ariels Tochter, Leo Posens vierjährige Enkelin, das einzige Enkelkind.

Leo sah sie an, ganz verblüfft. »Na, selbstverständlich kommt sie mit Button.«

Selbstverständlich. »Sonst noch wer?«

Leo ging zum Kühlschrank und fand noch eine angebrochene Flasche Pinot Gris vor, vom Mittagessen. Den kleinen Rest Wein, der sich noch darin befand, goss er in ein Glas ein, das neben der Spüle stand. »Vielleicht noch ihr aktueller Freund. Es gibt da einen gewissen Gerrit. Holländer, glaube ich. Was Gerrit vorhat, wüsste sie noch nicht, hat sie gesagt.

Vielleicht reißt sie sich zusammen und benimmt sich anständig, wenn sie jemanden dabeihat, an dem ihr was liegt. Wäre gar nicht so verkehrt.«

»Hab ich, nach Tee, Gebäck und Eisgetränken, Kraft, den Augenblick zur Krise hinzulenken?«, fragte Franny die Hummer.

»Und was soll das jetzt heißen?«, wollte Leo wissen.

Franny schüttelte den Kopf. »Nichts. Das ist die nächste Zeile.«

»Das stimmt nicht.« Er nahm seinen Wein und ging auf die Veranda.

Franny steckte eine Schere in ihre Handtasche und brachte die sechs Schachteln zum Auto. Franny, die sich für so gänzlich unbegabt hielt, war sehr geschickt darin, eine Vielzahl von Gegenständen auf einmal zu tragen, die andere Leute eher in zwei oder mehr Ladungen befördert hätten. Sie konnte es scharren hören, als die Hummer unterwegs schwer in die dunklen Ecken der Schachteln rutschten.

»Kann ich helfen?« Es war Jonas, der bei ihrem Anblick sogleich seinen Schritt beschleunigte. Er kam vom Pool zurück, an Brust und Rücken unterschiedlich sonnenverbrannt.

»Danke, geht schon.« Sie stellte die Schachteln am Boden ab, um die Autotür aufzuschließen.

»Fahren Sie in den Ort?«

»Ja. Zurück in den Ort.« Sie brachte ihre Passagiere auf dem Boden vor der Rückbank unter – drei auf jeder Seite.

»Warten Sie kurz, dann hole ich rasch mein Hemd«, sagte er, sichtlich erfreut über diese Gelegenheit. »Ich muss ein paar Besorgungen erledigen. Da kann ich Ihnen gleich Gesellschaft leisten.«

Ihr erster Impuls war, nein zu sagen und sogar zu einer Erklärung anzusetzen, warum das nicht ging. Doch sie besann sich noch rechtzeitig und nickte, als wäre sie einverstanden. Sie sah ihm nach, bis sich die Küchentür hinter ihm geschlossen hatte, und ließ weitere zehn Sekunden verstreichen. Dann stieg sie ins Auto ein und fuhr davon.

Vom Heiraten war bei Franny und Leo so gut wie nie die Rede, bloß im Bett kam das Thema manchmal zur Sprache. Dann fabulierten sie darüber, während Leos Hände besitzergreifend auf ihrem Rücken ruhten, wie rasch sie sich vermutlich das Jawort gegeben hätten, wenn Vergangenheit und Zukunft sich hätten ausklammern lassen. Über einen weiteren, höchst gegenwärtigen Hinderungsgrund sprachen sie nie: Leos Tochter.

Zu Beginn ihrer Beziehung mit Leo war es zu einer Reihe katastrophal verlaufener Begegnungen gekommen; seither versuchte Franny normalerweise, jeden Gedanken an Ariel zu verdrängen. Mögen würde sie Leos Tochter wohl nie, doch sie hoffte, eines Tages so etwas wie distanziertes Mitgefühl für sie aufzubringen. Zu diesem Zweck zwang sie sich, wenn von Ariel die Rede war, jedes Mal an ihren eigenen Vater zu denken; sich vorzustellen, dass Fix auf einmal eine Geliebte hatte, die jünger war als sie selbst, während die arme liebe Marjorie ins Abseits gedrängt wurde. Fix, der ein Verhältnis mit seinem bevorzugten Barmädchen anfing, nicht nur für eine Nacht, sondern seit nunmehr fünf Jahren mit ihr zusammen war. Ihr Vater, ernsthaft verliebt in diese mittellose Kellnerin, die jedes Mal treu auf ihn wartete, wenn er wieder mal nachts irgendwelche Gebäude observieren musste. Wenn sie sich auf diese Weise in Ariel hineinversetzte, war die Lava ihres Zorns gegen sie leichter zu ertragen. Das Problem war, dass Franny nur schlecht damit umgehen konnte, so sehr gehasst zu werden, darauf hatten sie weder die Schulzeit bei den Nonnen noch das College vorbereitet. Das Jurastudium hatte sie etwas härter gemacht, aber wie das ausgegangen war, wusste man ja.

Franny fand zwei Blocks vom Strand entfernt einen Parkplatz und trug die sechs Schachteln dann bis ans Ende des Piers, vorbei an den Anglern mit ihren Eimern und Schnüren, vorbei an den händchenhaltenden Touristen. Sie wollte die Hummer in möglichst tiefem Wasser freisetzen. Vielleicht wären sie so dumm, sich schon morgen erneut fangen zu lassen und bei jemand anderem im Kochtopf zu landen, aber sie wollte zumindest dafür sorgen, dass sie nicht schon Minuten nach ihrer Freilassung wieder an Land gekrabbelt kamen. Sie reihte die Schachteln nebeneinander auf und entfernte die Deckel. Weihnachten auf dem Pier, Weihnachten für Krustentiere. Die Hummer waren schwarz und grün gefleckt, noch nicht so knallrot, wie es nach dem Kochen der Fall gewesen wäre. Alle waren noch quicklebendig, schwenkten ungeduldig ihre zusammengebundenen Scheren, als würden sie die Nähe des Salzwassers wittern. Sie würden nie ahnen, was ihnen erspart geblieben war, wobei natürlich fraglich war, ob Hummer überhaupt etwas ahnten. Franny nahm die Schere aus ihrer Tasche und machte sich dann daran, vorsichtig die breiten Gummibänder durchzuschneiden, ohne dabei die Hummer oder sich selbst zu verletzen. (Das erste Band war jeweils leicht zu durchtrennen, knifflig wurde es dann beim zweiten.) Als sie fertig war, kippte sie die Tiere der Reihe nach aus den Schachteln ins Meer, wo sie mit einem erfreulichen Platschen aufs Wasser trafen und dann in der Tiefe versanken.

Es war schon später Nachmittag, als Franny mit allen benötigten Einkäufen im Wagen zum Haus zurückkam. Sie entdeckte Leo, der an der Tür mit jemandem redete, vorne auf der Veranda (Neun Personen zum Abendessen? Es würde reichen), während die anderen sonst wo stecken mochten. Hinten in der Auffahrt stand ein schnittiger silberner Audi; woraus sie schloss, dass die Hollingers in der Zwischenzeit eingetroffen waren. Franny hätte viel darum gegeben, erst duschen zu können, ehe sie ihnen begegnete, aber daraus würde wohl nichts. Sie fing an, den Wagen auszuladen und die Tüten und Kartons in die Küche zu tragen. Bei ihrer dritten Runde kam Leo dort durch die Tür, zusammen mit einem hochaufgeschossenen jungen Mann, schwarzhaarig und mit einem langen Zopf.

»Franny«, sagte Leo.

Franny stellte den schweren Karton auf dem Tisch ab, den sie eben hereingeschleppt hatte, halb Wein, halb härtere Sachen; ein zweiter Karton mit Wein stand noch im Auto. Sie ließ die Hände oben auf dem Karton liegen, damit sie nicht so zitterten. Ein Blick auf den Neuankömmling, und ihr war schlagartig bewusst, was sie angerichtet hatte. Wie schwerwiegend und falsch es gewesen war, weiterzugeben, was nicht ihr gehörte. Klar gewesen war ihr das im Grunde von Anfang an, aber sie hatte nichts darauf gegeben. Weil Leo ein so guter Zuhörer war und ihr so viele Fragen gestellt hatte und sie dann bat, ihm alles noch einmal von Anfang an zu erzählen. Noch nie in ihrem Leben wäre etwas mit der Sonne seiner ungeteilten Aufmerksamkeit zu vergleichen gewesen.

»Mensch«, sagte Albie. »Du hast dich ja überhaupt nicht verändert.«

Sie hingegen hätte sich nie vorstellen können, dass er so lang und dünn werden würde. Zu einem ärmellosen T-Shirt trug er eine zu weite Hose voller Taschen. Seine Arme waren braungebrannt und muskulös, beide Handgelenke tätowiert. Kurzum, er war jemand, den sie als Bruder kannte und der ihr zugleich vollkommen fremd war. »Du schon«, gab Franny zurück.

Hätte sie sich nicht ausrechnen können, dass er früher oder später auftauchen würde? In den ersten Monaten nach Erscheinen des Buches hatte sie ständig damit gerechnet, ihm an der nächsten Ecke in die Arme zu laufen, aber dann passierte nie etwas. Dachte sie etwa, die Sache sei damit abgehakt? »Wie hast du uns hier ausfindig gemacht?«

»Nicht euch. Ihn habe ich ausfindig gemacht.« Albie deutete auf Leo. »Er ist nämlich kinderleicht zu finden, wie sich gezeigt hat.«

»Gut zu wissen«, kommentierte Leo.

»Dich hatte ich gar nicht auf dem Schirm«, sagte Albie zu Franny. »Aber das passt natürlich. Irgendwer musste ihm ja schließlich alles erzählt haben.«

Sie hatten vorgehabt, zum Stall zu gehen und dort die Pferde zu striegeln. Wenn sie die Pferde striegelten und einige der Boxen ausmisteten, erlaubte Ned ihnen nämlich in der Regel, nachmittags auf der Stute zu reiten, immer abwechselnd. Aber Albie trieb sie zum Wahnsinn. Womit genau, was hatte er so Unerträgliches getan? Franny konnte sich nicht mehr daran erinnern, jetzt, wo er hier vor ihr stand. Vielleicht hatte er auch gar nichts weiter verbrochen. Vielleicht lag es eher daran, dass immer jemand ein Auge auf ihn haben musste, wenn sie bei den Pferden waren, und dazu keiner von ihnen Lust hatte. Er war nicht das Monster, als das sie ihn oft und gern titulierten, eigentlich war er gar nicht so schlimm. Er war nur eben noch ziemlich klein, der Jüngste von ihnen, mehr nicht.

»Albie stinkt aus dem Mund«, erklärte Franny. Dann sah sie ihn streng an. »Hast du dir heute Morgen nicht die Zähne geputzt?«

So war der Ball ins Rollen gekommen. Holly beugte sich zu ihrem Bruder vor, schnupperte vor seinem Gesicht herum und verdrehte übertrieben die Augen. »Tic Tac, bitte.«

Caroline sah Cal an. »Ja, gib ihm welche. Du weißt, dass er sich nie die Zähne putzt. Seit wir hier sind, hat er sie, glaube ich, noch kein einziges Mal geputzt.«

Cal nahm das Plastiktütchen aus der Hosentasche. Darin waren vier Tabletten, und er gab Albie alle vier.

»Alle?«, fragte Albie.

»Du stinkst«, erwiderte Cal. »Wenn du die nicht nimmst, werden noch die Pferde scheu.«

In diesem Augenblick verließ Jeanette das Zimmer. Sie sagte nicht, wo sie hinwollte, aber die anderen sagten, sie müssten auf sie warten.

»Ich will aber jetzt los!«, quengelte Albie.

Franny schüttelte den Kopf. »Ernestine hat gesagt, wir sollen immer zusammenbleiben.«

Sie warteten, bis er eingeschlafen war. Was meistens ziemlich schnell ging. Cal trug den schlafenden Albie in die Waschküche im Keller, wo er ihn auf den Boden legte und mit einem Haufen Handtücher abdeckte. Ernestine bereitete das Sonntagsessen vor. Die Wäsche erledigte sie dann nie.

Und jetzt stand Albie zwanzig Jahre später im Sommerhaus der Schauspielerin, nachdem er in einem Roman, verfasst von jemandem, den er persönlich nicht kannte, von jenem Tag gelesen hatte, den er selbst großteils verschlafen hatte. Franny schüttelte den Kopf. Sie hatte eiskalte Hände. Ihr war noch nie im Leben so kalt gewesen. »Es tut mir leid«, sagte sie, aber viel zu leise, deshalb sagte sie es noch einmal. »Es mag nicht viel wert sein, aber es tut mir leid. Ich habe einen schrecklichen Fehler begangen.«

»Von was für einem Fehler redest du?«, fragte Leo, ehe er in den Karton griff und die Flasche Beefeater herausnahm. »Ich gönne mir erst mal einen Drink. Möchte noch jemand einen Drink?«

»Dachtest du, ich würde es nie lesen?«, wollte Albie von ihr wissen. »Ich meine, hätte ja sein können. Hat lang genug gedauert, bis ich das Buch endlich in die Finger bekommen habe.«

»Ich habe vorhin schon versucht, es ihm zu erklären«, sagte Leo, während er Gin in ein Glas goss. »Dass Schriftsteller ihre Inspiration aus vielen Quellen beziehen. Nie bloß aus einer einzigen.«

Franny flehte Leo mit Blicken an, sich mit seinem Glas auf die Veranda zu verziehen, um dort mit seinen Gästen zu rauchen. »Lass uns kurz allein. Es geht hier nicht um dich.«

»Natürlich geht es um mich«, widersprach Leo. »Es ist ja mein Buch.«

»Eins kapiere ich immer noch nicht.« Albie zeigte erst auf Franny und dann auf Leo. »Wie ist er an mein Leben gekommen?«

»Es ist ja eben nicht Ihr Leben«, sagte Leo. »Das versuche ich die ganze Zeit zu erklären. Es ist meine Phantasie.«

Albie wirbelte herum und stieß ihn mit beiden Händen an den Schultern zurück. Leo fiel vor Schreck das Glas aus der Hand, und einen Moment lang roch es im Raum durchdringend und sauber nach Gin.

»Sie kapieren gar nicht, warum ich hier bin, oder?«, sagte Albie. »Wenn Sie wüssten, wie sehr ich mich beherrschen muss, Sie nicht umzubringen. Das könnte passieren. Und wenn Sie mich erfunden haben, werden Sie verstehen, wie wenig hier für mich auf dem Spiel steht.«

Jetzt wäre es vermutlich sinnvoll gewesen, auf Leo zuzutreten und ihm mäßigend eine Hand auf den Arm zu legen. Aber Franny wandte sich stattdessen Albie zu. Weil sie Albie unrecht getan hatte. Sie hatten ihm zusammen unrecht getan, sie und Leo.

»Hör zu, lass uns reden«, sagte sie zu Albie. »Komm mit nach draußen, da können wir in Ruhe reden.«

Leo taumelte zurück, als wäre er geschlagen worden, sein Kopf war hochrot. Später sollte er – kleiner und korpulenter als Albie, mehr als doppelt so alt wie er – beschwören, dass er einen Schlag erhalten hatte. Das Highball-Glas unten am Boden, das wie durch ein Wunder heilgeblieben war, rollte ihm um die Füße. »Ich rufe die Polizei«, sagte er und konnte sich selbst keuchen hören.

»Niemand ruft die Polizei«, sagte Franny.

»Wer hat dich denn gefragt?«, fuhr Leo sie an.

Da kam Marisol durch die Schwingtür in die Küche, dicht gefolgt von Eric. »Wo sind eigentlich meine Hummer abgeblieben, Franny?«, fragte sie.

Franny begriff erst gar nicht, worüber sie redete oder wieso sie und Eric immer noch hier waren, aber dann fiel es ihr wieder ein. »Raus«, sagte sie, ohne Albie aus den Augen zu lassen.

»Hast du überhaupt eine Ahnung, was Hummer kosten?«

Eric berührte seine Frau an der Schulter. »Komm, gehen wir wieder ins Wohnzimmer. Du siehst doch, sie haben Gesellschaft.«

»Wir sind die Gesellschaft!« Marisol hatte sich offenbar schon für das Abendessen mit den Hollingers schickgemacht, sie trug ein Etuikleid aus smaragdgrüner Seide und eine flach anliegende Goldkette. Hollinger war der Einzige, der als Autor einen noch größeren Namen hatte als Posen, auch wenn manche das anders sahen. Hollingers Karriere war beständiger verlaufen, er hatte die größeren Erfolge gelandet. Vom Abendessen war noch keine Spur zu sehen, die Zutaten standen noch in Kartons und Einkaufstüten auf dem Tisch. »Jonas hat mir erzählt, du hättest sie ins Auto gebracht. War mit ihnen etwas nicht in Ordnung?«

»Arbeitest du für die?«, fragte Albie Franny.

Franny nahm die Hand von Albies Arm und fasste ihn stattdessen bei der Hand. »Komm, gehen wir.«

»Wer ist denn das überhaupt?«, wollte Marisol wissen. Marisol, die nichts mit ihnen zu tun hatte, die nur ein ungeladener Gast war.

»Das ist mein Bruder«, erklärte Franny.

»Er ist *nicht* dein gottverdammter Bruder«, sagte Leo heftig, so laut, dass seine Stimme durch die Fenster auf den Rasen hinaushallte.

Franny hatte einen Fehler gemacht, als sie am Morgen das Haus ohne Handtasche verlassen hatte. Diesen Fehler würde sie nicht wiederholen. »Bleib hier«, sagte sie zu Leo. »Es kommt alles wieder in Ordnung.«

Albie schnappte sich die Flasche Gin.

»Du wirst jetzt nicht mit ihm gehen«, sagte Leo.

»Wenn ich nicht mit ihm gehe, bleibt er zum Essen hier.

Dann bringe ich ihn oben in einem der Gästezimmer unter, okay?«

»Wisst ihr was«, schaltete sich Eric ein. »Wie wär's, wenn wir unseren Gästen erst mal was zu trinken bringen? Kümmre du dich um den Korkenzieher und ein paar Gläser, Marisol. Vielleicht sollten wir uns alle erst mal setzen und in Ruhe ein Glas trinken. Sie haben ja schon den Gin.« Eric nickte Albie zu, ehe er sich Franny zuwandte. »Die Hollingers sitzen draußen. Sie sind angekommen, während du fort warst. Komm mit und sag erst mal hallo.«

Eric gab sich alle Mühe, den Abend wieder auf die geordneten Gleise einer Dinnerparty zu setzen. Weil er natürlich keine Ahnung hatte, wie Franny in diesem Moment klarwurde, wer Albie war, genau, wie er keine Ahnung hatte, wer sie war, weil er in ihr nur Leos Freundin sah. Denn wenn Leo sie als seine Muse bezeichnete, die ihn inspirierte, wie er es eigentlich immer tat, nahm das kein Mensch wortwörtlich. Die Geschichte zweier Ehepaare, die sich als Nachbarn kennenlernen, ihre grässlichen Kinder – für Eric war das bloß der Plot eines Romans. Franny wäre gern zu Leo gegangen, um ihn zu beruhigen, aber Marisol hatte soeben die Küche verlassen, um die Haustür zu öffnen. Sie alle konnten die Stimmen hören, die vom Flur hereindrangen, viele Stimmen, ein großes Hallo. Dazu das Geräusch von Autotüren, Gelächter und der Klang von Ariels Stimme, die nach ihrem Vater rief.

Wenn man Beverley oder Bert heute fragen würde, hätten sie vermutlich gesagt, dass sie sich nach Cals Tod hatten scheiden lassen. Was natürlich stimmte, sie hatten sich scheiden lassen; wobei aber das Wörtchen »nach« in diesem Fall leicht missverstanden werden konnte. Weil es zwischen dem Todesfall und der Scheidung eine Verbindung herstellte wie zwischen Ursache und Wirkung, als wären Beverley und Bert eins jener Paare gewesen, die nach dem Verlust eines Kindes auf so unterschiedliche Weise mit der Trauer umgehen, dass sie sich irgendwann verlieren. Das war bei ihnen nicht der Fall.

Bert machte Beverley Vorwürfe, weil sie die sechs Kinder mit Ernestine und seinen Eltern allein auf der Farm zurückgelassen hatte. Weil sie, ohne jemandem Bescheid zu sagen, im Wagen seiner Mutter nach Charlottesville gefahren war, um sich den Film *Harry und Tonto* anzusehen, gleich zweimal hintereinander. (Das hatte sie eigentlich nicht geplant, aber in dem leeren Kino war es so herrlich ruhig und kühl. Am Ende des Films war sie in Tränen ausgebrochen und hatte den ganzen Nachspann hindurch geweint, und weil sie nicht mit schwarz verlaufener Wimperntusche durchs Kinofoyer laufen wollte, war sie einfach im Saal sitzengeblieben.) Dachte er ernsthaft, sie würde die Kinder auf Schritt und Tritt beaufsichtigen? Dachte er, dass sie, wenn sie an jenem Nachmittag zu Hause geblieben wäre – nach beendeter Lektüre eines weiteren Buchs und einer Illustrierten oben in ihrem Schlafzimmer, gefolgt von einem Nachmittagsschläfchen, und nachdem sie sich ganz offiziell zu Tode gelangweilt hatte –, die Kinder womöglich zum Stall begleitet hätte, um dort mit ihnen die Pferde zu striegeln? Tatsächlich überließ sie die Kinder auch zu Hause in Arlington sich selbst, einfach nur, um nicht durchzudrehen. Auf der Farm gab es wenigstens noch andere Erwachsene, die sie beaufsichtigen konnten. Was war mit seinen Eltern, trugen die keine Verantwortung für das, was auf ihrem Anwesen passierte? Und wie sah es mit Ernestine aus? Beverley hatte die Kinder in Ernestines Obhut zurückgelassen, auch wenn sie an dem Tag einfach so weggefahren war, ohne sich bei ihr abzumelden. Ernestine verfügte über bessere Elterninstinkte als Beverley, Bert und seine Eltern zusammen, und Ernestine fand es in Ordnung und vertretbar, dass die Kinder die halbe Meile zum Stall gingen.

Bert hätte eben nicht darauf bestehen sollen, dass Beverley und die Kinder unter der Woche bei seinen Eltern blieben, während er mit dem Kombi wieder nach Arlington fuhr, arbeiten. Wenn er der Ansicht war, dass die Kinder für den Weg zum Stall eine Begleitung brauchten, hätte er ja dableiben und sie selbst begleiten können. Beverley war äußerst ungern bei seinen Eltern zu Gast. Die beiden fragten die Kinder in einer Tour nach ihrer ach so wundervollen Mutter – *Wie geht es Teresa? Was macht Teresa jetzt so? Eure Mutter weiß ja hoffentlich, dass sie uns hier als Gast immer willkommen ist, jederzeit.*

Auch die Kinder waren nicht gern bei Berts Eltern zu Besuch. Im Pinecone Motel, wo sie früher einen Teil ihrer Sommerferien verbracht hatten, hatte es ihnen viel besser gefallen. Bei Berts Eltern mussten sie an der rückwärtigen Tür immer die Schuhe ausziehen und sich die Füße mit einem Handtuch säubern, ehe sie ins Haus durften. Weil ihnen das Betreten des Wohnzimmers streng untersagt war, hatten sie natürlich ein Spiel daraus gemacht, so schnell wie möglich hindurchzuflitzen, sobald sie hörten, dass draußen jemand durch den Flur kam. Dabei war eine kleine Porzellanfigur – ein englischer Gentleman mit seinem Wolfshund – von einem Beistelltisch gerissen worden und zu Bruch gegangen.

Berts Eltern wollten sie und die Kinder auch nicht im Haus haben. Die für sie sehr untypische Einladung zu diesem ausgedehnten Besuch hatten sie bloß deswegen ausgesprochen, weil sie gern ihren Sohn um sich haben wollten, und nicht seine Kinder, seine zweite Frau oder deren Kinder. Dann aber war Bert wieder abgereist.

Ernestine war ebenso wenig auf sie erpicht. Wie sollte sie auch, denn für sie bedeuteten diese Gäste vor allem eine Mehrbelastung: acht weitere Esser, die zu bekochen waren (nach Berts Abfahrt nur noch sieben), haufenweise Wäsche, sie musste Spiele erfinden, Streitereien schlichten und ihre Arbeitgeber beruhigen. Ernestine trug eigentlich die Hauptlast, war aber die Einzige, die sich deswegen nicht beklagte.

Bert kehrte nach Arlington zurück, weil es in einer normalen Arbeitswoche kostenaufwendig, unpraktisch und aufregend riskant war, einen Ort zu finden, um die Affäre mit seiner Rechtsanwaltsgehilfin fortsetzen zu können. Linda Dale (so ihre beiden Vornamen; sie reagierte nicht, wenn sie nur mit »Linda« angesprochen wurde) sagte, sie wollte endlich mal abends mit ihm in ein Restaurant essen gehen wie normale Leute, in einem richtigen Bett schlafen, in dem sie sich mitten in der Nacht im Halbschlaf lieben konnten, wenn sie die Lust überkam, und es am Morgen darauf unter der Dusche gleich noch mal mit ihm treiben. Bert war nicht unbedingt wild auf Linda Dale, sie war launisch und anspruchsvoll und noch sehr jung, aber was sollte er denn machen, nachdem sie ihm all das am Telefon gesagt hatte, als er im Büro anrief? Weiter auf der Farm bleiben?

Er war im Büro, als seine Mutter anrief, um ihm die Sache mit Cal zu erzählen. Er sprang in sein Auto und gab Gas, um so schnell wie möglich zu seinem Sohn zu kommen, der im Krankenhaus in Charlottesville lag, ohne Rücksicht auf irgendwelche Geschwindigkeitsbegrenzungen, wie es wohl alle Eltern in dieser Lage getan hätten; statt wie sonst zwei benötigte er für die Fahrt nur knapp anderthalb Stunden. Erst noch zu Hause vorbeizufahren, um dort Ordnung zu schaffen, dazu war keine Zeit. Es kam ihm nicht einmal in den Sinn.

Es fiel Bert und Beverley mitunter nicht leicht, sich an den Grund zu erinnern, warum ihre Ehe gescheitert war. Als Beverley aus ihrem zerwühlten Bett den fremden roten Slip zutage beförderte und darüber weinte, dass er sie betrog, reagierte Bert entgeistert. Der Tod eines Kindes wog ja wohl schwerer als ein Seitensprung. Der Tod eines Kindes wog schwerer als alles. Dieser Logik vermochte sich Beverley beinahe anzuschließen. Sofern man Schmerz und Verlust nach Rang sortieren konnte, hatte Bert auf jeden Fall gewonnen, und das Gebot der Stunde war, an einem Strang zu ziehen, ihrer Ehe oder auch den verbliebenen Kindern zuliebe. Aber sich den Umständen zu beugen und jemandem zu verzeihen, das war nicht dasselbe, wie sich mit der Zeit herausschälte. Beverley und Bert kitteten den Riss zwischen ihnen notdürftig mit etwas Klebeband und machten tapfer weiter, und auch wenn ihre Ehe nach Cals Tod noch fast sechs Jahre hielt, sollten sie es beide ganz anders in Erinnerung behalten. Später lautete ihr Urteil, dass die innere Trennung zwischen ihnen schon viel früher erfolgt war, weil sie nicht gemeinsam um Cal trauern konnten.

Wenn es schon nicht korrekt war, das Scheitern von Beverleys und Berts Ehe auf Cals Tod zurückzuführen, konnte es Albie erst recht nicht angelastet werden. Wobei die Gefühlsreserven der beiden bereits so erschöpft waren, als Albie aus Kalifornien zu ihnen kam, dass er nur noch dabei zuzusehen brauchte, wie ihre Ehe endgültig implodierte. Die bloße Tatsache, dass er zu ihnen gekommen war, sollte am Ende ausreichen. Fünf Jahre, zwei Monate und siebenundzwanzig Tage nach Cals Tod hatte Albie ein brennendes Streichholzbriefchen in den Mülleimer im Kunstraum der Shery High School in Torrance fallen lassen. Teresa rief Bert an und berichtete ihm von dem Feuer, berichtete ihm schluchzend und schniefend, dass Albie im Jugendgefängnis saß. Bert legte auf und ließ Beverley bei ihrem Exmann anrufen, damit der den Jungen rauspaukte. Nachdem das erledigt war, rief Bert wieder Teresa an, um ihr die Leviten darüber zu lesen, wie unfähig sie als Mutter war. An einem Samstagvormittag wusste sie nicht einmal, wohin ihr einziger Sohn auf seinem Fahrrad verschwunden war? Das Zuhause, das sie dem Jungen biete, sei untauglich, nicht sicher, und sie müsse Albie zu ihm schicken, unverzüglich, ohne Wenn und Aber. Bert führte dieses Telefonat in der Küche, wo Beverley gerade Zwiebeln im Topf anschmorte, für ein Stroganoff, das am Abend auf den Tisch kommen sollte. Sie schaltete den Herd aus und ging langsam die Treppe hoch, um sich in Carolines Zimmer zurückzuziehen. Es kam häufiger vor, dass sie sich dort verkroch, jetzt, da ihre Älteste auf dem College war. Bert kam es nie in den Sinn, dort nach ihr zu sehen.

Natürlich hätte Teresa mit etlichen Gegenvorwürfen reagieren können, doch bei aller Grausamkeit hatte ihr Exmann im Grunde eine schlichte Wahrheit zutreffend benannt: Sie war nicht dazu in der Lage, Albie vor Schaden zu bewahren. Sie war nicht unbedingt davon überzeugt, dass Bert das könnte, aber neue Freunde, eine neue Schule, der Wechsel auf die andere Seite des Landes, das alles könnte für Albie die Chance zu einem Neuanfang sein. Am Montagmorgen rief der Schulleiter an, um ihr mitzuteilen, dass Albie und die anderen Jungen vom Unterricht suspendiert waren, solange die Ermittlungen liefen, und falls dabei ihr Verschulden festgestellt wurde (was sehr wahrscheinlich war, da sie gesehen worden waren, wie sie am Samstagvormittag aus dem brennenden Schulgebäude gerannt kamen und sie obendrein schon gestanden hatten, das Feuer verursacht zu haben), von der Schule verwiesen würden. Am Dienstag rief sie Bert an: Sie würde Albie ins Flugzeug setzen.

Albie, fast fünfzehn, legte die wenigen Schritte bis zur hinteren Terrasse zurück. Dort ließ er seinen Koffer fallen, setzte sich auf einen der Stühle aus weiß lackiertem Schmiedeeisen und steckte sich eine Zigarette an. Sein Vater versuchte gerade, die riesigen Kartonwände aus dem Heck des Kombis zu wuchten, die mit Klebeband zu einer Art Box um das Fahrrad herum zusammengefügt worden waren. Bert hatte ihm schon auf der Fahrt vom Flughafen hierher gesagt, dass Beverley nicht zu Hause war. Donnerstagabends ging sie immer zu einem Französischkurs an der Volkshochschule und anschließend noch mit anderen Kursteilnehmern in ein Restaurant, und beim Essen übten sie französische Konversation. »Sie versucht, sich selbst zu finden«, sagte sein Vater, während Albie aus dem Fenster sah.

»Wie soll er denn dann vom Flughafen nach Hause kommen?«, hatte Bert gefragt, als Beverley ihm mitteilte, dass sie nicht da wäre. Die Falle hatte er sich selbst gestellt.

Als er das Fahrrad ausgepackt hatte, schob Bert es aus der Garage, als wäre Weihnachten. Eigentlich hatte er sagen wollen, *Schau mal her, so gut wie neu!*, aber stattdessen landete sein Blick auf der Zigarettenpackung und, noch beunruhigender, dem roten Feuerzeug, die auf dem Tisch vor seinem Sohn lagen. Das Fahrrad hatte offenbar keinen Ständer, daher lehnte er es an einen der Terrassenstühle.

»Ein Feuerzeug darfst du eigentlich nicht haben.« Das klang beinahe wie eine Frage, nicht ganz wie von Bert beabsichtigt.

Albie sah ihn verdutzt an. »Wieso nicht?«

»Weil du deine gottverdammte Schule niedergebrannt hast. Hat deine Mutter dir etwa nicht alles, was mit Feuer zu tun hat, verboten?«

Albie konnte sich ein Grinsen nicht verkneifen. Sein Vater war schon extrem dämlich. »Ich hab die Schule nicht niedergebrannt. Ich hab im Kunstraum ein Feuer verursacht. Es war ein Versehen, und die brauchten sowieso dringend einen neuen Kunstraum. Der Schulbetrieb läuft ja schon wieder.«

»Dann sage ich es hiermit noch mal ausdrücklich: Alles mit Feuer ist verboten. Im Klartext, keine Zündelei und keine Zigaretten.«

Albie nahm einen tiefen Zug von seiner Zigarette, ehe er den Kopf abwandte, um den Rauch rücksichtsvoll zur Seite hin auszustoßen. Er nahm ja sogar so viel Rücksicht, nicht im Haus zu rauchen. »Feuer ist aber ein Element. So wie Wasser oder Luft.«

»Unwichtig. Dann lässt du eben die Finger von diesem Element.«

»Darf ich den Gasherd benutzen?«

Sie fixierten beide das Feuerzeug. Als Bert die Hand ausstreckte, um es einzukassieren, kam Albie ihm zuvor und schnappte es sich, ohne seinen Vater dabei aus den Augen zu lassen. Das war der Moment der Entscheidung – ob Bert seinem Sohn jetzt eine runterhauen würde oder nicht. Albie ließ die Hand mit der Zigarette betont nach unten hängen und hob das Gesicht, sah seinen Vater ruhig an, ohne zu blinzeln. Bert straffte sich und trat zurück. Er schlug seine Kinder nicht. Und er würde sich auch jetzt nicht dazu hinreißen lassen. Die wenigen Gelegenheiten, bei denen er Cal einen Klaps versetzt hatte, verfolgten ihn bis in seine Tagträume, liefen wie in Dauerschleife vor seinem inneren Auge ab.

»Aber im Haus wird nicht geraucht.« Mit diesen Worten wandte sich Bert ab und ging rein.

Albie hob den Blick und starrte das Haus an. Ein anderes als das, in dem er als Kind die Sommerferien verbracht hatte. Er sah es heute zum ersten Mal. Irgendwann nach seinem letzten Besuch in Virginia waren Bert und Beverley umgezogen, ohne ihm, Holly oder Jeanette davon zu erzählen. Und wozu auch, wo doch niemand glaubte, dass er, Holly oder Jeanette je wieder hierher auf Besuch kommen würden? Am Flughafen aber hatte sein Vater die Sache mit ihrem Umzug auch nicht erwähnt. Hatte er es vergessen? Dachte er, es würde Albie nicht auffallen? Dieses Haus war aus blutrotem Backstein erbaut, mit kannelierten weißen Säulen an der Vorderseite, eine kleinere Version des herrschaftlichen Domizils vor den Toren von Charlottesville, das seine Großeltern bewohnten. Es war umgeben von einer Art Parklandschaft, alles sauber und gepflegt, lauter Pflanzen und Bäume, die er nicht kannte. Von seinem Platz auf der Terrasse aus konnte er den Rand eines Swimmingpools sehen, der bereits für den Winter mit einer Plane abgedeckt war. Hinter dem Fenster zur Terrasse hin konnte er die Küche sehen, die edlen Kupfertöpfe, die von einem Gestell an der Decke hingen, aber wenn er aufstand, die Tür öffnete und durch die Küche ging, wüsste er nicht, in welche Richtung er sich wenden müsste. Er wüsste nicht, in welchem Zimmer er schlafen sollte.

Caroline war wohl inzwischen am College, und Albie tippte darauf, dass sie viele Freundinnen hatte, die sie in den Ferien und an Feiertagen zu sich nach Hause einluden. Im Sommer hatte sie bestimmt einen Job, der sie stark beanspruchte, so sehr, dass ein Besuch hier zu Hause oder auch nur ein Anruf von einem Münzapparat nicht drin war; als Betreuerin in einem Ferienlager etwa oder als Regierungspraktikantin. Caroline hatte nie einen Zweifel daran gelassen, dass sie, wenn sie erst aus dem Haus war, nicht vorhatte, je wieder zurückzukommen. Caroline war ein Miststück, keine Frage, aber sie hatte früher im Sommer auch all ihre subversiven Aktionen organisiert. Sie konnte sie alle nicht ausstehen, am wenigsten ihre eigene Schwester, aber sie bekam was auf die Reihe. Noch heute schüttelte er den Kopf, wenn er daran zurückdachte, wie sie mit einem Drahtkleiderbügel den Kombi geknackt und die Pistole aus dem Handschuhfach genommen hatte. Er hatte nie im Leben jemanden so sehr verehrt wie Caroline.

Es wohnte also nur noch Franny hier. Er hatte beide Schwestern seit dem Ende ihrer Sommerbesuche in Virginia vor fünf Jahren nicht mehr gesehen, aber sich Franny vorzustellen fiel ihm deutlich schwerer. Eigenartig, denn in der Familie war sie ihm vom Alter her am nächsten. Eins wusste er noch, sie trug immer die Katze mit sich herum, und in seiner Erinnerung waren Mädchen und Katze miteinander verschmolzen: klein und süß, stets bemüht, es anderen recht zu machen, Gern- und Vielschläferin, kletterte ständig irgendwem auf den Schoß.

Albie blieb weiter auf der Terrasse sitzen und rauchte, während die sinkende Sonne die Vorstadt in goldenes Licht tauchte und er in der kühlen Luft zu frösteln begann. Er wollte nicht ins Haus gehen und seinen Vater fragen, wo er schlafen würde. Er überlegte, ob er aus dem Koffer das pralle Beutelchen Gras heraussuchen sollte, das seine Freunde ihm zum Abschied überreicht hatten, entschied sich aber dann dagegen; für heute hatte er den Bogen wohl genug überspannt. Der Verlust seines Feuerzeugs wäre in einer Welt, in der es überall kostenlose Streichholzbriefchen gab, zu verschmerzen; sein Gras aber sollte ihm niemand abnehmen. Er könnte auf seinem Fahrrad eine Runde durch die Nachbarschaft drehen, um sich ein wenig umzusehen und schon mal mit allem vertraut zu machen, blieb aber reglos sitzen. Er dachte immer noch darüber nach, ob er sich bewegen sollte, als Franny in die Auffahrt einbog und am hinteren Ende parkte.

Sie trug eine weiße Bluse mit hochgekrempelten Ärmeln und einen blaukarierten Rock, dazu Kniestrümpfe und flache Schnallenschuhe, den Standardaufzug katholischer Schülerinnen. Sie war dünn und blass, mit straff zurückgebundenem Haar, und als er sich erhob und seine Zigarette fallen ließ, war er kurz unsicher, wie sie zueinander standen, ob wohlwollend oder eher nicht. Franny ließ ihren Rucksack fallen und kam schnurstracks auf ihn zu, mit ausgebreiteten Armen. Franny, die nicht ahnen konnte, dass er hinter einer dicken Mauer lebte und folglich von niemandem umarmt werden konnte, umarmte ihn und drückte ihn fest. Sie fühlte sich warm und stark an und roch leicht nach Mädchenschweiß, angenehm.

»Willkommen zu Hause«, sagte sie. Drei Wörter.

Er blickte sie an.

»Hat man dich nach hier draußen verbannt?« Sie blickte auf seinen Koffer. »Darfst du wenigstens in die Garage?«

»Mir gefällt's hier draußen.«

Franny sah kurz zum Haus. In Berts Arbeitszimmer brannte Licht. »Dann bleiben wir hier draußen. Kann ich dir irgendwas bringen? Du hast doch bestimmt Hunger.«

Albie machte einen ausgehungerten Eindruck, nicht nur,

weil er so beunruhigend dünn war wie alle Cousins-Kinder, sondern auch seiner großen, hohlen Augen wegen. Er sah aus, als könnte er ein ganzes Schwein verdrücken, nach Python-Art, ohne nur ansatzweise davon satt zu werden. »Ein Schluck zu trinken wäre nicht schlecht, offen gesagt.«

»Was hättest du denn gerne?« Franny hatte sich bereits halb zum Haus umgewandt und dachte an ihren heimlichen Vorrat 7Up, den ihre Mutter gar nicht gern sah.

»Gin.«

Sie sah Albie an und lächelte. Gin an einem Donnerstagabend. »Habe ich dir eigentlich schon gesagt, dass ich mich freue, dass du hier bist? Wahrscheinlich nicht. Ich freue mich, dass du hier bist. Kommst du mit?«

»Jetzt nicht«, sagte er. »Gleich.«

Während sie fort war, legte Albie den Kopf zurück und schaute gen Himmel. Da oben huschten Lebewesen in der Luft umher – Spatzen? Fledermäuse? –, untermalt vom dröhnenden, rasselnden Zirpen von irgendetwas Grillenartigem. Nein, er war nicht mehr in Torrance.

Wenig später kehrte Franny zurück, mit zwei halb mit Eis und Gin gefüllten Gläsern sowie einer Flasche 7Up, die sie sich unter den Arm geklemmt hatte. Nachdem sie ihr Glas mit der Limonade aufgefüllt und den Drink kurz mit dem Finger umgerührt hatte, hob sie den Blick und sah Albie fragend an, während sie die 7Up-Flasche schwenkte.

»Ich passe.«

»Sehr männlich.« Sie stießen leicht mit den Gläsern an, so wie die Leute in Filmen immer, aber auch ihre Freundinnen bei Pyjamapartys, nachdem sie von den Beständen ihrer Eltern diskret ein paar Schlückchen abgezweigt hatten. Es war nicht Frannys erster Drink, hier zu Hause aber und unter der Woche trank sie sonst nie, geschweige denn zusammen mit Albie. Zur Feier des Tages schien es angebracht, mal fünfe gerade sein zu lassen. »Prost.«

Sie verzog leicht das Gesicht, weil sie den bitteren Geschmack nicht gewöhnt war, während Albie nach den ersten paar Schlückchen zufrieden lächelte. Er zündete sich eine neue Zigarette an, weil das den Genuss noch erhöhte. Es fühlte sich an, als würden sie sich alles erzählen, was passiert war, während sie einfach nur beisammensaßen. Seit sie sich das letzte Mal gesehen hatten, war zu viel Zeit vergangen und zu viel geschehen, um es nun auf die Schnelle in Worte zu fassen.

Nach einer Weile kam Bert auf die Terrasse und schien hocherfreut, Franny dort anzutreffen. Er drückte ihr einen Kuss aufs Haar, ohne den Gin wahrzunehmen, dessen Geruch vom Zigarettenrauch überlagert wurde. »Ich habe gar nicht mitbekommen, dass du wieder zu Hause bist.«

»Ja. Nicht nur ich, wir beide.« Franny lächelte.

Bert klimperte mit dem Autoschlüssel. »Ich fahre los, eine Pizza holen.«

Franny schüttelte den Kopf. »Mom hat Essen vorgekocht, steht alles im Kühlschrank. Ich wärme es gleich auf.«

Bert blickte überrascht drein, obwohl nicht ganz klar war, warum. Beverley kochte jeden Tag etwas zu Abend. Er bückte sich und nahm Albies Koffer. »Nun kommt rein, Kinder. Langsam wird's kalt hier draußen.«

Tatsächlich senkte sich eben das Dunkel der Nacht herab. Franny und Albie nahmen ihre Gläser vom Tisch, außerdem die Zigaretten nebst Feuerzeug, und folgten Albies Vater ins Haus.

7

Bert Cousins' Jüngster war also der Anlass, warum ihr euch getrennt habt?«, sagte Fix. »Du und der alte Jude?« Sie waren unterwegs nach Santa Monica, mit heruntergelassenen Fenstern. Sie wollten ins Kino. Caroline saß am Steuer, Franny hinten auf dem Rücksitz, von wo aus sie sich nach vorn beugte, in die Lücke zwischen den Vordersitzen.

»Wieso höre ich dieses Detail jetzt zum ersten Mal?«, warf Caroline ein.

»Könntest du ihn bitte nicht ›den alten Juden‹ nennen?«, forderte Franny ihren Vater auf.

»Entschuldige.« Fix legte sich zerknirscht die Hand aufs Herz. »Dann eben der alte Säufer, Jahwe habe ihn selig. Aber Hut ab vor dem Kleinen, will ich damit sagen. Respekt.«

Franny malte sich aus, Albie anzurufen und ihm zu erzählen, dass er sich endlich den Respekt ihres Vaters verdient hatte. »Es war ja nicht so, dass ich noch am selben Abend auf Nimmerwiedersehen verschwunden wäre. Wir sind noch den ganzen Sommer in Amagansett geblieben.« Sie musste sich trotz allem noch um Ariel, ihren unausstehlichen holländischen Freund und die traurige kleine Button kümmern. Den ganzen fürchterlichen Sommer mit ständigen Hausgästen durchstehen. Die Beziehung zwischen Franny und Leo fand vor vollem Haus ein Ende. Es war über zwanzig Jahre her, und dennoch war ihr bis heute lebhaft präsent, wie schrecklich jene Zeit gewesen war.

»Aber im Wesentlichen war es das, richtig?«, hakte Fix

nochmals nach. »Der Junge hat den Nagel in den Reifen gesteckt.«

Caroline schüttelte den Kopf. »Albie hat eher zum Vorschein gebracht, dass im Reifen bereits ein Nagel war«, sagte sie, und Franny lachte, ganz verblüfft darüber, wie treffend ihre Schwester die Situation erfasst hatte.

»Hätte ich bloß mein Jurastudium beendet«, sagte sie. »Dann wäre ich jetzt so gescheit wie du.«

Caroline schüttelte wieder den Kopf. »Unmöglich.«

»Ordne dich schon mal ein.« Fix deutete nach vorn. »Da an der Ampel musst du links ab.« Er hatte seinen Stadtplan vor sich auf den Knien liegen. Dass Franny die Adresse des Kinos in ihr Smartphone eingab, lehnte er ab.

»Warum hat es mit der Verfilmung so lang gedauert? Weißt du da Genaueres?« Nach einem Blick in den Rückspiegel gab Caroline Gas und wechselte rasant die Spur, um einem herannahenden Porsche zuvorzukommen. Neben all ihren anderen Begabungen war sie auch eine ausgezeichnete Autofahrerin.

»Das kommt vor. Leo wollte die Filmrechte zu Lebzeiten nicht verkaufen, die Sache konnte also erst nach seinem Tod anlaufen. Und die Zusammenarbeit mit seiner Frau war bestimmt nicht einfach.« Natalie Posen. Bei Leos Ableben, das nun fünfzehn Jahre zurücklag, waren sie und er immer noch verheiratet, hatten ihre diversen Streitigkeiten noch immer nicht beigelegt. All die Jahre, die sie seine Frau gewesen war, und nun war sie seine Witwe. Franny bekam sie nur ein einziges Mal zu Gesicht, bei der Beerdigung, sehr viel kleiner, als sie gedacht hätte, ganz vorn in der ersten Sitzreihe der Synagoge, eingerahmt von den Söhnen, die beide große Ähnlichkeit mit Leo hatten – der eine von der Nase an aufwärts, der andere unterhalb der Nase, als hätten sie jeweils eine Hälfte des väterlichen Kopfs geerbt. Ariel saß auf der anderen Seite der Synagoge, mit einer sehr erwachsen wirkenden Button und ihrer eigenen Mutter, der ersten Mrs Leon Posen. Eric war im Programm als Ehren-Sargträger aufgeführt, da er zu dem Zeitpunkt schon zu alt war, um ein Sechstel der Sarglast schultern zu können. Er war es gewesen, der Franny nach Leos Tod angerufen hatte, um ihr die traurige Nachricht zu übermitteln, eine nette Geste in Anbetracht der Zeit, die inzwischen vergangen war. Bei der Gelegenheit erkundigte sie sich, was aus dem Nachfolgebuch geworden war, für das Leo seinerzeit bereits einen Vorschuss kassiert hatte und an dem er eigentlich immer hätte schreiben sollen. Nein, sagte Eric, daraus war leider nichts geworden.

Sie waren alle dort, sichtlich in die Jahre gekommen: Eric und Marisol, Astrid, die Hollingers, ein Dutzend weitere – all die Sommergäste von damals, die erschienen waren, um ihn, zusammen mit dem Rest der Welt, für sich zu beanspruchen. Franny wollte unbemerkt bleiben und hatte sich unter die Gäste auf den billigen Plätzen gemischt, die hinten an der Wand standen, ehemalige Studenten, treue Fans, verflossene Freundinnen. Natalie Posen hatte entschieden, ihren Mann in Los Angeles beisetzen zu lassen, wodurch ihre Gehässigkeit in gewisser Weise verewigt wurde.

»Die Ehefrau«, sagte Fix. »Wenn wir schon bei positiven Themen sind, sollten wir auch dieser Frau danken.«

»Leos Frau?«

Fix nickte mit Nachdruck. »Sie ist die unbesungene Heldin dabei.«

»Inwiefern?« Fix hatte heute Geburtstag, er wurde dreiundachtzig, mit Metastasen im Gehirn. Franny riss sich zusammen.

»Wenn sie nicht so verbissen darum gekämpft hätte, mehr Geld für sich herauszuschlagen, wäre Leo Posen ein freier Mann gewesen.«

»Ah.« Caroline nickte. Sie ließ regelmäßig ihr Haar in dem warmen Rotbraunton färben, den es in ihrer Kindheit gehabt hatte, ging dreimal die Woche zum Pilates, um in Form zu bleiben. In dieser Hinsicht folgte sie ganz dem Beispiel ihrer Mutter. Caroline wirkte nun wie die jüngere Schwester.

»Ich stehe immer noch auf dem Schlauch«, sagte Franny.

Fix lächelte. Caroline hatte seinen hintersinnigen Überlegungen schon immer mühelos folgen können.

»Wenn Leo je von ihr geschieden worden wäre«, erläuterte ihre Schwester, »hätte er dich geheiratet.«

»Franny, Kleines.« Ihr Vater wandte unter Mühen den Kopf herum, um sie anzusehen. »Sei froh. Wenn schon sonst nichts, wenigstens das ist dir erspart geblieben.«

Franny und Caroline hatten sich schon lange darauf verständigt, dass es eine Ressourcenvergeudung war, einen Elternteil gemeinsam zu besuchen. Mit geschiedenen Eltern, die in entgegengesetzten Teilen des Landes lebten, und Ehemännern, deren Eltern ebenfalls Anspruch auf eine gewisse Anzahl von Besuchstagen hatten, waren Franny und Caroline übereingekommen, die Last aufzuteilen, um sie bewältigen zu können. Auch gemeinsam hatten sie nur eine begrenzte Anzahl von Urlaubstagen, die ihnen jährlich zur Verfügung standen, und auch für verpasste Schultheateraufführungen und unentschuldigte Fehltage und Flugtickets gab es eine Obergrenze. Die Zuneigung jedenfalls, die sich in späteren Jahren zwischen den Schwestern entwickelt hatte, konnte sich also nicht in Besuchen manifestieren. Los Angeles, dichter kam Franny nie an die Bay Area heran, so fest sie auch vorhatte, einmal hinzureisen. Albie lebte inzwischen dort, zwei Autostunden von Caroline entfernt. Nick, Carolines ältester Sohn, studierte im vierten und letzten Jahr an der Northwestern University in Illinois, sodass Franny zumindest nach Evanstown hochfahren konnte, um die drei zu sehen, wenn Caroline und Wharton ihren Sohn am Elternwochenende besuchen kamen. Caroline hatte noch zwei weitere Kinder, ihre Töchter, die Franny komplett verpasst hatte, genau wie Caroline auch Frannys zwei Jungen verpasst hatte. Wobei Ravi und Amit allerdings, ganz gleich, wie lang sie die beiden schon hatte, nicht Frannys leibliche Söhne waren. Sie waren mit in die Ehe gebracht worden, und Stiefkindern vermochte Caroline, sosehr sie sich in dieser Frage auch um ein Umdenken bemühte, kein volles Bürgerrecht einzuräumen.

Kurzum, normalerweise wären weder Franny noch Caroline unbedingt nach Los Angeles gereist, um Fix' Geburtstag mit ihm zu begehen, aber da er bereits die von seinem Arzt prognostizierte Lebenserwartung überschritten hatte, waren die Umstände alles andere als normal. Dieser Geburtstag würde wohl sein letzter sein, das bestätigte ein rascher Blick zum Beifahrersitz, und deshalb hatten die beiden Schwestern ihre Regel gebrochen und waren beide hergekommen.

»Also, wie wollen wir den großen Tag begehen?«, hatte Caroline am Vorabend gefragt. »Alles ist möglich, nach oben sind keine Grenzen gesetzt.«

Sie saßen zu viert in dem kleinen Wohnzimmer, in dem Haus in Santa Monica, das Fix und Marjorie bewohnten, seit sie nach Fix' Pensionierung endlich aus Downey weggezogen waren. Es war eine Art Wunder, dieses Haus, äußerlich zwar nichts Besonderes, aber es lag gerade einmal zwei Blocks vom Strand entfernt. Fix hatte früher, vierzig Jahre war das inzwischen her, einen Kollegen bei der Polizei, der sich regelmäßig mit einem Konkursrichter zum Pokern traf. Von ihm hatte er den Tipp, dass dieses Haus unter den Hammer käme. Das nahm Fix zum Anlass, Marjorie endlich zu eröffnen, dass er sie heiraten würde. Sie würden das Geld, das sie unlängst von ihrer Tante in Ohio geerbt hatte, als Anzahlung verwenden. Würden die Anzahlung damit machen, das Haus dann zwanzig Jahre lang vermieten, und wenn sie dann in den Ruhestand gingen, würde es ihnen praktisch komplett gehören.

»Das soll also ein Heiratsantrag sein?«, hatte Marjorie gefragt, aber trotzdem ja gesagt.

»Aber welche Rolle hat Dad bei alldem gespielt?«, wollte Franny Jahre später von ihr wissen, nachdem sie endlich die ganze Geschichte gehört hatte. Fix und Marjorie waren mit den Mädchen jeden Sommer, wenn sie auf Besuch waren, an dem Haus in Santa Monica vorbeigefahren, hatten hinübergedeutet und stolz erklärt, es gehöre ihnen, und dass sie später mal, eines Tages, darin wohnen würden. »Wenn du doch das Geld hattest, warum musstest du ihn dann heiraten? Du hättest dir das Haus doch auch allein zulegen und dann weitervermieten können.«

»Dein Vater hat sich ein Haus am Strand gewünscht, und ich wollte gern deinen Vater heiraten.« Marjorie musste selbst herzlich lachen, als sie merkte, wie sich das anhörte. Sie setzte noch einmal neu an. »Er wollte mich auch heiraten. Es hat bloß länger gedauert, bis da der Groschen bei ihm gefallen ist. Am Ende, das möchte ich jedenfalls glauben, haben wir beide gewonnen.«

Marjorie hatte Fix soeben den letzten Rest des Nahrungsergänzungsmittels in die PEG-Sonde gespritzt. Sie war, verglichen mit seinen dreiundachtzig, jugendliche fünfundsiebzig, doch anscheinend hatte Marjorie um dieselbe Zeit herum die Nahrungsaufnahme eingestellt wie er. Ihre Schulterblätter zeichneten sich unter ihrem Pullover wie ein Drahtbügel ab.

»Gehen wir ins Kino«, sagte Fix. »Sehen wir uns eine Matinee-Vorstellung von Frannys Film an.«

»Fix«, sagte Marjorie in müdem Tonfall. »Darüber haben wir doch lang und breit gesprochen.«

»Mein Film?«, fragte Franny, dabei wusste sie genau, wovon die Rede war. Ihr Vater hatte es auch »ihr« Buch genannt.

»Ja, der, den dein Liebster damals über uns geschrieben hat. Einen Film über mein Leben zu sehen, die Chance bekomme ich bestimmt nicht noch mal.« Fix schien dieser Gedanke merkwürdigerweise Genugtuung zu bereiten. »Ich hab das Buch nie gelesen, weißt du. Weil ich dem Schweinepriester nicht auch noch mein Geld in den Rachen werfen wollte. Aber jetzt, wo er tot ist und seine Frau das Geld bekommt, soll es mir recht sein. Und ich habe die Besprechung in der Zeitung gelesen, in der die Frau, die eure Mutter spielt, verrissen wurde. Das wird sie mächtig wurmen, könnte ich mir denken.«

Marjorie hielt eine schmale Hand in die Höhe. »Das ist nichts für mich. Du und die Mädchen, macht euch einen schönen Tag. Wenn ihr zurückkommt, erwarte ich euch schon mit Cupcakes.« Die paar freien Stunden konnte sie mehr als gebrauchen.

»Ach, Dad«, sagte Caroline. »Wäre es nicht amüsanter, stattdessen zu Hause zu bleiben und uns die Zehennägel mit Zangen auszureißen?«

Franny hatte es ein wenig davor gegraut, als *Die Taufe* auf den Markt gekommen war, und natürlich hatte sie Schuldgefühle, aber was dann folgte, war unbestreitbar eine phantastische Zeit gewesen: das vom Verlag ausgerichtete Festessen im La Grenouille; die Preisverleihung, bei der Leo als Gewinner auf die Bühne gerufen wurde; die schier endlose Lesereise, bei der er Abend für Abend vor gebannt lauschenden Menschenmassen aus seinem Buch vorlas, die wie Bittsteller nach der Lesung geduldig in einer langen Schlange warteten, um Leo an seinem Tisch zu beteuern, wie sehr sein Werk ihr Leben verändert habe. Er war wieder da, im Rampenlicht der Öffentlichkeit, so berühmt und umjubelt wie eh und je, und er zollte ihr dafür Nacht für Nacht vollen Dank, in einem Hotelzimmer nach dem anderen, wenn sie sich liebten und er ihren Kopf dabei zärtlich umfasst hielt. Er konnte den Blick nicht von ihr abwenden. Er liebte sie, er dankte ihr, er brauchte sie, er, der große Leo Posen. Sie war also, bei allem, was es sie gekostet hatte, auch belohnt worden.

Aber wenn sie diesen Film nun sah, würde sie nicht nur daran erinnert, dass sie ihre Familie verraten hatte. Der Film rührte auch an das Scheitern ihrer lange Jahre zurückliegenden Beziehung und an den einsamen Tod des Mannes, den sie einst geliebt hatte – in der Version, die seine zweite Frau der Welt verkaufte.

Als Leo noch an dem Buch arbeitete, hatte Franny nicht absehen können, wie es sein würde, mit *Die Taufe* zu leben, und als sie das fertige Buch dann gelesen hatte, war es zu spät, noch etwas dagegen zu unternehmen. Aber bei der Verfilmung war das anders. Die gab es noch nicht. Franny bat Leo, die Rechte nicht aus der Hand zu geben. Sie war sich darüber im Klaren, dass das für ihn eine erhebliche finanzielle Einbuße bedeutete, und dennoch flehte sie ihn mit dem Manuskript noch in der Hand an, ihr das zu versprechen.

Leo überließ ihr die Rechte mit einer handschriftlichen Erklärung auf einer Karteikarte, weil Franny die Sonne, der Mond und auch jeder funkelnde Stern am Himmel war.

Für Frances Xavier Keating,
anlässlich ihres siebenundzwanzigsten Geburtstags
Hiermit schenke ich Dir die Filmrechte an Die Taufe,
für jetzt und alle Zeit.
Ein Pfand meiner ewigen Liebe und Dankbarkeit.
LEON ARIEL POSEN

An diese Erklärung hielt er sich, auch später noch, als sie kaum noch miteinander redeten und sie den Verdacht hatte, dass er das Geld gut hätte gebrauchen können. Nach seinem Tod ließ sie die Sache auf sich beruhen. Wen hätte sie über diese Schenkung informieren sollen? Seine Frau? Sie ging davon aus, dass sie mit einer Karteikarte gegen eine Armee von Anwälten keine Chance hatte. In ihrem Kopf setzte sich sogar die irrationale Furcht fest, dass man versuchen könnte, ihr die Karte abzunehmen.

»Nein«, sagte Franny. Nein, sie verspürte nicht den

Wunsch, diesen Film zu sehen, schon gar nicht mit ihrem Vater, ihrer Schwester und einhundert Fremden in einem Kinosaal des AMC3 in Santa Monica, mit einer Tüte Popcorn auf dem Schoß.

Fix brach in Gelächter aus und schlug mit den Händen links und rechts auf die Armlehnen seines Sessels. »Mensch, ihr zwei führt euch ja auf wie kleine Mädchen. Was sollte euch denn bei dem Film passieren? Ihr solltet doch wohl ertragen können, dass ein todkranker, klappriger alter Mann wie ich sich gern auf der großen Leinwand sehen würde, dargestellt von einem schmucken Filmstar. Und davon abgesehen ist diese Geschichte für mich längst aus und vorbei, graue Vorzeit. Ihr habt bis morgen Zeit, euch zusammenzureißen, beide. Ich habe Geburtstag, und wir gehen ins Kino, mein letztes Wort.«

Caroline parkte den Wagen, und Franny stieg aus und hob den Rollstuhl aus dem Kofferraum. Fix fuhr schon längst nicht mehr selber, aber er weigerte sich, den Wagen zu verkaufen. Es war ja nicht auszuschließen, dass sich das Schicksal noch einmal wenden könnte, dass in allerletzter Minute ein neuartiges Heilmittel gefunden wurde und die Teile seines Körpers, die der Krebs zerfressen hatte, wiederhergestellt werden könnten. Hoffnung, sagte Fix gern, ist das Blut des Lebens, und davon abgesehen war der Wagen unersetzlich. Es war ein Crown Victoria, ein ausgemusterter Zivilstreifenwagen, den er aus dem Fuhrpark der Polizei erworben hatte. Franny nannte ihn nur das Batmobil, weil er ordentlich PS unter der Haube hatte und notfalls auf über zweihundertzwanzig Sachen beschleunigt werden konnte. So schnell war Fix zwar nie damit gefahren, er pflegte aber zu sagen, dass er schon die Möglichkeit beruhigend fand.

Franny öffnete die Beifahrertür, pflückte die Füße ihres Vaters vom Boden und schwang sie behutsam zur Seite, aus dem Wagen. Dann nahm sie ihn am Arm und zählte mit ihm bis drei, während er auf dem Sitz wippte, um den nötigen Schwung zu holen. Der Wagen, mit dem man einen gestohlenen Ferrari einholen konnte, war ihm beim Aufstehen keine Hilfe. Schließlich zog Franny ihn vom Sitz hoch und Caroline fing ihn mit dem Rollstuhl auf. Gegen den hatte sich Fix noch einen Monat zuvor mit Händen und Füßen gewehrt. Lehnte zu der Zeit sogar den Rollator ab und bestand darauf, sich weiterhin auf Marjorie zu stützen, auch nach mehreren Stürzen noch. Damit aber war es nun vorbei. Er ließ es klaglos über sich ergehen, dass Franny seine Füße auf die Fußstützen hob. Bedankte sich sogar. Die Schauspielerin, der das Haus in Amagansett gehörte, hatte in dem Film die Rolle der Julia haben wollen, mit anderen Worten, sie wollte Frannys Mutter spielen. Natürlich konnte sie nicht ahnen, dass Franny eine reale Person war, die in ihrem Bett schlief, auf ihren edlen Laken aus ägyptischer Baumwolle. Leo hatte Albie die Schuld daran gegeben, dass ihre Beziehung in die Brüche ging. Wäre er nicht bei ihnen aufgetaucht, davon war er überzeugt, wären sie weiter glücklich miteinander gewesen. Aber Caroline hatte ganz recht: In dem Reifen steckte längst ein Nagel, Albie hatte ihn nicht hineingesteckt. Wenn Leo unbedingt ihre persönlichen Probleme einem Unbeteiligten in die Schuhe schieben wollte, hätte Franny lieber die Schauspielerin und ihr bescheuertes Haus genommen. Niemand sollte so reich sein, dass er ein solches Haus besaß, ohne es dann zu bewohnen. Der Swimmingpool war lang und tief und sah gar nicht wie ein Swimmingpool aus, eher wie das Fundament eines schmalen, langen Hauses, das ein Sturm davongeblasen hatte. Gespeist wurde dieser Pool von einer Quelle. Niemand wusste genau, wer das beides angelegt hatte, denn Quelle und Pool gab es schon länger als das Haus der Schauspielerin. Und das war längst nicht alles: An der östlichen Hauswand rankten sich Kletterrosen empor, die sich obendrein ganz über das Schrägdach zogen, ein riesiges, wundersames Gewirr von Blüten. Den ganzen Sommer über blühte dort ein ganzes Meer von Rosen in Weiß und Rot und zig Abstufungen von Rosa, eine Sorte nach der anderen; wenn die einen bereits verblühten, öffneten sich eben die Knospen der anderen. Der Rasen war ständig von einem Teppich aus Blütenblättern bedeckt, die vom Wind heruntergeblasen wurden. Und in ihrem Schlafzimmer hing ein Klimt, nicht besonders groß, aber fraglos ein Original, das Porträt einer Frau, die der Schauspielerin auffallend ähnlich sah, fast wie eine Vorfahrin. Wer hatte denn einen Klimt im Sommerhaus? Es war das Haus, das ihrer Beziehung den Todesstoß versetzt hatte, davon war Franny überzeugt: Weil es ein solcher Magnet für Gäste war, nur die Besitzerin hatte sich nicht blicken lassen. Eines Abends, lange nach ihrer Trennung, hatte Leo Franny angerufen, um ihr zu erzählen, dass die Schauspielerin ihn eingeladen hatte, zum Abendessen nach Amagansett zu kommen. Sie wollte mit ihm über den Film reden, obwohl er abgewehrt und betont hatte, dass ein Film nicht geplant sei.

»Kommen Sie trotzdem vorbei«, hatte sie erwidert.

»Weißt du noch, der ganze Champagner, der im Kühlschrank stand?«, erkundigte sich Leo am Telefon bei Franny.

Ja, daran erinnerte sie sich.

»Nun, den haben wir getrunken.« Leo seufzte, daheim in seiner Wohnung in Cambridge. »Es ist nichts passiert. Das wollte ich dir erzählen. Am Ende konnte ich einfach nicht mit ihr nach oben gehen. Für mich war es immer noch unser Schlafzimmer, Franny. Das habe ich nicht fertiggebracht.«

Die Schauspielerin und ihr Versuch, sich die Rolle mit allen Mitteln zu sichern, waren längst Schnee von gestern. Ihre Zeit für Hauptrollen in Liebesfilmen war längst vorbei, und sie spielte auch keine Mutterrollen mehr. Mit sechzig war sie nach den Maßstäben des Filmgeschäfts sogar zu alt, um die Hexe in Märchenfilmen zu sein. Was ihr blieb, waren kleinere

Rollen als betagte Witwe, als ältere Senatorin, als skrupellose Konzernchefin in einer allseits gelobten Kabel-TV-Serie. Als das Licht im Kinosaal in Santa Monica erlosch, konnte Franny sich nur damit trösten, dass die schöne Schauspielerin sich in irgendeinem Kino die Verfilmung von *Die Taufe* ansehen und daran denken würde, wie sehr sie sich einst vergeblich um die Rolle der Julia bemüht hatte.

Aber dieser Trost half nicht.

Franny und Caroline, die neben ihrem Vater saßen, ging im Dunkel ein und derselbe Gedanke durch den Kopf: Wäre es schlimmer gewesen, einen Film aus ihrer wahren Kindheit zu sehen? Einen Sommer hatte Bert eine neue Super-8-Kamera gehabt und war ihnen damit auf Schritt und Tritt wie eine Art Antonioni gefolgt, während sie unter dem Sprühregen der Rasensprenger hindurchliefen und auf ihren Fahrrädern kreuz und quer durchs Bild fuhren. Holly ließ einen Hula-Hoop-Reifen um ihre mageren Hüften kreisen. Albie sprang vor sie und zog sich das T-Shirt aus. Von hinter der Kamera war Berts Stimme zu hören, der sie aufforderte, irgendwas Interessantes zu machen, aber sie waren einfach nur Kinder und damit, im Nachhinein, faszinierend. Vielleicht existierte dieser Film noch irgendwo, in einem Karton auf dem Dachboden ihrer Mutter oder zwischen allerhand Kram in den Tiefen eines Aktenschranks in Berts Garage. Franny könnte bei ihrem nächsten Besuch in Virginia mal gezielt danach suchen und ihn dann in den Projektor einfädeln. So könnte sie noch einmal den echten Cal durchs Bild laufen sehen und damit die Erinnerung an den missmutigen Jungen auslöschen, der ihn im Film spielte. Ein Film ihres Lebens wäre in jedem Fall besser gewesen als das, was hier über die Leinwand flimmerte, selbst dann, wenn sie pausenlos von einer Kamera gefilmt worden wären, die das Desaster ihrer Kindheit lückenlos aufzeichnete, auch die schlimmsten und peinlichsten Momente; das wäre immer noch erträglicher gewesen, als diesen Fremden bei ihrem halbherzigen Versuch, ihr Leben nachzustellen, zusehen zu müssen. Holly und Jeanette waren zu einem einzigen Mädchen verschmolzen worden, das weder Holly noch Jeanette ähnelte, sondern ein schreckliches Gör war, das mit dem Fuß aufstampfte und bei Streitigkeiten die Tür zuknallte. Wann hätten Holly und Jeanette sich je so aufgeführt? Doch die jungen Schauspieler versuchten natürlich nicht, wirkliche Kinder darzustellen, konnten nicht wissen, dass das Buch auf echten Menschen beruhte, hatten das Buch bestimmt nicht gelesen. Aber war der Film eine solche Qual, weil er mit der Wirklichkeit nichts zu tun hatte, oder weil er in manchen Szenen der Wirklichkeit sehr nahe kam? Denn hin und wieder wirkten die Grausamkeiten zwischen den beiden Familien beängstigend vertraut.

»Das seid nicht ihr«, hatte Leo gesagt, nachdem sie es ausgelesen hatte. »Keine einzige der Figuren.« Er saß in dem Zimmer, das ihm in Chicago als Arbeitszimmer diente, in dem kleinen Apartment, das sie zusammen bewohnten, ehe sie Geld hatten. Er hielt sie im Arm und streichelte ihr sanft übers Haar, während sie weinend auf seinem Schoß saß. Sie hatte eine fürchterlich falsche Entscheidung getroffen, die er in seinem Roman literarisch verewigt hatte. Das war der Nagel im Reifen. Oder nein, nicht einmal das. Begonnen hatte es nicht damit, dass er das Buch schrieb oder sie es zum ersten Mal las; begonnen hatte es an jenem Tag, noch in Iowa, als Leo morgens beim Zähneputzen, während Franny unter der Dusche stand, den Schaum ausgespuckt hatte, den Duschvorhang leicht beiseitezog und zu ihr sagte: »Ich habe über die Geschichte nachgedacht, die du mir über deinen Stiefbruder erzählt hast.«

In jenem Augenblick, während sie nackt unter dem warmen Wasser stand und ihr das Shampoo über den Rücken lief, hatte sie sich dabei nur gedacht, dass Leo Posen ihr wirklich zugehört hatte und Cals tragischer Tod ihm immer noch durch den Kopf ging. Er streckte die Hand aus und fuhr mit dem Finger um ihre kleine, schaumbedeckte Brust herum.

Dass sie eines Tages, mit zweiundfünfzig, in einem Kino sitzen und das Ergebnis ihres lächelnden Einverständnisses in Form eines Films betrachten müsste: das hätte sie sich an jenem Morgen unter der Dusche nicht vorstellen können. Der Film-Cal lebte noch, sein Tod stand noch bevor. Der Film-Albie war von den anderen Kindern schon ein paar Mal mit Tabletten betäubt worden, die Film-Caroline hatte die Film-Franny jedes Mal, wenn die Kamera in ihre Richtung schwenkte, geschlagen und gekniffen, dabei standen die Kinder in dem Film nicht mal im Mittelpunkt. Hauptsächlich ging es um die Mutter der einen Familie und den Vater der Nachbarsfamilie, darum, wie sie sich abends über die Auffahrt hinweg sehnsüchtige Blicke zuwarfen. Die Figur, die auf Frannys Mutter beruhte, fuhr sich ständig mit der Hand durch ihr blondes Haar, während ihr Blick ins Leere ging, zur Verdeutlichung, wie sehr ihre eheliche Untreue sie belastete. Die blaue Arztkluft wirkte wie maßgeschneidert für ihre hübsche Figur. Es gab so vieles, das an der Mutter in dem Film zerrte: das Krankenhaus, ihre Kinder, der Nachbar, der ihr Liebhaber war, seine Ehefrau, mit der sie befreundet war. Einzig ihr ahnungsloser Mann schien sie nicht zu beanspruchen. Er bewegte sich am Rand der Leinwand, sammelte das Geschirr der Kinder ein, während sie mitten durch die Küche eilte. Sie musste noch einmal los, ein Notfall.

»Es reicht«, schrie Fix unvermittelt und richtete sich halb im Rollstuhl auf, als wollte er aus eigener Kraft aus dem Saal marschieren, doch seine Füße ruhten noch unten auf den Stützen. Caroline schoss von ihrem Sitz hoch und bekam ihn gerade noch zu fassen, als er eben nach vorn in die Leere vor dem Rollstuhlplatz kippte, fing seinen Sturz mit ihrem Körper auf. Doch sie landeten beide auf dem klebrigen Boden, wo sie nun im Dunkel auf einem Knie und beiden Händen herumkrebsten. Franny legte ihrem Vater von hinten die Arme um den Oberkörper, um ihm aufzuhelfen, aber er machte sich wütend von ihr los.

»Ich kann allein aufstehen!«, fauchte er.

Die Augen des gesamten Saals ruhten nun auf ihnen. Doch niemand forderte sie auf, still zu sein. Auf der Leinwand hatte inzwischen die Szene gewechselt. Der Film-Cal rannte nun bei Tag die Straße entlang, am Nachbarshaus vorbei, hinter ihm sein Bruder, der ihn einzuholen versuchte, und dabei wurde es im Saal etwas heller. So hell, dass die anderen Besucher sehen konnten, dass der Lärm von einem alten Mann im Rollstuhl herrührte. Zwei Frauen waren gerade dabei, ihm aufzuhelfen. Dass es in dem Film um sie ging – das ahnte niemand.

»Haut ab!«, jammerte Fix. »Haut ab!« Inzwischen hatten sie ihn wieder in den Rollstuhl bugsiert, aber seine Beine waren noch verdreht. Er trat nach Franny, aber irgendwie schaffte sie es, seine Füße wieder auf die Stützen zu stellen. Caroline schob den Rollstuhl und Franny sammelte hektisch ihre Handtaschen ein. Sie rannten zwar nicht direkt, strebten aber mit ihrem Vater, so schnell es eben ging, zum Ausgang. Franny rannte vor und hielt die Tür auf, die in den langen, mit Teppich ausgelegten Flur hinausführte, und dann waren sie auch schon im Eingangsbereich des Kinos, hasteten an dem Popcornstand unter dem blinkenden Neonregenbogen und den jugendlichen Kartenabreißern in ihren braunen Polyesterwesten vorbei. *Peng!*, waren sie durch die Schwingtüren aus Glas hindurch mitten im gleißenden Sonnenlicht.

»Scheiß drauf!«, brüllte Fix über den Parkplatz. Eine Mutter mit zwei Kindern kam gerade auf sie zu, blieb aber zögernd stehen und schwenkte dann in die andere Richtung ab. Franny lachte erst und barg dann das Gesicht in den Händen. Caroline beugte sich zu ihrem Vater hinab und bettete ihr Gesicht auf seine Schulter.

»Herzlichen Glückwunsch, Dad.« Sie drückte ihm ein Küsschen auf den Hals. »Alles Gute zum Geburtstag.«

»Scheiß drauf«, sagte Fix abermals, aber diesmal klang es entmutigt.

»Ja«, stimmte Franny zu und rieb ihm über die andere Schulter. »Scheiß drauf.«

Vom Kino aus fuhren sie noch zum Strand. Franny und Fix waren eigentlich dagegen. Sie seien müde und wollten nach Hause, sagten sie, aber Caroline saß nun mal am Steuer.

»Ich lasse nicht zu, dass das meine Erinnerung an Dads Geburtstag sein soll«, stellte sie klar und tippte leicht aufs Gaspedal, zur Erinnerung daran, wozu das Auto imstande war, wozu *sie* imstande war. »Ich will diese Bilder ganz schnell wieder loswerden. Wir fahren noch an die Küste und schauen aufs Meer.«

»Bieg bei Altamont ab«, sagte er, mit matter, tonloser Stimme, als habe er bei dem Wutschrei auf dem Parkplatz die letzte Kraft aufgebraucht.

»Meinst du, wir bringen ihn damit um, mit diesem Ausflug zum Strand?«, sagte Franny zu Caroline.

Fix lächelte. »So ein Abgang würde mir gefallen. Am Strand zu sterben, im Kreise meiner Mädchen. Wir könnten Joe Mike anrufen, dass er kommen soll, mir die letzte Ölung spenden.«

»Joe Mike ist kein Priester mehr«, sagte Caroline.

»Für mich würde er eine Ausnahme machen.«

Beim zweiten Mal war es schwieriger, ihren Vater aus dem Auto zu bekommen. Er war zu erschöpft, um wieder mitzuhelfen, aber irgendwie schafften Franny und Caroline es am Ende. Carolines Idee, noch zum Strand zu fahren, war natürlich goldrichtig gewesen. In Santa Monica war das Wetter fast immer schön, und heute war es schon allein dadurch, dass sie nicht mehr länger in einem dunklen Kino saßen, besonders schön. Fix hatte für den Crown Victoria einen Behindertenparkausweis, und so fanden sie mitten an der restlos zugeparkten Promenade einen erstklassigen Parkplatz.

»Einem Armleuchter, der mit seinem Auto unberechtigt auf einem Behindertenparkplatz steht, einen Strafzettel über zweihundert Dollar aufzubrummen.« Fix schüttelte den Kopf. »Das ist ein Vergnügen, das ihr nie haben werdet.«

Franny schob den Rollstuhl, während sie die von Sand überwehte Promenade entlangspazierten. Sie ließen alles auf sich wirken: die Möwen und das Spiel der Wellen, die Jungen in Schwimmshorts und die Mädchen im Bikini, den Rettungsschwimmer in seinem Holzturm, der über sie wachte wie ein wohlwollender Gott. Junge Leute, alle so schön, als wären sie einer Werbung für Sonnencreme oder die ewige Jugend entsprungen, spielten Volleyball, ohne dass jemand zusah. Leute joggten mit ihrem Hund oder schleckten Eis oder lagen ausgestreckt auf großen, bunt gemusterten Strandtüchern und brieten in der Sonne.

»Fragt ihr euch nicht auch, was die alle hier machen?«, staunte Caroline. »Es ist Donnerstag. Müssen die nicht arbeiten?«

»Die feiern meinen Geburtstag«, sagte Fix. »Ich habe ihnen allen freigegeben.«

»Die Kinder da. Wieso sind die nicht in der Schule?« Caroline blickte zu einem halben Dutzend Kinder, die mit Eimerchen fleißig im Sand buddelten.

»Wisst ihr noch, wie ich mit euch Mädchen immer an den Strand gefahren bin?«, fragte Fix.

»Jedes Jahr«, sagte Franny.

Fix spähte aufs Meer, zu den winzigen Figuren, die weiter draußen auf neongelben Brettern über die Wellen surften. »Ich kann unter den Surfern keine Mädchen entdecken«, sagte er.

»Die Mädchen liegen am Strand«, sagte Franny.

Fix schüttelte den Kopf. »Das ist nicht recht. Ich hätte euch Surfen beigebracht. Wenn ihr hier bei mir gelebt hättet, ich hätte es euch beigebracht.«

Caroline streckte die Hand aus und strich ihrem Vater mit den Fingern das Haar zurück. Als Kind hatte sie sich nichts sehnlicher gewünscht, als bei ihrem Vater zu leben, und man hatte es ihr nicht erlaubt. »Du konntest doch selbst gar nicht surfen.«

Fix nickte bedächtig, während er weiter auf die Wellen sah, als würde er das alles mit berücksichtigen. »Ich konnte auch nicht gut schwimmen.«

Sie beobachteten einen Jungen mit einem Drachen, halb rot, halb rosa, der sich steil in die Lüfte erhob, ehe er wild um sich selbst zu kreiseln begann und dann abstürzte. Sie blickten zwei Bikinimädchen nach, die auf Inlineskates an ihnen vorbeizischten, so dicht, dass die eine mit ihren langen Beinen um ein Haar Fix' Knie gestreift hätte.

»So war eure Mutter nicht«, sagte Fix, ohne den Blick von den Surfern abzuwenden.

Franny konnte ihm erst nicht folgen; redete er von den Inlineskaterinnen? Aber Caroline wusste, was er meinte. »Weil Mom keine orthopädische Chirurgin war?«

»Eure Mutter war besser als diese Tussi, mehr nicht. Ich lege sonst kein gutes Wort für sie ein, aber so, wie diese Frau sie in dem Film gespielt hat, war sie nicht, das sollt ihr wissen.«

Die beiden Frauen wechselten über ihn hinweg einen Blick. Caroline legte den Kopf auf die Seite.

»Dad«, sagte Franny. »Keiner von denen in dem Film war wie wir.«

»Ja, genau.« Fix tätschelte ihr über die Hand, wie um seine Freude darüber zum Ausdruck zu bringen, dass sie es begriffen hatte.

Als sie wieder im Auto waren, warfen Caroline und Franny

einen Blick auf ihre Handys. Sie hatten sie beide im Kino ausgemacht und danach vergessen, sie wieder anzuschalten.

»Hätte ich doch bloß auch so ein Ding«, sagte Fix. »Dann würde ich zum Club dazugehören.«

»Spiel du solange doch mit deinem Stadtplan«, sagte Caroline, während sie eine endlose Liste von Kurznachrichten durchging, alles Arbeit.

Franny hatte zwei SMS, eine von Kumar, der wissen wollte, wo das Scheckbuch war, eine von Albie, die lautete: »RUF MICH ZURÜCK!«

»Moment noch.« Mit diesen Worten stieg sie wieder aus dem Auto aus.

Er ging beim ersten Läuten ran. »Bist du noch in L. A.?«

Sie hatten ein, zwei Wochen zuvor einige E-Mails gewechselt. Sie hatte ihm geschrieben, dass sie zum Geburtstag ihres Vaters herfahren würde. »Ja. Ich stehe gerade direkt am Meer.«

»Ich muss dich um einen großen Gefallen bitten. Den du mir außerdem schuldig bist, weil du mir nichts davon gesagt hast, dass dieser verfluchte Film diese Woche in die Kinos gekommen ist.«

»Sieh ihn dir nicht an«, sagte Franny. Der Junge hatte den Drachen wieder steigen lassen. Es herrschte gerade genug Wind.

»Meine Mutter ist krank. Richtig krank, seit drei Tagen, und sie will nicht ins Krankenhaus. Erst sagt sie, es geht ihr gut, und dann, dass sie krank ist, alles durcheinander, und ich glaube nicht, dass es ihr gutgeht. Ich kann heute Abend da sein, aber ich mache mir Sorgen, ob sie nicht vorher schon ins Krankenhaus sollte. Bei ihren Nachbarn erreiche ich niemanden, und ihre beste Freundin ist gerade verreist. Mom war nie sonderlich, na ja, gesellig, oder falls doch, hat sie mir jedenfalls nichts davon erzählt, viele Möglichkeiten habe ich also nicht. Und ich möchte ihr keinen Krankenwagen vorbeischicken und sie zu Tode erschrecken, wenn sie am Ende gar nichts Ernstes hat.« Albie holte kurz Luft. »Also wollte ich fragen, ob du mal bei ihr nach dem Rechten sehen könntest. Jeanette ist in New York, Holly sogar in der gottverdammten Schweiz. Ich würde Mom vorher anrufen und ihr sagen, dass du vorbeikommst. Sie wird zwar bestimmt sauer sein, aber so macht sie dir wenigstens auf, wenn du klingelst.«

Franny wandte sich zu dem Crown Victoria um, mit dem man natürlich blitzschnell da wäre. Ihr Vater und ihre Schwester starrten sie durch die Windschutzscheibe ungeduldig an, als hätten sie einen wichtigen Termin. »Klar doch«, sagte sie. »Gib mir die Adresse. Danach melde ich mich noch mal und sage dir, ob du kommen musst oder nicht.«

Am anderen Ende blieb es still, und Franny fragte sich kurz, ob vielleicht ihr Handy tot war, weil der Akku keinen Saft mehr hatte. Sie dachte längst nicht immer daran, es regelmäßig aufzuladen. Dann aber war Albies Stimme wieder da. »Ach, Franny.«

»Deine Mom weiß ja nichts von dem Film, oder?«

»Sie weiß noch nicht mal von dem Buch«, gab er zurück. »So ein Roman ist als Versteck also gar nicht mal so verkehrt.«

Es war über zwanzig Jahre her, seit Albie in den Zug nach Amagansett gestiegen war. Zuvor hatte er das Buch zu Ende gelesen und Jeanette in die Hand gedrückt. Vom Bahnhof aus war er drei Meilen zu Fuß gelaufen, bis er am Haus der Schauspielerin war, und hatte dort an die Tür geklopft, um herauszufinden, wie sein Leben in die Hände eines Fremden geraten war.

Nach dem Streit mit Leo hatten sie und Albie das Haus durch die Hintertür verlassen, ohne Ariel und Button auch nur guten Abend zu sagen. Sie wollten in das Häuschen am hinteren Grundstücksende. John Hollinger lief ihnen im Garten über den Weg, in einem Sommeranzug aus elegant verknittertem Leinen. Er rauchte eine Zigarette und ließ den schönen Abend auf sich wirken. »Ist das nicht ein herrliches Fleckchen Erde«, sagte er zu ihnen, fast andächtig.

Franny und Albie schalteten kein Licht an, während sie in dem Häuschen zusammensaßen und die Gin-Flasche zwischen ihnen hin- und herwanderte. Niemand kam auf die Idee, sie dort zu suchen, aber vermutlich wäre niemand auch nur auf die Idee gekommen, nach ihnen zu suchen. Wahrscheinlich saßen Leo und seine Gäste auf der Veranda, rauchten und tranken den Gin, den die Hollingers mitgebracht hatten. Leo schimpfte vermutlich über Frannys offenbar gestörten Ex-Stiefbruder, der aus heiterem Himmel wütend vor der Tür stand, aber warum der Stiefbruder so rasend war, würde er wohl unterschlagen.

»Hast du Jeanette erzählt, dass du herkommen wolltest?«, wollte Franny von Albie wissen.

»Nein, nein.« Er schüttelte in der Dunkelheit den Kopf. »Dann hätte sie mitkommen wollen, und Jeanette hätte ihn wahrscheinlich wirklich umgebracht.«

»Nicht ihn«, sagte Franny. Das Brennen des Gins war angenehm und wohlvertraut. Es war, als hätte sie sich das für die richtige Gelegenheit aufgehoben. »Schuld bin ja ich im Grunde.«

»Ja, mag sein«, sagte Albie. »Aber dass Jeanette dich umbringt, würde ich nicht zulassen.«

»Ich muss jemandem einen Gefallen tun«, sagte Franny, als sie wieder ins Auto eingestiegen war. Sie erklärte Caroline und ihrem Vater, worum es ging. »Ich setze euch zu Hause ab und fahre dann schnell bei ihr vorbei, einverstanden? Dauert bestimmt nicht lange.«

»War das gerade Albie am Telefon?«, fragte Fix.

»Ja, ganz recht.«

»Gibt's doch nicht!«, staunte Caroline. »Ich meine, wie hoch stehen die Chancen dafür?« Sogar sie schien beeindruckt.

So unwahrscheinlich aber war Albies Anruf gar nicht. Franny und er waren Freunde. Sie und Kumar waren bei seiner Hochzeit gewesen. Ein Bild seiner Tochter Charlotte hing an ihrem Kühlschrank. Sie vergaßen selten, einander zum Geburtstag zu gratulieren.

»Nun, ich kann nicht für deine Schwester sprechen, aber mich setzt du nicht zu Hause ab«, stellte Fix klar. »Teresa Cousins habe ich seit Urzeiten nicht mehr gesehen.«

»Seit wann kennst du Teresa Cousins?«, fragte Caroline. Die vier Mädchen hatten oft darüber geredet, spätabends in ihren Etagenbetten, wenn sie im Sommer alle zusammen waren. Wie perfekt es wäre, wenn der Vater von Caroline und Franny die Mutter von Holly und Jeanette heiraten könnte. Dann hätte alles wieder seine Ordnung.

»Seit damals, als Albie seine Schule niedergebrannt hat. Habe ich dir nie davon erzählt? Eure Mutter hat angerufen und mich gebeten, ihn irgendwie aus dem Jugendgefängnis zu holen, um ihr einen Gefallen zu tun. Ständig sollte ich eurer Mutter irgendwelche Gefallen tun.«

»Den Teil kennen wir schon«, sagte Caroline. »Komm jetzt zu dem Teil mit Teresa.«

Fix schüttelte den Kopf. »Schon unglaublich, wenn man drüber nachdenkt, dass diese Typen im Jugendgefängnis ihn mir tatsächlich übergeben haben. Die kannten mich gar nicht. Ich hab ihnen bloß meine Dienstmarke gezeigt und erklärt, ich sei gekommen, um Albert Cousins abzuholen. Zwei Minuten später setze ich meine Unterschrift auf den Entlassungsschein des Jungen, und dann haben sie ihn mir auch schon übergeben. Heute wird das bestimmt nicht mehr so locker gehandhabt, jedenfalls nicht, wenn's um Jugendliche geht. Zu seiner Bande gehörten noch zwei oder drei andere Jungs, wenn ich mich recht entsinne, zwei Schwarze und ein Mexikaner. Der diensthabende Beamte hat mich gefragt, ob ich die auch mitnehmen wollte.«

»Was hast du mit denen angestellt?«, fragte Franny. Wie konnte es sein, dass sie eine Geschichte schon so oft gehört hatte, und erst jetzt stellte sich heraus, dass alle interessanten Details immer ausgelassen worden waren?

»Die habe ich dagelassen. Schon den einen Jungen wollte ich ja gar nicht, da hätte ich mir wohl kaum alle vier aufgehalst. Ich weiß noch, ehe er eingebuchtet wurde, waren sie mit ihm im Krankenhaus gewesen. Wegen einer Brandwunde am Rücken, wo sein T-Shirt Feuer gefangen hatte. Man hatte ihm so ein Krankenhaushemdchen gegeben, aber er stank immer noch nach Rauch. Unterwegs auf der Fahrt musste er alle Fenster im Auto runterkurbeln.«

»Du hast ein Herz aus Stein, Pa«, warf Caroline ein.

»Von wegen Herz aus Stein. Wer hat denn den Jungen gerettet, wer hat ihn rausgeholt? Als Erstes bin ich mit ihm direkt zur Feuerwache gefahren, um ihn mit eurem Onkel Tom bekanntzumachen. Der war damals für den Bezirk Westchester zuständig, draußen am Flughafen. Ich steckte also ewig im Flughafenverkehr fest, mit dem Sohn von Bert Cousins im Wagen, der stank wie eine Kohlengrube. Er und Onkel Tom hatten einen kleinen Plausch übers Brandstiften. Euer Onkel war als Junge selbst passionierter Brandstifter, müsst ihr wissen, hat eigentlich ständig gezündelt und Sachen verbrannt. Keine Schulen, wohlgemerkt, bloß irgendwelchen Krempel auf leerstehenden Grundstücken, der niemanden interessierte. Viele Feuerwehrleute fangen so an, dass sie in ihrer Jugend gern Feuer legen. Erst lernen sie, wie man Feuer legt, und später dann eben, wie man sie löscht. All das hat Tom Albie erklärt, und dann habe ich ihn nach Torrance gefahren. Einen ganzen verflixten Tag haben wir im Auto gesessen.«

»Und da hast du Teresa Cousins kennengelernt«, sagte Caroline.

»Und da habe ich Teresa Cousins kennengelernt, genau. Eine nette Frau, das weiß ich noch. Sie hatte wirklich viel durchgemacht, aber sie hat sich nicht unterkriegen lassen. Ihr Junge dagegen – tja, das war ein Wolf.«

»Er hat sich gebessert«, warf Franny ein.

»Ja, kommt mir auch so vor. Erst erfahre ich, dass du seinetwegen deine Verlobung mit dem Juden –« Fix hielt die Hand in die Höhe. »'tschuldigung, soll nicht wieder vorkommen, mit dem *Säufer* gelöst hast, und jetzt macht er sich Sorgen um seine Mutter.«

»Wir waren nicht verlobt«, berichtigte Franny.

»Franny«, sagte Caroline. »Jetzt geht es um Albie.«

»Noch dasselbe Haus in Torrance?«, fragte Fix.

Franny las ihm die Adresse vor.

Er nickte. »Ja, ist noch dasselbe Haus. Ich weiß, wie wir dahin kommen, ich sage dir, wo wir langmüssen. Und das alles oberirdisch, ohne dass wir durch einen einzigen Tunnel müssen.«

Franny schloss die Augen. All die Geschichten, die mit dir verloren gehen, dachte sie. All die Kleinigkeiten, bei denen ich nicht richtig hingehört habe, die mir entfallen werden, die ich immer durcheinandergebracht oder schlichtweg verpasst habe. Alle Wege, die nach Torrance führen.

Während sich die Kinder in Virginia zwei Zimmer und eine Katze teilten, sich gegenseitig Essen vom Teller stibitzten und im Bad dieselben Frottiertücher benutzten, war in Kalifornien alles säuberlich getrennt. Holly, Cal, Albie und Jeanette waren nie bei Fix Keating zu Gast gewesen, genau wie umgekehrt Caroline und Franny nie gesehen hatten, wo Teresa Cousins lebte. Das Haus hatten Bert und Teresa in den Sechzigern gekauft, als Bert den Posten bei der Bezirksstaatsanwaltschaft von Los Angeles antrat: Es war nicht allzu weit von der Innenstadt weg, und auch der Strand war gut zu erreichen. Das Haus hatte drei Zimmer – ein Schlafzimmer für Bert und

Teresa, je ein Kinderzimmer für Cal und Holly. Als noch Jeanette und Albie hinzukamen, mussten sich die Kinder ihre Zimmer fortan teilen. Es war bloß das Ersteigenheim, der Hafen, von dem aus sie in nicht allzu ferner Zukunft in ein weit besser gestelltes Leben aufzubrechen planten. Letzten Endes hatten alle das Haus verlassen, bis auf Teresa: erst Bert, dann Cal, dann Albie, dann Holly und schließlich Jeanette. Als nur noch sie und Teresa das Haus bewohnten, in ihrem letzten Jahr vor dem College, fing Jeanette an zu reden. Mutter und Tochter verstanden sich blendend, brachten sich, zu ihrer beider Überraschung, gegenseitig oft zum Lachen.

Tatsächlich war die Geschichte gar nicht so schlecht ausgegangen. Während Teresa Tag für Tag zur Arbeit bei der Bezirksstaatsanwaltschaft fuhr, Jahr für Jahr, erlebte Torrance nach und nach eine Aufwertung. Das Viertel, einst nur eine ungeliebte Durchgangsstation, aus der man wegzog, sobald man konnte, entwickelte sich erst zum Geheimtipp und wurde schließlich zu einer heißbegehrten Wohngegend. Teresa legte anhand von Plänen aus einer Zeitschrift einen Steingarten mit Sukkulenten an. Später kam noch eine Terrasse hinzu, auf der sie draußen sitzen konnte. Im alten Jungszimmer richtete sie ein Wohnzimmer ein. Handschriftliche Anfragen irgendwelcher Immobilienmakler, ob sie an einem Verkauf interessiert wäre, landeten in ihrem Briefkasten und wanderten umgehend in den Papiermüll. Teresa mochte ihre Arbeit, und sie war eine gute Rechtsanwaltsgehilfin. Die Anwälte empfahlen ihr ständig, doch noch Jura zu studieren – weil sie sich besser auskannte als die meisten von ihnen –, aber davon wollte sie nichts wissen. Sie arbeitete beim Bezirk, bis sie zweiundsiebzig war, und ging dann mit einer jener üppigen Pensionen in den Ruhestand, die den Staat Kalifornien später in den Bankrott reißen sollten. Anwälte, die sich längst andere Betätigungsfelder gesucht hatten, ließen es sich nicht nehmen, zu ihrem Abschied zu kommen und das Glas auf sie zu erheben.

Alle hatten für ein Geschenk zusammengelegt, eine Armbanduhr.

Einmal im Jahr fuhr sie nach New York, um Jeanette und Fodé sowie ihre Enkel zu besuchen. Sie liebte sie und war gern bei ihnen, New York jedoch war nicht so ihr Fall. In Kalifornien hatte man sein eigenes Haus mitsamt Rasen davor und ein eigenes Auto. Ihr fehlte die Weite. Sie sparte und buchte schließlich einen Flug in die Schweiz, um Holly im Zen-Zentrum zu besuchen. Zehn Tage lang saß sie auf einem Kissen neben ihrem ältesten noch lebenden Kind und atmete, das war alles. Teresa fand das Atmen ganz angenehm, aber nur bis zu einem bestimmten Punkt, ab dem sie die Stille als zunehmend beklemmend empfand. Das Leben ihrer Töchter kam ihr vor wie bei Goldlöckchen, als es im Wald ins Haus der drei Bären kommt: zu heiß und zu kalt, zu hart und zu weich. Damit sich niemand angegriffen fühlte, behielt sie ihre Ansichten lieber für sich. Albie kam zwei-, dreimal im Jahr zu ihr nach Torrance. Sie hatte dann immer schon eine Liste für ihn parat, was alles an Reparaturen zu erledigen war, die er planvoll abarbeitete; er baute etwa ins Garagentor einen neuen Motor ein, entkalkte den Warmwasserboiler und so weiter. Nachdem er sich ein Leben lang mit Jobs aller Art durchgeschlagen hatte, war Albie eine Art Allround-Handwerker, der einfach alles konnte. Inzwischen war er in Walnut Creek bei einer Manufaktur, die Fahrräder baute, eine Arbeit, die ihm Spaß machte. Im Dezember schickte er seiner Mutter immer ein Flugticket, damit sie Weihnachten mit ihm, seiner Tochter und seiner Frau feiern konnte, mit Baum und allem Drum und Dran. Manchmal wurde ihr alles zu viel, das Popcorn, der knisternde Kamin, die endlosen Runden Go Fish, dann musste sie sich kurz entschuldigen und ins Bad zurückziehen, um einfach nur am Waschbecken zu stehen und den Tränen kurz freien Lauf zu lassen. Hinterher klatschte sie sich kaltes Wasser ins Gesicht, tupfte es sorgsam trocken und kehrte wieder ins Wohnzimmer zurück, so gut wie neu. Auf ein solches Familienleben hatte sie immer gehofft, es aber nie ernsthaft zu erwarten gewagt.

Nachdem Bert sie verlassen hatte, ging Teresa einige flüchtige Beziehungen ein, mit Anwälten und Polizisten, alle unverheiratet. Das war ihre eiserne Regel, an die sie sich immer hielt. Mit verheirateten Kollegen ging sie nicht mal auf einen Drink nach der Arbeit, trotz der hastigen Zusicherung des Interessenten, dass damit keine weiteren Hintergedanken verbunden waren. Etwa um die Zeit herum, als auch Jeanette auszog, um ans College zu gehen, verliebte Teresa sich in Jim Chen, einen Pflichtverteidiger, ausgerechnet, und sie verlebten zehn schöne Jahre zusammen, ehe er auf dem Parkplatz vor dem Bezirksgericht einen Herzinfarkt erlitt. Es waren eine Menge Leute in der Nähe gewesen, sie hatten gesehen, wie er zu Boden sackte, und sofort den Notarzt gerufen. Eine Sekretärin, die als junge Mutter einen Erste-Hilfe-Kurs absolviert hatte, gab ihm bis zum Eintreffen des Krankenwagens Mund-zu-Mund-Beatmung und eine Herzmassage, aber mitunter nützt das alles eben nichts. Das Leben, das wusste Teresa inzwischen, war eine Abfolge von Verlusten. Es bestand auch noch aus anderen, besseren Elementen, gewiss, aber Verluste waren eine Konstante des Lebens, auf sie war Verlass.

Jetzt war da diese Sache in ihrem Bauch, die ihr in Intervallen zusetzte. So schlimm, dass ihr der Atem stockte, während sie sich vor Schmerz krümmte und sogar zitterte, bis es endlich nachließ und sie wieder Luft bekam. Wenn sie so vernünftig gewesen wäre, vor drei Tagen, als es anfing, gleich zum Arzt zu gehen, hätte sie ins Auto steigen und selbst fahren können; aber nach drei Tagen, an denen sie keinen Bissen gegessen hatte, war sie zum Autofahren zu geschwächt. Sie könnte Fodé anrufen und ihn um Rat fragen, Fodé war auch Arzt, aber dieses Gespräch konnte sie sich auch so mühelos vorstellen, ohne ihn auf der anderen Seite des Landes zu behelligen: Er würde sagen, ruf eine Freundin an und lass dich von ihr ins Krankenhaus fahren, und wenn das nicht geht, ruf den Notarzt an. Beides widerstrebte ihr gleichermaßen. Sie war so schlapp, dass sie schon froh war, wenn sie es bis ins Bad schaffte, bis in die Küche, um ein Glas Wasser zu trinken, und dann wieder zurück ins Bett. Sie war zweiundachtzig Jahre alt. Ihre Kinder, das war ihre Sorge, könnten diese Bauchschmerzen zur Beantwortung der Frage heranziehen, ob sie weiter allein in ihrem Haus wohnen konnte, ob sie nicht lieber in ein Heim im Norden Kaliforniens wechseln sollte, in Albies Nähe. Zu Jeanette konnte sie nicht, nach Brooklyn zogen die Leute, um sich zu verlieben, um Romane zu schreiben und Kinder zu bekommen, nicht um alt zu werden; und Holly schied ebenfalls aus, obwohl es möglicherweise, spirituell gesehen, nicht das Schlechteste war, in einem Zen-Zentrum zu sterben.

Am zweiten Tag dann kam ihr der Gedanke, ob dieser Schmerz, was auch immer es war, die Frage nach ihrer Zukunft nicht grundsätzlich beantworten würde: Ob dieser Schmerz, der sich anfühlte, als würde er sie umbringen, sie nicht vielleicht tatsächlich umbrachte. Sie hatte ihren Blinddarm noch, und obwohl sie Blinddarmentzündung als Todesursache eher mit Schulkindern in Verbindung brachte, die daran im Zeltlager starben, schien es vorstellbar, dass ihrer all die Jahre stillgehalten hatte, um nun erst gegen Ende zu detonieren. Das wäre nicht das Schlimmste, oder? Bauchfellentzündung? Nicht so kurz und – hoffentlich – schmerzlos wie bei ihrem Jim, der auf dem Parkplatz einfach umgekippt war, aber gleichwohl. Als es ihr zwischendurch etwas besser ging, suchte sie den Schlüssel ihres Bankschließfachs heraus, den Fahrzeugbrief ihres Autos, ihr Testament. Wer wie sie sein Leben lang im Justizwesen gearbeitet hatte, ohne ein anständiges Testament aufzusetzen, verschloss mutwillig die Augen vor der Zukunft. Ihr Hab und Gut, hatte sie verfügt, sollte zu je einem

Drittel an ihre Kinder gehen. Das längst abbezahlte Haus hatte über die Jahre stetig an Wert gewonnen, außerdem hatte sie einiges gespart. Nachdem die Kinder ihre Ausbildung abgeschlossen hatten, waren ihre Ausgaben so überschaubar, dass immer etwas übrig geblieben war. Sie legte alles auf den Küchentisch, Schlüssel und Dokumente, und setzte sich hin, um eine kurze Nachricht zu verfassen. Es sollte nicht wirken wie ein Abschiedsbrief, denn Selbstmord beging sie auf gar keinen Fall. Aber wer auch immer das Haus als Erster betreten würde, sollte mehr vorfinden als den Autoschlüssel und ihre Leiche. Sie betrachtete kurz den Notizblock, den sie sonst für Einkaufszettel benutzte. Am oberen Blattrand tanzten fröhliche Gänseblümchen in ihren Blumentöpfen über einer Ansammlung herumpurzelnder Blockbuchstaben in Pink, welche die Worte ZU ERLEDIGEN ergaben. Zum ersten Mal drängte sich ihr nun die Frage auf, wie dämlich es war, einen Block mit der vorgedruckten Zeile ZU ERLEDIGEN zu kaufen, doch sie hatte jetzt nicht die Kraft, nach einem schlichten weißen Blatt zu suchen. Der Schmerz griff wieder an, und sie wollte zurück ins Bett.

Es geht mir nicht so toll.
Nur für alle Fälle.
Alles Liebe, Mom

Das musste reichen.

Die einzige Ablenkung von ihrem, wie sie leicht benebelt entschieden hatte, sehr intelligenten Plan erfolgte am dritten Tag in Gestalt von Albie. Er hatte zu oft angerufen, um sich nach ihrem Befinden zu erkundigen, und wie sie ihm die Lage jeweils schilderte, hing stark davon ab, in welcher Phase ihrer an- und abschwellenden Schmerzen er sie gerade erwischte. Einige Male hatte sie es einfach läuten lassen, weil allein die Vorstellung, den Hörer abzuheben, sie völlig überforderte.

Dann aber ging sie doch ran, und diesmal instruierte er sie, aufzustehen und schon mal die Haustür zu öffnen. Franny Keating sei unterwegs zu ihr, sie müsse in Kürze da sein.

»Franny Keating?«

»Sie ist in der Stadt, zu Besuch bei ihrem Vater. Ich habe sie gebeten, bei dir mal nach dem Rechten zu sehen.«

»Ich kenne doch Leute, die bei mir nach dem Rechten sehen können«, sagte Teresa und merkte selbst, wie armselig das klang. Sie hatte sehr wohl Freundinnen. Sie hatte nur eben die Entscheidung getroffen, zu Hause zu bleiben und mit dem Sterben zu experimentieren.

»Ja natürlich, aber ich wollte nicht mehr länger warten, bis du endlich selbst jemanden anrufst. Geh an die Tür, sie wird gleich da sein.«

Nachdem sie aufgelegt hatte, senkte Teresa den Blick auf ihren Baumwollhausmantel mit dem durchgehenden Reißverschluss, ein Kleidungsstück, das ihre Mutter früher daheim in Virginia einen Modellkittel genannt hätte. Den trug sie schon seit drei Tagen, er war von ihrem unruhigen Schlaf und den Schweißausbrüchen ganz verknittert. Seit das alles losgegangen war, hatte sie sich weder gewaschen noch ihre Zähne geputzt und kein einziges Mal in den Spiegel gesehen. Ein Besuch von Franny Keating, das war nicht gleichzusetzen mit Besuch von Beverley Keating, doch augenblicklich hatte Teresa Schwierigkeiten, die beiden auseinanderzuhalten. Beverley Keating, aus der dann Beverley Cousins wurde und die heute Beverley Irgendwie-anders hieß, Teresa wusste nicht mehr, was Jeanette ihr gesagt hatte, bloß, dass sie nach Bert noch mal geheiratet hatte. Beverley Irgendwie-anders war so schmerzhaft schön, dass es sogar jetzt noch, fünfzig Jahre später, wehtat, sich daran zu erinnern. Beverley war immer auf den Fotos zu sehen, die die Kinder aus den Sommerferien mit nach Hause brachten; als wäre Catherine Deneuve zufällig des Wegs gekommen, während sie im Pool planschten oder auf Schaukeln saßen, und dann versehentlich mit ins Bild geraten, wenn die Kamerablende auf- und wieder zuschnappte. Sie wollte nicht mit dem Gedanken an Beverley Keatings Schönheit sterben. Beverley war auch noch jünger als Teresa, nur ein paar Jahre, aber das machte schon etwas aus. Beverley wäre jetzt noch nicht mal achtzig.

Erneut brandete Schmerz in ihr auf, so heftig, dass sie sich an der Rückenlehne des Sessels festklammern musste. Er wütete tief in ihrem Becken, von oben bis unten, von Hüfte zu Hüfte. Gebärmutterkrebs? Knochenkrebs? Könnte sich so etwas so rasend schnell entwickeln? Wenn sie die Tür nicht aufmachte, würde das Keating-Mädchen seinen Vater anrufen. Bei ihm war sie zu Besuch, hatte Albie gesagt. Er würde inzwischen auch nicht mehr der Jüngste sein, aber, ohne zu zögern, einen befreundeten Cop anrufen und vorbeischicken, um ihre Tür aufbrechen zu lassen. So waren Cops nun mal – gar nicht erst lange fackeln, sofort die Ramme zücken. Sie konnte spüren, wie ihr oben auf der Kopfhaut der Schweiß ausbrach, ihr kurzes graues Haar würde im Nu klatschnass sein. Sie ließ den Sessel los und machte sich auf den Weg zur Haustür. Bei jedem Schritt fluchte sie im Geist vor sich hin, Scheißdreck, Scheißdreck, wiederholte den Kraftausdruck immer wieder, wie ein Mantra, als Kristallisationspunkt, um ihre Atmung zu beruhigen, so wie sie es von Holly gelernt hatte. Endlich war sie an der Tür, die sie sperrangelweit öffnete, und hakte noch die Fliegengittertür auf. Sie machte kehrt und schlurfte, jetzt wo sie sich nicht mehr beeilen musste, zurück, um sich umzuziehen und das Gesicht mit kaltem Wasser zu erfrischen. Hoffentlich hatte sie Mundwasser da, zum Zähneputzen fühlte sie sich viel zu schlapp.

Kaum fünf Minuten darauf hörte sie eine Stimme. »Mrs Cousins?« Und nach einer kurzen Pause, schon vertraulicher: »Teresa?« Dann hörte sie, wie die Fliegengittertür geöffnet wurde.

»Moment noch.« Sie zog die Jogginghose hoch und schob nacheinander die Füße in ein Paar Turnschuhe, fuhr sich mit einem Handtuch über den Kopf. Es tat weh. Ihr Haar war so kurz, aber wen musste sie noch beeindrucken? Sie sähe aus, als hätte sie gerade eine Chemo hinter sich, lautete Jeanettes Urteil. Holly fühlte sich an eine buddhistische Nonne erinnert. Albie kommentierte ihre Frisur nie.

»Ich bin's nur, Franny«, sagte die Stimme.

»Ich weiß, Franny. Er hat mir Bescheid gesagt.« Teresa schloss die Augen, wartete kurz, atmete ein, Scheißdreck, atmete aus, Scheißdreck. Das half ein wenig.

Als sie ins Wohnzimmer kam, wurde sie dort von zwei Frauen erwartet, die eine blond, die andere brünett. Die Blondine strahlte eine fast brutale Natürlichkeit aus, völlig ungeschminkt, mit grauen Strähnen im Haar, das zu einem Pferdeschwanz gebunden war, und in einem Oberteil aus Baumwolle mit einem Kordelzug oben am Hals. Die Brünette war deutlich gepflegter, aber ebenso durchschnittlich wie ihre Schwester; zweimal ansehen würde man sie beide nicht. So hübsch wie Holly oder Jeanette war jedenfalls weder die eine noch die andere. Teresa rang sich unter äußerster Willensanstrengung ein Lächeln ab.

»Das ist Caroline, meine Schwester«, erklärte die Blondine. »Hoffentlich stören wir nicht. Albie hat sich Sorgen um Sie gemacht.«

»Er macht sich ständig Sorgen.« Teresa versuchte, nicht zu keuchen. »Schon seltsam, wenn man bedenkt, wie viel Sorgen er uns früher gemacht hat, dass er sich später seinerseits um alles und jeden sorgt.«

»So was kommt vor«, sagte Caroline.

Teresa sah die beiden lange an. Sie hatte schon so viele Fotos gesehen, so viele Geschichten gehört. Caroline war die Aggressive, Franny eher sanft, nachgiebig. An ihrer katholischen Schule hatten sie beide gute Noten, aber Caroline war intelligenter. Franny dafür netter. »Klingt verrückt, ich weiß, aber bin ich euch Mädchen jemals persönlich begegnet?« Sie hatten beide Jura studiert, die eine mit Erfolg und bestandenem Examen, während die andere ihr Studium vorzeitig abgebrochen hatte. Namentlich wusste sie das nicht mehr zuzuordnen, aber um das zu wissen, musste sie sie nur ansehen.

»Bei Cals Beerdigung«, sagte Franny. »Das war wohl das einzige Mal.«

Teresa nickte. »Das würde erklären, warum ich mich nicht daran erinnere.«

»Wie geht es Ihnen?«, wollte Caroline wissen. Direkt und unverblümt. Sie hatte Autorität. Teresa war sicher, dass Caroline, wenn sie es wagen sollte, zu lügen, sofort kommen und sie in den Bauch piksen würde.

»Ich war krank.« Sie legte wieder die Hand auf den Sessel. »Aber es geht schon wieder besser. Ich liege nicht mehr im Bett. Es wird nicht leichter, wenn man in mein Alter kommt. Da können einen schon Kleinigkeiten außer Gefecht setzen.«

»Möchten Sie nicht doch lieber zum Arzt?«, fragte Franny.

Wenn ich das gewollt hätte, dachte Teresa, wäre ich schon längst bei einem Arzt gewesen. Aber sie würde nicht gehässig werden. Den Mädchen war nichts vorzuwerfen. Sie waren bloß hergekommen, weil Albie sie darum gebeten hatte. »Nein«, sagte sie schlicht.

Die Intelligentere verengte leicht die Augen. »Wir sind jetzt hier und können Sie zum Krankenhaus fahren. Falls Sie heute Abend um elf einen Krankenwagen rufen müssen, wird es wesentlich unangenehmer. Ich sag das nicht gern, aber besonders gut sehen Sie nicht aus.« Die Stimme der Vernunft. Wahrscheinlich hatte sie es in ihrer Kanzlei längst zur Partnerin gebracht.

»Ich bin zweiundachtzig.« Teresa konnte spüren, wie ihr der Schweiß auf die Stirn trat. »Gut sehe ich schon länger nicht mehr aus.«

»Sie wollen also nicht mit?«, vergewisserte sich Caroline. Möge im Protokoll festgehalten werden, dass die Angeklagte, entgegen der Empfehlung ihres Rechtsbeistands, das Angebot abgelehnt hat, sich ins Krankenhaus transportieren zu lassen.

»Tut mir leid, dass mein Sohn euch den weiten Weg hat herkommen lassen, für nichts und wieder nichts. Wenn's nach mir gegangen wäre, hätte er euch gar nicht angerufen. Aber er hat mich vorher leider nicht gefragt.« Die beiden würden nicht mehr lange bleiben, dann könnte sie sich endlich setzen. Oder hinfallen lassen. Bis ins Bett würde sie es wohl nicht mehr schaffen, aber die Wohnzimmercouch würde ihr vollauf reichen.

»Na schön«, sagte Franny. »Aber mein Vater sitzt draußen im Wagen und würde gern hallo sagen. Kommen Sie noch kurz mit raus zu ihm, danach lassen wir Sie in Ruhe.«

»Fix sitzt draußen im Wagen?«

Franny nickte. »Er hat heute Geburtstag. Dreiundachtzig ist er geworden. Aus diesem Anlass sind wir in der Stadt.« Franny wartete, doch Teresa schwieg beharrlich, zeigte kein Entgegenkommen. Also erhöhte sie den Einsatz. »Dad ist sehr krank. Er hat Speiseröhrenkrebs.«

»Das tut mir leid.« Teresa mochte Fix Keating. Sie waren sich nur einmal begegnet, an dem schrecklichen Tag des Feuers damals, aber sie hatte ihn als sehr netten Mann in Erinnerung behalten. Albie strahlte geradezu in seinem Zorn eines Vierzehnjährigen, war schweigend in sein Zimmer marschiert und hatte die Tür hinter sich zugeknallt. Sie und Fix blieben noch auf einen Drink in der Küche sitzen. Im Kühlschrank stand frischer Orangensaft, und sie mixte zwei Screwdriver mit reichlich Wodka. Als er mit seinem Glas leicht gegen ihres tippte, blickte er ihr tief in die Augen und sagte, *Solidarität.* Das fand sie unglaublich nobel von ihm.

»Ihr könnt ihn gern hereinbitten«, bot Teresa an, während sie sich fragte, wie lang das wohl dauern würde und ob sie dann was zu trinken anbieten müsste. Das wäre einfach nicht drin.

Caroline schüttelte den Kopf. »Wir waren den ganzen Nachmittag unterwegs. Wir bekommen ihn nicht mehr die Treppe hoch.«

Zur Haustür führten drei Stufen hinauf, mit einem hübschen Geländer aus Schmiedeeisen links und rechts, das Albie für sie im Vorjahr dort angebracht hatte. Wenn Teresa diese Treppe hinunterstieg, würde sie es hinterher nicht mehr hinaufschaffen. »Dann grüß ihn einfach schön von mir«, sagte sie.

»Dad hat nicht mehr lange zu leben«, gab Franny zurück.

Ich auch nicht, hätte Teresa am liebsten entgegnet. Sie blickte von einem Mädchen zum anderen, und da begriff sie, was hier gespielt wurde: Die beiden nahmen sie abwechselnd in die Zange, hier die gute Cop-Tochter, da die böse Cop-Tochter. Und sie würden nicht lockerlassen. Unterhalb ihres Nabels brandete erneut Schmerz in ihr auf. Sie stand schon zu lange da und musste freundlich sein, es strengte sie an. Sie schloss die Augen und atmete versuchsweise durch den Mund, während sie die Finger in den Sessel vor ihr krallte.

»Ich hole Ihre Handtasche und schließe dann auch ab«, sagte Franny. »Liegt Ihre Tasche in der Küche? Sind Ihre Versicherungskarten im Portemonnaie?«

Teresa deutete zur Bestätigung ein winziges Nicken an, während die andere hinüberkam und die Arme um sie legte. Ganz behutsam, aber eindeutig zu dem Zweck, sie zu stützen.

»Schaffen Sie das, können Sie laufen?«, fragte Caroline.

Diese drei läppischen Stufen hatte sie zigtausend Mal zurückgelegt, ohne darüber nachzudenken. Jetzt kam sie sich vor wie Eva Marie Saint in *Der unsichtbare Dritte*, die über den Rand des Mount Rushmore spähte. Die Keating-Mädchen hatten sie in die Mitte genommen und hoben sie hoch.

Sie war nie gewaltig gewesen, und auch nie so groß wie ihre Kinder, nicht mal, bevor sie im Alter zu schrumpfen begann. Sie hatte also nicht das Gefühl, ihnen eine Last zu sein. Natürlich waren die beiden auch stark. Sie waren ihre Kidnapperinnen, die sie eilends über den Rasen trugen und auf den Rücksitz des Wagens bugsierten, wobei sie ihre Füße anhoben und sie selbst gleichzeitig zur Seite schwenkten, so geschwind und reibungslos, als würden sie routinemäßig alte Leute entführen. Sie legten ihr den Gurt um und schnallten sie an, und als sie kurz aufschrie, weil nichts ihren Bauch berühren durfte, gurteten sie sie wieder los.

»Teresa Cousins«, ließ sich Fix vom Beifahrersitz aus vernehmen. »So trifft man sich wieder.«

»Dad«, unterbrach ihn Caroline. »Sag mir, wo ich langmuss.«

Teresa entging ihr drängender Unterton nicht. Caroline hielt es offenbar für dringend geboten, sie unverzüglich ins Krankenhaus zu schaffen.

Fix dirigierte sie zum Torrance Memorial Medical Center, ohne dafür seinen Stadtplan aufschlagen zu müssen. Als würde er jede Seite aus dem Effeff kennen.

Der Schmerz ließ etwas nach, und Teresa kam endlich dazu, etwas von ihrer Umgebung wahrzunehmen. Sie seufzte, weil sie nun hier im Auto saß und ihr Plan damit hinfällig geworden war. Vielleicht aber war es doch keine so gute Idee gewesen, zu sterben. An einem so herrlichen Tag, ein weiterer wolkenloser, wunderschöner Tag in Südkalifornien. »Herzlichen Glückwunsch zum Geburtstag«, sagte sie zu Fix. »Tut mir sehr leid, das mit Ihren Gesundheitsproblemen.«

»Krebs«, erwiderte er. »Und was haben Sie?«

Franny telefonierte gerade. »Deine Mutter sitzt hier mit uns im Auto. Wir sind unterwegs ins Krankenhaus.«

»Keine Ahnung«, sagte Teresa. »Einen Blinddarmdurchbruch vielleicht?«

Caroline gab Gas, und der Crown Victoria ging ab wie ein Rennpferd.

»Hast du da Albie am Telefon?«, fragte Fix. »Lass mich mal mit ihm reden, gib her.«

»Dad«, sagte Franny. Ihr Vater streckte fordernd die Hand nach hinten aus. Teresa nutzte die Gelegenheit, sie legte ihre Hand in die seine und drückte sie leicht.

»Albie, Dad möchte kurz mit dir sprechen.«

»Dein Dad?«, fragte er.

Franny drückte ihrem Vater das Smartphone in die Hand.

»Junge?« Fix schien verborgene Reserven anzuzapfen, seine Stimme klang jedenfalls kräftiger. »Wir haben deine Mutter hier bei uns. Gleich sind wir im Krankenhaus, da ist sie dann in guten Händen, also nur keine Sorge.«

»Danke«, sagte Albie. »Jetzt retten Sie mich schon zum zweiten Mal.«

»Wir bleiben bei ihr, bis man Genaueres weiß. Damit du nicht denkst, wir würden sie einfach am Eingang absetzen.«

»Das ist nett«, sagte Teresa, während sie aus dem Fenster sah, wo die Häuser ihrer Nachbarn nur so vorüberflogen.

»Wie sieht's aus«, fragte Albie, »soll ich gleich losfahren und zu euch runterkommen?«

Fix musterte Teresa, ganz zusammengesunken auf dem Rücksitz. Sie erinnerte an eins dieser noch federlosen Vögelchen, das aus dem Nest geplumpst ist und nun auf dem Bürgersteig liegt, noch atmend, aber völlig durchscheinend, mit bestürzend verrenkten Gliedmaßen. »Sagen wir doch lieber morgen früh, was meinst du? Wir rufen dich nachher noch mal an, dann klären wir das. Wie lege ich mit diesem Ding auf?« Die letzte Frage war an sie alle gerichtet, dann fand er den roten Knopf und drückte ihn.

»Wir haben gute Kinder«, sagte Teresa zu Fix. »Nach all den Scherereien, die sie uns gemacht haben, sind sie doch noch ganz ordentlich geraten.« Sie erschrak insgeheim darüber, wie schlecht er aussah. Krebs, das war tatsächlich der Händedruck des Teufels.

Caroline bog in die Einfahrt zur Notaufnahme ab und machte vor dem Eingang halt. Franny ging hinein, um einen Rollstuhl für Teresa zu holen, während Caroline den Rollstuhl für ihren Vater aus dem Kofferraum hob. Anschließend arbeiteten die Schwestern Hand in Hand, um die beiden aus dem Auto zu bekommen. Bei Teresa ging es leichter. Sie kniff die Augen zu und presste die Lippen aufeinander, sagte aber kein Wort. Sie wog fast nichts. Fix hatte inzwischen offenbar ziemliche Schmerzen, seine Gliedmaßen waren so steif geworden, dass es nicht leicht war, ihn aus dem Wagen zu hieven. Niemand hatte ahnen können, dass der Tag so lang werden würde, dementsprechend hatten sie sein Lortab nicht dabei. Fix drückte sich beidseitig die Hände gegen den Rippenbogen, wie immer, wenn er erschöpft war, wie um sich selbst zusammenzuhalten. Franny überlegte, ob sie in der Notaufnahme wohl irgendwie eine einzelne Tablette organisieren könnte, damit sie ihn nach Santa Monica zurückbekamen. Wohl eher nicht. Caroline und Franny schoben Teresa und Fix zur Anmeldung, an der ein junges Mädchen saß, eine Latina mit stark geschminkten Augen und in einem tief ausgeschnittenen T-Shirt. Sie musterte kurz etwas ratlos die beiden Rollstühle. Das Goldkreuz an ihrer Halskette baumelte in ihr üppiges Dekolleté herab.

»Beide?«, fragte sie.

»Nur sie«, sagte Franny.

Caroline wandte sich zum Ausgang, um den Wagen zu parken. »Ich werde Marjorie anrufen und ihr sagen, sie soll den Kuchen in den Kühlschrank stellen.«

»Ihr Geburtstag!«, rief Teresa aus, der nun seine Frau einfiel. »Ich hab ihn Ihnen verdorben.«

Fix lachte, ein echtes, spontanes Lachen, das sie lange nicht von ihm gehört hatten. »Sie haben mir meinen Geburtstag verdorben, den dreiundachtzigsten? Ernsthaft, den können Sie geschenkt haben.«

»Versicherungskarten?«

Franny, die ihre Tasche trug, fragte Teresa erst um Erlaubnis, ehe sie nach kurzem Kramen zwischen benutzten Papiertaschentüchern, Haustürschlüssel und einer Rolle Pfefferminzbonbons ihre Geldbörse herausfischte. Neben den Karten von Teresas beiden Krankenkassen fand sie darin auch ihren Führerschein. Fuhr sie tatsächlich noch Auto?

»Name?«, fing das Mädchen an, die erste einer Reihe von Fragen, die sie von ihrem Computerbildschirm ablas.

»Ich bin hier früher ständig gewesen, als die Kinder noch klein waren«, sagte Teresa und sah sich um, als wäre sie eben aus einem Traum erwacht. »Wenn sie genäht werden mussten, wegen der Mandeln, wegen Ohrenschmerzen. Aber seit die Kinder aus dem Haus sind, nie mehr. Keine Kinder, keine Notfälle. Im Krankenhaus war ich ab und zu mal, wegen einer Mammographie oder um eine kranke Freundin zu besuchen, aber hier in der Notaufnahme war ich schon ewig nicht mehr.«

»Alle Daten sind doch auf den Karten gespeichert«, sagte Franny zu der jungen Angestellten.

»Ich war mit Cal hier, als er von einer Biene gestochen wurde«, sagte Teresa.

»Das war in Virginia, als er von der Biene gestochen wurde«, wollte Fix ihr auf die Sprünge helfen.

»Ja. Aber wir sollen die Patienten selbst fragen«, sagte das Mädchen. »Das hilft bei einer ersten Beurteilung.«

Franny sah sie kurz schweigend an und blickte dann demonstrativ zu Teresa. Das Mädchen seufzte und fing dann an, auf der Tastatur zu tippen.

»Als er das erste Mal gestochen wurde, sind wir hergekommen.«

»Oh«, sagte Franny. »Wusste ich ja gar nicht, dass er vorher schon mal gestochen worden war.« Am Morgen von Cals

Beerdigung hatte Bert alle Kinder im Wohnzimmer versammelt und ihnen erklärt, dass Cal einen Bienenstich nicht hätte überleben können. Das sagte er, um sie zu beruhigen, damit sie nicht dachten, dass sie ihn womöglich irgendwie hätten retten können. Nur dass sie ihn natürlich hätten retten können. Sie hätten damit aufhören können, Cal ständig dazu zu drängen, wenn Albie ihnen mal wieder auf die Nerven ging, ihn mit seinen Benadryl-Tabletten ruhigzustellen. Sie hätten Cal überreden können, Albie nicht ständig seine Tabletten auch dann zu geben, wenn sie nicht dabei waren, einfach nur, damit er im Notfall noch welche hätte. Sie hätten sofort zu ihm laufen können, als er umfiel, statt ihn eine halbe Stunde zu ignorieren, weil sie dachten, er zöge nur eine Schau ab.

»Daher wussten wir ja, dass er allergisch war«, sagte Teresa. »Durch diesen ersten Stich.«

»Wie alt war er damals?«, schaltete sich unvermutet Caroline ein. Sie war zwischenzeitlich, von ihnen unbemerkt, zurückgekehrt und stand hinter ihnen. Caroline dachte an ihre eigenen Kinder. Waren die schon mal von einer Biene gestochen worden? Sie dachte angestrengt nach.

Teresa schloss die Augen. Sie rief sich ihre Kinder der Reihe nach in Erinnerung, sortierte sie der Größe nach. »Sieben muss er da gewesen sein. Albie fing gerade an zu laufen, die Mädchen dürften also gerade drei und fünf gewesen sein. Ja, das kommt hin. Cal und Holly spielten hinten im Garten, und ich war mit den Kleinen im Haus. Ich ganz allein mit vier Kindern, das war schon was. Habt ihr Mädchen auch Kinder?«

»Drei.« Caroline nickte. »Einen Jungen und zwei Mädchen.«

»Zwei Jungen«, sagte Franny.

»Aber das sind nicht ihre eigenen«, warf Fix ein.

»Cal wurde also von einer Biene gestochen«, griff Caroline lenkend ein.

»Nimmt sie Medikamente?«, fragte die junge Latina.

Franny kramte wieder in Teresas Tasche und brachte die beiden Fläschchen zum Vorschein, die sie im Bad auf dem Waschbeckenrand gefunden hatte, Lisinopril und Restoril.

Teresa musterte die orangeroten Plastikfläschchen auf dem Tresen, ehe sie Franny fragend anblickte.

»Ich dachte mir, dass sie fragen könnten«, erklärte sie, ein wenig unsicher, ob sie mit dem Einsammeln der Medikamente womöglich zu weit gegangen war. Ihr wäre es auch nicht recht gewesen, wenn jemand in ihrem Arzneischränkchen stöberte.

»Ich habe die Mädchen dazu erzogen, immer gründlich zu sein«, sagte Fix.

»Wer ist der nächste Angehörige?«

Sie wechselten einen Blick. »Albie, schätze ich mal«, sagte Franny.

»Wohnt er hier in Los Angeles?«, fragte das Mädchen, mit den Fingern über der Tastatur.

»Oh, dann lieber ich. Frances Mehta.« Sie nannte ihre Telefonnummer.

»Welches Verwandtschaftsverhältnis?«

»Stieftochter«, sagte Franny.

»Moment«, sagte Fix. Er runzelte die Stirn, als würde er darüber nachdenken, wie das Verhältnis, in dem Teresa und seine Tochter zueinander standen, korrekt zu benennen war.

»Das stimmt schon«, versicherte Caroline dem Mädchen.

Nachdem der Papierkram erledigt war, erklärte sie ihnen, wo sie warten mussten. »Die Schwester holt sie dann ab.«

»Aber möglichst bald, bitte«, stellte Caroline auf ihre unvergleichlich direkte Art fest. »Es geht ihr sehr schlecht.«

»Das weiß ich, Missus«, erwiderte das Mädchen. Es wirkte, als wären ihre dick getuschten Wimpern zu schwer für sie. Als wäre sie drauf und dran, einzuschlafen.

Im Wartebereich schoben Franny und Caroline die beiden in ihren Rollstühlen in die Ecke, die von dem Fernsehschirm am weitesten entfernt war. Draußen war es noch hell.

»Ihr solltet jetzt nach Hause fahren«, sagte Teresa, als sie sich dort niedergelassen hatten. »Ich bin hier, es kommt bald jemand und holt mich. Ich laufe schon nicht weg, keine Angst.«

»Ich fahre Dad nach Hause«, sagte Caroline. »Und dann komme ich Franny abholen.«

»Nicht bei dem Verkehr«, widersprach Fix. »Bleiben wir besser zusammen, stehen wir das gemeinsam durch. Wenn's mir auf einmal schlechter geht, kann ich mich gleich hier aufnehmen lassen. Ich mag Torrance. Hier haben früher viele Cops gewohnt.«

»Erzählen Sie Ihre Geschichte zu Ende«, sagte Franny zu Teresa.

Stattdessen antwortete Fix. »Ich habe mal einen Unfall bearbeitet, ein Mann hatte an einer roten Ampel angehalten, mit ganz heruntergelassenen Fenstern, und eine Biene kam ins Auto geflogen und hat ihn gestochen. Und das war's dann. Sein Fuß ist von der Bremse gerutscht, der Wagen ist auf die Kreuzung gerollt, und da ist ihm ein anderes Auto in die Seite gekracht. Zu dem Zeitpunkt war er vermutlich schon nicht mehr am Leben. Bis zur Autopsie konnte keiner sich einen Reim darauf machen. Ich bin ein paar Tage später noch mal zu der Kreuzung gefahren, nicht, um jetzt gezielt nach einer Biene zu suchen; einfach, um mich da mal umzusehen. Ein Stück vor der Ampel stand ein Pfeifenputzerbaum, aus dem es mächtig gesummt hat. Und Bingo, im Laub war ein ganzer Schwarm.«

Teresa nickte, obwohl die Geschichte ja eigentlich nichts zur Sache tat. »Cal kam aus dem Garten rein und war kreidebleich im Gesicht. Er sah furchtbar ängstlich aus, das weiß ich noch, und ehrlich gesagt, ich dachte erst, es wäre irgendwas mit Holly. Sie gingen immer mit Besen und Rechen aufeinander los, und ich dachte, diesmal wäre was schiefgegangen. ›Cal‹, habe ich ihn gefragt, ›wo steckt Holly?‹ Und als ich eben raus in den Garten will, um sie zu suchen, höre ich hinter mir so ein hohes, grässliches Pfeifen, als ob er versuchte, durch ein Nadelloch Luft zu holen. Er hat den Arm gehoben, um mich aufzuhalten, ehe ich rausging, und dann ist er einfach umgekippt. Man konnte förmlich zusehen, wie seine Lippen anschwollen, seine Hände. Ich wollte ihn vom Boden hochheben, und da sehe ich die Biene. Sie saß mitten auf seinem T-Shirt, wie jemand, der einen Mord begeht und dann noch am Tatort herumhängt.«

»Das kommt vor«, bestätigte Fix.

Caroline streckte den Arm aus und nahm die Hand ihrer Schwester. Eine ganz unverdächtige Geste; sie hörten eben einer schrecklichen Geschichte zu, mehr nicht. Franny hielt die Hand ihrer Schwester dankbar umfasst.

»Tatsächlich war es ein Glück, dass die Biene da saß, sonst wäre er vor meinen Augen gestorben, ganz sicher. Aber so begriff ich sofort, was geschehen war, bin wie der Blitz mit ihm zur Tür raus und rein ins Auto. Bis zum Krankenhaus ist es nicht weit, wie ihr nun wisst, und damals war auf den Straßen nicht halb so viel los wie heute. Ganz ruhig, ganz ruhig, habe ich pausenlos zu ihm gesagt, immer schön atmen, ganz ruhig.«

»Und was war mit den anderen?«, fragte Caroline.

»Die habe ich einfach zurückgelassen. Kann sein, dass sogar die Haustür noch offenstand, weil ich es so eilig hatte. Bert hat sich furchtbar aufgeregt, als ich ihm erzählt habe, was passiert war. Ich war immer noch zu Tode erschrocken, aber auch stolz auf mich. Ich hatte Cal das Leben gerettet! Bert hat gesagt, du kannst die Kinder nicht einfach so allein lassen, warum hast du sie nicht mitgenommen? Aber er war ja nicht mit dabei, außerdem hielt er mich ohnehin für eine miserable Mutter. Wenn ich erst noch die anderen Kinder eingesammelt hätte, um sie ins Auto zu packen, wäre Cal erstickt. Das hat mir der Arzt im Krankenhaus gesagt. Er hat mir erklärt, wie gefährlich so ein Bienenstich für Cal war, und dass es beim nächsten Mal noch schlimmer würde. Aber man kann einen Jungen ja nicht die ganze Zeit im Haus festbinden, einen Jungen wie Cal schon gar nicht. Also bin ich ihm immer auf die Nerven gegangen, dass er seine Tabletten draußen dabeihaben muss, außerdem hatte ich eine Fertigspritze mit Adrenalin im Haus. Diese Spritze hatte Bert zu seinen Eltern nicht mitgenommen, und ich glaube auch nicht, dass die damit hätten umgehen können. Und es hat niemand kontrolliert, ob Cal auch wirklich seine Tabletten dabeihatte.« Teresa schüttelte den Kopf. »Aber ich mache Bert keine Vorwürfe. Früher habe ich ihm schon die Schuld gegeben, oder zumindest eine Mitschuld, doch das habe ich mir abgewöhnt. Gerade die Sachen, die man am dringendsten braucht, sind nie zur Hand, wenn man sie dann mal braucht. Das weiß ich selbst. Es hätte ebenso gut hier passieren können, zu Hause bei mir.«

»Wirklich beschützen kann man andere nicht.« Fix lehnte sich hinüber und tätschelte ihr beruhigend die Hand. »Wir reden uns bloß ein, dass wir das können.«

»Bert hat damals geschworen, er würde die Orangenbäume hinten im Garten abholzen, restlos. Weil sie im Frühjahr, wenn sie in Blüte stehen, immer massenhaft Bienen anlocken. Er hat sich regelrecht in Rage gesteigert wegen dieser Bäume, als wären sie die Übeltäter, die seinem Sohn das angetan hatten, aber nach ein paar Tagen hatte er die Bäume schon wieder vergessen. Wie wir alle.«

Sie schwieg kurz und sah sich in dem Raum um, in dem sie saßen. »Seinerzeit war die Notaufnahme noch woanders, auf der Rückseite des Krankenhauses. Und es war dort längst nicht so hübsch wie hier. Hier ist alles neu.«

Nach der Computertomographie und einer Untersuchung kam der Arzt aus dem Behandlungsraum, um mit ihnen zu sprechen. »Mr Cousins?«, wandte er sich an Fix.

»Nein«, stellte Fix klar.

Das schien den Arzt nicht weiter anzufechten. Er war hier, um den Stand der Dinge zu berichten, also legte er los. »Sieht ganz so aus, als hätte Mrs Cousins eine Divertikel-Entzündung im Grimmdarm. Wir geben ihr erst mal Antibiotika, damit sich das beruhigt, und ein Mittel gegen die Schmerzen. Über Nacht behalten wir ihr Blutbild und das Fieber im Auge. Geben ihr erst mal nichts zu essen, damit sie nüchtern ist. Morgen früh untersuchen wir sie noch mal und schauen, wie es ihr bis dahin geht. Ist sie schon länger krank?«

Caroline sah Franny fragend an. »Vielleicht drei Tage?«, sagte Franny.

Der Arzt nickte, notierte es auf dem Behandlungsblatt, das er auf einem Klemmbrett dabeihatte, teilte ihnen noch mit, dass sie auf ein Zimmer verlegt worden war, und entschuldigte sich dann. Insgeheim schüttelte er vermutlich den Kopf darüber, wie sie Teresa derart hatten vernachlässigen können. Warum zum Kuckuck hatten sie eine so kranke alte Frau nicht schon eher hergebracht? Das Missverständnis aufklären zu wollen war wohl zwecklos.

»Kein Krebs«, sagte Teresa, als die Keatings noch an ihr Bett kamen, um sich von ihr zu verabschieden. »Aber wie es aussieht, werde ich trotzdem über Nacht hierbleiben müssen.« Sie war jetzt an einen Herzmonitor angeschlossen, in ihrem Handrücken steckte eine Infusionsnadel.

»Was für ein Glück«, sagte Fix. Er freute sich für sie.

»Oh.« Teresa hob verlegen ihre freie Hand an die Stirn. »Krebs. Entschuldigung, das hätte ich nicht sagen sollen. Ich bin etwas durcheinander, wohl wegen dem Morphium.«

Fix winkte gelassen ab.

»Ich komme später am Abend noch mal vorbei, um nach Ihnen zu sehen«, sagte Franny.

Teresa sagte, das sei nicht nötig. »Ich habe mit Albie telefoniert. Er will morgen ganz früh hier sein. Solange werde ich schlafen wie ein Stein. Ich bin nämlich, offen gesagt, ziemlich erschöpft. Außerdem bist du ja nicht meinetwegen hier, sondern wegen deinem Vater. Ich habe euch schon den halben Tag beansprucht.«

»Meinetwegen hätte es auch der ganze Tag sein dürfen«, sagte Caroline. »Die zweite Hälfte war entschieden besser als die erste.«

»Wir können noch warten, bis Sie eingeschlafen sind«, bot Fix in einer Anwandlung von Ritterlichkeit an, obwohl er dabei ein bisschen zögerlich war. Er saß schon zu lange in dem Rollstuhl, er musste dringend nach Hause, auf seinen Liegesessel. Es tat gut, zur Abwechslung mal jemand anderes ins Krankenhaus zu begleiten, sich über Teresas Zustand zu sorgen, statt pausenlos über seinen eigenen. Aber der Schmerz ließ sich nicht unbegrenzt ignorieren; und prügelte gerade auf ihn ein.

»Ich mache jetzt die Augen zu. Wenn Sie an der Tür sind, schlafe ich schon tief und fest.« Sie lächelte Fix in seinem Rollstuhl noch einmal zu und schloss dann, wie angekündigt, die Augen. Sie hätte Fix Keating heiraten sollen, das war ihr letzter Gedanke, während der Schlaf sie in seine sanften Arme nahm. Fix Keating war ein guter Mann. Aber nun war er krank, und sie war auch krank. Wie sollte sie sich da um ihn kümmern?

Caroline und Franny schoben Fix durch den Flur zum Aufzug. Sie befanden sich jetzt in einem anderen Teil der Klinik, nachdem sie von der Notaufnahme aus bis ans andere Ende der Welt gelaufen waren, um zu den Krankenzimmern zu gelangen. Als sie durch den Hauptausgang ins Freie traten, dauerte es etwas, bis Caroline das Auto wiedergefunden hatte. Als der Rollstuhl wieder im Kofferraum verstaut war und sie endlich die Parkplatzausfahrt fanden, war Fix auf dem Beifahrersitz vor Erschöpfung eingeschlafen, und Franny gab die Adresse in Santa Monica in ihr Smartphone ein.

Längere Zeit sagten weder Caroline noch Franny ein Wort. Vielleicht warteten sie beide, um ganz sicher zu sein, dass ihr Vater sie nicht hören konnte, aber wieso? Was hatten sie angestellt? Fix' Kopf sackte nach hinten gegen die Kopfstütze, sein Mund stand offen. Wäre da nicht sein leises Schnarchen gewesen, hätten sie sich womöglich gefragt, ob er tot war.

»Als sie das mit Cal erzählt hat, dass er kreidebleich war und dann dieses Pfeifen von sich gegeben hat«, sagte Caroline.

Franny nickte. Ravi, Kumars ältester Sohn, hatte Asthma. Einmal, als sie im Sommer Ferien an einem See in Wisconsin machten, bekam er einen Anfall, und sie musste in seinem Rucksack hektisch nach dem Inhalator kramen. Das Geräusch, das er von sich gab, war dasselbe Geräusch, das auch Cal vor seinem Tod von sich gegeben hatte, jenes dünne, hohe Pfeifen, die letzte, erbarmungswürdige Schwundstufe des Atmens, wenn schon nicht das absolute Gegenteil davon.

»Ich kann mich kaum erinnern, was mir durch den Kopf gegangen ist«, sagte Caroline. »Cal war schon tot, aber ich hatte immer noch das Gefühl, ich könnte etwas unternehmen. Ich konnte dafür sorgen, dass niemand erfuhr, dass wir Albie das Benadryl gegeben hatten. Ich konnte die Pistole zurück ins Auto legen. Wieso hatte Cal eigentlich diese Scheißpistole?« Caroline wandte sich kurz zu ihr um. »Wer lässt bitte schön eine Pistole im Handschuhfach liegen und kommt nie dahinter, dass der halbwüchsige Sohn das Ding unten am Bein trägt? Und warum kam mir das so wichtig vor? Cal war tot, und die Pistole hatte nichts damit zu tun. Absurd. Etwa so, als wäre gerade ein riesiger Baum ins Haus gekracht, und ich würde emsig Blätter vom Boden auflesen, damit niemand bemerkt, was passiert ist.«

»Wir waren noch Kinder. Waren uns nicht darüber klar, was wir taten.«

»Ich habe alles noch schlimmer gemacht«, sagte Caroline.

Franny schüttelte den Kopf. »Das hättest du gar nicht gekonnt. Weil es nichts Schlimmeres geben kann.« Sie ließ die Stirn auf die Sitzrückenlehne vor ihr sinken.

»Vielleicht hätte ich es ihr sagen sollen.«

»Was genau sagen?«

»Keine Ahnung. Dass Cal nicht allein war, dass wir alle dabei waren, als er gestorben ist.«

»Holly und Jeanette waren auch dabei, und sie haben ihr nie was verraten. Oder vielleicht doch, wer weiß. Wir haben keine Ahnung, was Teresa genau weiß, darüber, was sich in Virginia abgespielt hat.«

»Es sei denn, sie geht dieses Wochenende noch ins Kino.«

»Deine Schuld ist nichts gegen meine«, sagte Franny. »Da klaffen Welten dazwischen.«

Caroline und Franny verloren den dreiundachtzigsten Geburtstag ihres Vaters. Auf der Fahrt zu Teresa war der Verkehr noch halbwegs erträglich gewesen, aber auf der Fahrt stadtauswärts in Richtung Meer gerieten sie in einen Stau, in dem es phasenweise kein Stück vorwärtsging. So war es bereits dunkel, als sie endlich nach Hause kamen. Der Preis ihrer guten Tat war, dass Fix zu lange gesessen hatte, im Rollstuhl wie im Auto. Der Schmerz strahlte überallhin aus, bis in seine Füße und Hände, sogar in die Knochen seines Gesichts. Das Gefühl dort war allerdings nicht mit dem Schmerz zu vergleichen, der sich geradezu weißglühend tief in ihm konzentrierte.

»Ich möchte einfach nur schlafen«, sagte er zu Marjorie, als sie ihn ins Haus geschafft hatten. Seine Stimme war vor Entkräftung so leise, dass sie sich zu ihm herunterbeugen musste, um ihn zu verstehen. »Ich will das vom Leib haben.« Er zerrte ungeduldig an seinem Hemd, um es loszuwerden.

Marjorie war ihm mit den Knöpfen behilflich. Durch seine Krankheit waren mit der Zeit Fix' Reserven restlos aufgezehrt worden. Jetzt hatte er kein Polster mehr, das ihn durch das

Unerwartete hätte tragen können. Sie waren viel zu lange unterwegs gewesen, und nun scheuerte bei ihm Knochen an Knochen.

»Ihr wart bei Teresa Cousins?«, sagte Marjorie zu Franny, in dem Tonfall, in dem sie auch hätte fragen können: *Ihr wart mit ihm in South Central und habt Crack geraucht?*

»Ihr Sohn hat angerufen, als wir gerade aus dem Kino kamen. Sie musste ins Krankenhaus«, sagte Franny abwehrend.

Sie hätten ihn erst nach Hause bringen sollen. Zumal sie praktisch schon auf dem Heimweg waren, als Albie anrief. Doch ihr ging erst jetzt auf, dass *sie* diese Entscheidung hätte treffen müssen, und nicht Fix. »Wir hatten keine Ahnung, dass es so lange dauern würde.«

Caroline gab ihrem Vater die Schmerztablette zusammen mit einem Teelöffel Apfelmus; auf die Weise fiel es ihm leichter, sie herunterzuschlucken.

»Hat sie denn nicht selbst Familie?« Marjorie hatte mit den Mädchen immer eine Engelsgeduld gehabt, gleich von Anfang an, als Fix sie immer zu ihrer Mutter mitbrachte, um mit ihnen schwimmen zu gehen. Ihren sterbenden Vater aber auf eine Art Rettungsmission mitzuschleifen, für eine Frau, die sie gar nicht kannten – das war schon fast als versuchte Tötung zu werten.

»Doch«, sagte Franny. »Aber die leben alle woanders. Dad hat gesagt, er würde sie gern sehen.«

»Er kannte sie doch gar nicht. Warum sollte er sie da sehen wollen?« Marjorie fuhr ihm mit beiden Händen über die Schultern, wie um sein Unterhemd glattzustreichen, das voller Falten war. »Ich bringe dich jetzt ins Bett«, sagte sie zu Fix.

Nachdem Marjorie mit Fix in seinem Rollstuhl das kleine Wohnzimmer verlassen hatte, wandte Franny sich dort ihrer Schwester zu. »Sag mir Bescheid, wenn ich heute noch irgendwas vermasseln soll.«

»Es war nicht deine Schuld.« Caroline rieb sich mit den

Händen übers Gesicht. Sie hatten beide nichts gegessen und würden auch beide nichts essen. »Das konntest du doch nicht wissen. Außerdem, wir mussten zu ihr, alle drei. Weil wir es ihr schuldig waren. Dass Marjorie das absurd findet, kann ich verstehen, aber selbst wenn es ein Fehler war, waren wir es Teresa einfach schuldig.«

Franny setzte ein mattes Lächeln auf. »Ach, meine Beste. Was machen Einzelkinder bloß?«

»Das brauchen wir nie herauszufinden«, sagte Caroline.

Caroline zog sich nach oben in das Zimmer zurück, in dem sie zusammen untergebracht waren, um Wharton anzurufen und ihm gute Nacht zu sagen. Franny ging für ihren Anruf bei Kumar in den Garten hinaus.

»Hast du das Scheckbuch gefunden?«, fragte sie.

»Ja. Aber du hättest ruhig meine SMS beantworten können, vor sechs Stunden, als ich dich danach gefragt habe.«

»Es ging leider nicht. Wirklich.« Sie gähnte. »Wenn du heute hier gewesen wärst, hättest du jetzt größtes Mitleid mit mir. Sind die Jungen vom Fußballtraining gut nach Hause gekommen?«

»Ich habe sie nicht gesehen«, sagte Kumar.

»Mach's mir nicht so schwer. Das packe ich jetzt nicht.«

»Ravi duscht gerade. Amit tut so, als würde er am Computer seine Hausaufgaben machen, wechselt aber immer zu einem grässlichen Videospiel, sobald ich ihn nicht mehr im Auge behalte.«

»Behältst du ihn gerade im Auge?«, fragte Franny.

»O ja.«

Marjorie pochte von innen ans Küchenfenster und winkte sie herein.

»Ich muss auflegen«, sagte Franny.

»Kommst du denn trotzdem zurück?«

»Darüber brauchst du dir nun wirklich keine Sorgen zu machen«, sagte sie und beendete das Gespräch.

»Dein Vater möchte gern, dass du ihm noch gute Nacht sagst«, teilte Marjorie ihr mit. Sie wirkte müde. »Nicht zu fassen, dass er immer noch wach ist.«

»Ist Caroline gerade bei ihm?«

Marjorie schüttelte den Kopf. »Er möchte mit dir reden, hat er gesagt.«

Franny versprach ihr, ihn nicht zu lange vom Schlafen abzuhalten.

Marjorie hatte ihre beiden Einzelbetten zusammengeschoben und versuchte mit einer großen Bettdecke sowie Tagesdecke optisch den Eindruck zu erwecken, dass es weiter ein Doppelbett war, obwohl Fix' Seite aus einem Krankenhausbett bestand. Halb aufgerichtet im Bett zu sitzen linderte die Schmerzen in seiner Brust und erleichterte es ihm außerdem, seinen Speichel zu schlucken, deshalb schlief er immer in dieser Haltung. Und so fand Franny ihn vor, in seinem hellblauen Schlafanzug, den Blick auf die Zimmerdecke gerichtet.

»Mach die Tür zu.« Fix klopfte mit der flachen Hand neben sich auf die Matratze. »Damit wir ungestört sind.«

Sie ging zum Bett und setzte sich neben ihren Vater. »Tut mir leid, dass ich dich nach Torrance mitgeschleift habe. Ich habe an Albie und Teresa gedacht, wo ich hätte an dich denken sollen.«

»Hör nicht auf Marjorie«, sagte Fix.

»Marjorie gibt auf dich acht. Aus dem Grund mussten wir ja überhaupt zu Teresa, weil sie niemanden wie Marjorie hat, der sich um sie kümmert.«

»Vergiss das jetzt alles mal. Wir müssen uns ernsthaft unterhalten. Kannst du mir zuhören?« In dem breiten Bett wirkte Fix besonders eingefallen und klein, wie die bloße Hülle ihres Vaters.

Er bat sie, das Bett noch etwas höher zu stellen, und als Franny damit fertig war, sagte er: »Gut. Schon besser. Jetzt öffne die Nachttischschublade.«

Es war eine geräumige Schublade, tief und lang und voll; es befanden sich Kreuzworträtselbücher und Briefumschläge darin, ein Taschenbuchführer über die schönsten Wanderwege Kaliforniens, ein Band mit Gedichten von Kipling, ein Paar Federgriffhanteln zur Kräftigung der Hände, Kleingeld, Wick VapoRub, ein Rosenkranz. Der Rosenkranz überraschte sie. »Wonach soll ich denn suchen?«

»Sie liegt ganz hinten.«

Franny zog die Schublade noch ein Stück weiter heraus. Nachdem sie diverse Unterlagen beiseitegeschoben hatte, wurde sie fündig, dort lag die Pistole. Sie brauchte gar nicht zu fragen. Sie nahm die Waffe heraus und ließ sie auf ihrem Schoß ruhen. »Okay.«

Fix berührte sie kurz an der Hand, ehe er lächelnd die Hand auf die Pistole legte. »Marjorie hat mir das Versprechen abgenommen, dass ich alles abgeben würde, als ich in den Ruhestand ging. Keine Waffen mehr, wenn wir an den Strand ziehen, hat sie gesagt, also weiß sie nichts davon.«

»Okay.« Franny legte ihre Hand auf die ihres Vaters. Unter der papierenen Haut konnte sie die zarte Struktur seiner Knochen spüren. So ähnlich musste es sich anfühlen, einen Fledermausflügel zu berühren.

»Smith and Wesson, Kaliber achtunddreißig. Das war lange, lange Zeit meine Dienstwaffe.«

»Ich erinnere mich«, sagte sie.

»Ohne diese Waffe bin ich nie aus dem Haus gegangen.«

»Möchtest du, dass ich sie für dich in Verwahrung nehme?« Wie das praktisch umzusetzen wäre, war Franny noch schleierhaft. Sie konnte die Waffe weder in ihrem Gepäck verbergen noch in ihrer Tasche mit ins Flugzeug schmuggeln, das sie nach Chicago zurückbrachte. Und sie konnte sie auch nicht mit nach Hause nehmen, wo Kumar und die Jungen waren. Eigentlich wollte sie den Revolver nicht, aber ihr würde schon etwas einfallen.

»Ich kann sie nicht mehr halten«, erklärte Fix. »Ich bekomme sie gar nicht mehr aus der Schublade raus. Was man auch alles bedenkt, aber über diese Möglichkeit habe ich nie nachgedacht.«

Früher in den Sommerferien nahm ihr Vater sie und Caroline oft mit zum Schießstand der Polizeischule, und dort feuerten sie auf die Schießscheiben. Es war das Einzige, was Franny besser konnte als Caroline. Sie konnte schießen. Fix' Kollegen kamen oft vorbei und bestaunten die Zielscheibe, die Franny so treffsicher durchlöchert hatte. »Die Kleine sollten wir anheuern!«, sagten die Cops dann immer, und Franny, die so gut zielen und mit stets ruhiger Hand abdrücken konnte, strahlte vor Freude.

»Gräm dich nicht deswegen«, sagte Franny.

»Was meinst du, könntest du mich erschießen?«, fragte er.

»Die Wirkung von deiner Lortab setzt offenbar gerade ein. Komm, schlaf jetzt.« Sie pflückte erst seine Hand von dem Revolver und gab ihm dann einen Kuss auf die Stirn.

»Ja, die Wirkung setzt gerade ein, deshalb musst du mir jetzt gut zuhören. Mehr Zeit für ein Gespräch unter vier Augen bleibt uns nicht. Dass ich inzwischen zu schwach bin, um die Waffe zu halten, weiß außer dir kein Mensch. Niemand würde je darauf kommen. Viele Cops jagen sich am Ende eine Kugel in den Kopf, wenn es so steht wie bei mir. Das ist keine Schande.«

Die Waffe lag schwer auf ihrem Schoß. »Ich werde dich nicht erschießen, Dad.«

Daraufhin wandte er ihr das Gesicht zu und sah sie an, mit offenstehendem Mund. Ohne die Brille, die er tagsüber trug, war klar zu erkennen, dass seine Augen von Altersstar getrübt waren. Hatte Cal in jenem Sommer, als er sieben war, Teresa auch so angesehen, während die Biene über sein T-Shirt krabbelte? Hatte Cal sie selbst so angesehen, als er starb? Sie konnte sich nicht mehr erinnern.

»Ich brauche deine Hilfe. *Deine* Hilfe, Franny. Marjorie versteckt die Tabletten. Ich weiß nicht, wo sie sind, und selbst wenn ich es wüsste, könnte ich nicht aufstehen, um sie zu holen. Ich wüsste auch gar nicht, welche ich nehmen müsste. Sie betankt diese Magensonde, als wäre ich ein Auto. Niemand wäre traurig darüber, wenn ich mir die Kugel gäbe.«

»O nein, darüber wären viele traurig. Ich wäre auch sehr traurig.«

»Wenn Marjorie und Caroline morgen einkaufen fahren, bleibst du hier bei mir. Dann ziehst du zwei Paar Handschuhe an, diese Wegwerfdinger, einen Handschuh über den andern. Du platzierst den Revolver in meinen Händen und umfasst sie dann mit deinen Händen.«

Franny umfasste die Hände ihres Vaters. Es waren nicht nur die Medikamente oder die Schmerzen. »Dad.«

»Der Griff muss nach vorn zeigen. Nicht zum Hals hin, sondern vom Hals weg. Verstehst du, wie ich das meine? Ich werde die ganze Zeit dabei sein. Wir können es Schritt für Schritt durchgehen. Du hältst mir den Lauf direkt unters Kinn und kippst ihn dann ein klein wenig zurück, um etwa zwanzig Grad. Wenn dann schließlich alles stimmt, möchte ich, dass du dich zurücklehnst. Keine Bange, du kannst dich dabei nicht verletzen.«

Warum wandte er sich damit nicht an Caroline? Das hätte sie gern gewusst. Caroline war sein Liebling, ihr vertraute er hundert Prozent. Aber Caroline hätte ihn vermutlich gar nicht erst ausreden lassen.

»Nein«, sagte sie. »Das kann ich nicht.«

»Sobald die Pistole feuert, lässt du sie fallen. Danach lässt du sie liegen, wo sie hingefallen ist. Du streifst die Handschuhe ab und steckst sie in die Hosentasche. Sieh dich im Spiegel an, um sicherzugehen, dass du nichts abbekommen hast, und ruf dann die Polizei. Das war's, mehr brauchst du nicht zu machen. Niemand würde je vermuten, dass du es warst. Und du warst es ja auch nicht, ich war es. Du bist mir bloß behilflich. Ich würde dich nie irgendwie in die Klemme bringen.« Ihm fielen langsam die Augen zu; die Lider schlossen sich, schnappten kurz wieder hoch, schlossen sich erneut.

»Aber es wäre eine Klemme für mich«, sagte sie. Früher machte ihr permanent das Gefühl zu schaffen, ihren Vater enttäuscht zu haben, weil sie bei ihrer Mutter lebte, bei Bert, am anderen Ende des Landes. Wie merkwürdig, dass dieses Grundmuster bis heute funktionierte; dass ihr ernsthaft der Gedanke kam, und sei es nur ganz flüchtig, sie würde ihren Vater ein weiteres Mal enttäuschen, wenn sie ihn nicht erschoss.

»Die Menschen fürchten sich vor den falschen Dingen«, sagte Fix. »Cops sind da keine Ausnahme. Wir gehen durch die Welt und denken immerzu, dass das, was uns schließlich erwischen wird, auf der anderen Seite der Tür lauert; sei es draußen, vor der Haustür, oder drinnen, hinter der Schranktür, aber das stimmt nicht. Was Lomer passiert ist, ist die Ausnahme von der Regel. Bei den meisten Menschen auf diesem Planeten liegt das, was sie schließlich umbringen wird, bereits in ihnen auf der Lauer. Du kannst mir folgen, Franny, nicht wahr?«

»Ja, sicher«, bestätigte sie.

Er streckte wieder die Hand aus, um ihr über die Hand zu tätscheln, über die Hand mitsamt der Waffe. »Ich verlasse mich auf dich, Franny.« Sein Mund öffnete sich, wie um noch einen weiteren Gedanken hinzuzufügen, und dann war er eingeschlafen.

Franny blieb neben ihrem Vater auf dem Bett sitzen und entlud den Revolver. Entladen, reinigen, wieder laden – das hatten sie als Kinder gelernt, es war ein Teil ihrer Erziehung. Sie steckte die sechs Patronen, die sie aus der Trommel entfernt hatte, in die vordere Tasche ihrer Jeans und schob sich den Revolver hinten in den Hosenbund, verborgen unter ihrem Oberteil. Ausnahmsweise war sie froh darüber, dass ihre Hosen mittlerweile an der Taille recht eng waren.

Bei ihrer Rückkehr in das kleine Wohnzimmer saßen Caroline und Marjorie vor dem Fernseher und sahen sich *The Man Who Came to Dinner* an. Caroline drückte auf die Stummtaste, während Monty Woolley von seinem Rollstuhl aus die Nebenfiguren tyrannisierte.

»Wie geht's deinem Vater?«, fragte Marjorie.

»Er schläft jetzt.« Franny konnte die Kälte des Metalls an ihrer Haut spüren, hinten am Kreuz. Eigentlich lachhaft, mit einer Waffe im Hosenbund ins Zimmer zu spazieren und das mit keiner Silbe zu erwähnen, aber von der Existenz dieser Waffe brauchte Marjorie nichts zu erfahren, ebenso wenig wie von Fix' Bitte. Sie würde Caroline morgen früh einweihen. Ansonsten gab es heute Abend nichts mehr zu bereden, ihr Bedarf an Gesprächen war vollauf gedeckt. Franny sagte, sie würde ins Bett gehen, um noch zu lesen.

Nachdem sie den Revolver in ihrem Koffer verborgen hatte, zusammen mit den Patronen, die sie in eine Socke schob, träumte Franny in der Nacht von Holly. Ihre letzte Begegnung lag viele Jahre zurück, und dennoch stand sie Franny deutlich vor Augen, noch immer vierzehn, das glatte dunkle Haar zu zwei Zöpfen geflochten und in einem bauchfreien gelben Oberteil, das auf halber Höhe ihres mageren, weißen Oberkörpers verknotet war. Sie war noch ein Mädchen, sommersprossig und mit Zahnspange. Sie befanden sich wieder in Virginia, zu Besuch bei Berts Eltern, und waren gerade auf der endlosen Weide unterwegs, die zwischen Haus und Pferdestall lag. Holly redete und redete, ganz so, wie Holly tatsächlich ständig geredet hatte, erläuterte die Geschichte des Commonwealth of Virginia und der Mattaponi-Indianer, die einst entlang des Flusses gesiedelt hatten. Die Mattaponi, sagte sie, hatten im zweiten und dritten Englischen Powhatankrieg gegen die Engländer gekämpft.

»Genau hier.« Sie deutete mit weit ausholender Gebärde auf die Landschaft ringsherum. »Sehr zahlreich waren sie von

Anfang an nicht, und infolge der beiden Kriege und all der Krankheiten, die von den Engländern eingeschleppt worden waren, ging der Stamm der Mattaponi fast vollständig zugrunde. Cal hat doch hier immer nach Pfeilspitzen gesucht, weißt du noch? Unser Großvater hatte auf seinem Schreibtisch eine ganze Schale stehen, voll mit diesen Pfeilspitzen, aber uns hatte er keine einzige davon überlassen. Mit der Begründung, dass er sie gern aufheben wollte. Wofür, frage ich mich, hast du eine Idee? Für einen Aufstand?«

Franny ließ den Blick über die grüne, etwas abschüssige Graslandschaft schweifen. Jenseits der Scheune gab es einen flachen Teich, in dem die Pferde an warmen Tagen gern herumwateten und in den sie sich selbst ein paar Mal gewagt hatten, trotz des tückischen, lehmig-matschigen Bodens. Sie spähte hinüber zu der fernen Baumreihe, die als Grenze zwischen der Weide zur Linken und der Heuwiese zur Rechten verlief, die die Cousins an einen Bauern verpachtet hatten. Sie versuchte in vollem Umfang zu erfassen, wie schön das alles war – das Gras und das Licht und die Bäume, das Tal insgesamt. Dies war der Ort, an dem Cal gestorben war, wo Holly, Caroline und Jeanette, als sie begriffen hatten, was los war, über die Weide gerannt waren, zum Haus, um Ernestine zu holen. Wo Caroline sie angewiesen hatte, bei Cal zu bleiben, für den Fall, dass er Hilfe brauchte. Warum hatte Caroline sie dazu aufgefordert?

»Da hast du die Pistole an dich genommen, als ihr allein wart, weißt du noch?«, sagte Holly. »Und abends hast du sie dann Caroline gegeben.«

Cals Augen waren geschlossen, aber sein Mund stand offen, als versuchte er noch immer, Luft zu holen. Seine Lippen waren dick angeschwollen, und seine Zunge ragte ihm ein Stück aus dem Mund. Franny stand neben ihm, sah sich kurz in Richtung Haus um und blickte dann wieder nach unten. Dann fiel ihr die Pistole ein, und sie schob sein Hosenbein hoch. Und da war sie, in seine Socke geschoben und mit einem roten Nickituch an seine Wade gebunden. Franny fiel ein, dass Ernestine, die Cousins oder wer auch immer sonst kommen mochte, um sie zu retten, die Pistole hier nicht finden durfte. Sonst würden sie alle Ärger bekommen. »Ich weiß nicht mehr, warum ich sie an mich genommen habe«, sagte sie. Und es war ihr tatsächlich unerklärlich.

Holly schüttelte den Kopf. »Du hättest sie unmöglich dort lassen können. Wir waren doch alle wie von dieser Pistole besessen. Dachten an kaum etwas anderes.«

Franny hatte das Tuch aufgeknotet, die Pistole an sich genommen, sorgsam darauf achtend, dass die Mündung weder auf sie selbst noch auf Cal gerichtet war, und die Waffe dann entladen, so wie sie es von ihrem Vater gelernt hatte. Sie ließ die Patronen in der einen Tasche ihrer kurzen Hose verschwinden und hob den aufgeklappten Revolver dann vor sich in die Höhe. Ließ den Zylinder einmal herumschnurren, richtete den Lauf auf die Sonne und warf einen Blick hindurch, um sich zu vergewissern, dass er wirklich leer war. Zum Schluss schlug sie die Waffe in das rote Tuch ein, das sie sorgfältig verknotete. Stellte sich nur die Frage, wohin damit. Erst schob sie das rote Bündel in ihren Hosenbund, aber da war es natürlich nicht zu übersehen. Am Ende entschied sie, die Pistole in der Nähe hinter einem Baum zu verstecken. Später, wenn die Luft hier wieder rein war, würde sie noch einmal herkommen, um sie zu holen und ins Haus zu bringen. Sie würde Jeanette dazu überreden, mitzukommen, und dann könnten sie die Waffe in Jeanettes Handtasche stecken. Niemand würde Verdacht schöpfen, weil Jeanette ihre Handtasche immer mit sich herumtrug. Sie wusste noch, wie froh sie damals war, sich über etwas anderes den Kopf zerbrechen zu können. Weil es sie von Cal ablenkte.

Franny blickte zum Pferdestall hinüber. »Ich dachte immer, das wäre irgendwie falsch gewesen.«

»Was wäre denn richtig gewesen?« Holly legte ihr den Arm um die Taille. »Wir hatten doch keine Ahnung, was los war. Wussten ja nicht mal, dass er von einer Biene gestochen worden war.«

»Das wussten wir nicht?«

»Nein. Wir haben es erst später erfahren, am Abend, als Dad aus dem Krankenhaus zurückkam. Davor hatten wir keinen Schimmer.«

»Ich war immer so gern hier«, sagte Franny, obwohl ihr das bisher nie bewusst gewesen war.

Holly schien verblüfft. »Wirklich? Ich fand es immer absolut schrecklich hier.«

Franny sah sie an. Holly war ein bildhübsches Mädchen gewesen. Warum war ihr das nie aufgefallen? Inzwischen betrachtete sie sie als Schwester. »Warum bist du dann hierher zurückgekommen?«

»Um dafür zu sorgen, dass du klar kommst«, sagte Holly. »Wir haben doch immer zusammengehalten. Weißt du nicht mehr? Was waren wir für ein wilder, kleiner Stamm.«

»Oh, horch mal.« Franny hob den Blick zum Himmel. »Kannst du die Vögel hören?«

Holly schüttelte den Kopf. »Das ist dein Handy. Deshalb bin ich hier, um dir das zu sagen. Du solltest dir keine Sorgen machen.«

»Um die Vögel?«, fragte Franny verdutzt, aber dann war Holly auf einmal fort, und um sie herum war es wieder dunkel. Die Vögel konnte sie immer noch hören.

»Geh an dein Telefon«, ließ sich Caroline vom anderen Bett aus vernehmen.

Im Zimmer war es finster, bis auf das Leuchten ihres Smartphones. Sie nahm es, obwohl Anrufe mitten in der Nacht selten etwas Gutes zu bedeuten haben, und meldete sich. »Hallo?«

»Mrs Mehta?«, fragte eine weibliche Stimme zurück.

»Ja?«

»Hier Dr. Wilkinson. Ich rufe vom Torrance Memorial Medical Center aus an. Mrs Mehta, es tut mir leid, Ihnen mitteilen zu müssen, dass Ihre Stiefmutter verstorben ist.«

»Marjorie? Marjorie ist tot?« Franny setzte sich im Bett auf, mit einem Mal war sie hellwach. Wie war das möglich? Wann war sie denn ins Krankenhaus gekommen? Caroline im Bett gegenüber schlug ihre Decke zurück und stand auf, um die Lampe auf dem Tisch zwischen ihnen anzuschalten. Es gab nur einen Menschen, mit dessen Ableben jederzeit zu rechnen war, und zwar ihren Vater.

»Was ist?«, fragte Caroline.

»Mrs Cousins«, präzisierte die Ärztin nun. »Die Schwester ist kurz nach vier Uhr morgens von ihrem Herzmonitor alarmiert worden. Wir haben noch eine Wiederbelebung versucht, aber ohne Erfolg.«

»Mrs Cousins?«, fragte Franny zurück.

»Teresa ist gestorben?«, sagte Caroline.

»Es tut mir leid«, sagte die Ärztin noch einmal. »Sie war sehr krank.«

»Moment noch bitte«, sagte Franny. »Ich glaube, ich kann Ihnen nicht ganz folgen. Könnten Sie noch kurz mit meiner Schwester sprechen?«

Franny reichte das Smartphone an Caroline weiter. Caroline würde wissen, welche Fragen sie stellen musste. Der Digitalanzeige des Weckers auf dem Nachttisch zufolge war es eben 4:47 Uhr. Sie fragte sich, ob Albie wohl schon wach war, ob er sich den Wecker gestellt hatte. Weil er heute mit einer Frühmaschine nach Los Angeles kommen wollte, um seine Mutter zu sehen.

8

Sechs Monate vor Beginn ihres Ruhestands buchte Teresa einen Flug in die Schweiz, um Holly im Zen-Zentrum zu besuchen. Sie wollte etwas haben, worauf sie sich freuen konnte. Richtig glücklich war sie nicht bei der Aussicht, demnächst in Rente zu gehen, aber noch mehr schreckte sie der Gedanke, in dem Beruf, den sie schon so lange so gerne ausübte, ein tattriges Relikt zu werden. Über die Jahre hatte sie so viele Kollegen kommen und gehen sehen, ihren Aufstieg und Fall miterlebt, wie sie dann den Arbeitsplatz räumten und ihre persönliche Habe in einem Karton verstauten. Früher oder später käme auch für sie dieser Tag, und wäre es da nicht besser, den Zeitpunkt selbst zu bestimmen, ehe einen die Kollegen irgendwann mit sanfter Gewalt hinauskomplimentierten? Mit zweiundsiebzig konnte sie durchaus mit ihrem Leben noch etwas anfangen, wenn sie auch noch nicht wusste, wie das im Einzelnen aussehen würde. Vielleicht könnte sie einen Bridge-Kurs belegen oder sich ihrem Garten mehr widmen. Dann war ihr ein anderer Gedanke gekommen: Sie könnte in die Schweiz reisen.

Zwei Wochen nach ihrer Ruhestandsfeier war es so weit. Mit einer hübschen goldenen Uhr am Handgelenk und einem Flugticket in der Handtasche rief sie sich ein Taxi, um sich zum Flughafen fahren zu lassen.

Holly hatte ihre Besuche in der Heimat eingestellt. Bei ihrer ersten Reise in die Schweiz, die nun fünfundzwanzig Jahre zurücklag, hatte sie vorgehabt, dort einen Monat zu verbringen. Erst nach sechs Monaten war sie wieder da, und das auch bloß, um ein Dauervisum zu beantragen. Sie kündigte, nun auch offiziell, ihren Posten bei der Sumitomo Bank, den man ihr solange freigehalten hatte. Holly hatte in Berkeley Volkswirtschaft im Hauptfach studiert, und obwohl sie noch jung war, hatte man sie und ihre Fähigkeiten seitens der Bank sehr geschätzt. Sie kündigte ihre Wohnung, die all die Monate über leer gestanden hatte. Sie verkaufte ihre Möbel.

»Bist du verliebt?«, fragte ihre Mutter. Die Frage war mehr ein Ausweichmanöver, denn dass Holly in jemanden verliebt war, glaubte sie eigentlich nicht, obwohl sie alle klassischen Symptome zeigte – sie wirkte geistesabwesend, hatte nah am Wasser gebaut, aß kaum etwas. Ihr dunkles Haar hatte sie raspelkurz geschnitten. Außerdem war sie völlig ungeschminkt, und zum ersten Mal seit Jahren konnte Teresa sehen, dass in Hollys Gesicht noch ein paar Sommersprossen aus ihrer Kindheit zurückgeblieben waren. Zugleich hatte sie das ungute Gefühl, ihre ältere Tochter könnte gekidnappt worden sein, obwohl sie gerade zusammen am Küchentisch saßen und Kaffee tranken; dass sie geistig in den Bann einer Sekte geraten war, die ihr eine Reise in die Heimat erlaubt hatte, gerade lang genug, um sich um ihre Besitztümer zu kümmern und damit zugleich alle Bande an ihr altes Leben zu kappen. Doch es wäre schwieriger gewesen, Holly zu fragen, ob sie in die Fänge einer Sekte geraten war.

»Nein, verliebt nicht.« Holly nahm die Hand ihrer Mutter, die auf dem Tisch lag, und drückte sie. »Nicht direkt.«

Dann war es so gewesen, dass Holly bei ihrer Mutter noch sporadisch auf Besuch kam, anfangs einmal im Jahr, später dann nur noch alle zwei, drei Jahre. Teresa hatte den Verdacht, dass Bert ihr das Geld für die Flugtickets gab, aber sie fragte nie danach. Am Ende war auch dieses Rinnsal seltener Besuche gänzlich versiegt. Sie wolle nicht mehr in die Staaten kommen, sagte Holly, als ginge es bei dem, wovon sie sich lösen wollte, in erster Linie um ihre Herkunftsnation und nicht so sehr um ihre Familie. In der Schweiz, so ihre Erklärung, sei sie einfach glücklicher.

Natürlich gönnte Teresa ihren Kindern alles Glück der Erde, aber dennoch hätte sie sich gewünscht, dass sie dieses Glück in der Nähe von Torrance hätten finden können. Statt nach dem Verlust ihres Bruders enger zusammenzurücken, wie es in gewisser Weise folgerichtig gewesen wäre, trat bei den drei verbliebenen Geschwistern das genaue Gegenteil ein; es schien, als wären sie durch Cals Tod wie von Zentrifugalkräften in alle vier Winde zerstreut worden, ein jeder in seine eigene, geographisch weit entfernte Ecke. Sie fehlten Teresa alle, am meisten jedoch fehlte ihr Holly. Holly war das zugänglichste ihrer Kinder gewesen, war als Einzige mitunter nachts zu ihr ins Bett gekrochen, weil sie den Wunsch hatte, mit ihr zu sprechen.

»Du könntest mich jederzeit hier besuchen«, lautete Hollys Standardantwort, wenn ihre Mutter sich beklagte, anfangs noch in vergleichsweise langsamen Luftpostbriefen und später dann gottlob in E-Mails, als das Zen-Zentrum, das den Namen »Zen-Dojo Tozan« trug, über einen Computer verfügte. Diesen Namen konnte Teresa sich einfach nicht merken, weshalb es praktisch war, ihn dann jedes Mal in den E-Mails lesen zu können.

»Was sollte ich in der Schweiz denn machen?«, schrieb ihre Mutter zurück.

»Mit mir zusammensitzen«, antwortete Holly lapidar.

Das war nicht zu viel verlangt. Natürlich hatte sie mit Jeanette und Fodé und ihren Jungen in Brooklyn schon zusammengesessen. Und mit Albie, an allen möglichen Orten, darunter auch zu Hause in ihrem Wohnzimmer. Ihr Misstrauen dem Buddhismus und der Meditation gegenüber hatte Teresa im Lauf der Jahre langsam abgelegt; auch weil Holly bei den seltenen Gelegenheiten, wenn sie sich sahen, noch sie selbst gewesen war. Als sie noch arbeiten ging, hatte sie triftige Gründe, warum eine solche Reise für sie nicht infrage kam; jetzt, als Rentnerin, hätte sie sich hinter einer Reihe Ausflüchten verschanzen können: Sie war zu alt, die Anreise war zu weit, die Flugtickets kosteten ein Vermögen, und die Aussicht auf mehrmaliges Umsteigen war zu einschüchternd. Aber das waren alles keine triftigen Gründe, auf ein Wiedersehen mit ihrer Tochter zu verzichten.

Der Flug von Los Angeles nach Paris dauerte zwölf Stunden. Teresa ließ sich jedes Mal ein Glas Gratiswein reichen, wenn der Getränkewagen wieder durch den schmalen Gang geschoben wurde, schlief, ans Fenster gelehnt, wenig und unruhig und versuchte *Der englische Patient* zu lesen. Bei der Landung am Flughafen Charles de Gaulle fühlte sie sich um Jahre gealtert. Staatsanwälte sollten vielleicht darauf hinwirken, dass Strafprozesse gegen Mörder und Drogenbarone künftig grundsätzlich in der vollbesetzten Economy Class endloser Transatlantikflüge abgehalten wurden, weil unter diesen Bedingungen jeder Angeklagte sofort zu einem umfassenden Geständnis bereit wäre, sofern man ihm im Gegenzug ein weiches Bett in einem dunklen, stillen Raum versprach. Dem Flugzeug glücklich entronnen, reihte sie sich, ganz steif, fast wankend, in den Fluss des Lebens ein, der durch die Ankunftshalle strömte: All die Rollkoffer, die den geschäftig telefonierenden Anzugmenschen folgten wie gehorsame Hunde, all die Reisenden, die so zielstrebig und selbstsicher wohin auch immer unterwegs waren, dass sie sich ihnen, noch immer benebelt von den Strapazen des Flugs, ganz automatisch anschloss. Erst beim Anblick eines Infoschalters kehrte sie jäh ins Hier und Jetzt zurück. Auf Anfrage erfuhr sie dort, dass sich erstens ihr Abfluggate in einem anderen Terminal befand, zu erreichen per Shuttlebus, und zweitens ihr Anschlussflug nach Zürich drei Stunden Verspätung hatte. Teresa nahm von dem verstörend gut aussehenden französischen Info-Menschen gern den Flughafenplan in Empfang, den er zuvor mit einigen leuchtgelben Markierungen versehen hatte, ehe sie kehrtmachte und wieder in die Richtung lief, aus der sie gekommen war. Während des Flugs waren ihre Füße so stark geschwollen, dass sie kaum noch in ihre Schuhe passten. Sie erwartete zwar nicht direkt, dass jemand kommen und sie zum Gate geleiten würde, musste aber unwillkürlich daran denken, wie ihr letzter Aufenthalt vor fünfzig Jahren hier am Flughafen verlaufen war; damals war sie ein ganz anderer Mensch gewesen, unter erheblich anderen Umständen.

Bert hatte Teresa seinerzeit auf Hochzeitsreise mit nach Paris genommen; es war eine Überraschung gewesen. Er reservierte vorab heimlich ihr Hotel, tauschte bei der Bank Dollars in Francs um, bat Teresas Mutter hinter ihrem Rücken, den Koffer ihrer Tochter zu packen. Als seine Eltern sie am Morgen nach der Hochzeitsnacht zum Flughafen Dulles kutschierten, ahnte sie noch immer nicht, wo es hingehen würde. Sie hatte an der University of Virginia Französisch im Hauptfach studiert und war noch nie im Ausland gewesen. Außerhalb der Uni hatte sie noch nie Französisch gesprochen.

Sie steuerte ein kleines Café in der Flughafenhalle an, wo sie sich mit einem Aufatmen in einen der weißen Kunststoffsessel plumpsen ließ und einen Café au lait mit einem Croissant bestellte; so weit, so gut. Zeit hatte sie für diesen Zwischenstopp mehr als genug. Unter dem Tisch streifte sie unauffällig die Schuhe ab, obwohl sie ahnte, dass sie das bereuen würde; sie würde ihre geschwollenen Füße nie wieder in die Schuhe zurückgezwängt kriegen. Zum ersten Mal seit fast fünfzig Jahren dachte sie daran zurück, wie hinreißend gut Bert Cousins seinerzeit als junger Mann ausgesehen hatte, großgewachsen, mit aschblondem Haar und so intensiv dunkelblauen Augen, dass sie immer wieder aufs Neue frappiert war, wenn er diese Augen morgens neben ihr im Bett aufschlug. Seine Familie war, wie ihre Großmutter zu sagen pflegte, so reich wie Krösus. Zu seinem Collegeabschluss hatten seine Eltern ihm einen kleinen grünen Fiat geschenkt.

Als sie sich kennenlernten, studierte er gerade im zweiten Jahr an der Rechtsfakultät der University of Virginia, als Bester seines Jahrgangs, während sie sich im vierten und letzten Jahr am College befand. An einem verschneiten Morgen im Januar war sie unterwegs zum Seminar auf einer tückisch vereisten Stelle ausgerutscht und mit voller Wucht hingeknallt. Bücher und Unterlagen flogen in alle Richtungen, und ihr blieb im ersten Moment der Atem weg. Kurz lag sie wie betäubt da und vermochte sich nicht zu rühren, während vom Himmel die Schneeflöckchen auf sie niederrieselten, als plötzlich Bert Cousins in ihrem Gesichtsfeld auftauchte und fragte, ob er ihr behilflich sein dürfe. Jawohl, das durfte er. Er las sie von der Erde auf, ein Fremder, lud sie sich auf die Arme und trug sie den ganzen Weg zum Krankenhaus auf dem Campus, wo er sein Seminar sausen ließ und auf sie wartete, während man ihr den verstauchten Knöchel bandagierte. Ein Jahr darauf machte er ihr einen Heiratsantrag und eröffnete ihr dabei, dass er mit ihr nach Abschluss seines Studiums gern nach Kalifornien ziehen wollte. Er würde dort seine Anwaltszulassung machen und sie könnten zusammen ein ganz neues Leben beginnen, in einer Stadt, wo sie niemand kannte. Er hatte nicht vor, tagein, tagaus Immobilienkaufverträge aufzusetzen, er wollte richtig als Anwalt praktizieren, deswegen hatte er Jura studiert. Und er wünschte sich Kinder, sagte er, viele Kinder. Als Einzelkind hatte er sich nichts sehnlicher gewünscht als Brüder und Schwestern. Teresa blickte immer abwechselnd zwischen Bert und dem hübschen Ring an ihrem Finger hin und her und liebte ihn in diesem Moment so sehr, dass sie das Gefühl hatte, regelrecht zu leuchten vor Glück. Es war enervierend, sich jetzt, mit zweiundsiebzig, daran zu erinnern, wie sehr sie ihn geliebt hatte, während sie die Spitze ihres Croissants mit Erdbeermarmelade bestrich. Sie konnte den Gedanken kaum ertragen. Sie hatte Bert Cousins geliebt, dann war diese Liebe in Gewöhnung übergegangen, die mit der Zeit in Enttäuschung über ihn umschlug und schließlich, nachdem er sie mit vier kleinen Kindern sitzengelassen hatte, in blanken, unstillbaren Hass mündete. Im Flughafen Charles de Gaulle aber, als junge Braut von zweiundzwanzig Jahren, hatte ihre Liebe zu ihm jeden Gedanken daran ausgeschlossen, dass sie ihn jemals nicht lieben könnte. Sie begaben sich händchenhaltend zur Gepäckausgabe, und während sie neben der silberglänzenden Gepäckrutsche am Kofferband warteten, küsste er sie, tief und innig und ohne sich darum zu scheren, ob sie dabei jemand sah. Weil sie nun verheiratet waren, weil sie in Paris waren.

Teresa betrachtete die Menschen, die in einem nicht abreißenden Strom an ihrem Tisch vor dem Flughafencafé vorbeikamen, und fragte sich, wie viele davon gerade ihre Flitterwochen beginnen mochten, wie viele der Pärchen bis über beide Ohren ineinander verliebt waren und sich irgendwann dann nicht mehr lieben würden. Tatsächlich hatte sie Bert mittlerweile mehr oder weniger vergessen, so lange dieser Prozess auch gedauert haben mochte. Mitunter kam es vor, dass sie sich bei den Kindern jahrelang nicht nach ihrem Vater erkundigte, weil sie schlicht nicht mehr an ihn dachte. Sie hatte lang genug gelebt, um Bert restlos hinter sich zu lassen, mitsamt den Gefühlen von Liebe und Hass, die er einst in ihr hervorgebracht hatte. Cal lebte in ihrem Herzen weiter, ebenso wie Jim Chen, während der nach wie vor in Virginia lebende Bert für sie gestorben war.

Nach der kleinen Rast und dem Kaffee merklich wiederbelebt, zwängte Teresa ihre Füße mühsam wieder in die Schuhe und machte sich gemächlich auf den Weg zu ihrem Gate. Vielleicht würde sie in der Schweiz bleiben und Buddhistin werden. Alles besser, als diese Strapazen auf der Rückreise noch einmal auf sich zu nehmen.

Holly hatte es versäumt, ehe sie losfuhr, in dem winzigen Raum unter der Küchentreppe, der einst eine Besenkammer gewesen war und in dem heute der Computer stand, einen Blick ins Internet zu werfen, um zu überprüfen, ob die Maschine ihrer Mutter in Paris planmäßig startete. Erst jetzt, vor der Anzeigetafel im Flughafen Zürich, entdeckte sie, dass der Flug drei Stunden Verspätung hatte. Sicher, es kam nicht oft vor, dass sie zum Flughafen fuhr, aber vor einer immerhin über einstündigen Fahrt hätte sie die Ankunftszeit schon überprüfen sollen. Idiotisch! Dank der Regel, dass derjenige, der das Auto benutzte, auch das Handy mitnehmen musste, konnte sie Mikhail wenigstens eine SMS schicken, um es ihm zu erklären. Wobei sie wusste, dass es ihn nicht stören würde. Sie bräuchten das Auto heute nicht mehr, hatte er zu ihr gesagt, doch sie hatte trotzdem das Gefühl, der Gemeinschaft Ungelegenheiten zu bereiten, indem sie es so lange mit Beschlag belegte. Nun würden sie erst nach zwei wieder zurück sein, vorausgesetzt natürlich, dass sich bei dem Flug keine weiteren Verzögerungen ergaben. Sie hatte ihrer Mutter gesagt, dass sie von Paris aus den Zug nehmen sollte. Man flog nicht von Paris nach Zürich. Per Zug ginge es blitzschnell. Ihre Mutter aber hatte bei der Vorstellung, vom Flughafen aus per Bahn zum Gare de Lyon zu fahren und dann dort den Anschlusszug nach Zürich finden zu müssen, die Panik bekommen. Und vielleicht wäre das für sie wirklich zu viel gewesen, in Anbetracht ihres Jetlags und dann noch mit Gepäck beladen. Holly hätte natürlich den Zug nehmen und ihre Mutter in Paris abholen können, aber diese Möglichkeit ließ sie unerwähnt. So lange wollte sie nicht fort sein.

Holly hatte ihren Küchendienst schnell hinter sich gebracht – zehn Pfund Kartoffeln waschen, schälen, zerkleinern und in einen großen Topf mit kaltem Salzwasser geben, der zum Schluss abgedeckt wurde – und sich dabei zugleich bemüht, in ihrem Tun jederzeit ganz im Hier und Jetzt zu bleiben. Sie war ins Gästezimmer gegangen, in dem ihre Mutter schlafen würde, um nachzusehen, ob auch Handtücher und ein Waschlappen am Waschbecken bereitlagen und auf dem Nachttisch eine Flasche Wasser mit einem Glas stand. Sie verließ vorzeitig die Morgenmeditation, trat so leise wie möglich um die Kissen anderer herum, um zum Flughafen aufzubrechen; was natürlich, wie sie nun wusste, gar nicht nötig gewesen wäre. Sie hätte noch bleiben können. Wobei ihr Ärger über sich selbst und ihr Versäumnis jedoch in einem solchen Missverhältnis zum vermeintlichen Anlass standen, dass sie sich fragen musste, ob es nicht eher darum ging, dass ihr der Besuch ihrer Mutter eigentlich nicht recht war. Sie wusste natürlich, wie wichtig es war, alle Gedanken ohne Wertung aufsteigen zu lassen, zu betrachten und dann loszulassen, entschied aber, dass es wohl besser wäre, diesen speziellen Gedanken gleich im Keim zu ersticken.

Holly kaufte sich am Zeitungskiosk eine Packung Toblerone und machte sich dann im Wartebereich auf die Suche nach Zeitungen, die Reisende zurückgelassen hatten, denn Schokolade und aktuelle Nachrichten, das waren zwei Dinge, die in ihrem Leben fehlten. Und Sex. Sex fehlte auch, wobei sie aber vernünftig genug war, danach nicht hier im Flughafen zu suchen. Sie fand Exemplare von *Le Matin* und vom *Blick* (Deutsch lesen war allerdings nicht ihre Stärke) sowie, wie durch Zauberhand, eine komplette Ausgabe der *New York Times* vom Dienstag. Plötzlich war sie ganz versöhnt. Dass sie nun Gelegenheit hatte, drei Stunden mit drei Zeitungen und Toblerone im Flughafen zu verbringen, erschien ihr wie ein Wunder. Sie wickelte das Silberpapier von der Schokolade und brach sich ein Stück ab, das sie zunächst genüsslich auf der Zunge zergehen ließ, ehe sie den Wissenschaftsteil der *Times* studierte: Tasmanische Teufel starben verstärkt an Mundhöhlenkrebs; es sprach einiges dafür, dass Lauftraining barfuß gesünder sein könnte als in Laufschuhen; und Kinder, die in ärmlichen

Verhältnissen in innerstädtischen Problembezirken lebten, erkrankten ebenso häufig an Asthma wie Kinder in Kriegsgebieten. Sie überlegte, was sie mit den vermittelten Informationen nun anstellen sollte. Wie konnte sie die Teufel retten, sie davon abbringen, sich gegenseitig zu beißen, was anscheinend der Grund dafür war, dass sich dieser Krebs weiterverbreitete, und warum machte sie sich um ein kleines, bösartiges Beuteltier in Tasmanien solche Gedanken, während sie das Schicksal der von Asthma betroffenen Kinder nahezu kaltließ? Warum hatte sie den gesamten Artikel übers Laufen gelesen, obwohl sie selbst gar nicht lief, den Text über Geothermalenergie dagegen achtlos übersprungen? Wie konnte es sein, dass sie zu einem so oberflächlichen Menschen geworden war? Sie faltete die Zeitung auf dem Schoß zusammen und saß kurz mit der Information da. Sie überlegte, dass sie womöglich öfter mal aus dem Zen-Dojo Tozan rauskommen oder das Dojo sogar ganz verlassen sollte, und sie überlegte, dass sie es niemals verlassen sollte, unter keinen Umständen, so wie Siobhán, die sich Hollys Wissen nach nie weiter entfernte als bis zum Briefkasten am Ende der Auffahrt.

Wenn Holly an ihr Leben in Kalifornien zurückdachte, fiel ihr ein, dass sie alles stets nur unter Konkurrenzaspekten betrachtet hatte – wer hatte mehr als sie, wer weniger, wer war hübscher, klüger, wer hatte eine bessere Beziehung (meistens alle), wer wurde schneller befördert, denn sosehr man sie in der Bank auch mit Lob und Anerkennung überschüttete, es schien immer Leute zu geben, die in der Hinsicht bevorzugt wurden. Sie sann ständig auf Wege, besser zu werden, wie sie es richtig hinbekommen könnte, und darüber hatte sie angefangen, im Schlaf mit den Zähnen zu knirschen. In die Innenseite ihrer linken Wange hatte sie einen weichen Krater gekaut und knibbelte an der Nagelhaut an ihren Daumen herum, bis es blutete. Sie vereinbarte einen Termin bei einem Internisten, schilderte ihm ihre Probleme und zeigte ihm dann die Innenseite ihrer Wange. Er leuchtete mit einer Stiftlampe in ihren Mund, um Zunge, Zähne und so weiter zu begutachten, sah sich ihre Hände an und schlug ihr dann zur Abhilfe Meditation vor. Zumindest meinte sie, das gehört zu haben: »Sie werden Meditation benötigen.«

Als sie das Wort hörte, bekam sie sogleich Herzklopfen. Als hätte ihr Herz auf genau diesen Augenblick gewartet. *Endlich!*, sagte es zu ihr. *Endlich!* »Wo kann ich meditieren lernen?«, fragte sie. Schon das Wort in ihrem Mund löste in ihr Freude aus.

Der Arzt beäugte sie, als würde er sich fragen, wie verrückt sie eigentlich war. »Me-di-ka-tion«, wiederholte er das Wort noch einmal, betont langsam und deutlich. »Für Ihre Neurose werden Sie eine Medikation benötigen. Ich werde Ihnen Ativan verschreiben. Mit der Dosierung müssen wir sehen, was für Sie am besten ist, das finden wir noch raus.«

Aber Holly warf den Rezeptzettel in den Papierkorb, nachdem sie der Sprechstundenhilfe am Empfang die zwanzig Dollar Zuzahlung ausgehändigt hatte. Der Arzt hatte ihr, wie ungewollt auch immer, einen Tipp gegeben, wie sie gesund werden könnte. Damals wusste sie nicht mal genau, was Meditation im Einzelnen beinhaltete, aber sie war fest entschlossen, es herauszufinden. Sie las einige Bücher, hörte sich unterwegs im Auto einige Dharma-Vorträge auf Kassetten an und suchte sich eine Gruppe, die zweimal die Woche saß, mittwochabends und samstagmorgens. Sie fing auch zu Hause damit an, morgens, ehe sie in die Bank fuhr, dafür stand sie eigens früher auf. Sechs Monate später luden einige Leute aus der Mittwochsgruppe sie ein, zu einem Wochenend-Retreat mitzukommen. Später saß sie eine ganz Woche lang schweigend in einem spirituellen Zentrum vor den Toren von Berkeley. Ebendort stieß sie an der Korktafel auf eine Infobroschüre über das Zen-Dojo Tozan. Auch diesmal wieder bekam sie spontan Herzklopfen, wie schon bei dem Missverständnis beim Arzt. *Da bin ich*, dachte sie, während sie das Foto des Chalets betrachtete, an einem Hang inmitten lieblicher Wildblumen balancierend. Sie entfernte die Pinnwandnadel aus der Broschüre und ließ sie sich in die Hand fallen.

Solche Erlebnisse waren bei Holly nicht selten. Zeitweilig hatte sie das Gefühl, auf geheimnisvolle Weise geleitet zu werden, und schrieb es dann Cal zu.

Nach Cals Tod bereute Holly es bitterlich, noch jahrelang, dass sie zu ihrem Bruder, solange er lebte, kein engeres Verhältnis gehabt hatte (und sie bereute noch so manch anderes). Doch seit sie in der Schweiz lebte, kam sie zunehmend zu der Erkenntnis, dass sie sich eigentlich ganz gut geschlagen hatten, für einen Jungen von fünfzehn und eine Dreizehnjährige in einer nicht eben einfachen Lebenssituation. Sie schrien sich zwar an, waren aber dafür nicht nachtragend. Es kam schon mal zu Schubsereien, aber Schlagen und Kneifen waren tabu. Sie schmissen höchstens Sofakissen nach dem anderen, kein Geschirr. Holly korrigierte Cals Hausaufgaben ohne jede Herablassung, und Cal, das war mit ihre liebste Kindheitserinnerung, hatte sie einmal im Schulflur vor zwei Mädchen gerettet, die Holly gerade in ihren Spind stecken wollten; er hatte die eine am Pferdeschwanz, die andere am Blusenkragen weggerissen. »Lasst ja meine Schwester in Ruhe, ihr Schlampen«, hatte er gesagt, während die Schlampen zurückstolperten und dann heulend durch den Flur Reißaus nahmen. Er hatte ihnen wehgetan, ihnen richtig Angst eingejagt. Und Holly, deren Lebensinhalt es war, sich um alle anderen zu kümmern, wurde in diesem einen, goldenen Moment selbst einmal beschützt. Von ihrem Bruder.

Außerdem arbeiteten Cal und Holly, als die beiden Ältesten, zusammen, um auf Albie und Jeanette aufzupassen, sie vom Herd und von den Messern fernzuhalten, als sie noch kleiner waren. Und sie kümmerten sich auch um ihre Mutter, wenn auch vielleicht nicht zusammen; bemühten sich aber, wo sie nur konnten, ihr Dinge abzunehmen und sie zu entlasten. Je mehr Holly Cals Gegenwart jetzt in ihrem Leben spürte, desto sicherer wusste sie, dass er sie gern hatte, dass er ihr verzieh. Je ruhiger das Leben war, das sie führte, je empfänglicher sie für die schlichte Schönheit war, die sie umgab, desto besser vermochte sie ihn zu hören. Sie hörte ihn nicht auf irgendwie verrückte Art, sie saßen jetzt nicht zusammen und diskutierten über Politik; eher war es ein angenehmes Gefühl, das sie erfüllte, im Zen-Dojo Tozan relativ leicht herbeizuführen, aber es könnte ihr auch hier gelingen, im Wartebereich des Flughafens Zürich. Sie war der Auffassung, dass die meisten Menschen ihre übersinnlichen Kräfte nicht voll ausschöpften. Sie lebten in einem Zustand geistiger Unordnung, da sie pausenlos in Atem gehalten wurden, von Waren und Dienstleistungen, einer Flut von Informationen, dem Streben nach was auch immer. Zu der Erkenntnis, was wahres Glück bedeutete, waren sie außerstande, sie hätten es nicht mal erkannt, wenn sie es direkt vor der Nase gehabt hätten. In Berkeley, in der Sumitomi Bank oder überhaupt in Los Angeles war es fast unmöglich gewesen, ihren Bruder zu hören, aber hier in der Schweiz, wo er selbst nie gewesen war, nun, hier ging es besser.

Holly wandte sich wieder ihren Zeitungen zu. Sie las, was es am Broadway an neuen Produktionen und Aufführungen gab. Sie las eine Buchkritik und einen Meinungsartikel zu den Überschwemmungen in Iowa. Sie las über die schlechte Lage der Frauen in Afghanistan. Sie aß die halbe Schokolade; die andere Hälfte steckte sie in ihre Handtasche, für später. Nach einem Blick auf die Uhr stand sie auf und stellte sich zu den wartenden Familien und Chauffeuren, die handbeschriftete Schilder in den Händen hielten. Als sie Teresa auf sich zukommen sah – so winzig! so viel älter geworden! wie lange war es jetzt her, zehn Jahre? länger sogar? –, wurde sie von Liebe durchflutet, einer enormen Welle von Liebe, nicht nur ihrer eigenen, sondern auch der ihres Bruders. Sie breitete die Arme aus. »Oh, Mom«, sagte Holly.

Wo mit den Wundern beginnen? Das erste war natürlich Holly selbst – in Socken und Birkenstocks, das nach wie vor kurzgeschorene, schwarze Haar inzwischen grau meliert –, von der ein Leuchten ausging. All diese Leute, die sich draußen vor dem Sicherheitsbereich drängten, all diese Leute, die eine einzige, ununterscheidbare Masse bildeten, und da, *peng!,* Holly. Sie war so anders, so außergewöhnlich, dass sie nicht zu übersehen war. Als Teresa ihr um den Hals fiel, war es, als wären sie nie getrennt gewesen. Sie erinnerte sich noch so gut an die Krankenschwester, die an dem Morgen von Hollys Geburt ins Zimmer kam, um ihr dies perfekte Baby in die Arme zu legen, das Baby, aus dem nun diese schöne Frau geworden war. Teresa küsste sie auf den Hals, schmiegte die Wange ans Brustbein ihrer Tochter. »Tut mir leid, dass du so lange warten musstest.« Ob sie damit bloß die dreistündige Verspätung meinte oder all die Jahre, die es gedauert hatte, bis sie endlich herfand, wusste sie selbst nicht recht.

»Ich hab mir nett die Zeit vertrieben«, sagte Holly und fuhr ihrer Mutter mit der Hand über den Kopf. Dann nahm sie ihr das Handgepäck sowie ihre Handtasche ab und hängte sich die Taschen an die Schulter, als wögen sie nichts, als hätte sie sich genauso auch noch Teresa über die Schulter werfen können. Ohne lang zu fragen, steuerte sie mit ihr als Erstes aufs WC zu, wo Teresa tatsächlich hinwollte. Das war Holly, wie sie leibte und lebte: jemand, der die Regie übernahm, Entscheidungen traf, zuvorkommend und hilfsbereit, ohne dass man lang fragen musste. Als Teresa an der Gepäckausgabe auf ihren Koffer deutete, nahm Holly ihn vom Förderband und lachte fröhlich auf.

»Du packst wie eine echte Kalifornierin!«, sagte sie. »Genau wie ich.«

»Wieso, wie packen Kalifornier denn?« Teresa lachte mit, ohne den Witz zu verstehen. Ihr Lächeln war wohl so breit, dass dabei vermutlich Zähne zum Vorschein kamen, die sie der Welt seit Jahren nicht mehr gezeigt hatte.

Teresa hielt zur Demonstration den schwarzen Rollkoffer ihrer Mutter in die Höhe. Er war klein und dezent, eine bloße Fußnote zu den gewaltigen, mit Spanngurten gesicherten Hartschalenkoffern in Leuchtpink auf dem Band. »Europäer packen eher so, als kämen sie nie wieder nach Hause zurück. Hat wohl mit dem Krieg zu tun, denke ich.«

Die Luft im Freien war klar und empfindlich kalt für einen 1. September. Bei ihrer Abreise hatte das Thermometer in Los Angeles fünfunddreißig Grad angezeigt. Holly half ihr in den Mantel. Teresa war stolz darauf, in weiser Voraussicht einen Mantel mitgebracht zu haben. Zu Hause im Wohnzimmer hatte sie ihn erst an- und wenig später wieder ausgezogen, die Haustür hinter sich abgeschlossen, hatte, ehe sie auf das Taxi zuging, kehrtgemacht und war noch mal ins Haus gegangen, um den Mantel letzten Endes doch überzuziehen. Vom Parkplatz aus konnte sie nun in der Ferne die Alpen sehen. Schon vom Flugzeug aus hatte sie darauf hinabgeblickt, auf die schneebedeckten Gipfel. Die Alpen. Sie zog den Mantel fester um sich zusammen. Wer hätte gedacht, dass Teresa Cousins je die Alpen sehen würde?

Der Citroën des Zen-Dojo Tozan, den Holly steuerte, war eher eine Suppendose als ein Auto. Das dünne Metall der Karosserie erzitterte jedes Mal, wenn Holly in Kurven herunterschaltete, mit einem Schaltknüppel, der lang aus dem Fahrzeugboden ragte. Zu Hause auf dem Interstate 405 würde ein solches Auto vermutlich vom Fallwind eines vorbeifahrenden SUV zerdrückt werden, aber hier auf dieser nicht ungefährlichen Bergstraße waren lauter solche Blechbüchsen unterwegs. Autos wie diese könnten vermutlich zusammenstoßen, ohne dass nennenswerter Schaden entstand, wie Passanten, die sich im Gewühl einer belebten Straße versehentlich streiften. Niemand hatte der Sicherheit zuliebe nachgelegt, einen Panzer für den Alltag konstruiert, mit dem sich die Konkurrenz niederwalzen ließ. Hier dagegen saßen alle in einem Boot. Die Leitplanke, welche sie von der schwindelerregenden Tiefe seitlich am Hang trennte, wirkte ähnlich ungeeignet dazu, Leben zu retten, aber was machte es schon für einen Unterschied? Sterben müssten sie letzten Endes ohnehin, und zwar alle. Sie waren noch nicht mal in dem Zen-Zentrum angekommen – der Name war ihr wieder entfallen –, aber Teresa kam es vor, als würde sie bereits verstehen. Wer brauchte Airbags? Eine mehrfach verstärkte Stahlkäfigkonstruktion, die als Barriere gegen den Rest der Welt wirkte? Teresa kurbelte das Fenster herunter – mit einer Handkurbel! – und atmete die kalte, klare Schweizer Bergluft ein.

»So wunderschön«, sagte sie. Sie schossen in einen Steintunnel, den man durch die Bergflanke getrieben hatte: Helligkeit, dann Dunkel, dann Kiefernwald.

»Wart's nur ab«, erwiderte ihre Tochter.

»Ganz ehrlich, Holly, bisher habe ich es nicht verstanden. Ich meine, ich hab mich für dich gefreut, aber im Hinterkopf spukte mir immer der Gedanke *Was ist bitte schön an Torrance auszusetzen?* herum.« Sie fuhren an zwei zottigen Bergziegen vorbei, die am Straßenrand standen, mit in sich verdrehten Hörnern, die wie Kronen aussahen. Sicherlich warteten sie dort auf Heidi und Großvater, die sie zurück auf die Alm treiben würden. Teresa wandte Holly das Gesicht zu. »Warum sollte man in Torrance leben wollen?«

»Zu Hause ist es auch schön«, erwiderte Holly, die sich riesig freute, diese Bestätigung von ihrer Mutter zu erhalten. »Aber hier ist es ruhiger. Das bekommt mir besser.«

»Ich denke oft über Jeanette in Brooklyn nach, mit Fodé und den Jungen. Ich glaube, ihr gefällt der Lärm dort, ihre winzige Wohnung. Das hält sie innerlich zusammen, glaube ich. Und Albie, der ständig sein Bündel packt und wieder weiterzieht, immer auf der Suche nach etwas Neuem, dem gefällt offenbar diese Lebensart. Zurzeit ist er in New Orleans.«

»Er mailt mir manchmal.« Holly merkte, wie sie von fast schmerzlicher Sehnsucht nach Bruder und Schwester erfasst wurde, und dass sie gern wieder einmal mit ihnen und ihrer Mutter in einem Zimmer sitzen würde.

»Schön zu hören.«

»Und was ist mit dir?«

»Wie meinst du das, was ist mit mir?«, sagte Teresa und verdrehte sich den Hals, um einen letzten Blick auf die hinter ihnen verschwindende Aussicht zu erhaschen.

»Hat es dir gutgetan, in Torrance wohnen zu bleiben? War es die richtige Entscheidung?«

Sie fuhren nun durch einen Wald. Die Bäume, deren Stämme unten mit Moos bewachsen waren, wurden zunehmend dichter und stattlicher und ließen immer weniger direktes Licht durch, während der Waldboden von dichtem Farn bedeckt war. Die riesigen Steine, eher Felsbrocken eigentlich, an den Ufern eines schnell dahinströmenden Wildbachs wirkten fast so, als wären sie dort von einem Set-Designer platziert worden, für Dreharbeiten. *Wir brauchen einen richtig schön verwunschenen Wald,* so hatte wohl die Anweisung des Produzenten gelautet.

»Euer Vater wollte, dass ich mit euch allen auch nach Virginia ziehe, als er mit Beverley aus Los Angeles wegging. Damit wir auch in der Nähe wären. Ehrlich gesagt, ich hab's erst gar nicht in Betracht gezogen. Vielleicht hätte ich es doch tun sollen. Euch Kindern hätte das manches erleichtert. Aber ich konnte ihm damals einfach nicht so weit entgegenkommen.«

»Das ist das Dümmste, was ich je gehört habe.« Holly nahm kurz leichtsinnigerweise den Blick von der Straße, um ihre Mutter direkt anzusehen. »Ich wusste gar nicht, dass er dir das vorgeschlagen hat.«

»Und dann nach Cals Tod.« Teresa zuckte die Achseln. »Na, das weißt du ja wohl noch. Ein Umzug nach Virginia, nachdem Cal gestorben war, kam schon gar nicht mehr infrage. Aber, ganz ehrlich, es hat mir wehgetan, ihn dort beerdigen zu lassen. Damals ging es mir nur darum, weiter vorwärtszugehen, immer nur einen Schritt auf einmal, und nicht endgültig in ein tiefes schwarzes Loch zu fallen. Da dachte ich nicht darüber nach, mein Leben zu ändern. Mein Leben war schon geändert worden. Ich musste das nur irgendwie durchstehen.«

»Du hast es durchgestanden.« Holly schaltete in den zweiten Gang runter. Vor ihnen fuhr ein Lastwagen, und es ging stetig bergauf.

»Nicht nur ich, wir alle, jeder wohl auf seine Art. Man glaubt selbst nicht, dass man es schafft, und dann hat man es irgendwann geschafft. Man ist noch am Leben. Das hat für mich am Ende den Ausschlag gegeben: Ich war noch am Leben. Du und Albie und Jeanette, ihr auch. Und das würden wir nicht für immer sein. Damit musste ich weitermachen.«

Teresa konnte das Zittern des Schaltknüppels spüren, als sie Holly über die Hand tätschelte. »Nun hör dir mein Gerede an. So rede ich sonst nie daher.«

»Tja, das ist die Schweiz. Das ist die Wirkung, die sie auf Menschen hat.« Holly dachte kurz nach, ehe sie weitersprach. »Oder besser gesagt, die Wirkung, die sie auf mich gehabt hat. Die meisten Leute, die ich hier kennengelernt habe, sind nämlich eher wortkarg.«

Teresa nickte lächelnd. »Nun, mir gefällt es. Das ist gut.«

Das Zen-Dojo Tozan befand sich weder in Sarnen noch in Thun, sondern irgendwo dazwischen. Nicht in einem Dorf, sondern umgeben von hohem Gras und blauen Blumen. Untergebracht war das Dojo in einem großen, hoch oben an einem Berghang errichteten Chalet, dem einstigen Landhaus eines

Züricher Bankiers. Im Sommer schwammen er und seine Frau mit ihren fünf Kindern im See, im Winter fuhren sie Ski, und in der Zeit dazwischen gingen sie anderen Interessen nach, von denen in Sarnen und Thun niemand etwas ahnte: Sie saßen zusammen auf Zafu-Kissen, alle sieben, schlossen die Augen und reinigten ihren Geist, ebenso gründlich, wie die frische Bergluft ihre Lungen gereinigt hatte. Von dem Bankier wurde verfügt, dass in dem Chalet nach seinem Ableben das Zen-Dojo Tozan eingerichtet und betrieben werden sollte, mit Mitteln aus einem zweckgebundenen Treuhandfonds und unter der Bedingung, dass die Kinder der Familie sowie deren Kinder und alle Kinder künftiger Generationen dort immer willkommen wären. Katrina, die vierte Tochter, die nun über siebzig war, wohnte dort ständig in dem kleinen Zimmer an der Rückseite des Chalets, in dem sie schon als Kind geschlafen hatte. Außer Katrina gab es vierzehn weitere Dauerbewohner. Zweimal im Jahr veranstalteten sie Meditations-Retreats, ein gemieteter Pendelbus brachte die Teilnehmer von einem Gasthaus in Thun zum Dojo und wieder zurück. Den Löwenanteil ihrer Einkünfte jedoch erzielten die Dojo-Bewohner mit Spazierstöcken.

Alle Bewohner waren in irgendeiner Weise an diesem Produkt beteiligt, entweder am Schnitzen der Stöcke oder an ihrem Vertrieb, entweder auf der künstlerischen oder auf der kaufmännischen Seite also. Die Stöcke waren sehr gefragt, vor allem bei Meditierern in Australien und Amerika, die wussten, dass sie es nie in die Schweiz schaffen würden. Holly, die für die Holzschnitzerei kein Talent hatte, kümmerte sich um die Buchhaltung. Dabei hatte sie festgestellt, dass es für den Preis eines Spazierstocks aus Schweizer Steinkiefer mit einem Knauf in Gestalt eines geschnitzten Fisches praktisch keine Obergrenze gab. Wenn man in den Fischrücken beispielsweise noch einen Kompass für fünf Euro einließ, konnte der Preis locker verdoppelt werden; obwohl sich heutzutage kaum noch jemand per Kompass orientieren konnte. Das Holz bezogen sie von einer Sägemühle in Lausanne; sie hatten sich bewusst dafür entschieden, obwohl sie bei einem deutschen Lieferanten qualitativ besseres Holz zu einem günstigeren Preis hätten kaufen können, weil die Stöcke ein rein schweizerisches Erzeugnis sein sollten. Genau so wurden sie auf ihrer Internetseite beworben: Original Schweizer Spazierstöcke aus Schweizer Steinkiefer, handgearbeitet von Meditierern in der Schweiz. Nach der Meditation und den anfallenden Arbeiten im Haus wurden jeden Tag einige Stunden der Herstellung der Spazierstöcke gewidmet: Paul schnitzte das Holz zu Stöcken, Lelia schnitzte die grobe Form des Fischknaufs vor, und Hyla übernahm danach die Feinarbeit der Schuppen. Diese Stöcke sorgten dafür, zusammen mit den bescheidenen Mitteln aus dem Treuhandfonds, dass sie ein Dach über dem Kopf hatten, Steuern zahlen und Brot und Käse auf den Tisch bringen konnten. Für die Spazierstöcke gab es eine Warteliste; zwischen Bestellung und Lieferung mussten Kunden sich auf eine achtmonatige Wartezeit einstellen. Die Warteliste mit Interessenten, die als Bewohner nachzurücken hofften, war inzwischen zu lang, um noch irgendeinen Zweck zu erfüllen; sie war irgendwann in eine Schreibtischschublade gewandert und vergessen worden.

»Zum Glück ist ein Gästezimmer frei«, sagte Holly und nahm ihre Mutter an der Hand, während sie mit ihr auf der steilen Holztreppe ins Obergeschoss stieg. Einen Spazierstock könnte ihre Mutter, die sonst noch gut zu Fuß war, hier oben gut gebrauchen; an manchen Tagen blies der Wind so stürmisch, dass es einen glatt umwerfen konnte. »Leute kommen als Gäste für einen Monat her und weigern sich dann, wieder abzureisen. Es gibt drei Gästezimmer, und die Terminplanung gerät immer durcheinander. Die Leute bleiben einfach länger. Weil sie darauf setzen, dass einer von uns ausziehen und für sie Platz machen könnte.«

Es gab eine breite Holzveranda, die einmal ganz um das Chalet herumlief und über die kristalline Welt hinausragte. Hier draußen standen schwere, mit achtloser Axt grob zusammengezimmerte Holzstühle verteilt, damit ein Jünger ausruhen konnte, während er die Aussicht bewunderte. Die Alpen sahen hier so aus wie eine Alpenzeichnung auf einem Bonbonpapier, eine idealisierte Version, die Touristen anlocken sollte. Teresa musste kurz stehen bleiben: Die hinreißende Aussicht, die dünnere Luft hier oben, der Umstand, dass sie es tatsächlich geschafft hatte und nun hier war, all das hatte ihr den Atem verschlagen.

»Bei dir hat es ja funktioniert«, sagte sie, ein wenig keuchend.

Holly stand dort und sah alles noch einmal mit den Augen ihrer Mutter. »Nun, jemand ist tatsächlich gestorben, während ich hier gewartet habe. Darum bin ich damals zurück nach Kalifornien gekommen und habe bei der Bank gekündigt. Es war ein Franzose namens Philippe. Philippe war damals, als ihnen das Geld ausging und sie alle schon Angst hatten, dass sie das Haus aufgeben müssten, auf die Idee mit den Spazierstöcken gekommen. Er war ein lieber alter Kauz. Ich wohne immer noch in seinem Zimmer.«

»Kommen auch die Mütter anderer mal auf Besuch?« Teresa wollte es nicht wie einen Wettbewerb klingen lassen, aber so kam es ihr vor. Sie war wirklich sehr stolz auf sich.

»Ab und zu. Seltener, als man annehmen sollte.«

Als sie das Bett in ihrem Zimmer sah, machte Teresa erst mal ein Schläfchen. Später dann, vor dem Abendessen und dem Dharma-Vortrag und der letzten Sitzung des Tages, bemühte Holly sich nach Kräften, ihrer Mutter einen Schnellkurs in Sachen Meditation zu erteilen. Einatmen und wieder ausatmen, dem Atem folgen, Gedanken ohne Wertung kommen und wieder gehen lassen. »Man muss es nur machen«, sagte sie abschließend, aus der Sorge heraus, dass ihre Erklärung mehr Schaden anrichtete, als Gutes zu bewirken. »Es ist ziemlich unkompliziert.«

Also ließ sich Teresa, in dem Trainingsanzug, den sie morgens immer trug, wenn sie mit ihrer Nachbarin Power-Walking machte, auf einem Kissen neben ihrer Tochter nieder und schloss die Augen.

Zunächst tat sich nicht viel. Sie dachte an den Schmerz in ihrem linken Knie. Dann tauchte der Gedanke auf, dass die anderen Leute hier nett wirkten. Sie mochte Mikhail, den Russen, den sie Michael nannte. Ob er wohl der Leiter hier war? Sehr gastfreundlich. Alle hatten sie das Haar so kurz geschnitten wie Holly. Und warum auch nicht? Was machte es für einen Unterschied? Hier gab es niemanden, den man irgendwie beeindrucken musste. Holly war glücklich hier, das war offensichtlich, aber war es ein wirkliches Leben? Und was würde sein, wenn sie in Teresas Alter kam? Würden sich die anderen um sie kümmern? Sie könnte die ältere Frau mal fragen, die schon hier im Haus aufgewachsen war. Musste man sich mal vorstellen, dieses Haus als Zuhause einer einzigen Familie. Um ein so großes Haus zu führen, wie viele Dienstboten mochten sie da beschäftigt haben? Sie merkte, dass ihr die Füße eingeschlafen waren, beide.

Hier unterbrach sie sich kurz. Was für ein Geplapper! Teresa war erschrocken über die umherschweifende Müßigkeit ihres Geistes, als würde sie in dem Müll am Rand der Autobahn kramen und bei jedem Kaugummipapier innehalten, um es ganz entzückt zu betrachten. Sie setzte zu einem erneuten Versuch an. Atmete ein, wieder aus ... und dachte über den Bohnensalat nach, den es zum Abendessen gegeben hatte, aus rosaroten Bohnen, einer Sorte, die ihr seit ihrer Kindheit nicht mehr begegnet war. Wie die Bohnen genau hießen, war ihr leider entfallen. Ihre Mutter bat sie immer, diese Bohnen durchzusehen, um mögliche Steinchen zu entfernen, ehe sie sie einweichte, und sie ging die Sache immer so gewissenhaft an, dass sie irgendwann das Interesse und die Geduld verlor und die noch ungeprüften Bohnen einfach auf die Bohnen draufkippte, die sie schon inspiziert hatte, womit sie im Grunde alles verdarb. Hatte einer aus ihrer Familie je auf ein Steinchen gebissen?

Ein Atemzug? Schon das bekam sie nicht hin? Vielleicht mal ein Einatmen, bei dem sie an gar nichts dachte? Sie probierte es aus. So. Okay. Ihr Rücken tat weh. Ihr Kopf kippte ohne Vorwarnung vornüber, und einen Augenblick lang versank sie in tiefem Schlaf. Ein kleiner, erschrockener Laut entfuhr ihr, wie einem Hund oder Schwein beim Träumen. Sie setzte sich wieder gerade hin, öffnete ein klein wenig die Augen, um zu sehen, ob irgendjemand sie ertappt hatte. Sie blickte ringsherum auf die friedlichen Gesichter ihrer Sitznachbarn, ihrer Tochter, als könnte sie dort die Klarheit ihres unbelasteten Geistes ablesen. Sie schämte sich.

Am Ende der Sitzung half Holly ihr beim Aufstehen. Alle kamen, um ihr die Hand zu schütteln, eine kleine Umarmung anzudeuten. Sie mochten Holly ja so gern. Sie freuten sich sehr, dass Teresa auf Besuch vorbeigekommen war.

»Machen Sie sich keine Gedanken wegen der Meditation«, sagte eine Frau namens Carol mit Augen, die so still und friedlich wirkten wie ein Gletschersee. »Am Anfang ergibt das Ganze nicht viel Sinn, das geht jedem so.«

»Ich habe jahrelang täglich allein meditiert, ehe ich hergekommen bin«, sagte Paul, der Stockmacher. »Aber hier zu meditieren, zum allerersten Mal in Ihrem Leben? Das wäre so, als würde man bei seinem ersten Wettlauf gleich bei den Olympischen Spielen antreten.« Er klopfte ihr sanft auf die Schulter. »Sie sollten sehr stolz auf sich sein.«

Teresa lag hellwach in ihrem Bett im Gästezimmer und starrte an die Decke, auf das Kranzprofil mit den gleichmäßigen Einbuchtungen, die an ebenmäßige Zähne erinnerten. Dafür war sie einmal um die halbe Welt geflogen? Um zu sitzen? Sie hatte ihr halbes Leben im Sitzen verbracht, an ihrem Schreibtisch. Sie saß auch in ihrem Auto, im Flugzeug. Was hatte sie sich nur dabei gedacht? Sie hatte ihre Tochter wiedersehen wollen. War Bert jemals hier gewesen, zu Besuch bei Holly? Hatte Bert auch gesessen? Warum hatte sie Holly nicht danach gefragt? Das Licht eines riesigen Mondes kam in ihr Zimmerchen geflutet, tünchte die Wände und fiel auf ihr Bett. Sie dachte an all die Frauen und Männer, hauptsächlich Männer, die von der Bezirksstaatsanwaltschaft Los Angeles ins Gefängnis geschickt worden waren – wozu auch sie, auf ihre Art, ihren kleinen Beitrag geleistet hatte. All die Fälle, in deren Vorbereitung ihre Arbeit eingeflossen war, damit diese Typen strafrechtlich verfolgt werden konnten und anschließend ihre Nächte auf schmalen Pritschen verbrachten und ihre Tage in völliger Stille. Wie kam es, dass sie bisher noch nie darüber nachgedacht hatte, wie es mit denen anschließend weiterging? Es waren Hunderte Fälle, die im Lauf der Jahre über ihren Tisch gegangen waren. Eher Tausende. Starrten diese Männer in den Zellen, in denen sie ihr Leben fristeten, gerade auch an die Decke und versuchten, ihren Geist zu leeren?

In dem Stil ging es für Teresa weiter, Tag für Tag, dreimal täglich. Sie begab sich mit den anderen brav im Gänsemarsch in den Meditationsraum, wo jemand zunächst im blauen Kachelofen ein Kohlefeuer anfachte, und dann ließen sich alle in einem Kreis auf den dunkelgrünen Kissen nieder und warteten darauf, dass Mikhail auf den kleinen Gong schlug und damit den Beginn der Sitzung anzeigte. Es war Irrsinn. Sie hätte längst schon Schluss gemacht – um sich mit ihrer Ausgabe des *Englischen Patienten* auf die Veranda im ersten Stock zu setzen oder allein durchs hohe Gras zu spazieren, während die anderen nach innerem Frieden suchten –, wäre da nicht der Umstand gewesen, dass Holly so stolz auf sie war. Ihre Tochter hakte sich immer zu Beginn der Sitzung bei ihr unter, rückte mit ihrem Kissen ein Stück zur Seite, um ihr näher zu sein. Die anderen Bewohner blickten sie und Holly bewundernd und voller Wertschätzung an – in der Küche, bei den Mahlzeiten, beim Meditieren (Teresa schummelte manchmal und öffnete kurz die Augen, worauf die Augenlider der anderen, ertappt, blitzschnell nach unten klappten) –, andere Mütter kamen nicht zu Besuch, und falls doch mal eine vorbeikam, nahm sie jedenfalls nicht an den Sitzungen teil.

Teresa saß also weiter.

Lelia hielt einen Dharma-Vortrag über das Loslassen von Selbstdefinitionen: Ich kann dies nicht tun, weil mir als Kind dieses oder jenes widerfahren ist; ich kann das nicht tun, weil ich extrem schüchtern bin; da könnte ich niemals hin, weil ich Angst vor Clowns, Pilzen, Eisbären oder was auch immer habe. Die Gruppe ließ kollektiv ein halblautes Lachen vernehmen, zum Zeichen, dass sich die Mitglieder wiedererkannten. Teresa fand den Vortrag ganz hilfreich, weil sie beim Meditieren einen längeren inneren Dialog darüber geführt hatte, warum Frauen über siebzig aus Torrance grundsätzlich ungeeignet für den Buddhismus waren. Die hübsche Hyla, deren feiner Gesichtsschnitt durch das fehlende Haar sehr eindrucksvoll zur Geltung kam, lud sie zu einem Spaziergang ein und nannte ihr unterwegs den Namen jeder Pflanze und jedes Baums, an denen sie vorbeikamen. In der Ferne sahen sie einen Steinbock. Sie rubbelte etwas Kriechwacholder zwischen ihren Händen klein und ließ sie dann daran schnuppern, an jenen Händen, die den Fisch in den Knäufen der Spazierstöcke zum Vorschein brachten. Hyla erzählte Teresa, dass ihre Mutter fünf Jahre zuvor gestorben war und sie selbst sehr einsam sei. Danach hielt sie Teresas Hand, den ganzen Weg zurück zum Chalet über. Na schön, dachte Teresa, für heute kann ich gern deine Mutter sein. Sie gingen zusammen in die Küche und schnitten Äpfel für einen Kuchen klein.

»Ich möchte gern, dass du mir die Haare abschneidest«, sagte sie vor dem Abendessen zu Holly.

»Wirklich?« Holly beugte sich zu ihrer Mutter vor und berührte ihr Haar. Es war dicht und grau, und sie trug es zu einem Bob geschnitten, mit Haarspangen links und rechts, weil ihr nichts Besseres einfiel.

»Ich habe mich jetzt an den Look gewöhnt. Außerdem passe ich dann besser her.« Wenn sie noch hätte arbeiten gehen müssen, hätte Teresa das nicht getan. Bei der Arbeit hätte ihre radikale Frisur für Gerede gesorgt, aber wenn sie so wieder nach Hause kam, wäre das ein Signal für ihr neues Leben. Ihre Nachbarn würden sie sehen, die Kassiererinnen im Supermarkt, und alle wüssten sofort, dass sie sich verändert hatte.

Holly zog los, um die Haarschneidemaschine aus dem Bad im Erdgeschoss zu holen, wo sie in einem kleinen Plastikbehälter aufbewahrt wurde. Sie ging mit ihrer Mutter nach draußen auf die Terrasse und legte ihr ein Handtuch um. Sie schnitten sich hier alle gegenseitig die Haare. Es hätte sich auch jeder seinen Kopf selbst scheren können, aber es war ein angenehmes Gefühl, etwa einmal im Monat die Hände eines anderen am Kopf zu spüren.

»Bist du sicher?«, erkundigte sich Holly noch einmal, ehe sie den Haarschneider einschaltete.

Teresa nickte einmal mit Nachdruck. »Man muss mit den Wölfen heulen.«

Dann surrte die Maschine los, und da ging ihr Haar dahin, in dicken grauen Knäueln, die nur so zu Boden segelten und sich um ihre Füße herum ansammelten wie Sturmwolken, die sich zerstreut hatten. Als sie fertig war, trat Holly vor sie hin, um ihr Werk zu begutachten.

»Wie sehe ich aus?«, fragte Teresa lächelnd, während sie sich mit der Hand über den Samt fuhr.

»Wie ich«, entgegnete Holly, und das stimmte absolut.

Hin und wieder kam Holly nachts ins Gästezimmer, dasselbe Zimmer, in dem sie zwanzig Jahre zuvor geschlafen hatte, in ihrer ersten Zeit als Gast hier. Sie mochte das Zimmer. Teresa rutschte so weit wie möglich beiseite, um in dem schmalen Bett Platz zu machen. Die beiden lagen gemeinsam auf der Seite da, anders ging es nicht, und unterhielten sich, zwei Frauen, die schon seit Jahren mit niemandem mehr eine Unterhaltung im Bett geführt hatten.

»Hast du vor, hierzubleiben?«, erkundigte sich Teresa, während sie ihnen beiden die Decke über die Schultern zog. Nachts war es eiskalt. Holly war nun fünfundvierzig, und so schön das Leben, das sie hier führte, auch sein mochte – falls sie sich jemals etwas anderes wünschen sollte, einen Ehemann, einen Job, musste sie sich darüber allmählich Gedanken machen.

»Immer werde ich nicht hierbleiben«, gab Holly zurück. »Ich glaube nicht. Ich habe nur noch keine Lösung dafür gefunden, wie mein Abschied von hier aussehen soll. Ein bisschen, als würde ich vom Schicksal erwarten, dass es eines Tages die Tür des Dojo weit aufstößt und sagt: ›Holly! Es ist so weit!‹«

»Ruf mich an, wenn das passiert«, sagte ihre Mutter.

»Du solltest mal sehen, wie hübsch es hier ist, wenn Schnee liegt.«

Danach blieben sie eine Zeit lang still, vielleicht, weil sie beide schon fast eingeschlafen waren. Dann sagte Holly: »Denkst du darüber nach, vielleicht hierzubleiben? So wie die anderen Fälle, die wir hier schon hatten; du bleibst einfach weiter hier im Gästezimmer und denkst nicht daran, abzureisen.«

Teresa lächelte im Dunkeln, obwohl ihr bei der Gelegenheit auffiel, dass sie sich wirklich nicht so recht vorstellen konnte, wieder abzureisen. Sie legte Holly von hinten den Arm um die Taille und dachte kurz darüber nach, dass ihr Körper etwas war, was sie gemacht hatte, etwas, das nun so vollkommen von ihr getrennt war. »Ich glaube eher nicht«, sagte sie, und danach schliefen beide endgültig ein.

Am achten Tag ihres insgesamt elftägigen Besuchs im Zen-Zentrum ging Teresa zur Morgenmeditation, setzte sich auf ihr Kissen neben Holly, schloss die Augen und sah ihren ältesten Sohn. Er war so deutlich und scharf umrissen, dass es schien, als wäre er die ganze Zeit hier mit ihr im Raum gewesen, als wäre er mit ihr in jedem Raum gewesen, in dem sie sich im Leben je aufgehalten hatte, und sie hatte ihn bloß übersehen, weil sie immer in die falsche Richtung sah. Bis zum jetzigen Zeitpunkt. Sie träumte nicht, und es war auch keine außerkörperliche Erfahrung. Sie begriff, dass sie sich nach wie vor im Chalet befand, nach wie vor auf dem Kissen am Boden saß, aber gleichzeitig war sie bei Cal und seinen Schwestern. Und auch bei den Keating-Mädchen, Caroline und Franny. Sie sah die fünf aus der Küchentür zu Hause bei Berts Eltern kommen, die Tür, die sie selbst zigmal benutzt hatte, als sie und Bert noch nicht verheiratet waren, als sie Pläne für ihre Hochzeit schmiedeten.

Ernestine, die Köchin, schärft ihnen ein, Ned unten im Pferdestall nicht lästig zu werden und immer zu tun, was er ihnen sagt, und die Mädchen sagen brav, *ja, Ma'am*. Sie nimmt einen halben Beutel schon etwas vertrockneter Möhren unten aus dem Kühlschrank, die sie, zusammen mit zwei kleinen Äpfeln, Jeanette aushändigt, die ihr dankbar zulächelt. Auf die Idee, Jeanette irgendetwas zu geben, kam sonst nie jemand. Cal hat bereits die Veranda überquert. Er sagt nichts zu Ernestine. Er wartet nicht auf die Mädchen.

»Cal!«, ruft Ernestine ihm durch die Fliegengittertür nach. »Wo steckt denn dein Bruder?«

Er bleibt nicht stehen. Dreht sich nicht zu ihr um. Zuckt bloß mit den Schultern und hebt links und rechts die Hände in demonstrativer Ahnungslosigkeit. *Cal,* würde Teresa am liebsten sagen, *antworte, wenn sie dich was fragt!* Aber sie sagt nichts. Was sie hier sieht, ist ein Tag, der fünfunddreißig Jahre her ist, eine halbe Welt entfernt. Sie hat auf Cals Manieren keinen Einfluss. Kann am Ausgang nichts ändern. Aber sie darf sitzen und zusehen, und das ist ein Wunder.

Die fünf laufen ein Stück die asphaltierte Zufahrt hinterm Haus hoch und biegen dann in einen geschotterten Feldweg ein, der irgendwann in einen Feldweg übergeht, zwei parallele Spuren, zwischen denen das Gras wächst. Holly und Caroline schnattern miteinander, während Jeanette und Franny zuhören. Cal marschiert voraus und legt ein solches Tempo vor, dass die Mädchen hin und wieder in Laufschritt verfallen müssen, um nicht den Anschluss zu verlieren. Sie wollen als Gruppe zusammenbleiben und haben ein Gespür dafür, welcher Abstand zwischen ihnen und Cal gerade noch vertretbar ist. Cal ist groß und blond wie sein Vater, auch seine Augen haben dasselbe Blau, und nach dem Sommer im Freien ist er braungebrannt. Er sieht stinkwütend aus, aber er ist auch immer wütend. Er will nicht hier in Virginia sein, will sich nicht mit seinen Schwestern abgeben müssen, mit den Keating-Mädchen, mit seiner Stiefmutter, mit seinen Großeltern. Er hat auch keine Lust dazu, die Pferde zu striegeln, in dem nach Mist stinkenden Stall, wo es von stechfreudigen Mücken und Fliegen nur so wimmelt, aber hier gibt es nichts Besseres zu tun. Das ist das Dumme daran, wenn man fünfzehn ist – ihm fällt nur ein, was er alles nicht will. Er trägt ein T-Shirt mit UCLA-Aufdruck und dazu eine Levi's, trotz der Hitze an diesem Tag. Wenn Cal eine lange Hose trägt, ist das ein Zeichen, dass er wieder die Pistole dabeihat. Das wissen die anderen genau.

Jeanette hatte Teresa erzählt, dass Cal die Pistole immer unten am Schienbein trug, festgebunden mit einem Nickituch. Es war in dem Jahr, als sie in dem Haus in Torrance nur noch zu zweit waren, als Jeannette ihrer Mutter alles erzählt hatte, vor langer, langer Zeit. Ohne Holly und Albie in der Nähe konnte sie über den Tag, an dem Cal gestorben war, reden. Sie erzählte, dass sie die Benadryl dafür aufgebraucht hatten, damit Albie schlief, erzählte von dem Weg zum Stall, davon, wie sie Cal ignorierten, während er im Sterben lag, weil sie dachten, dass er nur eine Schau veranstaltete, um sie schlagen zu können, wenn sie darauf hereinfielen und nah genug kamen. Sie hatten ein Stück weiter weg eine ganze Zeit lang im Gras gesessen und seelenruhig Ketten aus Gänseblümchen gebastelt, um ihm zu demonstrieren, dass sie auf seinen Trick nicht hereinfielen. All das hatte Jeanette ihr erzählt, aber Teresa hatte es sich nicht so recht vorstellen können. Weil sie nie etwas gesehen hatte.

Holly, die von den Mädchen die hübscheste Stimme hat, sogar die hübscheste Stimme an ihrer Schule, fängt an zu singen, wozu sie die Arme vor- und zurückschwingen lässt. »*Goin' to the chapel, and we're* –«

»*Gonna get married*«, fallen Caroline und Franny in ihr Lied ein.

»*Goin' to the chapel, and we're* –«

»*Gonna get married.*« Caroline und Franny. Jeanette singt zunächst nicht mit, bewegt aber lautlos die Lippen.

»*Gee, I really love you, and we're* –«

Cal dreht sich zu ihnen um, ohne stehenzubleiben. »Könnt ihr nicht mal zwei Minuten die Klappe halten?« Der Abstand zwischen ihnen hat sich weiter vergrößert, er befindet sich bereits im hohen Gras, ein ganzes Stück weiter weg. So weit entfernt, dass ihr Gesang ihn eigentlich nicht so sehr stören sollte. Aber er fühlt sich eben doch gestört. »Wäre das zu viel verlangt, verdammte Scheiße?«

Das sind die letzten Worte ihres Sohns.

»*Gonna get married.*« Diesmal singen sie die Passage alle zusammen, sogar Jeanette singt lautstark mit, und da stürmt Cal mit einem Mal auf sie zu. Ob er wirklich sauer ist, ob er bloß Spaß macht, ist unmöglich zu sagen. Die Mädchen jedenfalls nehmen kreischend Reißaus, sie stieben in vier verschiedene Richtungen auseinander. Cal hätte jede von ihnen mühelos einholen können, aber nun, da er sich entscheiden muss, bleibt er unschlüssig stehen. Etwas ist passiert, er spürt einen stechenden Schmerz im Nacken, während seine Schwestern und Nichtschwestern in einem Kreis um ihn herumlaufen. Er steht da und legt sich die Hand an die Brust, ganz oben am Halsansatz. Teresa, auf ihrem Kissen in der Schweiz, kann die Beklemmung spüren, es schnürt ihr selbst die Luft ab, weil sie ihn beobachtet, weil sie er ist. Die Mädchen laufen singend im Kreis herum, und sie will, dass sie aufhören. Er will, dass sie aufhören, aber er bekommt keinen Ton heraus. Die Biene ist noch da, sie krabbelt ihm im Nacken herum. Er kann sie spüren, aber er kann sie nicht abstreifen. Er beginnt zu fallen, nicht bloß ins Gras, sondern irgendwohin weiter weg, das Geräusch der Mädchenstimmen wird überlagert vom Rauschen seines Bluts, von seinem dröhnenden Herzschlag, und es ist, als würde alle Farbe aus der Welt gesogen, ihre bunten T-Shirts, die Sonne, der Himmel, das Gras. Seine Zunge füllt seinen ganzen Mund aus. Er will in die Tasche hinten an seiner Jeans greifen, um die letzten Benadryl herauszunehmen, falls überhaupt welche übrig sind, aber er kann seine Hand nicht finden. Er taumelt zurück und stürzt, der vollen Gewalt der Schwerkraft ausgesetzt, und die Erde empfängt ihn mit einem dumpfen Aufprall, treibt ihm die Biene ins Fleisch und raubt ihm damit den letzten Rest Luft, den letzten Rest Licht. Er ist fünfzehn und zehn und fünf. Er ist ein kurzer Augenblick. Er fliegt zu ihr zurück. Er gehört wieder ihr. Sie spürt sein Gewicht in ihrer Brust, als er in ihre Arme kommt. Er ist ihr Sohn, ihr geliebtes Kind, und sie nimmt ihn zurück.

9

An dem Weihnachtsfest, das auf Teresa Cousins' Tod folgte, war Fix noch immer am Leben. Unglaublich, aber wahr. Es würde sein letztes Weihnachten sein, doch auch schon in den beiden Vorjahren hatte es geheißen, dass er ein weiteres Weihnachten nicht erleben werde, ebenso, wie er unlängst zum definitiv letzten Mal Thanksgiving gefeiert hatte. Franny wollte Kumar und die Jungen an den Feiertagen nicht schon wieder allein in Chicago lassen, und nach Santa Monica mitnehmen wollte sie sie auch nicht. Es war zu deprimierend. Franny und Caroline erörterten auch die Frage ihrer Mutter, die mit jedem Jahr, das ihr Vater zum Sterben benötigte, weiter vernachlässigt wurde.

»Dad ist nicht der Einzige, um den man sich sorgen muss«, sagte Caroline, eine Anspielung auf den Mann ihrer Mutter. Ihre Mutter setzte heute Vertrauen in Caroline, mehr noch vielleicht sogar als in Franny. Das war das Schöne an einem langen Leben: wie manches sich von allein erledigte. Caroline und ihre Mutter hatten inzwischen ein sehr enges Verhältnis.

»Ich werfe eine Münze«, entschied Caroline am anderen Ende der Leitung. »Du wirst mir einfach vertrauen müssen.«

»Ich vertraue dir«, sagte Franny. Es gab niemanden auf der Welt, dem sie mehr vertraute als ihrer Schwester.

»Bei Kopf fährst du an Weihnachten zu Dad, und bei Zahl ich.« So weit war es mittlerweile gekommen, ein Augenblick gespannter Stille, und dann das Klirren einer Fünfundzwanzig-Cent-Münze, die auf Carolines Küchentisch in San José landete.

Die Maschine mit Franny, Kumar und den Jungen an Bord musste eine geschlagene Dreiviertelstunde Warteschleifen drehen, bis sie endlich bei entsetzlichem Wetter am Flughafen Dulles landen konnte – Schneetreiben, pechschwarze Finsternis. Der vierzehnjährige Ravi und sein zwölfjähriger Bruder Amit saßen mit Kopfhörern im Ohr auf dem Rücksitz des Mietwagens und wippten sachte in unterschiedlichem Takt mit dem Kopf. Vom Schlingern des Fahrwerks auf der vereisten Landebahn hatten sich die beiden nicht aus der Ruhe bringen lassen, ebenso wenig wie von den Zuständen auf der Interstate nach Arlington, eine Suppe aus Unfällen und Eis, auf der es nur im Schneckentempo voranging, Autos, die wie geprügelte Hunde in die Vororte zurückschlichen, Feiertagsreisende, die gern pünktlich am Ziel sein wollten, und andere, die dem Festtagstrubel einfach nur entfliehen wollten. Franny rief ihre Mutter an, um ihr zu sagen, dass sie mit dem Essen nicht warten sollten; es ließ sich unmöglich absehen, wie lange sie noch brauchen würden.

»Nehmt euch alle Zeit der Welt«, beruhigte ihre Mutter sie. »Wenn uns der Magen knurrt, essen wir schon mal den Zwiebel-Dip.« Für Ravi, der Herzhaftes bevorzugte, machte sie immer Zwiebel-Dip, und für Amit, der lieber Süßes mochte, einen Karamellkuchen.

»Als hätte meine Mutter jemals Zwiebel-Dip gegessen«, sagte Franny zu Kumar, nachdem sie aufgelegt hatte. Sie schlich mit dem Wagen vorwärts, während Kumar die letzten seiner beruflichen E-Mails abarbeitete. Er arbeitete bei der Großkanzlei Martin and Fox, in der Abteilung Fusionen und Übernahmen. Während seine Frau sich am Steuer durch das Schneetreiben quälte, entwarf er einen Schlachtplan, um seinen Klienten vor einem feindlichen Übernahmeversuch zu retten. Es war nur gerecht. Wären sie jetzt unterwegs zu einem Besuch bei seiner Mutter in Bombay gewesen, hätte sie nicht zu fahren brauchen.

»Ich habe deine Mutter überhaupt noch nie etwas essen sehen«, sagte Kumar, während er gleichzeitig auf seinem Smartphone herumtippte. »Für mich der endgültige Beweis, dass sie eine Göttin ist.«

Beverley und Jack Dine waren bei ihrer Eheschließung beide schon in den Sechzigern: sie Anfang, er Ende sechzig. Kumar kannte Frannys Mutter nur als Ehefrau Jack Dines, die Kaiserin der Arlingtoner Autohäuser, und dementsprechend ungetrübt war das Bild, das er von ihr hatte: glücksverwöhnt und mächtig, ein Quell juwelenfunkelnder Pracht. Kumar hielt seine Schwiegermutter für genau den Menschen, der sie jetzt war, frei von jedem Ballast der Vergangenheit, und dafür liebte Beverley ihn wie einen Sohn.

Jack Dines Haus war einst das Heim eines Senators aus Pennsylvania gewesen, der vier Amtszeiten absolviert hatte. Es war von einer Mauer mit einem Tor umgeben, das bei ihnen allerdings stets offen stand, und zu Weihnachten war die Mauer festlich mit Tannengirlanden und überdimensionierten Kränzen geschmückt. Die kreisförmige Auffahrt war fast ganz mit Autos zugeparkt. Das Haus erstrahlte in festlichem Glanz, hinter allen Fenstern brannte Licht; auch in den Bäumen hingen Lichterketten, und der Schnee fing all dieses Licht auf und illuminierte damit die Welt. Vom Wagen aus konnten sie die vielen Leute sehen, die sich hinter den hohen, schmalen Fenstern drängten wie Puppen in einem riesigen Puppenhaus.

»Schmeißt sie für uns eine Party?«, fragte Amit vom Rücksitz aus. Bei ihrer Großmutter war alles möglich. Sie mussten am Ende der Auffahrt parken, also holten sie ihr Gepäck aus dem Kofferraum und machten sich auf den Weg durch den Schnee.

»Fröhliche Weihnachten!«, sagte Beverley, als sie ihnen die

Tür öffnete. Sie umarmte erst Amit, dann Ravi, und dann beide zusammen, einen Jungen in jedem Arm. Mit ihren achtundsiebzig Jahren ging Beverley locker für fünfundsechzig durch. Sie war noch immer schlank und blond, aber sie übertrieb es nicht. Es war immer noch zu sehen, dass sie ihr Leben als große Schönheit gelebt hatte. Das Haus hinter ihr war brechend voll, Lichterglanz, Tannenzweige und Champagnergläser. Der Weihnachtsbaum im Wohnzimmer reichte bis an die Decke und funkelte, als wäre er über und über mit Diamanten und rosa Saphiren geschmückt. Irgendwo auf der anderen Seite des Hauses spielte jemand Klavier, dazu war das Gelächter von Frauen zu hören.

»Von einer Party hast du uns ja gar nichts erzählt«, sagte Franny.

»Wir geben wie immer eine Weihnachtsparty«, stellte Beverley fest. Sie trug ein elegantes rotes Kleid, dazu eine dreireihige Perlenkette. »Würdet ihr jetzt bitte reinkommen, statt weiter vor der Tür stehen zu bleiben wie ein paar Zeugen Jehovas?«

Kumar und Franny traten mit ihrem Gepäck ins Haus, wo sie sich erst mal den Schnee von den Schultern klopften und aus den Haaren schüttelten. Kumar, den sie auf dem Weg zum Flughafen direkt vom Büro abgeholt hatten, trug wenigstens einen Anzug. Franny und die Jungen aber sahen einfach nur aus wie nach einer solchen Reise zu erwarten, geschafft und ein bisschen zerzaust. Die Jungen hatten Gäste erspäht, die mit Tellern voller Essen vorbeikamen, deshalb ließen sie kurzerhand ihre Taschen fallen und verschwanden in Richtung Büfett. Die Jungen hatten eigentlich immer Hunger.

»Aber es ist noch nicht Heiligabend«, sagte Franny.

»Matthew macht mit seiner Familie über Weihnachten Skiurlaub in Vail, deshalb habe ich die Party dieses Jahr vorverlegt. So war es für alle einfacher. Ja, ich glaube fast, dass ich die Party künftig immer am 22. gebe.«

»Aber du hast uns nichts gesagt.«

Kumar neigte sich zu Beverley vor und gab ihr einen Kuss auf die Wange. »Bezaubernd siehst du aus«, wechselte er das Thema.

»Franny!« Ein großer, beleibter, nicht mehr junger Mann in einer roten Hahnentrittweste kam auf sie zugeeilt und schloss sie überschwänglich in die Arme, schüttelte sie vor und zurück und gab dabei eine Art Gebrumm von sich. »Wie geht's meiner Lieblingsschwester?«

»Das sagt er nur, weil Caroline nicht hier ist«, warf ihre Mutter ein. »Du solltest mal sehen, was er um Caroline jedes Mal für ein Theater macht.«

»Weil Caroline mich kostenlos in Rechtsdingen berät«, sagte Pete.

»Falls dich über die Feiertage jemand verklagt, helfe ich dir gern weiter«, sagte Kumar.

Pete wandte sich Kumar zu und musterte ihn kurz, als müsste er ihn erst einordnen. Dann setzte er ein strahlendes Lächeln auf. »Ach richtig«, sagte er zu Franny. »War mir ganz entfallen, dass er ja auch Anwalt ist.«

»Fröhliche Weihnachten, Pete«, sagte Franny, die schon jetzt das sichere Gefühl hatte, dass sie irgendwann im Lauf des Abends in Tränen ausbrechen würde. Fraglich war nur, wie lange sie sie würde zurückhalten können.

»Pete und seine Familie fahren nach New York, um Katie und das Neugeborene zu besuchen«, sagte Beverley. »Habe ich dir erzählt, dass Katies Baby jetzt da ist?«

»Weihnachten in New York.« Pete lächelte, und beim Anblick seiner Zähne musste Franny an Elfenbein denken, an auf die Größe menschlicher Zähne herabgeschliffene Elefantenstoßzähne. Er trank Eierpunsch aus einer kleinen Kristalltasse. »Kannst du dir das vorstellen? Na, bestimmt. Du bist ja eine Großstadtpflanze. Seid ihr noch in Chicago?«

»Nun lass sie erst mal nach oben gehen, sich etwas frisch

machen«, sagte Beverley zu Pete. »Sie kommen dann gleich wieder. Sie kommen direkt vom Flughafen.«

Aber da tauchte Jack Dine auf, in einer Weste mit Gobelinstickerei, ein springender Hirsch, sehr naturgetreu wiedergegeben. Jack war immer ein stattlicher Mann gewesen, groß und breit, doch inzwischen wirkte er kaum noch größer als seine Frau. »Wer ist das hübsche Mädchen?«, fragte er und zeigte dabei auf Franny.

Beverley legte den Arm um ihren Mann. »Das ist Franny, Jack, meine Franny. Du erinnerst dich.«

»Sie sieht aus wie du«, sagte Jack verwundert.

»Und das ist Kumar. Erinnerst du dich an ihn?«

»Der kann sich ums Gepäck kümmern«, sagte Jack und machte scheuchende Handbewegungen. »Na, wird's bald. Das Gepäck muss hochgebracht werden.«

Kumar ließ sich nichts anmerken und lächelte. Er war ein großzügiger Mensch, und die Jungen hatten die Szene ja nicht miterlebt.

»Jack.« Franny legte ihrem Stiefvater die Hand auf den zittrigen Unterarm. »Kumar ist mein Mann. Wir sind verheiratet.«

Aber Kumar war froh, einen Abgang machen zu können. Dazu war ihm jede Gelegenheit recht. »Sir«, sagte er und nickte knapp. Irgendwie gelang es ihm, ihr gesamtes Gepäck vom Boden aufzulesen. Die Taschen der Jungen hängte er sich kreuzweise um.

»Gehen Sie durch die Küche«, sagte Jack, kaum dass Kumar einen Schritt auf die geschwungene Treppe zu gemacht hatte. Obwohl die schwer pendelnden Taschen eben im Begriff waren, ihn zu überholen, machte er kehrt und schleppte seine Last stattdessen zur Küche. Dort gab es eine schmale Dienstbotentreppe, aus der Zeit, als es in diesem Haus noch Dienstboten gab.

»Die denken, sie könnten einfach so mitten durch die Party

marschieren«, sagte Jack zu Franny, während er Kumar von hinten im Auge behielt. »Da muss man immerzu aufpassen.«

»Das war mein Mann«, wiederholte Franny noch einmal. Drohte ihr etwa die Stimme zu versagen? Jedenfalls hatte sie ein äußerst sonderbares Gefühl in der Kehle.

Jack tätschelte ihr beruhigend die Hand. »Verrate mir, was ich der hübschen Dame zu trinken holen kann.«

»Danke, Jack. Ich möchte erst mal nichts.« Franny hatte gedacht, sie hätte bei dem Münzwurf gewonnen. Als sie hörte, wie die Fünfundzwanzig-Cent-Münze auf Carolines Küchentisch landete, als Caroline ihr eröffnete, dass sie Weihnachten in Virginia verbringen durfte, dachte sie, sie hätte die bessere Option erwischt. Jetzt aber merkte sie, dass sie Sehnsucht nach ihrem Vater hatte, nach ihrem sterbenskranken Vater, der schon fast tot war.

»Ich hole dir einen Eierpunsch.« Mit diesen Worten wandte sich Jack Dine ab und mischte sich wieder unter die Menge.

»Es geht ihm schlechter.« Pete ließ seinen Vater nicht aus den Augen. »Falls dir das nicht aufgefallen sein sollte. Erheblich schlechter. Hat er schon irgendwo Feuer gelegt?«

»Wieso sagst du das?«, fragte Beverley mit tonloser Stimme. Sie liebte Jack Dine, oder hatte ihn jedenfalls geliebt, als er noch der Mensch war, den sie kannte. Seine Söhne dagegen erforderten oft mehr Rücksichtnahme, als sie aufzubringen gewillt war.

»Weil er das früher oder später machen wird«, sagte Pete. Er ließ den Blick über die Menge schweifen, offenbar auf der Suche nach angenehmeren Gesprächspartnern. »Matthew!« Er hob die Hand und winkte seinem Bruder zu. »Sieh nur, Franny ist angekommen!«

Matthew Dines Weste war schwarz, doch er trug eine goldene Uhrkette, von der ein kleines Weihnachtsaccessoire baumelte, eine einzelne rote Glaskugel, mit der er festlicher wirkte als alle anderen Anwesenden. Franny fiel erst jetzt wieder die spezielle Kleidervorschrift ein, die alljährlich für Jack Dines Weihnachtsparty galt. Ein Blick quer durch den Raum förderte das Motto zutage: Die Männer hatten in Westen zu erscheinen und die Frauen in Rot. Matthew umfasste Frannys Hände und begrüßte sie mit einem Kuss auf die Wange. »Du bist ja kaum drei Schritte durch die Tür gekommen«, sagte er in ernstem Tonfall.

Matthew war Franny der Liebste. So ging es allen. »Wo ist Rick?«, fragte sie, mit dem Hintergedanken, dass sie auch gleich alle drei Brüder hinter sich bringen konnte, ehe sie versuchte, sich einen Weg zur Treppe zu bahnen.

»Rick ist beleidigt, keine Ahnung, weswegen«, erklärte Beverley. »Er hat gesagt, er kommt nicht.«

»Der kommt schon noch«, widersprach Matthew. »Laura Lee und die Mädchen sind ja auch schon da.«

Franny kam ein Kinderreim in den Sinn: *Ich ging nach St. Ives im Morgengrauen, und traf 'nen Mann mit sieben Frauen. Jede Frau trug sieben Sack', drin sieben Katzen huckepack.* Es fiel ihr nicht leicht, hier den Überblick zu behalten. Die Dine-Jungen, wie sie noch heute, mit Ende fünfzig, allgemein genannt wurden, kannte sie, ihre Frauen und zweiten Frauen aber brachte sie gern mal durcheinander, ebenso wie ihre Kinder, mitunter zwei verschiedene Sets, manche schon erwachsen und verheiratet, andere noch im Schulalter. *Katzen, Säcke, Frauen.* Es gab Mitglieder der Familie Dine, die sie irgendwie als eine Art Schwester betrachteten, als Cousine, als Tochter, als Tante. Katie Dine aus New York hatte also kürzlich ein Kind bekommen. Sie konnte unmöglich alle Linien in alle Richtungen nachverfolgen: all die Leute, mit denen sie, per Heirat, auf geheimnisvolle Weise verwandt war. Jack Dines erste Frau, Peggy, war bereits vor über zwanzig Jahren verstorben, doch Peggy Dines Schwestern wurden weiterhin alljährlich zu der Party eingeladen, zusammen mit ihren Männern und Kindern und Ehepartnern der Kinder und wiederum deren Kindern – allesamt liebe Gäste! Sie erschienen Jahr für Jahr, standen in dem Haus herum, das einst das Heim ihrer Schwester gewesen war, und registrierten aufmerksam jede noch so kleine Veränderung, während sie sich die von Beverley vorbereiteten Appetithäppchen schmecken ließen – das neue Sofa, die in einer anderen Farbe gestrichenen Wohnzimmerwände, das neue Gemälde mit den Vögeln über dem Kamin, durch all das wurde die Erinnerung an Peggy entweiht, es war eine Schande. Sie hielten es schon kaum aus, wenn irgendwelcher Nippes neu angeordnet war.

Unter den Gästen sprach sich nun langsam herum, dass Beverleys Tochter eingetroffen war; diejenigen, die sie kannten, wollten ihr unbedingt guten Abend sagen, und die anderen, die sie noch nicht kannten, hatten schon so viel von ihr gehört. Matthew neigte sich vor und flüsterte ihr »Bring dich in Sicherheit« ins Ohr.

Franny gab ihrer Mutter einen Kuss. »Bin gleich wieder da«, versprach sie ihr.

Sie wählte den Weg durch die Küche, wo zwei Schwarze in Kellnerkluft – schwarze Hose, schwarze Weste, weißes Hemd, Krawatte – gerade Schinkenbrötchen auf Silbertabletts luden, während ein dritter Mann kunstvoll Garnelen auf einer riesigen Silberplatte anrichtete, rings um eine Kristallschale mit Cocktailsauce herum. Keiner von ihnen blickte auch nur von der Arbeit auf, als sie durch den Raum ging. Falls sie sie bemerkt hatten, verloren sie jedenfalls kein Wort darüber. Über die Dienstbotentreppe ging sie nach oben in das Zimmer, in dem sie und Kumar bei Besuchen immer untergebracht waren. Die Dine-Jungen wohnten alle in der Stadt, alle in wunderschönen eigenen Häusern, sodass selbst an Weihnachten kein Platzmangel im Haus herrschte. Jack Dines Autohaus-Imperium war in drei Sparten aufgeteilt worden, als er sich zur Ruhe setzte: Matthew erhielt die Toyotas, Pete die Subarus und Rick die Volkswagen. Rick, ein notorischer Faulpelz, war außerdem verbittert und beklagte sich oft darüber, wie ungerecht es war, dass Matthew die Toyotas erhalten hatte. Mit Toyota könne niemand mithalten. Besonders um den Prius beneidete er seinen Bruder.

Franny trat leise ins dunkle Zimmer. Ihr Mann hatte sich auf der Tagesdecke ausgestreckt. Sein Anzugsakko nebst Krawatte hing auf einem Bügel im Schrank, seine Schuhe standen unter dem Bett. Kumar war immer ordentlich gewesen, auch während ihrer gemeinsamen Studienzeit schon. Sie ließ ihren Mantel und den Schal achtlos zu Boden fallen, streifte ihre Schneestiefel ab.

»Ich könnte mich jetzt selbst bedauern«, sagte er leise, ohne die Augen zu öffnen, während er mit auf dem Bauch gefalteten Händen dalag. »Aber ich habe eher Mitleid mit dir.«

»Danke«, sagte sie und kroch quer über die riesige Matratze, um sich neben ihn zu legen.

Er legte den Arm um sie, drückte ihr einen Kuss aufs Haar. »Manch anderes Paar würde jetzt miteinander schlafen.«

Franny lachte und schmiegte das Gesicht an seine Schulter. »Ein Paar zum Beispiel, dessen Kinder nicht jeden Augenblick ins Zimmer platzen könnten.«

»Ein Paar, dessen Gastgeber den Schwiegersohn nicht am liebsten wegen Rassenschande abknallen würde.«

»Es tut mir wirklich leid«, sagte Franny.

»Deine arme Mutter. Die muss ich auch bedauern.«

Franny seufzte. »Ja. Ich weiß.«

»Lass dir die Party trotzdem nicht verderben«, sagte er. »Ich bin zu feige, noch mal mit dir runterzugehen. Aber du musst.«

»Ich weiß.«

»Sag den Jungen Bescheid, sie sollen mir einen Teller Essen nach oben bringen, ja?«

Franny schloss die Augen und nickte an seiner Brust.

Wäre es nach Kumar gegangen, würden sie jedes Jahr kurz vor Thanksgiving auf die Fidschi-Inseln reisen und erst nach Neujahr zurückkommen, wenn das ganze Weihnachtstamtam wieder vorbei war. Sie würden mit den Fischen schwimmen und am Strand liegen und Papaya essen. Wenn sie die Fidschi-Inseln mal satthatten, könnten sie nach Bali, Sydney oder sonst wohin reisen, Hauptsache, Sonne, Meer und Sandstrand und ein Name, der ebenso viele Vokale wie Konsonanten enthielt.

»Und was ist mit der Schule?«, wandte Franny ein.

»Schaffen wir es nicht, die beiden sechs Wochen im Jahr selbst zu unterrichten? Es wären ja nicht mal volle sechs Wochen. Die Wochenenden und Feiertage würden wir abziehen.«

»Und deine Arbeit?«

Hier warf Kumar ihr dann immer einen finsteren Blick zu, mit grimmig nach unten gezogenen Augenbrauen. »Lass mich doch einfach mal meine Luftschlösser bauen.«

Kumars erste Frau, Sapna, war vier Tage nach Amits Geburt am Pearl Harbour Day gestorben, dem 7. Dezember. Mitten in der Vorweihnachtszeit also. Amit selbst erinnerte daran, wie lange das her war; er war nun zwölf. Sapna war zehn Jahre jünger gewesen als Kumar.

»Und zehn Jahre liebenswürdiger«, wie er an Geburtstagen immer zu ihr zu sagen pflegte. »Zehn Jahre nachsichtiger.« Und durch ihre Lebensfreude konnte Sapna tatsächlich recht unkompliziert wirken, obwohl sie wahrscheinlich nicht weniger kompliziert war als alle anderen Menschen. »Es ist keine Schande, glücklich zu sein«, sagte sie gern. Sie liebte ihren Mann, sie liebte ihre Söhne. Sie war überglücklich, dem nördlichen Michigan entronnen zu sein. Sie und Kumar hatten in Chicago ein gutes Leben, so stressig und eisig kalt es mitunter auch sein mochte. Auch ihre zweite Entbindung hatte sie problemlos überstanden. Nun waren sie alle glücklich zu

Hause vereint. Ravi, eben zweieinhalb, schlief gerade. Sapna saß mit dem Säugling im Arm auf dem Sofa. Sie blickte Kumar direkt an und sagte: »Wie merkwürdig.« Dann fielen ihr die Augen zu.

Bei der Obduktion stellte sich heraus, dass sie an einer genetisch vererbten Herzschwäche litt – Long-QT-Syndrom. In Anbetracht dessen grenzte es an ein Wunder, dass sie nicht schon nach Ravis Geburt gestorben war. Aber solche Ausnahmen kamen vor. Die Betroffenen führten mitunter ein langes Leben ohne Beschwerden, ohne zu ahnen, welches Schicksal ihnen erspart geblieben war. Bei Tests an ihren Angehörigen wurde bei ihrer Mutter dasselbe Gen festgestellt, und auch bei ihrer Schwester.

»Bei den meisten Menschen auf diesem Planeten«, hatte Fix gesagt, »liegt das, was sie schließlich umbringen wird, bereits in ihnen auf der Lauer.«

Nicht ganz ein Jahr nach dem Tod seiner Frau war Franny im Palmer House an Kumars Tisch gekommen und hatte gefragt, was er gern trinken würde.

»Mein Gott.« Er sah sie an und schien fassungslos. »Du hier? Sag mir nicht, dass du immer noch hier arbeitest.«

Kumar, dachte sie. Wie hatte sie Kumar vergessen können? »Nur hin und wieder mal, am Wochenende«, sagte sie und begrüßte ihn mit einem Kuss auf die Wange. »Ich habe noch einen richtigen Job, hier an der Uni, in der Fachbibliothek der juristischen Fakultät, aber die Bezahlung ist miserabel. Und ich arbeite gern hier.«

Kumar war in der Bar mit einem Klienten verabredet, mit dem er später essen ging. »Ich biete dir hiermit einen Job an«, sagte er. »Ganz offiziell. Du kannst Montag anfangen. Ein Job, bei dem du mehr verdienen kannst als bei deinen beiden Jobs zusammen.«

Franny lachte. Kumar hatte sich kein bisschen verändert. »Und was müsste ich da machen?«

»Wertfeststellungsverfahren«, erwiderte er. »Du müsstest für mich Finanzunterlagen kompilieren, für eine geplante Fusion.«

»Ich habe doch mein Jurastudium nie beendet.«

»Ich weiß aber, wie weit du im Studium gekommen bist. Wir brauchen jemand Zuverlässiges. Das hier ist dein Vorstellungsgespräch. Und schwupps, du bist eingestellt.«

Da kam ein großgewachsener Mann, dunkelhäutig, in einem anthrazitgrauen Anzug an den Tisch, und Kumar erhob sich, um ihn zu begrüßen. »Darf ich vorstellen, eine neue Mitarbeiterin«, erklärte er, während er auf Franny deutete. »Franny Keating. Heißt du noch Keating?«

»Sehr erfreut, Franny Keating«, sagte sie und reichte dem Mann die Hand.

Später erzählte Kumar gern, dass er sich alles schon an Ort und Stelle überlegt hatte: Er würde Franny heiraten und damit alle Probleme lösen, bis auf jene, die unlösbar waren. Als sie jung waren, war er heimlich in sie verliebt – wenn nicht schon in dem Jahr, als sie bei ihm wohnte, dann auf jeden Fall später, nachdem sie mit Leo Posen auf und davon war. Sofern sie nicht anderweitig vergeben war, sah er keinen Grund, warum er sie nicht wieder lieben könnte. Das Problem war der Zeitmangel. Sapnas Eltern waren seinerzeit aus Michigan angereist, um sich nach Amits Geburt um Ravi zu kümmern, und nach fast einem Jahr waren sie immer noch da. Die Arbeit, die Kinder, sein Leben und natürlich die Trauer, die ihn nach wie vor belastete – kurzum, Kumar war jeden Tag so eingespannt, dass ihm keine freie Minute blieb. Seine geniale Lösung bestand darin, Franny bei sich einzustellen, da für normales Dating in seinem Leben kein Platz war. Und auf Dating war er bei ihr auch nicht aus, er wollte sie gern heiraten. Wenn sie bei ihm in der Kanzlei anfing, würden sie sich fast jeden Tag sehen. Könnten sich ganz beiläufig besser kennenlernen, im Aufzug oder beim Austausch von Akten. So könnte er vorab sicherstellen, dass seine spontane Idee mehr war als ein Hirngespinst, ehe er ihr sein Leben und seine Kinder anvertraute.

Abgemacht, dachte er, als er ihr zum Abschied seine Visitenkarte reichte. Damit wäre alles unter Dach und Fach.

In der Bar lief all die Jahre später noch immer dasselbe Tonband, oder zumindest eines mit einer bemerkenswert ähnlichen Musikauswahl. Heute hätte Franny darüber gelacht, wie kolossal ihr dieses Tonband früher auf die Nerven gegangen war. Inzwischen nahm sie es gar nicht mehr wahr. Doch als Kumar eben mit seinem Klienten die Bar verließ und sie seine Karte in ihre Schürzentasche steckte, drang Ella Fitzgeralds Stimme an ihr Ohr, ganz leise nur, als wäre es bloß ein Gedanke in ihrem Hinterkopf:

There's someone I'm trying so hard to forget,
Don't you want to forget someone too?

Während sie nun in dem dunklen Zimmer im Haus ihrer Mutter lag, versuchte Franny sich eine Welt vorzustellen, in der Sapna noch am Leben war. Vielleicht wären Franny und Kumar sich eines Tages noch mal über den Weg gelaufen, in einer Buchhandlung etwa, hätten lachend hallo gesagt und ein paar Worte gewechselt, aber geheiratet hätte sie ihn sicher nicht und wäre damit auch nie die Mutter seiner Söhne geworden. Wenn Sapna hätte am Leben bleiben können, dann hätte Beverley doch auch mit Fix verheiratet bleiben können, dann gäbe es heute keinen Jack Dine, keine Stiefbrüder Dine und auch keine Weihnachtsparty in Virginia. Es gäbe allerdings auch keine Marjorie, und das wäre wirklich ein Verlust, bei all der Liebe, die Marjorie ihrem Vater geschenkt hatte. Aber vielleicht wäre dann Bert auch weiter mit Teresa zusammengeblieben, und fünfzig Jahre später hätte er ihr das Leben retten können, indem er darauf bestand, dass sie rechtzeitig einen

Arzt konsultierte. Cal wäre niemals ins Visier der Biene geraten, die in dem hohen Gras unweit vom Pferdestall auf ihn lauerte, zu Hause bei Berts Eltern. Er hätte noch jahrelang weiterleben können, aber wer weiß, vielleicht wäre ihm irgendwann anderswo eine andere Biene zum Verhängnis geworden? Wäre Cal am Leben geblieben, hätte Albie nie seine Schule in Brand gesteckt, der Vorfall, dessentwegen er nach Virginia geschickt wurde; wobei er aber ohnehin nicht nach Virginia gekommen wäre, weil Bert ja weiter in Kalifornien gelebt hätte. Wie sich die Zukunft so vieler Menschen ohne die Verstrickungen der Vergangenheit hätte entwickeln können, vermochte Franny im Halbschlaf kaum zu überblicken, dort auf dem Bett an der Seite ihres Mannes. Ohne Bert hätte Franny nie Jura studiert. Sie hätte ihren Master in Anglistik gemacht und wäre Kumar überhaupt nie begegnet. Sie hätte auch nie hier in Chicago in der Hotelbar des Palmer House Hotel gekellnert und damit auch Leo Posen niemals kennengelernt, der vor einer Ewigkeit dort an der Bar saß und über ihre Schuhe redete. Das war der Ort, an dem Frannys Leben begann, als sie sich über den Tresen beugte, um ihm Feuer zu geben. Bei allem, was hätte gewonnen werden können und was verloren gegangen wäre, war es vor allem der Gedanke, dass sie Leo nie kennengelernt hätte, den sie unerträglich fand.

Kumar war inzwischen eingeschlafen, seinen tiefen, langsamen Atemzügen nach zu urteilen. Sie stand leise auf und zog sich im Dunkel um, nachdem sie ihr Kleid und die Schuhe aus dem Koffer gesucht hatte.

Als sie über die Dienstbotentreppe nach unten in die Küche kam, stand ihre Mutter da und richtete am Tisch ganz allein Petit Fours auf einem Tablett an.

»Aber es gibt doch Leute hier, die dir das abnehmen könnten«, sagte Franny.

Ihre Mutter blickte auf und lächelte erschöpft. »Ich wollte mal eine Weile für mich sein.«

Franny nickte und setzte sich an den Tisch.

»Theoretisch scheint diese Party immer so eine gute Idee zu sein«, sagte Beverley. »Aber wenn es dann so weit ist, frage ich mich jedes Mal, warum ich mir das antue.«

Sie konnten die Gäste hören, gleich nebenan, ihre nach Eierpunsch und Champagner schon recht ausgelassenen Stimmen. Der Pianist spielte jetzt etwas Schnelleres, eine verjazzte Version von *The Twelve Days of Christmas* möglicherweise, Franny war sich nicht ganz sicher. Zwölf Tage, dachte sie, sie hätte sich längst umgebracht, ehe sie je bei den fünf goldenen Ringen angelangt wäre.

Beverley nahm die letzten der winzigen Küchlein aus der Schachtel, rosa und gelb und weiß, jedes verziert mit einer kleinen Marzipanrose. »Rick ist übrigens doch noch aufgetaucht«, sagte sie, während sie das Gebäck in Diamantform anordnete. »Jetzt besäuft er sich.«

»Matthew hat ja gesagt, dass er kommen würde.«

»Alle drei auf einmal sind mir zu viel«, sagte Beverley. »Für sich genommen sind die Jungs in Ordnung, na ja, so im Großen und Ganzen. Aber wenn sie zusammen sind, haben sie immer eine Agenda. Sie haben jede Menge Pläne: was ich mit Jack machen soll, wie ich es mit dem Haus halten soll. Unmöglich. Ohne jedes Gespür dafür, was für Themen bei einer Weihnachtsparty völlig deplatziert sind. Keine Ahnung, wie es in der Zukunft weitergeht. Keine Ahnung, warum sie mich ständig damit löchern. Weißt du vielleicht, was die Zukunft bringen wird?«

Franny nahm sich ein Petit Four, hellgelb wie ein ganz kleines Küken, und ließ es komplett im Mund verschwinden. Besonders gut schmeckte es nicht, aber es war so hübsch, dass es darauf nicht ankam. »Null Ahnung«, sagte sie.

Beverley sah ihre Tochter an, mit einem Blick voller Liebe und Zuneigung. »Ich wollte immer schon zwei Mädchen haben«, sagte sie. »Und genau die habe ich auch bekommen.

Dich und deine Schwester. Die Kinder anderer Leute sind mir zu schwierig.«

Wäre ihre Mutter nicht so bildhübsch gewesen, wäre all das nie geschehen. Aber daraus konnte man ihr wohl schlecht einen Vorwurf machen. »Ich stürze mich mal ins Getümmel.« Franny stand auf.

Ihre Mutter begutachtete kritisch ihr Werk mit den Küchlein. »Ich werde sie nach Farben sortieren.« Damit fegte sie die Petit Fours komplett vom Tablett herunter. »Das würde mir, glaube ich, besser gefallen.«

Franny fand Ravi und Amit im Freizeitraum im Keller vor, wo sie sich auf einem riesigen Fernseher den Film *Matrix* ansahen.

»Der ist erst ab achtzehn«, sagte sie.

Die Jungen sahen sie an. »Nur wegen der Gewaltszenen«, beruhigte Ravi sie. »Sex kommt keiner vor.«

»Und es ist Weihnachten«, ergänzte Amit, wohl mit dem Hintergedanken, dass man sich da was wünschen durfte.

Franny stand hinter ihnen und verfolgte kurz, wie die Männer in den langen schwarzen Mänteln sich akrobatisch nach hinten bogen, um nicht von Kugeln durchsiebt zu werden, und sich dann wieder aufrichteten. Falls sie davon Albträume bekamen, war es eh schon passiert.

»Hast du den schon mal gesehen, Mama?«, fragte Amit.

Franny schüttelte den Kopf. »Ist mir zu gruselig.«

»Ich schlafe gern bei dir im Zimmer«, bot ihr Jüngster an, »wenn du davon schlecht träumst.«

»Lass uns weitergucken«, sagte Ravi. »Bitte. Sonst erfahren wir nie, wie es ausgeht.«

Franny verfolgte das Geschehen noch ein, zwei Minuten lang. Sie hatte richtig vermutet, es war ihr wohl tatsächlich zu gruselig. »Euer Vater schläft gerade«, sagte sie dann. »Wartet noch eine Weile und bringt ihm dann einen Teller mit Essen hoch, in Ordnung?«

Sie nickten eifrig, überglücklich über ihren kleinen Sieg.

»Und sagt ihm nichts von dem Film.«

Franny ging wieder ins Erdgeschoss und drehte eine komplette Runde durch den Raum, aber sie erkannte kaum Gesichter wieder. Sie lebte nicht mehr in Arlington, seit sie damals ans College gegangen war. Die Frauen von Jack Dines drei Söhnen wollten sich unbedingt alle mit ihr unterhalten, aber miteinander möglichst nicht. Die Frau des Sohns, den sie am liebsten mochte, war ihr zutiefst unsympathisch, während sie mit der Frau des Sohns, den sie nicht ausstehen konnte, am besten auskam. Interessanterweise war die Frau des farblosesten Sohns, den sie mitunter von Treffen zu Treffen nicht wiedererkannte, ihrerseits die farbloseste der drei Frauen. Wobei »interessant« wohl das falsche Wort war.

Irgendwann später am Abend, während die Party weiter in vollem Gang war, fand Franny sich allein in der Eingangshalle wieder. Und dort fiel ihr ihre Handtasche ins Auge, unten am Boden, halb hinter dem Schirmständer. Sie war ihr wohl runtergefallen, als sie nach der Ankunft ihr Gepäck hier abstellten. Sie hob die Tasche auf und verließ dann, ohne lange nachzudenken, das Haus.

Das Kleid, das sie für die Party mitgebracht hatte, die Party, die ihres Wissens erst zwei Tage später hätte steigen sollen, war nicht rot. Es war ein Kleid aus dunkelblauem Samt mit langen Ärmeln, völlig unzureichend als Schutz gegen die Kälte, und auch ihre Schuhe waren absolut nicht schneetauglich. Aber das machte nichts. Sie hatte die Party nun verlassen, sich davongestohlen, nachdem sie von allen gesehen worden war. »Wo ist denn Franny?«, würde es heißen, und dann käme die Antwort: »In der Küche, glaube ich. Ich habe sie eben noch nebenan gesehen.«

Auf allen Autos lag Schnee, und ihres war ein Mietwagen, noch dazu bei Dunkelheit angemietet. Welche Farbe es hatte, war ihr schleierhaft, weil sie es nie richtig gesehen hatte. Es war ein SUV, daran erinnerte sie sich, aber hier vorm Haus standen nur SUVs, als wären SUVs, wie die Westen für Männer, eine Art Bedingung, die auf der Einladung stand. Sie stapfte bis ans Ende der etwas abschüssigen Abfahrt, und als sie das Gefühl hatte, sich in ungefährer Nähe des Fahrzeugs zu befinden, betätigte sie die Taste am Funkschlüssel. Gleich links von ihr ertönte ein akustisches Signal, und die Scheinwerfer gingen an. Nachdem sie den lockeren Schnee von den Scheiben gewischt hatte, stieg sie ein. Sobald sie die Heizung in Gang gebracht hatte, rief sie Bert an.

»Ich dachte, ich komme mal Hallo sagen, wenn es noch nicht zu spät ist.« Sie schlug einen beiläufigen Tonfall an, um ihre Aufregung zu kaschieren.

Bert blieb immer lange auf. Sie hatte ihn aktiv davon abbringen müssen, nach zehn Uhr abends immer noch bei ihr anzurufen. »Wunderbar!«, gab er zurück, als hätte er auf genau diesen Anruf gewartet. »Aber fahr vorsichtig bei dem Schnee.«

Bert wohnte weiter in dem Haus, in dem er und Beverley zusammen gewohnt hatten; das Haus, in dem sie und Caroline ihre Highschool-Jahre verlebt hatten und wo Albie ein Jahr bei ihnen verbracht hatte, als Caroline bereits weg war. Es war nicht allzu weit entfernt, vielleicht fünf Meilen von dem Haus, in dem Beverley mit Jack Dine wohnte. Aber in Arlington konnte man von jemandem gerade mal fünf Meilen entfernt leben, ohne dem Betreffenden je wieder über den Weg zu laufen.

Er erwartete sie schon auf der Veranda, vor der offenen Haustür, als sie auf der Straße haltmachte, im Mantel, den er sich gegen die Kälte übergezogen hatte. Bert war natürlich genauso älter geworden wie alle anderen, aber der Alterungsprozess verlief bei jedem Menschen anders. Als sie durch den dunklen Vorgarten aufs Haus zuging, fand Franny jedenfalls, dass Bert Cousins im hellen Schein der Verandalampe noch ganz so aussah wie er selbst.

»Der Geist der vergangenen Weihnacht«, sagte er zur Begrüßung, als sie einander umarmten.

»Ich hätte vorher anrufen sollen«, sagte Franny. »Tut mir leid, es war alles etwas kurzfristig.«

Bert bat sie nicht ins Haus und ließ sie auch nicht los. Stand einfach nur da und drückte Franny an sich. Für ihn blieb sie immer das Baby, das er bei der Tauffeier bei Fix Keating herumgetragen hatte, das hübscheste Baby, das ihm je untergekommen war. »Ach, damit kann ich leben«, sagte er.

»Los, gehen wir rein«, sagte sie. »Ich friere.«

Im Haus schlüpfte sie aus ihren Schuhen.

»Nach deinem Anruf hab ich ein Feuer im Kamin gemacht. Es brennt noch nicht so richtig, aber das wird schon.«

Franny erinnerte sich noch immer gut daran, wie sie dieses Haus zum ersten Mal betreten hatte, mit ungefähr dreizehn. Das Kaminzimmer gab seinerzeit den Ausschlag, warum sie sich für dieses Haus entschieden hatten; der Kamin, groß genug für einen richtigen Hexenkessel, mit der steinernen Ofenbank davor, dazu das durchgehende Fenster mit dem Swimmingpool direkt davor. Damals fühlte sie sich wie in einem Palast. Eigentlich Wahnsinn, dass Bert immer noch hier wohnte, für eine Person war das Haus viel zu groß. An diesem Abend aber war Franny dankbar dafür, dass er es noch hatte; weil sie auf die Weise das Gefühl hatte, nach Hause zu kommen.

»Ich werde dir erst mal einen Drink machen«, sagte er.

»Vielleicht lieber einen Tee«, erwiderte sie. »Ich muss ja noch fahren.« Sie stieg auf die Ofenbank und dehnte die bestrumpften Zehen auf den warmen Steinen. Im Winter kamen sie und Albie, damals auf der Highschool, immer spätabends nach unten und öffneten den Rauchabzug, wenn es zu kalt war, um zum Rauchen ins Freie zu gehen. Dann beugten sie sich mit ihren Zigaretten in den Kamin vor und bliesen den Rauch nach oben in den Schornstein. Dazu tranken sie Berts Gin und entsorgten die leeren Flaschen hinterher in den Mülleimer in der Küche, ohne je dafür zur Rede gestellt zu werden. Sofern ihren Eltern der schwindende Bestand in der Hausbar jemals auffiel, oder auch die leeren Flaschen, die immer öfter im Müll landeten, erwähnten sie es jedenfalls nie.

»Gönn dir einen Drink, Franny. Es ist Weihnachten.«

»Nein, es ist der 22. Dezember. Wieso erzählen mir alle ständig, es wäre Weihnachten?«

»Einen Bardamen-Gin Tonic?«

Franny sah ihn an. »Na gut. Einen Bardamen-Gin Tonic.« Bert hatte ihr diesen Trick als junges Mädchen gezeigt, als sie bei den Partys ihrer Eltern gern Barkeeperin spielte. Wenn ein Gast bereits betrunken war, sollte sie ein Glas mit Tonic und Eis füllen und zum Schluss nur einen Hauch Gin dazugeben, der eben die Drink-Oberfläche bedeckte. Der erste Schluck hätte es dann in sich, erklärte Bert ihr, und nur darauf kam es an. Weil für Trinker immer nur der erste Schluck zählte, danach passten sie nicht mehr auf.

»Wenn du später einen im Tee hast, kannst du in deinem alten Zimmer schlafen.«

»Unbedingt. Meine Mutter wäre entzückt.« Es war immer knifflig, ein Treffen mit Bert zu bewerkstelligen. Beverley selbst mochte ihm inzwischen verziehen haben, aber dass Franny und Caroline ihm ebenfalls verzeihen könnten, dafür hatte sie kein Verständnis.

»Wie geht's deiner Mutter?« Bert reichte Franny ihren Drink, und der erste Schluck, Gin pur, war genau goldrichtig.

»Meine Mutter ist ganz die Alte«, sagte Franny.

Bert presste die Lippen zusammen und nickte dann. »Alles andere hätte mich auch überrascht. Aber mit dem alten Jack Dine soll's rapide bergab gehen, wie ich höre. Dass sie mit ihm ganz schön ihre Mühe hat. Kein schöner Gedanke, dass sie sich mit so etwas rumschlagen muss.«

»Ja. Aber früher oder später bleibt uns allen das nicht erspart.«

»Vielleicht rufe ich sie mal an. Einfach um zu hören, wie es ihr geht.«

Oh, Bert, dachte Franny. Lass es sein. »Und du?«, fragte sie. »Wie geht's dir so?«

Bert hatte sich nun selbst einen Drink gemacht, einen Gin mit einem Spritzer Tonicwater obendrauf, vielleicht als Gegengewicht zu ihr, und ließ sich auf der Couch nieder. »Gar nicht so übel, für einen alten Mann. Ich komme noch ganz schön rum. Hättest du erst morgen angerufen, hättest du hier niemanden erreicht.«

Franny stocherte mit dem Schürhaken in den Holzscheiten, damit das Feuer besser brannte. »Wo bist du denn morgen?«

»In Brooklyn.« Franny drehte sich mit dem Schürhaken in der Hand zu ihm um, und er strahlte übers ganze Gesicht. »Jeanette hat mich zu Weihnachten eingeladen. Ich steige in einem Hotel ab, zwei Blocks von ihnen entfernt. Ist ganz akzeptabel. Ich hab sie schon ein paar Mal besucht.«

»Das klingt ja nett.« Franny erhob sich und kam hinüber, um sich neben Bert auf die Couch zu setzen. »Freut mich für dich.«

»Wir verstehen uns immer besser, die letzten paar Jahre. Ich stehe auch in E-Mail-Kontakt mit Holly. Ich könne sie jederzeit in der Schweiz besuchen, schreibt sie, in diesem Haus, in dem sie lebt, dieser Kommune. Aber ich schreibe ihr dann, dass ich mich lieber mit ihr in Paris treffen würde. Paris, das scheint mir ein guter Kompromiss zu sein. Paris gefällt allen. Ich war mit Teresa dort, in unseren Flitterwochen. Wie lang ist das jetzt her? Fünfundfünfzig Jahre? Ich glaube, ich muss mal wieder hin.« Dann hielt er kurz inne. »Du warst doch drüben in Kalifornien, oder, als Teresa gestorben ist? Ich meine, Jeanette hätte mir das erzählt.«

»Caroline und ich haben sie ins Krankenhaus gebracht. Wir waren bei Dad.«

»Das war lieb von euch.«

Franny zuckte mit den Schultern. »Ich konnte sie schlecht sich selbst überlassen.«

»Wie geht's deinem Dad?«

Beim Gedanken an ihren Vater schüttelte Franny den Kopf. *Wie geht's dem alten Bert?*, pflegte Fix immer zu fragen. »Theoretisch würde ich sagen, er macht's nicht mehr bis Silvester. Aber da würde ich mich garantiert irren.«

»Dein Vater ist ein zäher Bursche.«

»Ja, das ist er«, bestätigte Franny, während sie an die Waffe in seinem Nachttisch dachte und daran, wie sie ihm diesen Gefallen verweigert hatte, als er sie darum bat. Sie hatte sich schon Schlimmeres zuschulden kommen lassen. Die Waffe hatte sie später in Santa Monica zur Polizei gebracht und abgegeben, mitsamt den Kugeln.

»Ich werde dir noch einen Hauch Gin nachschenken«, sagte Bert.

»Aber nur einen Hauch«, betonte Franny und reichte ihm ihr Glas. Sie war nicht betrunken und merkte daher, dass in ihrem Tonic kein Gin mehr war. Leider.

»Na komm. Das war doch kaum ein Fingerhut voll bisher.« Bert ging zu der Bar auf der anderen Seite des Zimmers.

»Übertreib's bloß nicht.«

»Ich weiß noch, wie ich deinen Vater wiedergesehen habe, am Tag nach der Taufe«, sagte Bert. »Es war im Gericht. Keine Ahnung, vielleicht habe ich ihn laufend gesehen und wusste es vorher bloß noch nicht, aber an dem Montag ist er schnurstracks auf mich zugekommen und hat mir die Hand gedrückt, gesagt, es hätte ihn gefreut, dass ich da war. ›Freut mich, dass Sie es geschafft haben, zu Frannys Taufe zu kommen‹, das waren seine Worte.« Er reichte Franny ihren Drink.

»Das ist lange her, Bert.«

»Trotzdem«, sagte er. »Es bedrückt mich, dass er nun so schwer krank ist. Gegen deinen Vater hatte ich nie etwas.«

»Hörst du auch mal von Albie?«, fragte sie, um das Thema zu wechseln. Die Frage hätte sie auch Albie stellen können, aber irgendwie scheute sie davor zurück. Über Bert sprachen sie nie. Auch schon vor all den Jahren nicht, als sie hier unter einem Dach wohnten.

»Nicht so oft. Hin und wieder versucht's mal einer von uns, aber so richtig wird nie was draus. Albie hat sehr an seiner Mutter gehangen, weißt du. So ist das immer – Mädchen halten zu ihrem Vater, Jungen zur Mutter. Er hat mir, glaube ich, nie verziehen, dass ich seine Mutter verlassen habe.« Für Bert war die Vergangenheit immer präsent, und so ging er davon aus, dass alle anderen auch in diesen Kategorien dachten.

»Du solltest ihn anrufen. Gerade an den Feiertagen ist es schwer für ihn, jetzt, wo Teresa nicht mehr lebt.« Franny dachte an ihren eigenen Vater, daran, wie es ihr wohl gehen würde, nächstes Jahr um diese Zeit.

»Ich rufe ihn an Weihnachten mal an«, sagte er. »Von Jeanette aus.«

Franny hätte ihn am liebsten darauf hingewiesen, dass es in Kalifornien drei Stunden früher war und er seinen Sohn noch heute Abend anrufen könnte, oder sogar jetzt gleich, warum nicht. Aber Bert würde Albie nicht anrufen, und es hatte keinen Sinn, ihm deswegen jetzt ein schlechtes Gewissen zu machen. Sie setzte das Glas an und trank ihren zweiten Schluck Gin, gefolgt von der prickelnden Süße des Tonicwaters, bis nur noch das Eis und die Limettenscheibe im Glas waren. »Tja, ich wollte, ich könnte noch bleiben«, sagte sie, und irgendwie stimmte das sogar. Sie wäre gern nach oben gegangen, in ihr altes Zimmer, um sich dort auf ihr Bett zu legen. Aber wie hoch standen die Chancen, dass ihr Bett noch dort war?

Bert nickte. »Ich weiß. Freut mich, dass du überhaupt vorbeigekommen bist. Das weiß ich wirklich zu schätzen.«

»Um wie viel Uhr geht dein Flug morgen?«

»Ganz früh«, sagte er. »So gerate ich nicht in den Feiertagsverkehr.«

Franny stand auf und umarmte ihren Stiefvater. »Frohe Weihnachten.«

»Ja, frohe Weihnachten«, sagte Bert, und als er einen Schritt zurücktrat, hatte er feuchte Augen. »Fahr schön vorsichtig jetzt. Deine Mutter würde mich umbringen, wenn dir irgendwas passiert.«

Franny lächelte und gab ihm einen Kuss, während ihr durch den Kopf ging, dass Berts Weltbild noch immer auf der Überlegung beruhte, was Beverley ihm verzeihen könnte oder eben nicht. Sie schlüpfte an der Haustür in ihre Schuhe und trat dann in den Schnee hinaus. Im Haus schaltete Bert gerade die Lichter aus, und sie blieb eine Weile dort auf der Veranda stehen und sah dabei zu, wie die Schneeflocken auf ihren Ärmeln aus blauem Samt landeten.

Sie musste an den Abend denken, als sie Albie nirgendwo finden konnte. Bert war unten in seinem Arbeitszimmer, er hatte zu tun, und ihre Mutter saß in der Küche, beschäftigt mit Aufgaben für ihren Französischkurs. Sie hatten längst zu Abend gegessen. Es schneite genau wie jetzt, und im Haus war es vollkommen still. Franny fragte sich, wo Albie steckte. Um diese Zeit kam er sonst immer in ihr Zimmer, um Hausaufgaben zu machen oder mit ihr zu quatschen, statt Hausaufgaben zu machen. Sie lag auf ihrem Bett und las *The Return of the Native* von Thomas Hardy, für ihren Englisch-Leistungskurs. Sicher, er kam nicht jeden Abend vorbei, aber wenn er nicht bei ihr war, konnte sie ihn normalerweise hören; wenn bei ihm der Fernseher lief oder wenn er umherging. Sie lauschte noch eine Weile weiter, dann legte sie schließlich ihr Buch beiseite und machte sich auf die Suche nach ihm. Er war nicht in seinem Zimmer, nicht im Bad, nicht im Kaminzimmer und auch nicht im Wohnzimmer, wo er sich aber ohnehin nie aufhielt. Als sie im Haus soweit überall nachgesehen hatte, ging sie in die Küche.

»Wo ist denn Albie?«, fragte sie ihre Mutter.

Ihre Mutter schüttelte den Kopf und gab einen kleinen Laut von sich, der so viel bedeutete wie »keine Ahnung«. Französisch sollte sie im Übrigen nie richtig lernen.

»Wenn du ihn siehst, könntest du mir Bescheid geben?«

Ihre schöne Mutter sah nun doch kurz von ihrem Lehrbuch auf, aus Verlegenheit vielleicht, und nickte. »Klar«, sagte sie.

Bei Bert anzuklopfen und ihn zu fragen, ob er Albie gesehen hatte, oder sogar nachzusehen, ob er bei ihm im Arbeitszimmer war, das kam Franny nicht in den Sinn. Keine Sekunde lang.

Stattdessen ging sie durch die Hintertür aus dem Haus. Sie trug noch ihre Schuluniform: karierter Rock und Kniestrümpfe, Schnallenschuhe, weiße Bluse, darüber ein Sweatshirt. Ihre Mutter sagte ihr nicht, sie solle einen Mantel anziehen, und fragte auch nicht, wo sie hinwollte, wie sie es noch vor wenigen Jahren getan hätte, wenn Franny an einem Abend wie diesem, während es schneite, das Haus durch die Hintertür verlassen hätte. Ihre Mutter war völlig in einem Meer von unregelmäßigen Verben versunken.

Franny sah in der Garage nach, aber auch dort war Albie nicht. Sie ging einmal ganz ums Haus herum und versuchte es dann auf der Straße. Ging zwei Häuser weiter in die eine Richtung und drei Häuser in die andere, während sie im Schnee Ausschau nach Fahrradspuren hielt. Aber Fehlanzeige, es war nichts zu entdecken außer ihren eigenen Fußspuren, die in alle Richtungen führten. Ihr wurde nun langsam kalt, und ihr Haar war zunehmend durchnässt vom Schnee. Allmählich machte sie sich Sorgen, aber nur ein wenig. Weil sie dachte, dass sie ihn schon finden würde. Sie entschied, umzukehren, um im Haus ihren Mantel anzuziehen, und als sie die Auffahrt hochkam, sah sie ihn, nur ein kleines Stück seines Kopfs, hinter den Buchsbäumen neben der Haustür. Er war in seinen roten Schlafsack eingehüllt und starrte zum Schnee hoch.

»Albie?«, fragte sie. »Was machst du denn da?«

»Frieren«, sagte Albie.

»Ja, das muss doch nicht sein. Komm mit rein.« Sie stapfte über den weichen Schnee, der den Rasen bedeckte, bis sie direkt vor ihm stand.

»Ich bin zu high«, sagte er.

Jede Straßenlaterne, jede Verandalampe war von einem weichen Hof aus Schnee umgeben. Ansonsten war es überall dunkel. »Merkt doch keiner.«

»Doch, das merken sie«, sagte er. »Weil ich echt high bin.«

»Hier draußen kannst du doch nicht bleiben.« Franny fing langsam an zu zittern und fragte sich, warum sie bloß ohne Mantel rausgegangen war.

»Doch, kann ich.« Seine Stimme klang so leicht, so schwerelos, als wäre sie ein Teil des Schnees.

Franny trat kurzentschlossen zwischen die Buchsbäume, mit dem Gedanken, dass sie ihn eben würde hochziehen müssen. Albie war inzwischen größer als sie, aber sehr dünn, und er würde sich gegen sie schon nicht zur Wehr setzen. Aber sobald sie bei ihm war, verstand sie mit einem Mal, was den Reiz dieses Fleckchens hinter den Buchsbäumen ausmachte. Von hier aus konnte man alles überblicken, ohne selbst gesehen zu werden. Auch vor dem Schnee war man halbwegs geschützt, dank dem Dachüberhang. Jetzt nahm sie auch den Geruch des Dopes an ihm wahr, süßlich und intensiv. Franny und Albie tranken manchmal zusammen Alk, und sie rauchten auch Zigaretten, aber gekifft hatten sie noch nicht gemeinsam. Das sollte sich später ändern.

»Lass mich mit rein«, sagte sie.

Und Albie hob wortlos den Arm, ohne sie auch nur anzusehen, weil er weiter den Schnee im Auge behielt, und sie ließ sich neben ihm nieder. Es war ein Daunenschlafsack, und als sie zusammen darin eingehüllt waren, war es erstaunlich warm darunter. So saßen sie zusammen da, an die Hauswand aus Backstein gelehnt und mit der struppigen Hecke direkt vor ihnen. Sie sahen den Schneeflocken zu, die unablässig vom Himmel fielen und fielen und fielen, bis sie langsam das Gefühl hatten, selbst zu fallen.

»Meine Mutter fehlt mir«, sagte Albie. In dem einen Jahr, in dem sie sich sehr nahestanden, war es das einzige Mal, dass er das sagte, und das auch nur, weil er sehr bekifft war.

»Ich weiß«, sagte Franny, weil sie das wusste. Sie wusste es ganz genau, und sie zurrte den Schlafsack noch etwas enger um sie, und so blieben sie dort zusammen sitzen, bis sie ihre Füße nicht mehr spürte und zu ihm sagte, dass sie nun ins Haus müssten.

»Ich spüre meine Füße schon lange nicht mehr«, sagte er.

Sie legten die Arme umeinander, um sich beim Aufstehen gegenseitig zu stützen. Da die Haustür abgeschlossen war, gingen sie die Auffahrt hinunter und schleiften dabei den Schlafsack hinter sich her. Frannys Mutter saß nicht mehr in der Küche, aber unter der Tür von Berts Arbeitszimmer drang weiter Licht hervor.

»Hab ich dir doch gesagt, dass keiner merken würde, dass du high bist«, sagte Franny, was Albie aus irgendeinem Grund so lustig fand, dass er einen Lachanfall bekam. Er ließ sich auf den Boden in der Küche fallen, zog sich den Schlafsack über den Kopf und konnte nicht aufhören zu lachen, während Franny Cornflakes und Milch auf den Tisch stellte.

Franny wischte sich den Schnee von den Schultern und machte sich auf den Weg zu dem gemieteten SUV. Diese Geschichte hatte sie Leo nie erzählt. Vorgehabt hatte sie es eigentlich schon, sich aber dann aus irgendeinem Grund dagegen entschieden. Jetzt verstand sie, warum. Irgendwann in der Zukunft, in vielen Jahren vielleicht, an einem Abend wie diesem, wenn es ohne Unterlass schneite, würde sie sich an diese Geschichte erinnern. Und zwar in der Gewissheit, dass kein Mensch in der Welt davon wusste außer ihr und Albie. Etwas hatte sie für sich behalten müssen.